上甘岭

总策划：于 冬
策　　划：蒋德富
剧本策划：曲吉小江
编　　剧：王雁林　何楚舞　胡俊松　王　刚
改　　编：何楚舞

CFP 中国电影出版社

图书在版编目（CIP）数据

上甘岭 / 何楚舞改编. —北京：中国电影出版社，
2024. 11
ISBN 978-7-106-05561-5

Ⅰ. ①上… Ⅱ. ①何… Ⅲ. ①长篇小说—中国—当代
Ⅳ. ①I247. 5

中国国家版本馆CIP数据核字（2023）第245710号

出版发行 中国电影出版社（北京北三环东路22号） 邮编：100013
电话：64296664（总编室） 64216278（发行部）
64296742（读者服务部） E-mail：cfpbjb@126. com

印　　刷 中国电影出版社印刷厂

版　　次 2024年11月第1版

印　　次 2024年11月北京第1次印刷

开　　本 880mm × 1230mm　1/32

印　　张 13.25

字　　数 320千字

定　　价 48.00元

献给伟大的抗美援朝战争

和牺牲在朝鲜战场上的千千万万的烈士们！

597.9

537.7

597.9
537.7

上甘岭

上甘岭战役打响之前，段显峰（黄轩 饰）带领双喜（赵润南 饰）等战士在五圣山侦察敌情

军长秦基伟（王雷 饰）与参谋长张蕴钰（郝荣光 饰）、政治部主任车敏瞧（赵崇越 饰）等讨论战术

烈士遗属徐大娘为看望儿子徐晓，跟着慰问团来到五圣山前线。秦基伟得知徐晓是八连的战士，答应会替徐大娘把苹果送到战士们手里

战士们与敌人数十次来回争夺高地，面临严重减员且缺医少药、断水断粮的艰苦境况，但他们仍然坚守坑道，誓与阵地共存亡。卫生员向红（雅玫 饰）一边缝制八连战旗，一边哼唱起《我的祖国》，战士们也纷纷加入歌唱，歌声传遍了整条坑道

军长秦基伟沉着冷静、谋略过人，是十五军的主心骨，率领十五军坚守上甘岭 40 余天，顶住了一次又一次猛烈的火力攻击！最终把美军牢牢钉在上甘岭前

在上甘岭战役中，段显峰作为炮兵观察员与观察所的杜文锦（刘浩存 饰）密切配合，实现了步炮协同作战方针，为最终的胜利做出重要贡献

因南朝鲜军集结兵力对上甘岭的两个高地进行疯狂反扑，妄图再度夺回高地，稍作休整的八连被迫再次投入阵地保卫战中

在最后的大反攻中，段显峰高举八连战旗高喊着“为了新中国，向我开炮”，指引炮兵发射方向，用自己的血肉之躯为冲锋部队打开了前进的通道

上甘岭

BATTLE OF SHANGGANLING

总出品人：薛继军

出品人：孟　钧　于　冬　沈文海

监制：梁　红　谢　颖　蒋德富

总策划：夏晓辉　张珺玮　齐　志

总制片人：马　骏　于　冬　钱　晶

制片人：安　宁　张晓洲　曲吉小江

责任编辑：李梓萌　王　宁　托　娅

文学顾问：张嵩山

军事顾问：郭志刚

剧本总监：曲吉小江

编剧：王雁林　何楚舞　胡俊松　王　刚

导演、监制：刘伟强

演员：黄　轩　王　雷　杜　江　冯绍峰　王　挺　袁文康
潘斌龙　赵润南　刘浩存　李　晨　欧　豪　释小龙
雅　玫　令　卓　印小天　朱亚文

特别出演：唐国强　刘　劲　周小斌

序

用时代精品致敬英雄

于冬

热血史诗再现，光影致敬英魂！

五六十年代的老电影《上甘岭》《英雄儿女》至今都是国人的精神记忆。这些经典的老电影一直深深地影响着我们这一代人，尤其是我个人的成长。拍摄电视剧《上甘岭》，既是向上甘岭精神致敬，也是向经典老电影致敬，也向那一代电影人致敬。

博纳在筹备电影《长津湖》的时候，看到了编剧兰晓龙的剧本有13万字，其实是符合电视剧长度的。我当时就想，是否可以把上甘岭战役全景式地展现出来，以电影的制作水准做成一部长剧集，让国人重温上甘岭战役中激荡人心的一幕一幕，让世界看见中国人赓续伟大的抗美援朝精神，叙写中华民族永远的精神高地。

最终，电视剧《上甘岭》的篇幅是24集，如果每部电影按照2个半小时来算的话，这部剧相当于10部电影的体量。

熟悉美剧的观众都了解，美国HBO出品的电视剧《兄弟连》《太平洋战争》以电影的质感、高水平的制作让世界观众为之赞叹，也在潜移默化地传递着美国的价值观。

“中国应该有这么一部电视剧，凝结中国电影30年发展的工业化水平，让世界看见中国剧集的精湛，让世界看见中国精神和中国力量。”这句话，我时常用来鼓舞创作团队。

作为一部重现抗美援朝战争中具有重要历史意义的上甘岭战役的电视剧，《上甘岭》不仅完整呈现了惊天动地的43天战斗经过，更通过精湛的艺术创作，深刻诠释了志愿军将士的英勇无畏和崇高精神。

在上甘岭精神的鼓舞下，博纳携手中国电影人敢于挑战、善于创造。在“创新”这方面，我们下了很多功夫。

围绕“上甘岭精神”这一核心，将历史真实与艺术创造相结合，既要做到史料翔实、论证严密，又要让当代年轻人有同感、激发爱国热情。我们要拍整个15军，要拍历史上的真人，要有秦基伟军长，要有12军的李德生副军长。我们用当时的秦基伟将军在战场上留下的日记作为旁白，贯穿全剧。我们要有艺术创造出的角色，段显峰这个人物是无数英雄的缩影，从书生参谋历经血与火的考验成长为钢铁战士。我们要有对手，尤其是上甘岭战役的美军最高指挥官范弗里特，他以近乎疯狂的“范弗里特弹药量”，在43天时间里向上甘岭发射了190万发炮弹，其中第一天就发射了30万发。我们希望用一个更宏大的视角来看待上甘岭战役，这样一场来之不易的胜利。

《本色——秦基伟战争日记》里曾写道：像黄继光、邱少云这样的战斗英雄，在上甘岭战役中比比皆是。这让制片团队为之动容、为之震撼。所以我们讨论决定，真实人物必须浓墨重彩地表现出来。所以，每一集都设置了一位真实人物，基本上每一集都有一个真实人物的牺牲。

最终观众可以看到，我们用了很多故事来铺排这些真实的历史人物跟虚构人物之间的联系，用虚构人物的视角来看真实人物，比如黄继光牺牲的时候，有一个镜头是黄轩饰演的段显峰，在望远镜里看到了这一幕，泪眼朦胧。

在叙事上，从前线的硝烟弥漫，到后方指挥部的运筹帷幄；从中国人民志愿军战士的英勇无畏，到以美国为首的所谓“联合国军”的轻佻狂妄，等等，电视剧《上甘岭》通过开阔的历史视角和敏锐的纵深观察，带给观众强烈的情感冲击。

电视剧《上甘岭》用细节着力描绘了战场上的人性温度和情感脉络，最终，我们成功塑造了一个个生动鲜明的志愿军英雄形象，他们是最可爱的人。

“很多人说我们的电视剧和韩剧、美剧有差距，但我相信我们也能拍出同样优秀的作品！”刘伟强导演总是说，我们必须带着“不能输”的心态去拍。

为了真实再现战争的场景，剧组在怀来天漠搭建了一比一的战壕和阵地，特意从东北运来泥巴用于布景，搭建了两公里长的坑道。当时军事专家在复景时说“坑道的岩石要用花岗岩”，所以我们把坑道用花岗岩重新铺了一遍，力求每一个细节都能真实还原每一场战役的艰苦卓绝。老电影里面有情怀的经典镜头，一个都不能少，比如“一个苹果的故事”，以及指导员在坑道里讲望梅止渴的故事。我们通过这些细节来展现战争的残酷，展现志愿军英雄们如何面对生死。

黄轩、王雷、杜江、冯绍峰、王挺、袁文康、潘斌龙、刘浩存、赵润南、李晨、欧豪、释小龙等等，这些优秀的演员为电视剧《上甘岭》付出了真情，用心创造了每一个角色，他们找到了人物的“根”。这些优秀的演员拥有的“底气”在于他们对人物心路历程的真切体会。演员在人物塑造上实现了重要突破。

很幸运，电视剧《上甘岭》获得了观众的高度认可，斩获当季黄金时段全部频道剧集平均收视率第一。根据国家广电总局中国视听大数据统计，《上甘岭》以3.315%的平均收视率位列总局中国视听大数据CVB历史收视之冠，观众规模突破2亿，引发舆论广泛关注。

观众的认可是对我们最大的鼓励。作为新时代的电影工作者，我们要创作出更多兼具思想深度、艺术高度和精神力度的优秀作品，创作出更多无愧于时代的优秀作品，描绘新时代的精神图谱，为人民抒写、为人民抒情、为人民抒怀。

2024年11月11日于北京

目　录

序曲

公元 1986 年的一天，美国俄亥俄州的小镇朴茨茅斯一如往常地迎来了慵懒的暮色。一辆校车缓缓停下，11 岁的小女孩像往常一样冲进父母的怀抱，讲述当天在学校的收获。满头白发的邻居点燃了一支雪茄，慵懒地坐在窗前，一如往常地等待小女孩练习钢琴。小女孩的弹奏水平进展缓慢，找的借口却天马行空。

老人喜欢小女孩天马行空的想象，远胜过钢琴传出的不够美妙的音符。

这个傍晚本该一如往常，所有人以慵懒的姿态毫无波澜地生活，但小女孩的一个举动却打破了这一切。

小女孩拿出一支小号。她是班级中唯一能吹响它的人，它也就顺理成章成为她的奖励。

“嘟嘟嘟——”刺耳的号声在黄昏中响起，老人痉挛般从椅子上跃起。他慌乱地寻找着武器，最后把目光投向了一支双管猎枪。

“轰”的一声巨响打破了小镇的慵懒，更可怕的是，子弹轰碎了邻居的窗户，轰飞了小女孩的几缕头发。

子弹贴着小女孩的头皮飞过，几乎要了她的命。

小女孩的父母在保护女儿的同时，也不得不去保护老人，因为他倒转猎枪，正试图把枪管塞进嘴里。

小镇的枪声“传入”了纽约州的西点军校。

午后绚烂的阳光穿过落地窗，将墙壁上整齐的画框装饰得更加庄严。一张张画像拥有举世闻名的名字，他们是德怀特·戴维·艾森豪威尔、小乔治·史密斯·巴顿、道格拉斯·麦克阿瑟……陈列在馆内的沙盘模型分别是独立战争期间的约克镇战役，南北战争期间的亚特兰大战役，第二次世界大战的硫磺岛战役、诺曼底登陆战、中途岛海战……

这里是美国西点军校的校史馆，这里高举着荣耀和征服，张扬着威慑与野心。

一道闪烁着金属光泽的弧线，呼啸着向一座模型砍去。

木屑、沙土飞溅后，利斧"当啷"落地。

看到安保人员狂奔而来，莱西再次举起利斧，咆哮着要见尼米兹教授。

尼米兹教授很快赶到，还带着很多学员。莱西也是他的学员。

看到惨不忍睹的模型，大部分学生都非常惊愕。

"莱西，你疯了吗？"有人怒斥。

几名学生鼓掌欢呼，给予了莱西英雄般的赞扬。

"太棒了，莱西，我早就想这么干了！"

莱西毁掉的是三角山战役的模型。

"我需要一场公平的辩论。"莱西又是奋力一斧劈下。

尼米兹教授快速向安保人员解释说，莱西是一名温和善良、极其注重荣誉的学员。他会妥善解决这件事。

"我们做过深入的沟通，如果有必要，我们可以换个地方继续讨论。"尼米兹注视着莱西，他希望事情到此为止。

莱西依旧非常愤怒："是的，教授，您耐心和我沟通过，我还找过军校里有权解决这件事的所有人，但是每个人都认为模型应该留在这里。"

尼米兹环视身边的学员："我愿意再讲一次我的理由。这里有我们国家最值得骄傲的将军和获得辉煌胜利的著名战役的沙盘模型，只有三角山战役模型是个例外。它是一场失败的战役，留在这里是因为它要警示所有美国军人。”

“是的教授，它的作用是警示，但它警示的方向是错的。”莱西放下了利斧，情绪稍显平和，“我只有使用极端方式才能让你们这些老顽固听我说话。”

尼米兹教授保持着微笑：“我以为我和你们一样，是站在思想潮头的年轻人。好吧，请你为我这个老顽固答疑解惑吧。”

“三角山战役模型是在警示所有美国军人，应该把我们的优势发挥得更加彻底，应该更加具备坚韧不拔的精神，不战斗到最后一刻绝不放弃。是这样吗，教授？”

“很好，也许有人可以说得再详细一些。”尼米兹教授把目光投向他的学员。

有学员异常熟练地补充道：“发生在朝鲜的战争分为两部分，中国人将中国志愿军和我军的战争称之为抗美援朝。抗美援朝是中国和美国迄今为止唯一的一场战争，三角山战役是这场战争的最后一次战役，是中美的最后一次交手。”

又有学员接着说：“对于这次战役，我们的各级军官一直认为同样经历过‘二战’洗礼的美军和志愿军在单兵素质、部队战斗力等方面不相上下，我们还学习了志愿军的战术，使用这些战术对付志愿军。我们认为导致胜负易手的关键在于武器，三角山工事全部化为齑粉，地表阵地没有任何生物存活的可能，志愿军是凭借坑道作战才艰难赢得了胜利。从某种角度讲，中国人制造了一个小小的奇迹。”

“是这样。战争充满了偶然，我的工作和你们未来的责任就是要避免我们的敌人制造偶然，杜绝奇迹的发生。”尼米兹回答。

莱西不禁苦笑：“从那场战争到现在，几乎每个美国军人都坚信猛烈持续的火力是战胜敌人的重要手段，我当然也认同这一点。三角山战役期间，我们天上有飞机，地上有坦克、重炮，占据绝对的火力优势。我们狂轰三角山地表阵地的同时，还用十道炮火封锁了志愿军的后勤运输，导致志愿军后勤的伤亡占据了整体伤亡的40%以上。

可以说，除了核武器，几乎美军所有重武器悉数登场，轰炸和炮击的数量、密度达到了极致。可我们还是失败了。”

“是的，所以说它是偶然的。我们武器研发以光速前进，如果中美军队再次对抗，我们会让中国人的坑道变成地狱。”

“为什么我们不正视历史，要把希望寄托在未来？”莱西的话和他的表情都有些失礼。

尼米兹教授脸上的笑容逐渐消失，也许是因为莱西的冒犯，也许是已经猜测到他的观点。而莱西却逐渐冷静了下来，目光也不似方才那般咄咄逼人了。

“教授在军校德高望重，也是这样论调，这本身就是个悲剧。我很尊敬您，但我觉得，也许我该换个教授了。我认为我们失去胜利的重要原因有两点：第一，我们不了解我们的敌人，首任联合国军总司令麦克阿瑟的秘书在前不久的采访中还认为志愿军吃的是大米，完全不清楚什么叫做‘一把炒面一把雪’；第二，为了胜利，我们应该不惜代价，既然拥有核武器，为什么不用使用它？”

尼米兹教授沉默片刻说：“作为未来的上校、将军，乃至总统，你们不仅需要熟悉军事，擅长赢得战争的胜利，还要学习政治。如何使用原子弹是一个要命的政治问题。”

莱西说：“教授，请准许我讲一件亲身经历的事情。”

“当然，在你成为其他教授的学生之前，我很荣幸听到你更多的观点。”

莱西说：“我刚刚处理完家里的麻烦事。邻居家孩子在吹小号的时候，我的祖父贝尔，一个三角山战役的亲历者，所有人眼中彬彬有礼的绅士竟然拿出猎枪，差点轰碎了她的脑袋。祖父冷静下来后告诉我，中国人民志愿军在冲锋时会吹响军号或者哨子，他记忆中一个个噩梦般的夜晚，冲锋号声和死神会同时降临。”

“很多参加战争的人都患有战争应激症，国家不会忘记他们。”尼米兹教授的烦躁溢于言表，“我们把那场战争称为‘被遗忘的战争'，对参战老兵缺乏必要的关怀，这一点也许中国人比我们做得好。"

"我要说的不是这个。"

尼米兹彻底没有耐心了："说出你的结论吧。"

"我们用原子弹让日本人提前投降，成功避免了大量美国军人的损失。在三角山，在朝鲜，我们为什么不使用原子弹击败中国人，那么我的祖父就不会把猎枪对准小女孩，千千万万的优秀美国军人就不会丧命。"

"可是我的孩子，二战期间的日本是法西斯，朝鲜战争中的中国不是。"尼米兹惊愕地看着莱西。

"我支持莱西。"众多的声音响起。

掌声响起，逐渐变得激烈，接着有人欢呼，吹口哨，方才那些反对莱西的学员都变成了他的支持者。

尼米兹的心情与地上木屑和沙土一样纷乱，他意识到西点军校培养的年轻一代美国军人为了胜利有着恐怖的偏执，或者说是偏执的恐怖。

同样是在公元1986年，距美国西点军校万里之外也发生了一件与上甘岭战役相关的事。

来自中国人民解放军总参谋部、炮兵司令部、军械部、二机部，以及军、兵种的军官受邀参加86式152毫米加农炮的设计定型观摩研讨会。

研讨会在炮兵某试射场进行。当时碧空如洗，军旗猎猎，一根根系着红绸子的炮管如刺向远空的利矛，如威严不可侵犯的钢铁森林。

各部队、各部门首长先后讲话，讲话的重点基本集中在该武器威力巨大，从下达研制任务到定型27年，历经无数磨难和考验。唯独中年军官的发言与众不同。

中年军官从贴身的口袋拿出一枚哨子，那是一枚用子弹壳改成的哨子，上甘岭战役期间，他曾用它来指挥战斗。

中年军官高举着哨子说：“这枚哨子刻着一串数字，381。15 军老八连打完上甘岭战役，那面战旗上留下的弹孔是 381 个。这枚哨子来自上甘岭，承载了上甘岭精神，更证明了我们的信仰可以打败任何超级武器。上甘岭战役是步兵和炮兵携手打出来的胜利，大炮立了大功，但是信仰的力量和坚韧的精神是我们永远不该忘记的……”

不久后，中年军官随同秦基伟出访朝鲜。秦基伟在上甘岭战役期间任中国人民志愿军 15 军军长。出访朝鲜之前，秦基伟的名字频繁出现在世界各大媒体。1981 年，他成功组织了著名的华北实兵实弹战役大演习。1984 年，他担任了新中国成立 35 周年国庆大阅兵的总指挥。

启程前，秦基伟向有关部门提出，访问朝鲜一定要去五圣山上甘岭。

秦基伟抵达朝鲜首都平壤后受到朝鲜民主主义人民共和国最高领导人金日成的接见，宴请。三天后他乘坐直升机前往金化，从金化转乘汽车抵达五圣山前沿的一个高地。身穿 85 式军服的秦基伟站在“黄继光牺牲处”的纪念碑前鞠躬行礼，随后望着五圣山不远处上甘岭的 597.9 高地和 537.7 高地北山，伸手接过了中年军官递给他的哨子。

秦基伟接过哨子的手有些颤抖，吹响哨子的声音也不够响亮，哨声却长时间在天地间回响，经久不息。

秦基伟将哨子还给了中年军官的时候，随口问他：“上个月又回老八连了？”

“是的，首长。每年我都抽时间回去，看看连队有哪些老兵退伍，添了多少新兵。”中年军官说话时一丝痛楚在脸颊划过。

“每个 15 军的老兵都一样，想回老部队看看，又怕回去，胸口疼哦。”秦基伟对他太熟悉了，对回老部队的心情太熟悉了。

中年军官背过身，不想让秦基伟看到他颤动的嘴角。

秦基伟也在调整情绪："你在研讨会上的讲话很振奋人心，现在回想，有没有值得商榷的地方？"

"我没有，尤其是站在这里，我一个字也不改。"中年军官望着他当年战斗过的地方，那里也是战友们牺牲的地方……

1952 年 10 月 14 日，中国人民志愿军第 15 军和第 12 军在上甘岭和以美军为首的联合国军展开了空前惨烈的上甘岭战役 。

第一章

将军与书生

1950年6月，朝鲜战争爆发，全民义愤填膺，继彭德怀司令员率领第一批中国人民志愿军入朝作战之后，秦基伟立即放弃即将担任西南公安军司令员并到军事学院培训的机遇，代表15军将士请缨抗美援朝，正式编为中国人民志愿军第15军，下辖29师、44师、45师，雄赳赳气昂昂跨过鸭绿江。在出征誓师大会上，他代表军党委向大家发出“坚决打响出国作战第一炮”的号召，并峥峥誓言：“发扬中国人民解放军的光荣传统，英勇作战，不怕牺牲，做一个国际主义的英雄，为保卫祖国，保卫世界和平，就是马革裹尸，也是绝顶光荣。”“在朝鲜战场上，自己的名字，不书英雄榜，便涂烈士碑。”

《本色——秦基伟战争日记》跋

1

“天下兴亡，匹夫有责！”段显峰振臂高呼时，眼角渗出了激愤的泪珠。

“你勉强算半个匹夫。”教书老先生拿起正在缝制的肚兜在段显峰身上比量，“十六岁就要学人家杀敌立功，学得来吗？”

段显峰后退两步，避开了绣着胖娃娃抱鲤鱼的红肚兜：“岳飞十六岁从军，霍去病十七岁出征，孙策十七岁已是一方霸主。”

“那是人家的娃娃，你这个娃娃十六岁还照顾不好自己，夜里睡觉还踹被子，着了凉一早要跑三趟茅房。”老先生一把扯牢他，确定肚兜还算合体，这才满意地松开手。

段显峰讪讪地不敢看老先生，沉思片刻后猛然抬头：“卢沟桥响枪了，侵略者在屠杀我们的同胞！”

“若有复国安邦的本事，那是你家祖宗的荣光，可你现在恐怕只能费日寇的一发子弹，再无其他作为。”老先生的手颤颤巍巍，但缝肚兜的手法却异常熟练。

“先生，人人都这样想，我泱泱大国便要亡国了。”段显峰决心已定，给老先生长鞠一躬，说一声保重转身就跑。

老先生说过，段显峰的倔强源于遗传，他在前面不停地跑，老先生在后面不停地追。追着跑着小半个时辰，他想清楚了，自己不停，老先生不会停下脚步，于是转身想要再说家国情怀和自己的理想，偏偏老先生这时一脚踏空，从山坡滚落。

老先生摔断了腿，段显峰只好暂时断了投军报国的念头，专心照顾他。

段显峰的家族史可以说和近代中国的屈辱史息息相关。他的曾祖父是清朝港口官员，1858 年，中美《天津条约》签订，曾祖父视该条约为奇耻大辱，跪朝大海愤然自戕。1900 年，八国联军对北京烧杀抢掠，他的祖父凭一杆铁枪左冲右杀，最终负伤被擒。他的祖父有一根极长的辫子，八国联军用他的辫子，将他吊死在大街上。

他的父亲少年时便离开家乡，先投湘军，后参加讨伐吴佩孚，驱逐张敬尧，参加护法战争。这些经历让他看透了军阀混战，顿感国家民族的前途渺茫，于是返回家乡。第二年，段显峰出生。不久，他再次离开，赶往长沙，参加了“青年救国会”，从此再无消息。很多人都说他早已客死异乡。

段显峰的母亲死于对父亲的相思之苦。

母亲去世前将段显峰托付给了老先生。老先生曾是他父亲的启蒙老师。老先生第一天见到段显峰便立下规矩，段家七代一脉单传，段显峰不许参军。

段显峰清秀俊朗，行事斯文，说话慢条斯理，人缘极佳，眼中有聪慧灵动的光。这是天性使然，也是老先生的功劳。老先生博览群书，史地琴画无所不通，这让段显峰每日都浸泡在中国传统文化之中。

也许应了那句天降大任于斯人也，必先苦其心志劳其筋骨。段显峰三岁便能通诵《千字文》，乡人无不称奇，没人知晓家中那根被他稚嫩的臀部磨得锃亮的戒尺。他自幼体弱，却有好胜心，跑不过打不动同龄人，便想用荡秋千的状元找回点颜面，他晨练夜练，一次次从秋千跌下，荡得越高伤得越重，到后来秋千状元的名头是拿到了手，满身的细小疤痕又成为伙伴们的笑料。

照料老先生腿伤时，段显峰曾惆怅地说，王公贵族也好，贩夫走卒也罢，总能找到某个长处，即便是如饕餮般能胡吃海塞也算是本事，可他偏偏一无是处。老先生说他书读得还算好。段显峰无奈一声叹，读书是老先生教的童子功，算是长处，可他想的是扛枪浴血，用血肉之躯抗击侵略者的铁蹄。

老先生又说，凡事换个角度也许能宽心。屡战屡败会重创自信心，换成屡败屡战才能奋起神勇。老先生说，他其实总有好运气。

老先生似乎说得没错。段显峰试图从军御辱失败后，回到苏州中学时遇到了新任美国教员史密斯。史密斯是个狂热的战争史迷，随身带着整箱的外国军事著作。一扇朝向世界的窗户打开了。段显峰知道叫克劳塞维茨的德国人写了《战争论》，知道了“海权论”，知道了铁血宰相俾斯麦，知道了杜黑在飞机发明六年后提出了“空权制胜论”。他更喜欢研究具体的战役战斗。

这期间他多次想要从军，却因为各种原因作罢。随着学校七次迁址，最终来到了北平，他在饱受颠簸之苦的同时有幸秘密加入了共青团。

屡败屡战似乎成为段显峰的人生信条，他再次投军失败后进入北京大学学习。此时坚定了信仰，加入了中国共产党。他作为知识青年投奔延安，终于圆了从军梦，不想被选入抗日军政大学学习，无法去一线作战，叹息之余却发现自己面对的正是渴求的知识海洋。在抗大他多次申请上前线，一一被上级驳回，后来写了愤然写了论文《诺曼底登陆的战略启示》。

“诺曼底登陆的隐蔽性、突然性、打击性……诺曼底登陆的美军战斗意志，美军的制空权和制海权，美军克服战术上的不可行……”

一名戴眼镜的中年人读完这篇论文，感叹道：“孺子可教也。”随后立即命令，“我要见到这个年轻人。”

这个戴眼镜的中年人正是时任中国人民解放军第二野战军司令员的刘伯承。

直到上甘岭结束，刘伯承才得知段显峰的父亲是他的老战友，1955年被授予中将军衔。无怪乎，老先生得知段显峰进入抗大后高叹一声：真乃世代忠骨。

2

1986年，秦基伟眺望着上甘岭的两个高地沉默许久后，拿出相伴多年的相机给两个弥漫着残酷战争痕迹，只长出少量草木的高地拍照。拍照时他想起了部队刚刚驻守上甘岭时的那一片郁郁葱葱，想起了1950年10月底的重庆。

当时秦基伟也在拍照，他手中相机对准的是重庆的翠绿崇山，心里想的是万里之外的朝鲜。

1950年6月25日，朝鲜战争爆发。

10月1日，以美军为首的联合国军不顾中国政府的警告越过三八线，同时派出多架次轰炸机侵入中国领空，轰炸中国领土，造成无辜百姓伤亡。

几天前，也就是10月25日，抗美援朝开始后中国人民志愿军发起了给予敌人沉重打击的第一次战役。秦基伟深知联合国军尚未被赶过三八线，人民军队从未接触过的大战恶战还在后面。参加第一次战役的38军、39军、40军都是中国人民解放军第四野战军的王牌主力，他作为第二野战军第15军军长，也想打一打国际仗，和号称世界第一强军的美军掰掰手腕子。

此时此刻，秦基伟面前是重峦叠嶂的群山，山中传来隐隐的山歌声和孩童的嬉笑声，分明是一幅优哉游哉的如画江山图，和炮火连天的朝鲜形成了鲜明对比。

抗美援朝一定要打赢。不然刚刚建立的新中国就会变成另一个被战争吞噬的朝鲜。秦基伟在心里暗暗打定了主意。

这一年的秦基伟虽然只有36岁，却已经是参加革命23年的老战士了。他13岁参加黄麻起义，15岁加入红军，16岁入党，19岁任警卫团团长，21岁参加长征，23岁任“八路军太谷游击队”司令员，27岁任太行山第一军分区司令员兼政委，34岁率部参加郑州战役，以微小代价歼敌一万余人。上甘岭战役结束后，他历任云南军区司令员，成都军区司令员，北京军区第一政治委员，中央军委委员，国务委员兼国防部长，1988 年被授予上将军衔。

秦基伟历经土地革命战争、抗日战争、解放战争、抗美援朝战争，以及和平时期的军队建设，对中国的军事改革和部队现代化作出了巨大贡献。

突然，一个敏捷的身影闯进秦基伟的镜头，做了一个漂亮的跨马扬鞭的动作。

“老王！”

“哈哈，是我啊，老秦！”

来人正是时任川东军区司令员的王近山。

两位老战友又是敬礼，又是拥抱，亲热得不得了。

秦基伟和王近山有很多相似之处，他们都是“二野”的猛将，都曾在太行山战斗，都是我军培养的优秀军事人才，都在 1955 年被授予中将军衔。最重要的一点是，两人都是硬朗英俊、内心坚韧勇敢的将才。

王近山拉着秦基伟再给自己拍几张照片，口中不停叫他秦司令。

秦基伟最近听闻中央军委准备从西南军区抽调三个军九个师组成一个志愿军兵团进军朝鲜，便试探着问王近山：“志愿军兵团的司令非你莫属，怎么也轮不到我。”

王近山哈哈一笑，笑声里分明在说他有小道消息。

王近山说：“我说的是公安部队。你 15 军的三个师，外加两个师组成西南公安部队，你是公安部队司令员，司令部就在重庆。”

这次秦基伟和王近山等人云集重庆，是为了参加中共中央西南局的会议。

秦基伟沉默了，他要带着 15 军进军朝鲜，不是留下来组建公安军。

王近山理解他的心情，劝慰说：“老秦，你 15 军东征西讨这么多年，我看首长是想改变下你们的作战环境和方式，去城市里养精蓄锐嘛。”

“当兵扛枪，睡的是野战工事，没想过睡床。王鲁！”

寸步不离的警卫员王鲁立即答应：“有。”

“给部队打电话，师以上干部，没有作战任务的，马上向我报到。”秦基伟挥手和王近山作别，把相机甩给王鲁，健步如飞地下山了。

急匆匆，又有些气呼呼的秦基伟走路带风。留在国内，还是抗美援朝，他都有心理准备的。西南还有匪患待剿，这里山势陡峭，地形复杂，从太行山走出来的15军是最合适剿匪的队伍。匪患在山里绕圈圈，打游击战，他是游击战专家，执行的反游击战战术在剿匪时无往不利。有些官兵是想留在国内，美军是经历“二战”血与火磨炼的铁甲钢拳，装备着世界上最精良的武器，拥有绝对的海空优势、火力优势。出国作战，打赢了固然是好事，打了败仗怎么向祖国的父老乡亲交代？更不要说部队荣誉和官兵们的个人荣誉了。

可他秦基伟就是要出兵朝鲜。

六月，朝鲜那边的枪一响，他立即找来了朝鲜地图，带着参谋们琢磨美军的战术和进攻路线。他多次和战友们说，这一仗不在朝鲜打，就要在我们中国土地上打，我们不解决这个问题，后代就要遭二茬罪。

秦基伟猛吸了一口凉气，这次他到重庆先找了牙医，可治标不治本，稍有着急上火牙齿立马跟着闹“革命”。

“还得是土方子解决关键问题。”秦基伟把手一伸，王鲁立即掏出一个小酒壶，从里面倒出了几粒花椒。

金属小酒壶是打郑州时缴获的，地道的美国货，秦基伟每逢大事才会饮酒，小酒壶变成了偏方小药箱。

第二天一早，秦基伟和王近山等将领和邓小平汇合后一起爬山，他们都是二野的军、政干部。

爬山是邓小平的建议，他说重庆山好水好，爬爬山，能谈事情，也有益健康。

秦基伟跟在边走边谈的邓小平身后，他的手放进口袋，捏了捏里面的一沓照片。

邓小平主要讲两件事：一是剿匪；二是西南局要积极响应党中央的号召，普遍开展抗美援朝爱国运动。

谈了一些具体工作，邓小平停下脚步稍作休息时，王鲁像一阵小旋风一般刮到了秦基伟面前。

“报告军长！”

秦基伟的眼睛轻轻眨了眨，他觉得王鲁的声音还不够大。

王鲁心领神会，吼声像手榴弹在耳旁爆炸：“报告军长，捷报，捷报！”

王鲁成功吸引了所有人的注意。

王鲁把电报交给秦基伟后跑步离开。

参加会议的多半是带兵的将领，此时剿匪工作正进行得如火如荼，有战报或者紧急军情送到他们手中是再正常不过的事。

邓小平继续爬山，接着安排工作，他的讲话刚告一段落，王鲁又从远处跑了过来。

“报告，大胜仗，大胜仗！”王鲁又朝大家的耳根扔手榴弹。

秦基伟连忙使眼色，但王鲁没有不解其意。

“听说 15 军是一天打一个胜仗，我看这是谣传，分明是一分钟打个胜仗嘛。”王近山的话刚落音，将领们的笑声响成了一片。

将领们从长征到解放战争，从太行山到大西南，同一口锅里粗茶淡饭，同一个战壕里并肩浴血，战友情更胜兄弟情，嬉笑怒骂早已是家常便饭。

王鲁两次汇报战况间隔时间太短，不符合收发电报的时间规律。在场的都是有大智慧的人，早就看出这是秦基伟有意在邓小平面前展示十五军的光辉战绩。

“一分钟一百个胜仗我也不稀罕，大西南除了国民党残部就是土匪，和有车有炮有飞机的正规军较量，那才叫打仗。”秦基伟是在回答王近山，也是说给邓小平听。

秦基伟对王鲁说："三分钟过来一次就行了。"

也许是王鲁见到这么多大首长紧张，也许是秦基伟的声音太低，王鲁还是没有听清。

"是……你说什么军长？噢……是，我是还有三份电报。"王鲁说着从口袋里又掏出三份电报。

"你们军长是让你三分钟过来一次，还是一次拿出来三份，说清楚，不要怕，首长在呢，他给你做主。"王近山又开口了。

秦基伟连忙掩饰："年龄不大忘性不小，有电报都拿出来嘛。"

王鲁瞥了邓小平一眼，有些慌了："您让我一会儿过来一次，谁知道一会儿到底是几分钟。"

人群中掀起滚滚笑声，这一次连邓小平都忍不住了。

秦基伟也跟着笑："就是让你们知道知道，我们 15 军在这里能天天打胜仗，去别的地方照样天天打胜仗。"

秦基伟掏出一沓照片，走到邓小平身旁，展开给他看。前面几张照片都是重庆的自然风光，后面都是老照片。

秦基伟逐一解释着老照片："这是（19）47 年拍的，那个时候我们还叫九纵……这是（19）48 年打洛阳拍的……这是打郑州，我们在郑州打了翻身仗……这是淮海战役……这是去年，番号改了叫十五军，这是渡江战役的时候站在渡江的小船上拍的……"

邓小平很清楚，这些照片代表着 15 军的历史。秦基伟让警卫员喊捷报，又翻出来这么多老照片，就是要请战去朝鲜。

秦基伟打了立正，正色道："首长知道我也要说。我们 15 军和国民党残部战斗，和土匪战斗，始终绷着战斗弦，士气高，军心旺，随时能打好仗，打胜仗。我们 15 军没有地方建设的任务，部队还是野战机构，机动性强，随时能走，随时能战，一声令下，绝不拖泥带水。朝鲜的山地面积占总面积的 75%，我们 15 军从太行山走出来，有丰富的山地作战经验。朝鲜战斗力最高的敌人是美军，我们打过淮海，打败过装备了美式装备的国民党部队。总之一句话，去朝鲜保家卫国，我们15军第一个报名。”

邓小平将照片还给秦基伟，没有任何表示。

秦基伟拿着照片，愣住了，他知道自己得到的回答是，15军还是要留下做公安军。

3

首次请战受挫更加坚定了秦基伟入朝作战的决心。会议结束后，他立即找到了谢富治。谢富治曾是二野三兵团的政委，是秦基伟的直接领导。谢富治认为，秦基伟所讲的，15军适合出征朝鲜的几个要点没有错，但邓小平没有松口，肯定不是部队的问题，一定是某些方面的工作没做到位。他答应给15军说情，不过具体问题要马上找出来，立即解决。

秦基伟想破了头也没想出个所以然，他把脚一跺，对王鲁说拿枪来。王鲁嘴上说着有我在，您要枪干什么，却不敢违反命令，小心翼翼地把手枪递给他。王鲁太了解他的这位首长了，秦基伟平时风趣幽默，平易近人，若是涉及工作，绝不允许有一丝的马虎，一丝的懈怠。

秦基伟像当年打游击一样，也不要枪套，把手枪往后腰一塞，“噔噔噔”出了门。

“噔噔噔”的秦基伟一把推开了王近山的房门。

王近山正在打电话，看到是秦基伟便摆摆手，示意他稍等。秦基伟上前一把夺过电话，狠狠地挂断了。

王近山笑眯眯地看着秦基伟，没有说话。

王近山在红军时期打肉搏战红了眼，抱着敌人一起跳了悬崖，得了“王疯子”的绰号。他平素为人温和，慢条斯理，加上人长得白，实在和战场的战将有着天壤之别。

秦基伟用力把手枪拍在桌上：“一、你现在毙了我；二、我代表15军去朝鲜，给你当个大头兵 。你选哪个？”

王近山依旧笑："老战友，我选让你坐下说话好不好？"

秦基伟说："当我是老战友，就一起去朝鲜。"

秦基伟打听过了，王近山要去朝鲜，他的老部队 12 军也要去。

王近山拉着秦基伟坐下："我也在想为什么不许 15 军去，部队的战斗力肯定合格，是班子问题，还是思想问题？"

"班子能有什么问题？"秦基伟勉强坐下，他每个汗毛都在冒火，一秒钟也坐不稳。

王近山抓起电话："给我接 15 军军部……喂，我是王近山，张蕴钰在不在？不在没关系，我问你也可以，你们军长秦基伟代表 15 军跟我讲了一件事，这件事你同不同意？"

"报告首长，我们军长作的任何决定，我都同意。"电话那端是 15 军军部的作战参谋马钢。

"他要把你的脑袋送给我，你也同意？"

"首长能喜欢我的脑袋，那真是三生有幸。"

王近山挂断电话，再摇再打："给我接 15 军 45 师崔建功……崔师长，我是王近山，秦基伟说他代表 15 军送我一支枪，你舍得吗？"

崔建功骁勇善战，他指挥的 45 师是上甘岭战役的主力。

崔建功回答说："我这里还有一支好枪，首长喜欢的话，也送您了。"

王近山佯怒道："秦基伟送我的枪走火喽。"

"不可能，我们军长见了敌人才勾火。"

"好大一条裤子，你们 15 军全军一起穿。"王近山笑骂了一句挂断电话，"班子很团结，那就是思想问题。二号首长说过，组建兵团抗美援朝，仅仅从战斗力判断，哪支部队该去，哪支部队不该去是不够的。"

秦基伟和王近山对视了一眼，两人露出了会心的微笑。

秦基伟离开的时候，王近山把桌上的手枪抓到了手里："来就来，还带礼物。下不为例哦，老战友。"

15 军参谋长张蕴钰、43 师师长张显扬、44 师师长向守志接到秦基伟的电话十万火急地赶到了重庆。

如果说上甘岭战役期间，诸如黄继光、孙占元、胡修道等大量舍身忘我的英雄模范似群星闪耀，那么指挥这支部队的指挥员便是群星中最为璀璨的。

张显扬豪迈狂放，敢拼命又足智多谋，被称为“15 军的夏伯阳”。他曾是朱德的警卫班长，还给张思德当过班长，还是少有的和日寇拼过刺刀的师长。

向守志抗战时期参加过著名的神头岭伏击战和响堂铺伏击战，1967 年被任命为首任“第二炮兵部队”司令员。“二炮”是战略导弹部队，是现在火箭军的前身。

张蕴钰于 1971 年担任国防科委副主任兼核试验基地司令员，直接参与组织指挥了我国第一颗原子弹、第一颗氢弹、第一次“两弹结合”、地下平洞核试验等任务，被称为“核司令”。

秦基伟请大伙吃火锅。他们四名指挥员坐一桌，警卫员们坐一桌。

秦基伟讲完请战前战后的情况，张蕴钰率先开口：“要抗美援朝，有一点我们要清醒，现在部队的战斗情绪很饱满，一方面是我们一直在打仗，在剿匪；另一方面是新中国成立了，战士们觉得这仗总算打到头了，想着赶紧把仗打完，回家老婆孩子热炕头。这在基层是普遍现象。刚到四川就有战士到处购买土特产，要带回老家去。”

向守志说：“要及时纠正，朝鲜的战斗刚打响，我们的弦不能松。我们各级干部要以身作则，起到好的带头作用。”

张显扬朝门外望了一眼：“我们身边的人也要纠正吧？”

秦基伟回答得干脆：“军部各师部各团部，包括司机警卫员勤务员，他们要是觉得仗打完了，天下太平了，会给基层的战士传递错误的信号。”

张显扬笑而不语，望着门。秦基伟等人也朝门望去。他们看见手上拎着一些腊肉的王鲁乐颠颠地走了进去。

秦基伟火了："王鲁，干什么去了？"

王鲁以为秦基伟批评他没有做好警卫工作，连忙立正："报告军长，参谋长和两位师长的警卫员都在，安全方面不会出问题。"

"我问你手上拎的什么东西？"

"重庆不光火锅好吃，腊肉也特别好……这不是快打完仗了，要回老家了嘛……我也替你买了。"

秦基伟指着他手里的腊肉说："你不许吃火锅，就吃腊肉，买多少吃多少。"

又一名拎着很多腊肉的警卫员走了进来，他发现情况不对，转身想溜。

张蕴钰问他："你是谁的警卫员？"

张显扬笑了："报应来得快哦，这是我的警卫员。"

众人大笑，笑过了也找到了问题的关键，对于抗美援朝，他们在思想上还没准备好。

筷子举起来的时候，秦基伟安排好了分工，他说："朝鲜，我们15军一定要去，要去得理所应当，去得舍我其谁。我们兵分两路，我再去请战，你们回部队立即展开更加彻底，更加深刻的思想工作。"

秦基伟连夜来到了邓小平的住所，正好遇到邓小平送几位客人出门。邓小平看到了他，招呼也没打，转身回屋了。

秦基伟知道若还是用原来的方式请战，邓小平还是不会同意，搞不好还会挨批。

这一夜，秦基伟给邓小平站了一夜的岗。

他在茫茫夜色中踱步，他坐在台阶上抽烟，他顶着一轮明月沉思，他沐浴在晨曦中喃喃自语。

这一夜，15军全军上下也是彻夜未眠。从军部到连排各级干部，除编写印刷宣传抗美援朝内容军报、黑板报，其他干部全部下到基层，面对面、心贴心对战士们宣讲为什么要抗美援朝。张蕴钰去了后勤，向守志去了炮团，张显扬去了高炮连，崔建功去了一线战斗部队。

崔建功去的连队是45师134团3营8连，他人还没到便听到8连指导员胡满仓在用快板给全连战士做动员。上甘岭战役结束后，这个连队被上级授予“特功八连”的荣誉称号。

天亮后邓小平看到秦基伟把遍地的烟头收拾干净，知道他做了一夜的“炮兵司令”。他走到秦基伟面前，平静地看看他。

秦基伟首先汇报部队连夜进行了思想动员，随后说：“鸦片战争到今天，110年。这110年，我们被列强逼迫着签订了七百多个不平等条约。这110年，国内的国外的，穿鞋的光脚的，所有中国人脑门贴着两个字，奴隶！这110年，所有离开这个世界的中国人背负两个字，奴隶！所有出生的中国人背负两个字，奴隶！1921年到今天30年，这30年，我们用泪珠子和血珠子换了一个世界。新中国人口五亿五千万。往前数110年，五亿五千万同胞都是奴隶，往后数，五亿五千万是堂堂正正的中国人。现在欺辱我们的人，要让这五亿五千万中国人再做110年的奴隶，我们的枪杆子不答应，我们的硬骨头不答应。抗美援朝要和欺辱我们的人做一个了结，开万世之太平！”

听着秦基伟的汇报，邓小平露出欣慰的笑容

15军出征前，秦基伟在动员大会上对全军官兵也讲了一段话。

当时秦基伟站在主席台上，主席台的一侧是迎风招展的红旗，另一侧是签满15军指战员名字的签名缎。

秦基伟说：“15军的指战员们，我们从太行山出发，走过抗日战争，解放战争，走过了祖国的千山万水。我们的队伍从一万人壮大到五万人，武器装备也比以前富裕了，但我们传统的作风和保家卫国的信念不能变，党指挥枪的根基不能变。敌人的大炮已经架在了鸭绿江上，作为新中国的军人，岂可等闲视之。抗美援朝是新中国打的第一仗，也是我们作为新中国军人的第一仗，这一仗不仅要亮家底，比勇敢比战斗力，更是信仰和民族意志力的较量。我听说有位军文工团的年轻女战士在给父母的信中说，‘亲爱的爸爸妈妈，我就要跨过鸭绿江参加保家卫国的战斗了。你们有十个儿女，就为祖国奉献一个吧……’多么朴实伟大的精神，我们需要的正是这种精神。我们要发扬中国人民解放军的光荣传统，就是马革裹尸，也是绝顶光荣。在朝鲜战场上，自己的名字不上英雄榜，便涂烈士碑。”他面前的15军将士山呼海啸。“为了新中国，抗美援朝！”“为了和平，抗美援朝！”“抗美援朝，保家卫国！”

这支雄狮劲旅中，柴云振赫然在列，邱少云赫然在列，黄继光赫然在列，孙占元、龙世昌、葛洪臣等人赫然在列。他们将在上甘岭撼动世界。

此时是1950年10月，距上甘岭战役开始还有24个月。

11月，上甘岭战役的另一支参战部队12军结束了在川东，黔东北地区的剿匪，警备重庆，修筑成渝铁路等任务，于12月1日编入中国人民志愿军第三兵团序列，下辖第31师、34师、35师。军长曾绍山，第一副军长兼参谋长肖永银，副军长王蕴瑞，副政委李震，政治部主任李开湘。李德生此时任35师师长，上甘岭战役开始后他率部协同15军作战。

“联合国军”在上甘岭战役的直接指挥者詹姆斯·奥尔沃德·范弗里特在1950年还没有担任美军第八集团军司令。1948年，他在希腊迅速击败了希腊人民解放军，是公认的反共专家和山地战专家。他的儿子小范弗里特1950年刚刚从西点军校毕业，加入了美国空军，驾驶B–26轰炸机。据说他的战斗出航时间只有几十个小时，只因他父亲才被准许执行轰炸任务。

此时的秦基伟和范弗里特不会意识到他们将成为彼此一生中最重要的劲敌，也不会意识到上甘岭将成为他们生命中最重要的一个地方，但历史的车轮已经滚滚而来，碾碎一切又创造一切。

附：

1950年12月，第15军第43师调往云南昭通，第10军第29师编入15军序列，第43师师长张显扬任第29师师长。

第二章

朴达峰

1951年4月至5月，15军担任第一梯队投入第五次战役，痛歼美军38团并开展群众性对空作战，取得了击落56架、击伤27架敌机的辉煌战果，受到志愿军司令部的通报表扬。随之在回撤北移途中，又奉命阻敌于芝浦里一线，十天十夜冒雨恶战，粉碎了美军用所谓的“磁性战术”攻占我中部防线，从而截断我志愿军东线主力兵团退路的狂妄企图。彭德怀司令员于激动之中给他的爱将发了一份充满感情色彩的电报：“秦基伟，我十分感谢你们！彭德怀。”彭总致电鼓励消息传开，大家相拥而抱热泪横流。

《本色——秦基伟战争日记》跋

1

1951年1月，美国总统杜鲁门签署增拨200亿美元作为国防费用的法案，使本年度军事预算增加了80%，上升到450亿美元。

几乎在同一时间，秦基伟的15军经四川泸州、内江、宜宾水陆并进，进入河北邢台备战。

此时，抗美援朝前三次战役已经完成，第一次战役（1950年10月25日至11月5日）志愿军将以美军为首的“联合国军”从鸭绿江畔驱逐至清川江以南地区，共歼敌一万五千多人。第二次战役（1950年11月7日至12月24日）志愿军将“联合国军”驱至“三八线”以南，共歼敌三万六千多人。1950年12月31日，中国人民志愿军开始了抗美援朝战争第三次战役。

1951年2月，毛泽东在中央政治局扩大会议上提出了“三年准备，十年计划经济建设”的思想，首次明确提出了编制国民经济发展计划的设想。会议决定，自1953年起实行发展国民经济的第一个五年计划，并要求立即开始编制五年计划的准备工作。由周恩来、陈云等6人组成领导小组负责这项工作。

第一个五年计划开始准备，说明经过抗美援朝前三次战役的较量，志愿军基本熟悉了美军的战略战术，对取得抗美援朝的胜利有足够的把握，开始把力量从战争转向国内建设。

1951年3月，中国人民解放军第15军正式被编为中国人民志愿军第15军，和第12军、第60军组成中国人民志愿军第三兵团。第三兵团司令员兼政治委员陈赓，副司令员王近山，副政治委员杜义德。同月，遵照中央军委轮番作战部署，志愿军第二番入朝部队为第三兵团和第十九兵团。

4月，美国总统杜鲁门亲自点名范弗里特担任美第八集团军司令官。

4月21日，抗美援朝第四次战役结束，中朝军队14个军从正面出击，一周内突击70公里，歼敌三万多人，美军和南朝鲜军队全线崩溃。

4月22日，抗美援朝第五次战役开始。4月29日，中朝军队暂停进攻，进行补给调配。美军已总结出志愿军最多连续作战七天的规律，范弗里特组织多兵种机械化特遣队，对志愿军进行大规模追击穿插。范弗里特用志愿军的战术对志愿军进行反击，打了志愿军一个措手不及，志愿军在回撤时没有做好协同掩护，美军趁机加速突击，三天推进80多公里，将志愿军第三兵团和第十九兵团的结合部冲出一个大口子。

形势万分紧急。

彭德怀立即召开了紧急会议，与会者有志愿军副司令员兼副政治委员邓华，副司令员洪学智，韩先楚、解方以及政治部主任杜平等人。

彭德怀首先开口："范弗里特是个厉害角色，他把我军擅长的大穿插，大迂回包抄战术，和美军的机械化优势结合起来了。"

邓华说："是的，现在东线兵团的第27军、第12军和第60军随时可能被美军机械化部队分割合围。"

彭德怀紧盯着地图："要在芝浦里地区打阻击。我们有哪支部队能站出来，阻止范弗里特的攻势？"

解方说："彭老总，美军不仅学会了我们的战术，还预测到我们后勤补给等方面的情况，他们知道我们的战士在饿肚子，枪管子和炮筒子也开始饿肚子了。经过近期的战斗，各部队都非常疲惫，都有不同程度的减员。”

“15 军怎么样？”彭德怀突然发问。

志愿军三兵团的三个军只有 15 军进攻迅猛，撤退及时。

韩先楚用彩色铅笔在地图上标记了一个明显的位置：“15 军现在距离芝浦里已经很远了。”

所有人都沉默了，唯一能够抓到的救命稻草竟然遥不可及。

撤往金化路上的 15 军虽然在此前的战斗中有较大伤亡减员，但撤退途中依然井然有序。

秦基伟站在路边等待副军长周发田、参谋长张蕴钰和政治部主任车敏瞧等人。志司彭德怀等首长的所想所思正是秦基伟要和众人商议的事情。

他咬了咬后槽牙，牙疼病又犯了。

“军长，像样的仗还没打一个，就这么撤了？”王鲁把花椒递给秦基伟的时候不由发起了牢骚。

“有话你就说。”秦基伟咬紧了花椒。

“也不是我要说，是有的战士。”王鲁不敢看秦基伟的眼睛，低声说，“有的战士说，队伍离开太行山以后，淮海战役我们打郑州，西南剿匪冲在最前面，可还是不算主力部队。抗美援朝开始了，我们紧赶慢赶总算赶上五次战役，想着怎么也能捞块肥肉吧，结果肥肉没捞着，反倒是大踏步后退了。”

15 军是一支从太行山走出来的队伍，解放战争期间的郑州战役一战成名，但和 12 军这样的老牌劲旅比起来还属于二流部队。15 军的官兵入朝后都憋着劲想一场像样的打仗，打出部队的荣誉，打出部队的骨气。可进入朝鲜后胜仗打了不少，但都是小打小闹，和前几次战役中的著名战斗比起来差了点意思。

秦基伟又把几颗花椒塞进嘴里：“我看有的战士就是你自己吧，一会车主任来了，把这些话跟他重复一遍。”

王鲁不敢言语了，车敏瞧做思想工作的水平高，几句话就能让他无地自容。

秦基伟深知思想工作是部队建设的重中之重，恐美媚美要不得，急躁自大更要不得。

秦基伟是一位高瞻远瞩的将领。解放战争打郑州的时候，所有人认为那将是一场艰苦的攻城战，他综合各方面情报，大胆布置口袋战术，果然将弃城逃走的国民党部队歼灭。兄弟部队嫉妒得眼红，说本来想着吃不上肉，啃点骨头吧，好家伙，秦基伟的九纵别说骨头，连汤都没给剩下。

经郑州战役，部队得到很大补充，基层连队都配备了先进的美式通信设备。

秦基伟的部队历来如此，不仅仗打得漂亮，还吃得壮，养得胖。邓小平就曾说过，经过大别山斗争，二野受到削弱，只有秦基伟的九纵保持兴盛的旺气。

秦基伟的部队进攻猛，撤退快是有原因的。进攻难，撤退更难，一个军五万余人，同时分多路撤退，稍有不慎就会变成溃兵，从而一泻千里，再也形不成战斗力。前不久，秦基伟对张蕴钰说，部队的粮食和弹药消耗差不多了，要提前做好撤退的准备。正是做了这种准备，兵团撤退的命令下达后，各部队才能有序撤离。即便如此，突然的撤退还是导致了忙乱。秦基伟叫来通讯员，亲自给各团团长下达命令，直接布置了撤退路线，集合地点，确保部队迅速撤离。

张蕴钰也有一套，他的任务是指挥直属队撤退。到后勤后，他发现战士们恨不得把锅碗瓢盆统统带走，那就不是撤退而是搬家。他亲自吹了紧急集合哨，并下达命令：所有人立正向后转，坛坛罐罐都不要了，撤！

远空猛然传来飞机的轰鸣。

一名战士纵马狂奔："敌机轰炸！隐蔽……隐蔽，敌机轰炸！"

秦基伟抬头望去，只见四架美军飞机轰鸣而来。长机的机身上画着狰狞的鲨鱼图案。

一些在第二次世界大战中参与过对法西斯日本战斗的美军飞行员，喜欢在飞机上画上鲨鱼图案。他们认为日本是岛国，天然对鲨鱼有畏惧心理。不过操控飞机的不是“二战”老兵，他是小范弗里特。

好在部队疏散及时，没有造成大的伤亡，唯一的麻烦是路被堵住了，影响了行军速度。

部队沿着盘山路行进，一枚炸弹炸伤了战马，一辆卡车为避开负伤后横冲直撞的战马，撞到路边岩石，车体横到了路中央。

卡车司机顾不上包扎被撞伤的额头，跳下车检查发动机。

秦基伟命令部队抢救伤员，汇报伤亡情况，随后朝卡车跑去，跑在他前面的是军部作战参谋段显峰。

段显峰不到三十岁，脸上有英气，眼中有锐气。

他跑到卡车前，先拿出手帕帮司机快速包扎，随后和他一起进行抢修。

“估计多久能修好？”段显峰抬头看着司机战士。

司机没吭声，他的脸上有血，也有急出来的汗珠子。

段显峰知道他一定是觉得车拦住了路是自己的责任，想尽快修好车，弥补过失。

“刚才我看见，要是我，我也那么做。”段显峰安慰地拍拍司机战士，“战马是战友，谁也不能撞自己的战友。”

段显峰起身招呼围在四周的战士，马上把车载的武器装备卸下来，把卡车推下山。

过惯了穷日子的战士们都很犹豫，节约是我军的传统，一穷二白是现实，别说一辆卡车，就算是双袜子也要缝了又缝，补了又补。

我们最好的运输力量只有卡车，拥有海空绝对优势的美军对我军的运输路线狂轰滥炸，每辆卡车都有更加重要的意义。

“是车重要还是命重要？”段显峰有点急了，“我们还没有彻底脱离敌人的包围圈，在这里耽误的每一秒都是战友的鲜血！”

战士们互相看看，都想去推车，但还是下不去手。

秦基伟从远处快步走过来，他一句话没说，用行动表达了对段显峰的赞同。

当断不断必受其乱。

秦基伟第一个开始推车。

军长带头行动，战士们自然没什么好说的，立即喊着“1，2，3”的号子把卡车推下山。

堵塞的公路立即畅通，队伍又如同巨龙般浩浩荡荡地游动起来的时候，副军长周发田、参谋长张蕴钰、政治部主任车敏瞧和军部作战参谋马钢等人聚拢到秦基伟的身边。

秦基伟将地图在吉普车的引擎盖上展开，他是想集思广益，了解部队撤退后军指挥部有什么新的想法。

马钢指着地图上的一个标记说：“军长，朝这个方向撤退最快，再有 50 分钟可脱离敌人包围圈。”

“撤撤撤，我们是军队，不是流寇，不要总想着撤退。”秦基伟有些不快。

众人都沉默了。

秦基伟盯着段显峰说：“是不是每次都要点你的名字，你才说话？”

段显峰性格内敛稳重，很多事情都要想清楚才开口。

段显峰走到地图前，指着几个战略要地说：“美军突入春川、富坪里，从我第 3、第 19 兵团结合部冲出了一个大口子以后长驱直入，短短 3 天推进了 160 多里，导致中部战线陷入巨大混乱，对我东线兵团造成了极大威胁。军长，我建议我军立即停止后撤，以急行军速度赶到芝浦里地区，在角屹峰、朴达峰等地展开阻击战。不然我们 15 军撤得出去，东线兵团三个军的兄弟部队就全完了。”

张蕴钰有些意外地看着段显峰，他没想到段显峰作为作战参谋，竟然有这样开阔的战略视野和团结决心。

车敏瞧沉默片刻说：“计划是不错，兄弟部队也能救出来，我们各部队要拧成一股绳。”

“从撤退变成打阻击，这么大的变化必须向上级请示。”马钢也认同计划，不过有他的担忧。

“没时间了。”段显峰说，“我们和兵团司令部失去联系两天了，直接向志司汇报，志司也要联系兵团司令部，再开会研究，一来一回会浪费很多时间。”

这时一名参谋拿着志愿军司令部的电报从远处跑来：“报告，志司来电，彭总指示，要尽快在芝浦里地区阻击美军。他命令，至少坚守 7 天。”

秦基伟紧皱的眉头瞬间展开：“好啊，上上下下都想到一起去了。给志司回电，不惜一切代价，不怕任何牺牲，为完成掩护任务，15 军准备打光最后一兵一卒！保证坚守 10 天！”

张蕴钰随即给全军下达命令：“全军后队改前队，目标，芝浦里地区。一线阵地朴达峰、角屹峰。45 师 134 团在朴达峰打狙击，29 师 86 团在角屹峰打狙击。传令，急行军！”

通信员纵马在浩浩荡荡的队伍中穿梭，喊声久久回荡：“目标芝浦里……目标芝浦里……”

15 军有三个打仗嗷嗷叫的连队，其中两个在 134 团，一个是老八连，另外一个是三连。

三连连长冯百胜得知老八连被派往朴达峰打狙击后，立即拉着连队在秦基伟面前跑来跑去。秦基伟见三连从他眼前跑过，眨眼又跑了回来，便知道冯百胜在和他要仗打。他让王鲁把冯百胜叫到面前，还没开口，冯百胜反倒机关枪一样说了起来：“军长，可算有大仗打了，都憋死我了。部队露脸的时候到了，打了胜仗，人人有功，我们三连也跑不了，是不是这个理？”

“要任务找你们师长，团长去。”秦基伟朝远空望去，“冯百胜，我问你，解放洛阳的时候我们就用步枪把老蒋的飞机揍到了地上，美军飞行员就算参加过‘二战’，也没什么了不起，我们不是也有了高射机枪吗？也有可能打它一次，它要报复十次，我就不信这个邪，它报复十次，老子打他一百次，哪怕打不下来它，也要把它撵到高空去。”

“是，军长。”冯百胜规规矩矩敬了一个军礼。

秦基伟环顾四周，看到老八连连长李保成和指导员胡满仓正在不远处做战前动员，他迈步走了过去。

“刚到朝鲜就有人说，别的部队吃肉啃骨头，我们连汤都喝不上，要是把我们放到云山，放到长津湖，放到雪马里，我们照样打得漂亮。要我说，谁都别吹牛，说得漂亮不如打得漂亮，我们朴达峰见！”胡满仓的声音有些沙哑，那是多年火线经历导致的。

秦基伟看到连日来转战奔袭的老八连战士们脸上虽然叠起了厚重的疲惫，但眼睛里刺出的却是对胜利的渴望。

当胡满仓邀请他对老八连战士们讲话的时候，他只说了一句话：阵地不能丢，人也不能少！

李保成应声领命：“保证完成任务，老八连说到做到！”

“老八连说到做到！”战士们气势如虹。

一名班长捏着嘴唇，吹了声口哨，他班里的战士们如野马般脱缰而出。班长个子不高，却扛着挺轻机枪。

秦基伟对老八连非常熟悉，只觉得这位班长眼生，于是问他的名字。

这位班长边跑边喊：“柴云振，机枪打得特别准的柴云振！”

声势赫赫的15军官兵逆行而上，与其他撤退的部队擦肩而过。

2

决定是否打阻击的军部临时会议中，秦基伟对段显峰的表现最满意。

1951 年 1 月，由于第三兵团入朝时间尚未正式确定，秦基伟于进入南京军事学院学习。南京军事学院是我国历史上第一次开办的全国规模的军事学院，创办者、第一任院长是刘伯承。南京军事学院建立后对我军大批高级军事干部进行学习教育，秦基伟这次在南京军事学院的学习时间比较短暂，抗美援朝结束后他再次回到学院深造。

秦基伟第一次见到段显峰是在高级学员的教室。

当时在一片哄笑声中，一名教员擦着汗快步走出了教室。

一名学员不无得意地说："又轰走一个。这哪里是上课，分明是和国民党反动派的第二次较量。"

另一名学员说："稍作休息，等下一个手下败将登台。哦，不对，教美军战术的不是我们俘虏的国民党官老爷。这个教员年龄还不大。"

"应该是国民党少将、中将给我们上课，怎么来了个小毛孩子？"有人很疑惑。

这个时候秦基伟说话了："我说大伙都耐心点，下马威那一套用在国民党教员身上还凑合，他就算了。他真有本事，我们认真学习；要差点意思，回头和首长反映一下，换个教员，可别伤了人家自尊心。"

"都说老秦心细人好，还真是。那我们就给新教员留点薄面，就算是给革命培养新人了。"

"抗美援朝的第三次战役都打响了，这个时候是应该讲一讲朝鲜的形势。"秦基伟说出了他的期待。

走进教室的是教员是段显峰。

刘伯承看到他那篇关于诺曼底登陆的论文以后，将他招到了第二野战军。成立南京军事学院后，刘伯承从全军抽调了一批熟悉外军战略战术的年轻才俊进入学院进行授课，他是其中一员。

段显峰进入教室后，毕恭毕敬地行礼："各位首长好。按说呢，各位都是学员，我是教员，但学院是部队的学院，各位是部队的首长，我要尊称一声首长。"

众学员没有开腔，但他们的表情说明，他们对段显峰的态度很满意。

段显峰又说："我没把自己当教员，我走进这个教室是来向诸位学习的。在座的首长们历经众多战役，都深谋远虑、能征善战、功勋无数的高级指挥员。我对美军的战略战术也仅是略知一二，如果有任何错误，还请各位指正。"

有学员说："别来虚的，秦军长刚才说了，讲一讲朝鲜战场的情况才是最重要的。"

段显峰把目光投向秦基伟，虽然是第一次上课，但他早已掌握了每个学员的详细情况。

段显峰说："打仗打的是国力，美国去年的钢产量接近 9000 万吨，我们的新中国只有 60 万吨，美国去年的原油产量是 2.6 亿吨，新中国只有 20 万吨。具体到军事，美国去年国防开支是 150 亿美元，我们只有 28 亿人民币。"

教室里安静下来。

"最终决定战争胜负的是人，是信仰。"秦基伟打破了沉默。

"是这样，我是党员，坚信信仰的力量。大家的眼睛都盯着朝鲜战场，但最关心的是会不会爆发第三次世界大战。"段显峰接着说。

"你倒是一针见血。"秦基伟说。

"到此刻为止，志愿军在抗美援朝前两次战役中都取得了绝对胜利，很有可能给美国巨大刺激，从而导致第三次世界大战。从目前的形势来看，美军不会坚守朝鲜的仁川和汉城，更不可能从朝鲜撤兵，最大的可能是退守釜山后进行战略战术的调整。美军的防御重点在欧洲，在日本和德国的军事准备不够完善，没有能力进行大规模全面的战争，第三次世界也就不会爆发。"

秦基伟和学员们纷纷点头。

有学员说："和我们分析的差不多，你这个教员有点意思。"

段显峰带着谦虚的表情说："学校规定我教授的课程是美军战术

课，我个人还增加了日军战术和德军战术。我的课程总结一句话，向敌人学习！”

“我说你是自己人，怎么和那些国民党教员一个调调。敌人有优点我们承认，但优点是有限的，不然也不会被我们打败。”有学员的语气没有刚才那么友好了。

“当然，我们胜利的原因有很多，我们一定要总结继承。可敌人失败的原因也有很多，我们也要总结，要学习……”

“你小子拿鸡毛当令箭，教育起我们来了。”有学员冒火了。

段显峰没有受到影响，不卑不亢地说；“如今时代不同了，新中国成立了，我们的战略战术从主动进攻转为了战略防御。我们是人民的军队，绝不会侵略任何国家，所以我们人民解放军的主要任务是国土防御。这种以坚固工事为核心的防御战术在将来的五年十年会成为我军的重要战术。”

秦基伟示意众学员少安毋躁：“在朝鲜用得上你的防御战术。”

“是的，志愿军在朝鲜使用进攻战术不断取得胜利，中美双方一旦形成对峙，防御战术能否使用得当，将成为朝鲜战局的决定因素。”

众学员都很震惊，纷纷窃窃私语。

秦基伟认同地点了点头。下课后，秦基伟在操场上追上了段显峰。两人寒暄了几句后，段显峰说：“秦军长，有些学员习惯了纵马疆场，坐不住板凳，您是例外。”

秦基伟说：“这次学习是很好的机会，能系统总结二十多年的战斗，学习现代化军事科学，掌握使用多兵种联合协同作战。你刚才在课堂上讲的，我基本认同，但有一点我有异议。”

“秦军长请讲。”段显峰一怔。

“你说的战略战术在未来的五年十年内会成为我军的主要战术，我觉得我们的目光不妨放得再长远一些，二十年、五十年，乃至百年。”秦基伟意味深长地看着段显峰说，“在战场上，战术的运用可不是你想象得这样简单。诺曼底登陆的经验，不一定适用抗美援朝战场。我们有自己的战略目标、战场环境和技术条件。战术要以最高水准服从大局，才是最好的战术。”

“是的，是的。”段显峰再看秦基伟的时候，目光多了一些崇拜。

“我们这些学员是实践多、理论少，我看你这个教员是理论多，实践少，我建议你找机会去一线历练历练。”

“秦军长说的是，我一直想去前线。”段显峰说出了心里话。

来南京军事学院的路上，段显峰就一直在想，面对这么多带兵打仗的将领，他该怎样才能获得去一线作战的机会。他在诸多高级学员前拼尽全力展示所学所想，努力获得去一线的机会。

事情没有他想象得那么顺利。

听到秦基伟希望借用段显峰的想法后，院长刘伯承确实有些为难，一方面学院刚刚建立，极其缺少段显峰这种擅长理论的教员；另一方面段显峰得优点和缺点同样明显，缺乏实战经验可以弥补，但倔强认死理的性格却难以在短时间内改变。

段显峰和他父亲的性格简直一模一样。在刚刚结束的解放战争中，段显峰父亲坚持自己的战术，导致炮兵部队没有完成协同步兵的战术配合，几乎给部队造成重大损失。当时刘伯承罕见地拍了桌子，直言要执行军法。

刘伯承最后对秦基伟说：“是人才还是炸弹，要看你怎么用，在什么时候用，是不是现在带他去战场，决定权交给你。”

秦基伟犹豫了，去朝鲜定是前所未有的硬仗、恶仗，要赢得胜利，首先要上下一心，默契配合。

段显峰再次找到秦基伟，讲了一番话，让秦基伟下了决心。段显峰对秦基伟说，他立志参军是因为从报纸广播上得知了日本侵略者的蛮横欺凌，当他真正了解，在美军的心里，一个中国人的生命抵不过一只猫的时候，他发誓要用鲜血和生命为成长的新中国增添一块基石。

秦基伟没有问人命和猫的故事，这样的境况在华夏大地上屡见不鲜。他相信段显峰会在适当的时机告诉他。

终于可以去一线战斗了，段显峰欣喜若狂，不过他还是高兴太早了，秦基伟舍不得让他去火线战斗，而是让他在15军军部当了一名作战参谋。

3

芝浦里地区的阻击战从一开始就注定是一场恶战、血战。

“各位首长，从现在的情况来看，我们和敌人在朴达峰都没占到便宜。”段显峰拿着纸和笔走到秦基伟、周发田等人面前，“敌我都是仓促进入战斗，我方没有时间构筑坚固工事，敌人也没有大规模的攻坚炮火支援。”

秦基伟看着地图说：“形势不容乐观，现在我们虽然占领了便于打阻击的有利地形，可是高地附近的公路全部被美军占领，他们能够迅速获得兵力增援和火力支援。”

张蕴钰快步走到秦基伟身边，汇报了朴达峰最新战况。在他们讨论战况的时间里，敌人通过公路迅速增兵，总兵力已经超老八连的六倍。敌人掩护步兵的重火力，除了大口径火炮，还有坦克和飞机。

最坏的情况出现了。

段显峰用纸和笔快速画出了敌我简易态势图，把这张图放在朴达峰地图旁，形成对比。

段显峰对秦基伟说：“军长，你看朴达峰像不像当年的任桥集？这地形对比、火力对比、敌我兵力对比，简直一模一样。”

段显峰所说的任桥集战斗发生于解放战争的淮海战役期间。

秦基伟看看他，又看地图：“说具体想法。”

“任桥集阻击战，敌人也有飞机坦克和大量大口径火炮增援，当时我们的战术是组织党员突击队进行反冲锋，和敌人近距离厮杀，让敌人的炮火失去作用。”

张蕴钰说：“是这样，我们要灵活运用战术，充分发挥我们的优势，以己之长攻敌之短。”

周发田也说：“老八连现在损失很大，需要一支能灵活运用战术，擅长肉搏近战的增援部队。符合这个条件，又在身边的只有冯百胜的三连。”

秦基伟表示同意，随即让王鲁叫冯百胜过来。

王鲁迅速往外跑，一脚门里一脚门外的时候扯着嗓子喊：“三连长冯百胜……”

段显峰凑到秦基伟身边，笑嘻嘻地说：“军长，我反复推演过任桥集阻击战，朴达峰和任桥集这么像，我请求去前线。”

入朝以来，段显峰虽然没有明说，但始终想去一线战斗。秦基伟懂他的心思。

秦基伟笑了笑说：“任桥集阻击战，你是推演过，毕竟没打过。”

段显峰还要说点什么，给自己争取机会，冯百胜兴冲冲地闯了进来。

秦基伟一指地图，对冯百胜说：“215 高地，马上建立阻击阵地。还有 231 高地、263 高地、327 高地，统统都要打狙击。”

冯百胜仔细看了地图，有些泄气了：“我以为要打大仗呢，海拔二三百米的高地，还没馒头高呢。再说了，这几个高地有必要打阻击吗？”

一般来讲，打阻击的地方一定是具有重要军事意义的地理位置，或交通要道，或敌人必经之路。秦基伟指出的几个高地确实不合适打阻击，更重要的是，没有军事意义。

段显峰明白秦基伟的用意，他解释说：“三连长，我们现在最重要的问题是争取时间，只要给朴达峰这几个阻击要点争取时间，避免敌人大规模增援，兄弟部队也就获得了充足的撤退时间。军长的意思是，美军的战术历来是不留死角，在美军前进的方向，就算只有一个我们的战士，占领了一个无关紧要的地方，也会被美军地方视为潜在的威胁。所有的美军都会停下来，解除威胁后才会继续行军。军长这种四处开花的战术，可以在短时间内阻滞美军的进攻，为阻击部队赢得宝贵的时间。”

秦基伟赞许地看了段显峰一眼，战略战术方面，段显峰一点就通。

秦基伟又对冯百胜说：“六个小时之内，每个阻击点都要吸引敌人最少一个连的进攻。”

“是。”冯百胜敬个军礼便往外走。

“军长，那我呢？”段显峰有点急了。

秦基伟沉默片刻对冯百胜说：“冯百胜带上他。”

秦基伟是从普通战士凭借军功晋升为军长，他这个老兵最能理解军人向往战斗的心情。不想着马革裹尸的军人，一定不是合格的军人。

当时的秦基伟没有想到，芝浦里阻击战是他和范弗里特的第一次对决。

朴达峰的战斗打得异常惨烈，即便老八连是精锐连队，朴达峰又易守难攻，但敌人的增援源源不断，加之猛烈的炮火覆盖，照这么打下去，老八连即便全部光荣了也难以守住阵地。

三连离开后秦基伟用铅笔分别给地图上的几个高地画了圆圈。

时间飞逝，不到两个小时，秦基伟的全面开花战术便起到了显著的作用，沿着公路线迅速推进的美军全部停了下来，朴达峰的压力也缓解了。

秦基伟立即下令，让冯百胜和段显峰去增援朴达峰。

张蕴钰展开地图，拿起铅笔，把几个圈了圆圈的高地连了起来，发现段显峰和冯百胜最后一个打阻击的阵地距离朴达峰非常近。

张蕴钰恍然：“军长，你这是连环计，先让三连四处开花，之后直奔朴达峰，一口气执行了两个重要任务。三连的担子这次可不轻。”

秦基伟看看手表：“朴达峰情况不乐观，电令冯百胜和段显峰，三个小时内必须抵达朴达峰，完成增援任务。死命令！”

此时三连所在的327高地刚刚结束了战斗，被击退的美军正在准备下一次进攻。

段显峰、冯百胜和三连的一排长常大友正带着战士们打扫战场。段显峰搜查一个美军的背包，里面有几个弹匣，野战口粮，还有半包香烟。他快速搜集弹药，随手把装有香烟的袋子丢到一旁。

一名背着电台的战士，将手中电报交给冯百胜，那是秦基伟命三连增援朴达峰的电令。

段显峰和冯百胜看电报的时候，常大友持枪盯着逐渐靠近的两名美军。他们高举双手，示意自己没有携带武器，是来搬运尸体的。

常大友准许他们搬运美军尸体，但丝毫没有放松警惕，战场上不是你死就是我活，任何情况都可以出现。

段显峰和冯百胜领会了秦基伟的战术，但常大友这些班排长一时还没转过弯来。

段显峰把几个小石子在地上摆成一排，最后摆了一个大一点的石子。他解释说："我们在215高地和263高地都打了阻击，现在是327高地，我们通过这些小阻击拖慢了美军对朴达峰的增援速度。"他又指着最大的石块说，"我们最后的任务是支援朴达峰，军长这招真叫一举两得。"

"战术上讲是这样的，不过在执行战术的时候，情况随时都在变。敌人应该是猜到我们四面开花的战术，也要拖住我们，把我们咬死在这个阵地上。要想个办法，不然的话，不光没法增援朴达峰，我们都会被敌人吃掉。"冯百胜有些担忧地朝远处望去，远处隐约有大量美军在集结。

大家都在思索对策的时候，常大友捡起了段显峰丢掉的袋子，从里面拿出半包烟。他很惊喜，小心翼翼地塞进自己随身挎包。

段显峰以为自己漏了什么重要的战利品，立即走过去："一排长，战利品呢？吐出来。"常大友下意识护住自己的挎包，警惕地看着他，"这都是要上交的……"段显峰不由分说，强行搜包。

常大友挣扎一下，随后服软：“要什么你直说嘛。”

段显峰把挎包里的东西统统倒在地上，缴获的美军罐头、野战口粮、口香糖、巧克力、美军军官简章、烟幕弹、香烟，乱七八糟一堆。

段显峰弯腰去捡烟幕弹，常大友以为要抢他的香烟，一脚踩住了香烟。段显峰抬头看看他，常大友悻悻抬起脚。段显峰捡起烟幕弹，朝着常大友晃了晃，又快速做出要抢东西的动作，常大友又下意识踩住了香烟。

段显峰露出了略带痞味的微笑。

“段参谋，你看你这个人平时看起来斯斯文文的，怎么一肚子坏水。”常大友不甘心被他戏弄，咕哝了一句。

冯百胜很快想出了对策，他命令常大友带一个班留下对付敌人，他和段显峰带其他战士去增援朴达峰。

“连长，朴达峰打得肯定特别艰苦，让我也去吧。”

“行啊，你去朴达峰，我留下。”

常大友连忙摆手：“那……那不合适，我留下。”

“我留下。”段显峰对冯百胜说，“军长让我给你当副手，这个任务应该我执行。”段显峰语气坚定。

冯百胜和段显峰打过交道，了解他的性格，这个时候否定他的提议，就是看不起他。从任务的角度来讲，也是该段显峰留下。段显峰虽然是军部参谋，但战场上的关照归关照，责任必须履行。

冯百胜说：“你们都留下。坚守三个小时，去朴达峰还是回头和大部队会合，根据敌情自行决定。我建议执行掐头去尾的战术，在公路急转弯的前端和后部击溃美军的坦克，这样就能让公路上所有的美军陷入瘫痪，也没精力去追我们了。”

段显峰点头答应。

常大友突然举枪射击，“砰砰”两枪，远处的两名美军瞬间被击毙。他们是在偷偷隐藏起来的武器，准备发起偷袭的时候被常大友击毙的。

冯百胜带着三连战士们离开后，常大友让段显峰殿后，他去执行冯百胜布置的任务。段显峰朝传来飞机轰鸣的远空望去，随后举着烟幕弹说：“你对付步兵，我对付飞机。”

“我给你派几个人。”常大友环顾身边，他的兵力原本就捉襟见肘。

段显峰说：“不用派兵，给我点东西就行了。”

常大友立即紧张地捂住了自己的挎包。

“军装。”时间紧迫，段显峰没有再开玩笑。

常大友一怔，随即反应过来，他对身边的战士们说了一声“脱！”

战士们立即脱掉军装，只下大裤衩。

美军飞机的目标原本是人数较多的常大友等人，但段显峰冲上高处，将战士们的军装平铺在地上，又覆盖了一些树枝遮掩，这样从高空俯视，地面像趴着一群隐蔽着随时准备作战的志愿军战士。

几架美军飞机俯冲过去，一个俯冲扫射就将简易的假阵地炸上了天，随即拉高升空，寻找下一个扫射目标。

下一个目标自然是常大有等人，段显峰不能让这样的事情发生。

段显峰了解美军，美军习惯用彩色幕弹弹标记轰炸目标，他将从常大友手里抢走的烟幕弹丢在假阵地附近。这样还不够，要让美军飞行员觉得假阵地上还有志愿军，还在战斗，甚至还在挑衅他们。

怎么挑衅?

简单。

段显峰端起枪朝着美军飞机连续射击。

开始的时候，美军只注意到烟幕弹，等到俯冲抵近了，才看到他。

几名美军飞行员在通话中甚至没有任何嘲笑，在他们看来，他们是大象，段显峰是蚂蚁，蚂蚁的任何挑衅都是徒劳的，因为大象看都不会看蚂蚁一眼。

蚂蚁却是倔强的，不要命的蚂蚁。

美军飞机俯冲轰炸扫射时，段显峰站在山坡上对着飞机射击，美军飞机盘旋准备寻找下一个目标时，他还在射击。

大象被激怒了。

美军飞机轮流俯冲，它们要碾碎段显峰。

第一架飞机俯冲的时候距离地面极近，美军飞行员甚至能看清段显峰额头的汗珠和枪口喷射出的火焰。

“砰砰砰！”

段显峰悍不畏死，迎着美军飞机射击，在子弹打光的瞬间，他一个转身跳下了山坡。

美军飞机投掷的炸弹在他身后炸弹，飞溅的火星形成了一张大网，朝着他铺天盖地地罩了下去。

“噢……烫烫烫……”段显峰早脱光了军装，乱纷纷的火星砸在他的脊梁上，激出了一连串惊呼。

“哎哟……疼疼疼……”段显峰沿着山坡飞滚下去，胳膊、腿、腮帮子、脚踝，没有一处不传来钻心的疼痛。

夹杂着飞扬的尘土和飞溅的火星，以及乱纷纷滚落的石子，段显峰终于滚摔到了山坡底部。

“疼疼疼……”段显峰揉完胳膊揉大腿，揉完腮帮子揉脚踝，可还是有哪里异常疼痛。

“是屁股！”

段显峰疼得跳了起来，火星几乎烧掉了他半个裤衩！

段显峰用不要命的战术成功吸引了美军飞机，为常大友等人争取了时间，避免他们遭受空袭。

执行轰炸任务的美军飞行员中有一个人，他是范弗里特的儿子小范弗里特。

没有美军飞机轰炸，常大友也没了压力，他带着一个班的战士冲向公路。

这些光着黑黢黢的脊梁、眼睛吞吐着杀气的战士们如同下山的猛虎一般，呼啸着杀向敌群。

公路上的美军车队是先头部队，依次是两辆坦克，一辆道奇中卡，一辆十轮大卡，一辆威利斯吉普，一辆坦克。行进在最前面的坦克被两名战士用炸药包炸瘫痪。常大友带着两名战士，抱着炸药包，冲向最后一辆坦克。坦克上的美军士兵用机枪射击，三人被压制。常大友迂回到远处，开枪击毙坦克上的美军士兵。两名战士趁机用炸药包炸掉了坦克。

公路上美军先头部队的一前一头的坦克都被炸。车队瘫痪在路上。

撤退的时候常大友嘴角一直挂着笑，旁人都以为他在笑段显峰被烧黑的屁股，他却是在为段显峰高兴，虽然段显峰的任务完成得狼狈不堪，跌跌撞撞，却是在拼了性命、不顾一切的情况下完成的。

常大友原本对段显峰去吸引飞机没有抱任何希望，只是想这种方式让他安全一些，减少流血牺牲的概率，没想到他真的完成了，给自己帮了大忙。常大友以前对段显峰这样的书生军人是尊敬的，但也仅限在地图前开作战会议的时候。现在他明白了他们是一路人，都是冲锋在前，勇于献出生命的人。

有战斗经验，生生死死几次的战友，常大友敬佩；从未上过战场，第一次拔枪就敢和敌人换命的人，常大友更敬佩。段显峰已经成为他心中的书生英雄。

只可惜，段显峰的屁股被烧成了猴屁股。想到这里，常大友又笑了。

4

15 军临时指挥部略显嘈杂，周发田和马钢都站在报务员身后，焦急地等待三连的战报。只有秦基伟安静地削着铅笔。

联系不上三连，还是联系不上三连。

车敏瞧向来比较稳重，这个时候也坐不住了，打电话到 45 师询问朴达峰的情况，45 师也只是知道朴达峰还在我们手里，没有三连的消息。

冯百胜和段显峰分开后，命令战士们丢掉电台等一些非战斗装备，一路轻装朝朴达峰疾行。

秦基伟很清楚，即便阵地还在，老八连的伤亡一定非常惨重。他手上用力，削断了刚削出来的铅笔头。

张蕴钰提出不能再寄希望于三连，朴达峰失守只是时间问题，应让第二道防线做准备。

秦基伟沉默片刻说："再等一等。如果不相信老八连，不相信冯百胜和段显峰，我们就不应该派他们去朴达峰。"

老八连没有让秦基伟失望，他们守住了朴达峰阵地。

三连也没有让秦基伟失望，他们及时增援朴达峰，死死拖住了美军大部队。

在这次战斗中，老八连损失惨重，一名连长，三名排长，以及各班班长、骨干、党团员几乎全部牺牲。

志愿军司令部里，彭德怀站在地图前略有焦虑地踱步。摆在桌上的面条的热气逐渐散去，有些凉了。

邓华边用手背试了一下碗的温度，边劝慰彭德怀说："阻击战打得非常艰苦，不过各阵地还都在 15 军手里。"

邓华的宽慰并没有让彭德怀焦虑的步伐停下来。

"报告，捷报！"志司发报员快步而来。

邓华立即接过电报："老总，15 军在芝浦里成功阻止了美军的进攻，现在美军已经全面停止了进攻。"

彭德怀这才放松下来，缓步走到桌前，坐下，拿起筷子准备吃面。

"老总，面凉了，我去热热。"邓华端起面条，准备往外走。

"面凉了没关系。"彭德怀阻止了他，随后用力拍拍胸脯，"这里是热的。"

彭德怀一边大口吃面，一边对发报员说："给 15 军发电！"

段显峰拿着一沓资料，分别递给坐在桌前的秦基伟、周发田、张蕴钰、车敏瞧。

段显峰说："各位首长，我军在芝浦里地区的角屹峰、朴达峰等地展开的阻击战给敌人造成了很大伤亡，我们的一些主力连队也遭受了重大损失，134 团的七连和八连伤筋动骨了。"

周发田说："老八连的连长也牺牲了，45 师准备把 134 团的三连连长冯百胜调到老八连当连长。"

"从来没打过败仗的冯百胜，加上以吃喝论战的指导员胡满仓，有他们两个搭班子，老八连很快就能站起来。"秦基伟点头表示同意。

马钢异常激动地拿着电报冲进了军部。他和段显峰撞了一下，差点摔倒。

"报，报告，志司来电！"马钢声音有些颤抖。

车敏瞧有些惊讶地看看马钢："念吧！"

马钢拿着电报，情绪愈发激动，他想念，但一个字也念不出来。

"不是就是一封电报嘛，我看看。"车敏瞧接过了电报。

车敏瞧看电报时情绪也激动起来，用力地把电报交给张蕴钰。

张蕴钰接过电报，有些语无伦次："军长，我从来没见过彭老总这样……我是说，没见过老总发这样的电报……"

秦基伟惊讶地看着他："我的参谋长，你冷静点，彭老总说了什么了？"

周发田和军部其他人员都好奇地站了起来。

秦基伟看完电报也有些激动，但很快冷静下来，他把电报交给了段显峰。

段显峰当着 15 军军部所有人的面把彭德怀发来的电报念了出来："我十分感谢你们！彭德怀！"

短短的一行电文充满了无穷的力量，这种力量让军部的人都怔住，随后兴奋异常地欢呼起来。他们都非常清楚，彭德怀为人严肃认真，尤其在工作中很少表露情感，抗美援朝期间他只发过两次带有强烈个人感情的电报，一次是给三十八军，另一次就是此时发给15军的电报。

“芝浦里地区的阻击战能够获得胜利，是15军全军指战员协同作战的结果。”秦基伟示意众人冷静，“我为你们骄傲，但我只准许你们骄傲三分钟。”

秦基伟来到三兵团司令部的时候，王近山正坐在桌前喝水。

王近山面无表情地摆摆手，示意他坐下。

警卫员端着水杯进入，准备放到秦基伟面前，不料王近山竟然伸手阻止，示意他把水杯放在自己桌上。

警卫员犹豫片刻，还是遵照王近山的意思，把水杯放他的桌上。

空气骤然凝固。

芝浦里阻击战时，秦基伟由于联系不上三兵团，直接接受志愿军司令部的指挥。他以为王近山要追究他的相关责任。

秦基伟说：“王副司令……”

“你不要说话！”王近山猛地一拍桌子，“彭老总给你发电报，感谢你们15军，还指名道姓感谢你秦基伟！”

“战况紧急，我同时向兵团和志司发报请示，志司的命令先到了，就执行志司的命令，不过确实有越级汇报的嫌疑。”秦基伟面不改色。

“好你个秦基伟！”王近山声色俱厉。

秦基伟态度愈发恭敬，说的话却坚持原则：“王副司令，对不住了。不过，如果再有类似的情况发生，我还会这么做。”

王近山突然哈哈大笑，一改刚才的严肃：“顶得住压力，守得住原则。好嘛。军人唯一的原则就是打胜仗。好啊，老秦！”

秦基伟也哈哈大笑。

“西南局开会，你为15军请命出征，把枪往我面前这么一摔，我就知道你不简单。”

王近山端起自己的水杯，向秦基伟伸过去。

“彭总要感谢你，我也要感谢你。第五次战役我们 180 师出了些状况，幸亏你们 15 军才让我们把局面找了回来！所以呢，我不能让你喝警卫员送来的水，你要用我王近山的杯子，喝我王近山的水！”

王近山用力把自己的杯子塞到秦基伟手里，水珠飞溅。

此时的 15 军正穿行在朝鲜的群山峻岭之中。看着生龙活虎的战友们，老八连指导员胡满仓打起了快板。

打竹板，说 15 军，
芝浦里防御建功勋。
阻击敌人进攻铁原和金化，
关乎全局意义大，
代价小、毙敌多，
把联合国军打趴窝，
五千敌军咽了气，
手拉手地见上帝。
上帝心里也纳闷儿，
都去朝鲜找什么事儿？
志愿军可不好惹，
以后能躲尽量躲！
英雄团队英雄魂，
15 军出战神，
柴云振、刘兴文，
好似猛虎入羊群，
多次组织突击队，
将敌反扑都打废，
坚守阵地朴达峰，
英勇无畏立大功！

附：

志愿军63军、15军在芝浦里地区粉碎了美军攻占铁原、金化，截断志愿军东线主力兵团退路的企图。15军在阻击战中牺牲339人，负伤887人，消灭敌人5000多人，战斗中涌现出八连七班班长柴云振（中国人民志愿军一级战斗英雄，“七一勋章”获得者）、刘兴文（中国人民志愿军二级战斗英雄）等战斗英雄。其中苗族战士刘兴文被推举为志愿军国庆节归国观礼代表，后来他到西南各地报告前线作战情况，对全国，尤其是西南少数民族地区抗美援朝运动起到了很大的推动作用。

第三章

没有硝烟的战场

1952 年 4 月 14 日 天雨

自九日开始至今敌炮兵向我阵地发炮数目逐日增加，过去每天平均两千至三千发近来每天四千至五千发，飞机活动加多。今天准备召开军党委会上的报告，这是有关今后防御作战的思想指导。我准备讲四个问题：

1. 当前敌情，说明敌之兵力火器战车战役预备队数目及战斗力，地形五圣山西方山的关系中线的位置和重要性敌人进攻的三种可能。

2. 坚守防御巩固阵地消耗与消灭敌人保存与提高自己的战术思想指导问题，特别提到阵前反击与阵地反击的利害关系坚守阵地的几个条件，筑城坚固，反战车，强大炮火适时支援，充分的战斗保证（粮弹及通信联络），小部队出击。

3. 树立长期坚守阵地的作战思想不间断的政治工作，良好的阵地管理，作战与部队建设的统一保障人马健康防疫防毒反特斗争，支前问题。

4. 今后工作安排问题，本月底完成修补公路修理电线和住的防空洞运补弹药种菜等。第一线部队拟定作战方案开始有重点的建筑坑道。

总之战术必须是积极的主动的，防止当前急于求胜和时间长久之后疲倦麻痹思想，务求初战胜利，一切为了前线胜利紧张起来。

最后谈接防经验和加强团结问题。

《本色——秦基伟战争日记》

1

五月底的朝鲜昼夜温差大，天上偶尔还会飘起雪花，北京则阳光温暖，微风和缓。每有好天气，毛泽东都会到院子里锻炼身体，呼吸新鲜空气。

这一天，他刚走出菊香书屋，便看见秘书拿着一个盒子，从外面走了过去。

“主席，我买到了。”秘书把盒子交给了他。

毛泽东接过盒子一看，不由笑了：“你这个伢子哦，这是牛轧糖，不是牛皮糖。牛皮糖是很硬的一种糖。”

秘书尴尬一笑，马上要去再买。

“是敌人就要消灭它，今天，我们先消灭牛轧糖。”毛泽东一边和秘书吃牛轧糖，一边让他记录给彭德怀的电文，“历次战役证明我军实行战略或战役性的大迂回，一次包围美军几个师或一个整师，甚至一个整团都难以达到歼灭任务。这是因为美军在现时还有很强的战斗意志和自信心……为了打落敌人的这种自信心以达到最后的围歼的目的，适宜每次作战野心不要太大……”

彭德怀收到电报后立即给回电，他在电报中回复说军事方针的指示是完全正确的，当按照执行。1951 年 6 月，第五次战役即将结束时，彭德怀委派邓华率首批入朝作战的志愿军第 38、39、40、42 军的主要指挥员赴京汇报战场实况。

邓华见到毛泽东后，首先汇报了朝鲜的战斗情况，以及对装备、军工生产方面的意见。毛泽东对邓华说："牛皮糖是我们湖南的特产。想吃牛皮糖不能张大嘴巴，一口咬下去，先要敲碎他，一小口一小口地吃掉它。对美军，联合国军，目前应实行战术小包围，大小歼灭战，敲他的牛皮糖。我们的战略方针是持久作战，积极防御，要边打边谈，以打促谈，争取在公平合理的基础上解决朝鲜问题。在战略上蔑视它，当作纸老虎；在战术重视它，当作真老虎。"

邓华想起战争刚开始时，毛泽东曾讲过，美国人打原子弹，我们打手榴弹，抓住他们的弱点，打我们的优势。他认为持久作战，争取和谈达到结束战争。今后的作战方式，将是一种运动防御与反击相结合的拉锯战，也就是积极防御与短促突击相结合的作战方式。

毛泽东非常赞同邓华的观点。

1951 年 7 月，距上甘岭战役开始还有 15 个月。

李克农率队进驻来凤庄，准备和美国、南朝鲜进行谈判。他的身边有一位不起眼的年轻人，名叫莫远，是中方翻译兼速记员。

一个月前，由毛泽东亲自点将，由时任外交部第一副部长、中共中央军委总情报部部长的李克农和时任中国外交部政策委员会副主任兼国际新闻局局长和乔冠华组成了中方谈判工作班子。对于谈判，中朝方面成立了三线班子：第一线是坐在谈判桌前唇枪舌剑的谈判代表团；第二线是前方指挥部，由李克农直接向中朝决策层、彭德怀汇报联系；第三线是中朝决策层以及苏联的斯大林。李克农的身份没有公开，战友们都称他为"李队长"。

莫远第一次见到李克农是在一个大会议室，里面有十几个人分为三组紧张地讨论工作。李克农朝莫远摆了摆手，交给他纸和笔，随后继续讨论工作。十几分钟后，结束讨论，李克农看到莫远已经写满了十几张纸。令他惊讶的是，莫远把十几张纸分为三份，因为他将三个讨论小组的发言全部记录了下来。

李克农带着满意的笑容问莫远，听说你的眼睛和耳朵都很厉害？

莫远闭着眼睛说："李队长，您的左侧镜片偏上位置有不明显的水渍，旁边一组有杆'烟枪'，从他走进会议室到停止记录，共抽了六支烟，距他最远的一组的高个子的左手持续轻微颤抖，应该是受过外伤，影响了神经。"

莫远睁开眼睛后向李克农证实了他还有一对异于常人的耳朵。他说距他最远一组中发言时间最久的人应该出生于呼伦贝尔大草原，他应该还在赤峰和沈阳至少工作过两年以上。不过有一点有点奇怪，因为通过这个人的口音判断，他还受到了天津口音的影响，也许是常年和这个人一起工作的战友有天津人。

李克农立即把出生于呼伦贝尔的同事叫了过来，证明他确实在赤峰和沈阳工作过很久，不过他说他没有天津的战友。他的夫人是天津人，始终陪伴在他身边。

工作能力强，还有一双"好眼睛""好耳朵"的莫远通过了李克农的面试。

李克农提醒莫远，谈判是军事战场之外的第二战场，是没有硝烟的战争，谈判时的一言一行都会关乎谈判的成败。

谈判双方在东西向摆放的长条桌南北而坐，南面是"联合国军"代表，乔埃居中，他的右侧是白善烨、霍治，左侧是克雷奇、勃客。北面是朝中代表团，南日将军居中，右侧是邓华、解方，左侧是李相朝、张平山。

莫远和书记员们坐在一起。

谈判尚未开始，战斗却已经打响。

谈判桌上摆放着大小高度一致的两面旗帜，分别是朝鲜国旗和联合国旗。谈判正式开始前，美方人员便拿出一个笔记本垫在联合国旗底部，这样联合国旗明显比朝鲜国旗高了一些。一名朝方谈判代表也立即将厚厚的记录本垫在朝鲜国旗底部，这样朝鲜国旗明显比联合国旗帜大一些。美方谈判人员立即拿出一面较大的联合国旗替换了桌上的旗子，这样联合国旗就比朝鲜国旗大很多。

美方是有备而来，朝中方面没有准备，立即陷入了被动。莫远思索片刻，起身离开走到室外，直奔乘坐的车辆。车辆两侧的倒车镜上悬挂有朝鲜国旗。这面旗子远远大过此时摆在桌上的联合国旗。他用倒车镜上的朝鲜国旗替换了桌上的朝鲜国旗，再次夺回了优势。

美国、南朝鲜代表无计可施，唯有无奈耸肩。

谈判开始后，美方提出“海空补偿”，理由是他们有海军和空军，朝中方面没有，要求中朝用领土补偿。时任志愿军参谋长解方立即让美方无话可说。解方反击道，我们各出一支步兵部队进行小规模战斗，如果美方赢了，朝中方面立刻答应所谓的补偿；如果美方输了，美国、南朝鲜方面要给朝中方面补偿。反击太解气了，他说我们是陆军对你们陆海空三军，如果我们有海军和空军，你们早被赶下海了。

经过几番交涉，美国、南朝鲜方没有占到任何便宜，于是集体陷入了沉默。

会场里空气凝滞，落针可闻，当双方沉默到三十分钟时朝中方面的代表有些坐不住了。

莫远离开会场，前往会场附近的一个帐篷，李克农正等在那里。他简略陈述会场谈判经过后，李克农笑着让莫远坐了说，让他描述美国、南朝鲜方面每个人的细微动作。

莫远观察细致，记忆力超群，他快速描述了美国、南朝鲜方每个人的微动作和微表情。李克农知道美国、南朝鲜想要攻破朝中方面的心理防线，于是拿出了笔。

莫远提到一个奇怪的现象，美国、南朝鲜方始终只有美方发言，南朝鲜方一言未发。李克农笑着说，在美国人看来这是他们的战场，南朝鲜人能坐在会场已经是美国人给足了面子。李克农说完将写好的字条交给了莫远。

李克农对莫远说：“毛主席来电说，我们不提议休会，不表示破裂，但也不怕他们破裂。他要打，我们拳头比他们硬，他们要坐，我们是打坐的祖宗。”

回到会场，莫远将纸条交给了乔冠华。乔冠华打开纸条，只见上面写着“坐下去”。朝方谈判人员心领神会，一个个精神抖擞，和美国、南朝鲜方展开了打坐的较量。

一个小时后，美国、南朝鲜方终于坐不住，率先离开了会场。

这是世界谈判历史上最长时间的静坐对峙。

1951 年 8 月，由于美国、南朝鲜方在谈判区挑衅滋事，停战谈判被迫中断。

2

1952 年 3 月，距上甘岭战役开始还有 7 个月。

彭德怀选择了一个晴空万里的好天气，带着志愿军各军军长登上了位于中部战线附近的高山。

站在高山之巅的彭德怀一言不发地拿着望远镜望向远方，各军军长也拿着望远镜认真观察。

足足过了十五分钟，彭德怀才放下望远镜，询问一众军长，都看清楚了吗？秦基伟等军长认为已经观察清楚附近的地形地貌，纷纷给予肯定回答。彭德怀沉默片刻，缓缓地说了一句，我看未必。

回到志愿军司令部后，彭德怀在地图前回来踱步。

秦基伟、张仁初等军长围坐近前，每个人都察觉到彭老总方才的问话没那么简单。

沉默许久，彭德怀终于开口：“现场勘察的时候，我问看清楚没有，不是问大家地形看清楚没有，是问对接下来阵地防御的重心、重点和意义看清楚了没有。近期美国人建了三道纵深达七八十里的防线，同时也在积极寻找战机。敌人虽然坐在了谈判桌前，但不会那么老实，很有可能是在利用谈判拖延时间，接下来敌人会搞动作，甚至是大动作。26 军需要休整换防，志司决定把 15 军换防至平康、金化、淮阳地区。”

秦基伟起身立正："是！15军保证完成任务。"

彭德怀满意地点点头，随后语重心长地对秦基伟说："五圣山是朝鲜中部战线的门户，失去五圣山，我们将后退200公里无险可守。我再强调一句，谁丢了五圣山，谁就要对朝鲜的历史负责。"

秦基伟闻言神色一凛。

第四章

战前博弈

1952 年 10 月 11 日 阴天

今日气候突变零上两度，守卫在五圣山西方山上的勇士们及正在同敌人进行争夺战的指战员和运输部队特别是伤员同志是多么的艰苦，近五天中朝鲜前线在反击作战中歼灭敌军五个建制连十九个建制排及四至六个建制营的兵力，总数在五千人以上。我决心于明晚攻击 391 高地的敌人，这是伪九师一个加强连的兵力，该连住 [驻] 守一个南北 150 公尺东西百五十尺公尺的山地，周围均为平原，地形便守不便攻，加之近来敌人警惕。今天敌人开至月井里战车 17 辆，该地相距 391 阵地只有五里，估计敌人有所准备，这样便增加我们攻击的困难。特别是我炮火阵地受地 [地形] 限制准备尚不够充分，部队需要于今晚进行潜伏必须防止敌人发觉，这是决定战斗成功或失利的关键。但为了有力的配合卅八军作战我们又必须从全局出发争取时间，但估计成功的可能性较大，其原因是我步兵准备较成熟炮火较强，上述所估计到的情况均有准备。敌人战斗力较弱，只要明天不发生新的情况估计无什 [什么] 问题。

《本色——秦基伟战争日记》

1

美军第八集团军司令官詹姆斯·奥尔沃德·范弗里特穿着笔挺的戎装，带着几名随从，站在直升机起落点附近。

等待了十几分钟，比尔从随身的小冰箱里拿出了加了冰块的可乐，递到范弗里特的手中。范弗里特有一个不离身的小冰箱，里面除了冰块、可乐，还有三明治和巧克力。

比尔还提醒范弗里特可以到接机的吉普车上稍作休息。范弗里特拒绝了他的提议，以标准的军姿等待客人是他的待客之道。

又过了十分钟，远空才出现直升机的影子。

联合国军总司令，美国远东地区总司令马克·韦恩·克拉克第一个走下直升机，接着是穿着军装的金柱玄。金柱玄的身份是南朝鲜总统李承晚的特使。

范弗里特给克拉克敬了军礼后说："司令官，部队相关单位都准备就绪，我们随时可以去鸡雄山视察地形。"

"我也希望自己像你一样敬业，但是我的身体受不了直升机的剧烈颠簸，需要小小地休息一下。"克拉克略显疲态。

"当然，最年轻的食物和最年迈的葡萄酒都在等着你。"范弗里特随后把目光投向了金柱玄。

"司令官先生，你好。"金柱玄异常激动，敬礼的手都在微微颤抖。

范弗里特给了他一个热烈的拥抱，之后用长者的目光审视着：

“你好，总统的特使先生，我更愿意听你叫我老师，我们在军校度过了美好的时光不是吗？”

从联合国军的几任司令官，麦克阿瑟、李奇微、克拉克，到沃克中将，美国高层将领中只有范弗里特处理好了和南朝鲜政府以及军方的关系。当大多数美军以拯救者的姿态凌驾于南朝鲜人之上的时候，只有范弗里特展露出农民般的诚恳，他力所能及地给予南朝鲜人帮助，还帮助南朝鲜人建立了军校。

朝鲜战争爆发后，南朝鲜军在朝鲜军面前不堪一击，抗美援朝开始后面对志愿军更是损失惨重，在抗美援朝的中后期，南朝鲜军战斗力得到了显著提升，甚至给志愿军造成了一些麻烦。范弗里特对此是有些贡献的。

金柱玄长得仪表堂堂，方脸高个，满脸朝气，他在范弗里特建立的军校里接受过短期的突击培训，是精锐南朝鲜军官的代表人物。

金柱玄很激动：“当然了，老师。我永远记得那段时光。所有国人都在说，如果不是老师，韩国军队战斗力永远不会得到提高。”

范弗里特拉着金柱玄的手，像是见到了分别许久的挚友：“虽然我觉得我做得还远远不够，但是我愿意听到这样的话。请吧，毒气先生。”

“噢，老师还记得我的绰号。”金柱玄的惊讶溢于言表。

金柱玄在军校学习期间，极力倡导为赢得战争不惜任何手段，尤其是毒气弹，因此被称为“毒气先生”。

“所有优秀的人会被刻进我的记忆里。”

直升机螺旋桨卷起的巨风卷走了范弗里特的军帽，范弗里特不为所动，坚持把金柱玄送进吉普车。这让金柱玄颇为动容。

坐上吉普车后，克拉克调侃范弗里特竟然为了金柱玄这样一个韩国少校，冷落了他这个美国将军。范弗里特回答说，如果能团结所有的韩国人，我们也许早就打败了共产党。

范弗里特为克拉克和金柱玄在司令部举行了隆重的欢迎酒会，酒会的气氛推到高潮的时候，他独自走到了院子里，接过了比尔递给他的情报。那是一份关于秦基伟的情报。范弗里特对秦基伟非常感兴趣，如果不是秦基伟灵活机动发起了芝浦里阻击战，也许他已经史无前例地吃掉了志愿军一个军的部队，甚至更多。

当范弗里特得知秦基伟的绰号叫“秦大刀”，是从普通士兵成长起来的将军时，对他愈发产生了兴趣。

克拉克端着酒杯，微醺地从司令部里走了出来，他要和范弗里特单独谈话。克拉克严肃地通知范弗里特，未经他的准许，除了出于安全考虑所需的侦察和反击，不许以任何借口对中国人发动连以上规模的进攻。

范弗里特渴望战斗，渴望和秦基伟这样杰出的志愿军将领交手。在此之前，他向克拉克多次提交过作战计划。在克拉克看来，范弗里特提交的“筷子 1”到“筷子 16”作战计划不应该叫战斗，应该叫战争。如果他同意了这些计划，范弗里特可能会毁灭整个亚洲。

2

范弗里特不知道的是，酒会结束的第二天上午秦基伟已经率领 15 军进驻了五圣山上甘岭。

按照换防原则，26 军驻守上甘岭的指战员全部撤离一线阵地后，15 军正式进驻。

段显峰作为军部代表，和一线部队正式接防上甘岭 597.9 高地。他看到阵地被打扫得异常整洁，随处可见“欢迎兄弟部队 15 军！”“人在阵地在！”等标语。在战壕或者猫耳洞的显著位置放着一些缴获的美军罐头、香烟。这是 26 军的战友们给他们留下的礼物。让人倍感温馨的是，这些礼物上面放着用香烟盒裁剪出的红色五角星，或者红绸带编出朵朵小红花。

26 军的战友们也在用这种方式婉转地提醒他们，26 军在驻守上甘岭期间战果赫赫，阵地未失一寸，他们当再接再厉。

段显峰发现26军的修筑工事相对简单，这主要是因为26军实施的战术灵活多变，不借助坚固的工事掩体。

段显峰将这一情况汇报给了秦基伟。秦基伟亲自前往阵地视察，之后提出，我们和26军遇到的情况不同，敌人随时可能对防区进攻大规模进攻。要思考一个问题，没有坚固的工事，能不能承受所谓的范弗里特弹药量，没有坚固的工事，能不能承受大规模长期的艰苦战斗。范弗里特弹药量又被称为范弗里特炮击量。联合国军第二任总司令李奇微大规模使用弹药的战术，被称为“火海战术”，范弗里特使用的弹药量比李奇微还要多，常常是规定弹药量的五倍。

秦基伟对战士们讲道：“我十岁那年成了孤儿。野狗咬我，恶人欺负我，十岁的娃娃心里怕得很。十三岁我当红军，不怕恶人，更不怕野狗。后来我爬雪山，确切地说是三次爬雪山，两次过草地。爬雪山的时候冷，过草地的时候饿，数不清的战友被冻死饿死。后来我想，当红军前被人欺负，当红军后被国民党追，无非是因为落后。你们想，红军要是有飞机、有坦克、有兵工厂，会挨打吗？同志们，落后这个病，有药能治吗？”

众人静心屏息，都在等着秦基伟讲下去。

秦基伟望着高地的工事：“什么是药，青霉素、红霉素，还是草根土沫子？那些药治的是身上的病，落后是国家的病、民族的病。我们从鸦片战争到民国，一直到现在，吃的亏，受的欺负，统统都是因为落后。因为落后，周边的国家想欺负我们，欧洲的列强隔着千山万水，也要欺负我们，从我们的身上割块肥肉走。现在我觉得我找到了药，你们想想，从红军时期，抗战时期，解放战争时期，我们还是落后的，可是我们一直在胜利，我们打败军阀，打败了法西斯，打败了国民党独裁者。我们赢了，靠的是什么呢？”

众人精神愈发集中，聆听秦基伟讲话。

“是党，是信仰！信仰是我们从胜利走向胜利的灵丹妙药，是我们无愧于老祖宗，无愧于子孙后代的保证。抗美援朝是一个总结，是我们从 1921 年以来的一次总结，是再也没有人敢骑在我们脖子上为所欲为的一次总结。我只有一句话，我们的脚下是上甘岭，身后是鸭绿江，打完上甘岭，回家抱娃娃！”

众人热烈鼓掌。

秦基伟最后说：“同志们，我们有信仰，也要有办法。我们都要好好想一想，我们能够守住阵地，守住防区的办法是什么？这个办法，正是上甘岭的药。”

3

15 军的防区包括西方山、五圣山等地，上甘岭的两个阵地 597.9 高地和 537.7 高地北山是位于五圣山地区的前沿阵地。

15 军进驻防区不久，秦基伟便带领着军部相关人员视察各部队阵地，他们首先登上了五圣山顶。

段显峰是作战参谋，他向秦基伟等人介绍说 15 军的防区，东起五圣山，西至斗流峰、西方山，防御正面 27 公里，纵深 21 公里，面积 567 平方公里。五圣山的侧后方是金化，五圣山以西是西方山，以南是美军占领的鸡雄山。五圣山是附近海拔最高的山峰，天气好的时候能看见鸡雄山上敌军的旗子。上甘岭的两个高地情况截然相反，597.9 高地易守难攻，537.7 高地北山则是易攻难守。

秦基伟对 15 军的部署是，西方山和五圣山分别由 44 师和 45 师负责防御。

秦基伟眺望着对面的美军阵地，提出了一个问题：如果敌人进攻，会从哪儿着手，西方山还是五圣山？

马钢认为美军习惯用坦克和战车夹带步兵发动攻击。一旦占领西方山，地势平坦的平康谷地就可能落到他们手里，所以美军很有可能进攻西方山。

段显峰的观点则不同，他认为进攻西方山对美军的风险非常大，打好了可以说突破了我们的防线，打不好就要陷入我们多支部队的合围。毕竟 15 军两翼的兄弟部队是 38 军和 12 军。这两支部队都是王牌。他认为五圣山是战略要点，597.9 高地楔入金化防线太深，直接威胁敌金化河谷的安全，占领五圣山，进可攻退可守，一定会作为优先目标。

周发田和张蕴钰认为两种可能都是存在的。张蕴钰解释说，五圣山和西方山互为犄角，西方山扼守南北交通咽喉，一旦失守，敌人可直驱平康河谷，使五圣山成为三面受敌的孤峰。五圣山若失守，西方山也就没有了依托，恐怕也很难坚守。

秦基伟没有表达自己的推测，他望着上甘岭的两个高地，豪情万丈地说："上甘岭是个好地方，飞机下不来，坦克上不来。人对人，个顶个，老子不怕他！"

同一时间，范弗里特带着克拉克、金柱玄等人正站在鸡雄山上眺望着五圣山。

克拉克在听完范弗里特对地形的介绍问："我们已经充分领略到了你作为绅士的一面，现在请你讲一讲下一步作战计划，没有人相信和善的绅士会使用中国人的战术，给中国人制造了大麻烦。"

范弗里特一改方才的谦恭，尽显美国军人本色。他说他在志愿军发起的第五次战役期间，使用了志愿军常用的战术，他在一天之内分兵十三次，动摇了志愿军的整个防线，抓了一万多名俘虏。不过那是餐前的开胃菜。中国人使用迂回包抄、分割歼灭的战术是因为他们缺乏重武器，没有空军和海军的有力支持。他相信任何一名军人，当他有原子弹和长矛可以选择的时候，他的首选一定是原子弹。

范弗里特的计划是，在接下来的战斗中，他将会充分发挥美军的优势，让对面的共产党品尝我们的炸弹和炮弹。

范弗里特是一名山地作战专家，还被称为反共专家。他在 1948 年担任希腊联合军事先头增援集团军司令官时，迅速打败了多达十万的希腊人民解放军。请看对面，除了可以让我们机械化部队纵横的平原，就是连绵不绝的群山。

范弗里特指着对面的五圣山说："诸位请看，那是属于我的战场。对面是群山，我会用炮弹把它炸成平原，如果对面是平原，我会用炮弹把它变成群山，如果对面藏着共产党，那么我会把对面变成共产党的坟墓。"

结束对前线阵地的视察后，秦基伟把自己关在了房间里，这一关就是三天。在这三天里他只喝水不吃饭不见任何人。没有人去打扰他，大家都知道他要解开心里的难题，也是15军防区的难题，那就是应该重点防御西方山还是五圣山。

太阳东升又西落，放在门口的饭菜凉了又端走。

房间里的秦基伟如老僧坐定，脑中却波澜万丈，他想起了艰苦卓绝的长征时期，想起了跃马冲杀，大刀红绸子三尺三的红军时期……他想起了太行山，想起了郑州，想起了在重庆向邓小平请战，想起前不久的芝浦里阻击战。

三天后，秦基伟精神抖擞地从房间里走出来，手里拿着写好的防御作战计划。

秦基伟的具体想法是：五圣山阵地597.9和537.7高地北山是金化地区最突出的地方，呈凸字形楔入敌人占领区。犹如斗士的两只铁拳，凭据这两个高地，金化到铁原之公路均在我火力控制之下。凭险而居，极利于我军开展冷枪、冷炮"打活靶"活动。美军、南朝鲜军对这两块阵地视若眼中钉、肉中刺。敌人胆敢从这里搞，我们可以充分发挥山地战的特长。你坦克望山兴叹，进沟则如鳖进釜，有来无返。你步兵上山不易，逃跑更难，想怎么打就怎么打。

4

美军某处靶场不时传来阵阵枪声，那是范弗里特正在练习射击。

他身后的美军第七师31团团长摩西等美军军官正在装填子弹。范弗里特完成射击，一名美军把带有弹孔的靶纸送过来。他打了10枪，六枪中十环，一枪中九环，四枪中七环。

范弗里特拿着靶纸，对在场的美军军官们说："没有我枪法好的，不许去指挥部队参加一线作战，全部转到后勤部队修理汽车。如果汽车也没有我修得好，那就滚回老家挤牛奶。"

摩西等美军军官先后射击，很快代表射击成绩的靶纸递到他们手上。范弗里特高高举着自己的靶纸，和他们对比成绩。当场有两名射击成绩低于他的军官被免职。

轮到摩西的时候，他把靶纸放到身后，他说自己要给司令官留一点颜面。

"我怀疑你打了零蛋。"范弗里特一把夺过他的靶纸。

摩西打了九个十环和一个九环。他说那个九环是故意打偏的，那代表着他对范弗里特的敬意。

范弗里特对他的射击成绩很满意，随后询问起秦基伟的情况。他刚刚得知秦基伟率领的15军已经进驻五圣山。

"15军在中国的太行山起家，他们能适应各种地形的战斗。来朝鲜之前，他们在中国西南的群山里剿匪。游击战，反游击战，城市攻坚战，这支军队可以在任何地方，任何时间战斗。"摩西已经掌握了15军的一些情况，"秦基伟是中国自己培养的将领，勇敢和坚韧是这些将领的底色，他们能在艰苦的环境下生存，最终获得胜利凭借的是超乎想象的战争智慧。"

"无论他们多么擅长山地作战，剧烈爆炸都会让他们瞬间失去抵抗力。"范弗里特决定将摩西的靶纸作为纪念品留下，他对摩西说，"从下一秒开始，你直接受我的指挥。"

范弗里特信任摩西，摩西最信任的基层军官是贝尔。

美军车队行驶在公路上，后面是十几辆坦克，行军装备各异。

贝尔正跟随着美军车队前往后方仓库，最近31团没有作战任务，他此次奉命执行护送物资。

一阵喧哗声从路边传来，贝尔看到一名醉酒的美军士兵朝着围拢在四周的美军士兵挥舞酒瓶。

“就会让我们去前线送命，六十岁才得到重用的老头，能有什么能力？我不去前线，不护送什么该死的物资，我要回家！”

他说的老头是范弗里特，他的一名同乡在范弗里特指挥的一场战斗中送了命。

贝尔跳下车，快步走过去。众多美军士兵看到贝尔，纷纷让路。

贝尔面带微笑地看着醉酒的士兵说：“在非作战时间，我不介意你偷偷喝酒，但你应该学会尊重上级！”

“滚开！再说一句话，我就打爆你的脑袋。”醉酒美军士兵大吼着举起了酒瓶。

围拢在四周的美军士兵纷纷劝阻贝尔，醉酒美军士兵已经伤了两个人了。

贝尔笑了笑，似乎不想再计较，可当醉酒美军满意地转过身时，他猛然冲过去，一拳打倒了他。

贝尔把醉酒的美军士兵按倒在地上，拳头雨点般落下。他的动作迅猛，又异常疯狂，旁边的士兵试图阻拦他，最终还是没有伸手。

贝尔起身后说：“如果你了解范弗里特将军在希腊的战术与进攻，你就绝不会说出他是个没用的老头这种话！他是个真正的军人！”

醉酒美军士兵胆怯地瘫倒在地，试图爬起来却失败了。

一名美军跑来，对贝尔说：“野狼，摩西团长让你马上出发。”

贝尔乘车风驰电掣般离开时，醉酒美军士兵才醒悟过来，原来贝尔就是大名鼎鼎的野狼。他是范弗里特将军的忠实粉丝。

冯百胜和常大友兴冲冲地朝军部走去，军长要见他们，一定是有重要任务。常大友一边兴奋地猜测即将会接受什么任务，一边朝冯百胜伸出了手。冯百胜看都没有，用力朝他的手臂抽了一巴掌：“一等烟民有烟有火，二等烟民有火没烟，三等烟民没烟没火。我说你这个三等烟民怎么天天向我伸手。”

常大友笑嘻嘻地再次伸出了手：“你不光是连长，还是我哥，有困难不找我哥找谁。”

冯百胜瞪了他一眼，目光落到了他不离身的挎包上。常大友的挎包是个百宝囊，里面塞满了各种战利品，不过他从来不和战友们分享这些战利品。

常大友立即把挎包甩到身后，无奈地说：“我姐心不是细嘛，总是担心我。我时不常地往家寄点缴获的巧克力、罐头什么的，她就没那么惦记了。朴达峰那半包烟寄回去，是因为我有姐夫了。我是我姐带大的，家里又穷……哥，这些你都知道。”

“你小子，又来这套。”冯百胜掏出一包烟，抽出一支别在耳后，剩下的全塞给了他。

“我哥这人就是仗义，再缴获了烟都给你留着。”常大友的嘴几乎咧到了后耳根。

冯百胜刚刚从三连调到老八连当连长，他把常大友带过去担任一排长。常大友是冯百胜一手带起来的，他是班长的时候常大友参军，他是排长的时候常大友当了副班长，还入了党，他当连长，常大友也成了排长。两人在战场上的配合也非常默契，冯百胜枪法好，常大友擅长拼刺肉搏，每到了冲锋的时候，常大友一马当先冲在前面，冯百胜在后面为他保驾护航。冯百胜从没打过败仗，这里面有很多常大友的功劳。

两人走进军部时，段显峰正向秦基伟请示启用那部闲置的电台。秦基伟告诉段显峰，26 军在换防离开前有一支小队潜入敌后执行侦察任务，部队离开时小队还没有返回，26 军留下这部电台，只能用于联络侦察小队。

秦基伟告诉冯百胜，自从 15 军驻守五圣山，对面的美军对我方阵地实施多方面侦察，他要求冯百胜的老八连抽调精兵强将，去对面抓俘虏，一方面了解敌情，另一方面也要给对面点颜色看看，要让敌人知道原来守着的 26 军战斗力很强，新来的 15 军同样也不是软柿子。

冯百胜看到段显峰跃跃欲试的目光，知道他要参加。他想堵住秦基伟的嘴，连忙说老八连可以单独完成这个任务。秦基伟告诉他，这个任务是段显峰申请的，执行任务的连队也是他提出来的，任务要由他带队执行，冯百胜另有任务，老八连指导员胡满仓和常大友配合段显峰执行。

冯百胜有些泄气，常大友却很高兴，朴达峰阻击战时段显峰给他留下深刻的印象，他愿意和段显峰多接触，多学习。

秦基伟也是有意锻炼段显峰，作为作战参谋，段显峰的军事理论非常扎实，还经常提出独到的见解，但他需要迅速补充实战经验。没有实战经验的作战参谋一定不是好参谋。

段显峰和常大友来到老八连后，胡满仓立即挑选了一批战士。

段显峰首先介绍了敌人的情况。五圣山对面是美军步兵第七师，参加过两次世界大战，该师有三个战斗团，叫“北极熊团”的 31 团在长津湖遭到九兵团痛击，彻底被打残，现在又建起来了。

在介绍完此次捕俘计划后，胡满仓推荐了几名战士执行此次任务。他们是奔跑速度快动作敏捷的云贵川、神射手孙耀祖、力大如牛的罗万象、机枪手徐晓和当过土匪的范元宝等人。这些战士除了孙耀祖和范元宝是新兵，其他都是老兵，他们对有些书生气的段显峰不太服气，觉得他制订的战术有些教条，缺乏灵活性。

让段显峰没想到的是，他们此行会遇到失联许久的 26 军侦察小队，而贝尔奉命追击的正是这个小队。

经过夜以继日地搜寻，贝尔在树林附近发现了一枚脚印。脚印虽然不够清晰，但能确定是志愿军胶鞋的脚印。贝尔用手捏了一些脚印下的泥土，发现泥土还很湿润，这说明他的敌人就在附近。

贝尔指挥众多士兵朝着脚印延伸的方向行进，他们很快惊动了放哨的万里[1]，他是侦察小队一员。

万里的年纪刚满二十岁，人长得黑瘦俊朗。发现敌情后他立即向侦察小队的队长老郑汇报。

侦察小队在完成侦察任务准备返回时惊动了美军，遭到了多支部队的围追堵截。侦察小队全部由精锐的老兵组成，在山里绕着圈子，多支美军不仅没有消灭他们，反而遭受了重大损失，这个时候贝尔才加入了追击。

经过连日的恶战，侦察小队弹药几乎打光，人员损失也比较严重。除了万里，老郑等五人个个挂彩。老郑摘下军帽，收集几名战士的弹药，他准备吸引敌人注意力，掩护战友。

老郑朝不远处的山坡望了一眼，他带着侦察小队绕了一个大圈子，再翻过那个山坡就可以进入志愿军的防区，他们就安全了。

老郑是队长，吸引敌人这种闯鬼门关的事情必须由他亲自执行。万里突然一把抢过军帽，朝着敌人冲了过去。万里在抢过军帽的同时，也抢走了吸引敌人的任务。

万里把军帽的弹药塞进口袋，随后高举着帽子在树林中跳跃穿行。贝尔立即带队追了过去。

猛追了几百米，两名冲在最前面的美军发现了落在地上的军帽。军帽被捡起来的时候，他们看见了藏在帽子下面的手榴弹和长长的引线。

这是万里设置的“诡雷”。

两名美军士兵转身就跑，但已经来不及了，随着一声巨响，两人被炸得横飞出去。

爆炸的手榴弹似乎提醒了贝尔，他警惕地朝身后望去，他发现了老郑等人模糊的身影。他立即下令放弃万里，猛追老郑等人。

万里发现情况不对，马上鸣枪，希望能再次吸引贝尔，但贝尔连

---

1 万里：与电视剧《上甘岭》中的“双喜”为同一人。

头都没回。他马上折返，准备和敌人殊死一战。

老郑等战士都负了伤，打光仅有的几枚子弹和贝尔等人展开了肉搏。贝尔原本以为俘虏他们是手到擒来的事，没想到他们爆发出惊人的战斗力。挂彩的老郑等人，用刺刀、用枪托干掉了每个靠近的美军。

飞溅的鲜血和垂死搏杀的怒吼让贝尔停下了脚步，他大声命令，消灭他们，不要俘虏！

射杀开始了，步枪和冲锋枪的子弹钻进战士们的胸膛，这些美军士兵继续向前突击的时候还不放心地对着牺牲战士的遗体补枪。

突然，一枚手榴弹在贝尔身后炸响，他被爆炸的气浪掀翻在地，接着又是连续的几枚手榴弹在他身边爆炸。

“隐蔽！”匍匐在地的贝尔大喊一声。

爆炸的硝烟尚未散去，贝尔便组织兵力朝着手榴弹飞来的方向包抄，他觉得自己上当了，按照刚才投掷手榴弹的密度来讲，起码有四到五名志愿军，他们的弹药充足。

贝尔确实上当了，万里快速投掷手榴弹后绕到贝尔前面。他背起老郑就跑。老郑腿部中弹，其他战友都牺牲了。

狂奔，不顾身后嗖嗖的子弹狂奔！

一路狂奔的万里不得不停下了脚步，因为他前面是悬崖。

回头望了一眼近在咫尺的美军，又观察了悬崖下的情况，万里迅速做出判断：跳崖！

对于万里来说，当俘虏是绝不可能的，硬拼则只有死路一条。

不需要言语的沟通，目光的对视说明老郑也是这个心思。那就跳崖。悬崖高近二十米，中间有一颗斜长出的松树，他们跳到能起缓冲作用的松树上，再落下去也许还有生还的机会。

万里先跳，经过比他预料得要好一些，他被松树拦了一下，掉在地上，悬崖下的地面比较松软，他只受了些轻微的擦伤。

即便如此，摔得眼冒金星的万里还是在地上躺了好一会。

万里躺在地上盯着悬崖上面，可是没有老郑的身影，只隐约看到老郑高举的手里紧握着一枚手榴弹。

“走！”老郑在拉响手榴弹之前大吼。

老郑中弹的腿部血流如注，他们的急救包早就用光了，止不住血意味着用不了多久他就会因为失血过多而亡。他不能让自己拖累万里。

万里瞪大的眼睛似乎滴出血来。

一颗子弹穿过老郑举着手榴弹的手臂，老郑来不及和敌人同归于尽，便被乱枪射杀。

极度的愤怒竟然让万里冷静下来，他站起身，用冷冰的目光望着悬崖，贝尔从悬崖上探出头，只是轻蔑地笑了笑便离开了。

贝尔的任务完成了，他不会冒着生命危险跳崖去追击万里。

贝尔走了，万里没有按照原计划返回志愿军防区，他跟上了贝尔。

他要复仇。

当晚，段显峰和胡满仓带队执行了抓俘虏的任务。

对于胡满仓这样的老兵来讲，解放战争抓俘虏易如反掌，他连军服都不用换，带几名战士就能抓住掉队的国民党兵，夜里只要装作国民党要害部门的军官，朝着哨兵一顿臭骂，便可以轻易靠近。抗美援朝期间抓俘虏可没那么容易，一来敌我语言不通，很难接近；二来美军的巡逻放哨战术互相呼应，一有情况便会察觉。

针对这种情况，段显峰在老八连驻地布置了四种方案，还有三套应急预案，把战士们说得头晕眼花。来时的路上，范元宝还不时问罗万象，第二套预案是什么来着。

找到合适的隐蔽处，段显峰正要进行具体安排，常大友却已经朝最近的岗哨走了过去。

两名美军哨兵立即子弹上膛，询问口令。

常大友把军服搭在手上，把挎包甩在身前，嘴里打着哈哈的同时把挎包里的东西乱纷纷地抛给他们。

罐头、巧克力，军用口粮先后落到了两名美军手中。

两名美军立即伸手去接，在他们看来常大友像是缴获了许多志愿军物资的南朝鲜士兵。直到他们发现常大友抛过来的东西都是自己部队的物资，这才发现不对劲。可常大友已经冲了过去，他一脚踢倒一名美军，随后用匕首刺进他的心窝，随后反手一拳砸晕了另外一名美军。

附近的美军鸣枪示警的时候，罗万象等人已经冲了过去，扛起被打晕的美军就跑。

常大友则快速把散落到地上的罐头等物品塞回挎包，这可都是他的宝贝疙瘩。

段显峰刚一起身，却被胡满仓给拦住了。胡满仓笑嘻嘻地说："体力活让他们来，我们指挥。"段显峰怔了一下，心里明白胡满仓是在保护他。这种保护是因为他缺乏实战能力和经验。

断断续续的枪声和漫天的照明弹追着段显峰等人，紧追他们的还有贝尔和一众美军。这次，摩西指挥参与了追击。

回撤持续了十几分钟后，段显峰看到地面不规则排列的小红旗，立即下令停止前进。

"雷区？"胡满仓对这些巴掌大的小红旗非常熟悉。

我方工兵发现美军埋设的地雷，先用小红旗之类的物品进行标识，然后再排雷或其他处理。

摩西和贝尔各带了一队美军从两侧包抄过来，原本不会给他们造成实质性的威胁，但雷区面积很大，他们通过雷区势必会减慢行军速度，他们通过雷区后势必被追击的美军合围。

胡满仓也看清了形势，不由得苦笑着说，我们这些天天"包饺子"的人，没想到今天要被敌人"包饺子"了。

段显峰马上想出了计划，他认为应该把美军吸引到雷区里进行肉搏，解决追击之敌。一旦美军兵合一处，他们将面临惨重的伤亡。

战士们听他这么一说，眼睛都亮了，肉搏是志愿军的看家本领，别看美军个个身高体壮，见了志愿军刺刀还是要打几个哆嗦。

胡满仓和常大友等人都同意这个计划。

段显峰等人进入雷区后立即隐蔽，把贝尔等美军引入了雷区。

贝尔看到了密密麻麻的小红旗，便明白这些红旗是用来标识地雷的，他没有任何犹豫，给远处的摩西发了信号，继续带队追击。

摩西却停在了雷区外面。

摩西望着冲进雷区的贝尔，不由对身边的人感叹，如果我有十个“野狼”这样勇猛的基层指挥官，他愿意和天神交战。

摩西唯一能做的就是不停地朝夜空中发射照明弹。

进入雷区的中美军人都很清楚，他们不能使用热兵器，一旦引爆地雷，那意味着他们要和对手同归于尽。接下来的肉搏也和往日的不同，所有人的搏杀动作都变了形，因为他们要避开那些象征着死亡的小红旗。

惨烈的肉搏瞬间展开。

老八连的战士们身经百战，悍不畏死，贝尔的士兵也是精挑细选，经历过“二战”的精锐。就像两群猛兽猛烈地碰撞在一起，肉搏刚一开始便撕裂出漫天的鲜血。

即便在这样的严峻时刻，段显峰依旧是重点保护对象，第一个拦住他的是胡满仓，当胡满仓冲进战团后常大友挡在他身旁，当常大友被两名美军围攻，他要冲过去的时候徐晓已经杀了过去，迅速解决了敌人。

徐晓的脸上被划了一道长长的口子，他毫不在乎地擦了一把脸上的血，对段显峰说，心意领了，你往后撤。

几分钟，或许几十秒便有七八个人倒下，有名胸口被刺穿的战士奋力朝地雷爬过去，想用自己最后的力气引爆地雷，但他力气都被喷涌的鲜血带走了。他缓缓地停下，一动不动了，他的身后留着一条长长的血痕。

段显峰有点愣住了，经过上次战斗，他觉得自己算是经历过枪林弹雨了，但战争的残酷在于枪林弹雨只是它的一部分。放眼望去满是因剧痛而扭曲的身体，地上的泥土灌满了鲜血，走一步都会打滑。

他望着那条长长的血痕，勇气与怒吼像是冲开他的身体，他呼啸着冲进了战团。

渐渐地，局面明朗了，老八连这边战斗力最强的是常大友，美军和他一对一瞬间被放翻，即便是两名或者三名美军和他拼刺也占不到便宜。他像是斩劈开巨浪的大刀，接连挑倒几名美军后直奔贝尔。因为贝尔是最凶悍的美军，两名战士围住他，反而被他捅了几个血窟窿。

贝尔也朝常大友冲了过去。

两人竟然打了一个平分秋色，你打飞我的刺刀，我一脚踹掉你的刺刀，他在我胸口砸一拳，我连躲都不躲，直接把拳头落到你的鼻梁上。

段显峰想去协助常大友的时候，两人同时把对方甩飞了。

段显峰看到常大友被摔出去的方向有一面小红旗，他立即飞扑过去，扑在地面，让常大友砸在自己身上。

“地雷！”常大友结结实实砸在他身上的时候，看到了压在他身下的小红旗。

常大友一把揪起段显峰，吼道：“不要命了你？”

常大友的吼声有心有余悸，也有心疼，在他看来，就算自己牺牲了，也不能让段显峰出任何意外。部队太需要段显峰这样的人才了。

段显峰被砸得龇牙咧嘴：“疼疼……给老子松开！”

两人说话间不约而同地望了一眼地面，小红旗下面的地雷不是哑弹就是被工兵战友提前拆了引信，段显峰这才逃过一劫。

段显峰抓起手榴弹大喊：“用手榴弹引爆地雷。”

段显峰带着众人后撤，随后投掷手榴弹。

手榴弹如乱鸟投林般投掷出去，连续引爆地雷，贝尔身旁的多名美军被炸倒。

几乎在同一时间，贝尔身后接连传来爆炸，是他刚刚乘坐的那些军车。“混蛋，被包围的是我们。撤退！”贝尔气急败坏地带着众美军撤退。

贝尔朝停车的地方冲过去的时候，看到夜空中不知从哪里丢出一枚枚手榴弹，精准地落到车辆的驾驶位，把一辆辆汽车炸毁。

贝尔停下，迅速用动作命令美军士兵们从两侧包抄。

投掷手榴弹的正是万里。他刚刚放倒了一名落单的美军士兵，换上了美军军服，想要偷袭贝尔的时候，贝尔却带兵来追击段显峰等人了。

万里在用引爆车辆的方式给段显峰解围。

万里隐藏在树木的阴影里，用精准的投掷将试图包抄他的几名美军炸飞。他正要转身，贝尔带着一名美军士兵出现在他面前。他们用枪逼住了万里。

万里一脚踢倒美军士兵，扑上去和贝尔贴身肉搏。没有任何搏击技巧，拳拳到肉，两人瞬间都见了红。两人都在坚持，难分输赢。

被打倒的美军摇摇晃晃从地上爬起来，一枪托砸在万里的后脑上。几乎被砸晕的万里无力反抗，只能忍受贝尔和美军的殴打。几秒钟后，他恢复了神志，拽出了手榴弹。

“我不会被小孩子的把戏吓到。”贝尔拳头像雨点般落下。

万里轻蔑地看着贝尔，他缓缓地把手榴弹的弦拉出。青烟滚滚。

贝尔不敢相信地看着万里，他不明白，为什么每个中国战士的勇敢都令人惊叹。

贝尔是被美军士兵拽走的。

躺在地上的万里想投掷手榴弹，但手臂剧痛，手榴弹丢在自己附近，他快速翻滚，尽量避开手榴弹。

剧烈的爆炸掀起了乱纷纷的尘土。

贝尔提着枪站在远处，准备过去查看，这时摩西赶了过来，死死地拦住了他。

“我必须干掉他。”贝尔疯狂挣扎着。他觉得自己被羞辱了。

追击的敌人逃走，肉搏时的落败，尤其是面对志愿军种种的慨然赴死，他竟然有些胆怯了。

摩西的理由很简单，他告诉贝尔，前面也许有中国人的陷阱，他会死在你的手中，但不是今天。

段显峰和胡满仓带着战士们小心翼翼地从犬牙交错的接触线返回的时候，徐晓等战士都有意无意地靠拢在他的身边，就连扛着俘虏的罗万象也是如此。

常大友有些不可思议地看着段显峰：“老段，你刚才救了我一命。”

常大友没有叫他段参谋，而是叫他老段。

新的称呼让段显峰心里暖融融的，他拿着久经沙场的腔调说：“战友嘛，你救我，我救你，太正常了。走吧，等着和我抱头痛哭呢？”

所有人都笑了。

胡满仓笑得最开心，他频频朝段显峰点头，他是在告诉段显峰，战士们喜欢他。

老八连的兵最挑上级，战斗能力不行，当不成老八连的连排长；指挥能力不行，也不成，没有多年积累的火线经验，没有赫赫战功都不成。所以上级派了冯百胜和常大友去了老八连。战士们佩服常大友，段显峰今天不顾生死救了常大友，战士们不再把他当段参谋，当他是战友老段。

突然，远处有人影晃动，战士们警觉地举枪警戒。

黑影突然说话了：“老段，我饿了。”

是万里。

第二天一早，起床号被吹响的时候，常大友找到段显峰。

“怎么样？老段。”常大友上上下下打量着他，生怕昨晚的恶战给他留什么之前未被发现的重创。

“老常，我还想问问你怎么样呢。”段显峰明白他的心意，随口调侃了一句。

“你什么时候学会说老子了？”常大友见段显峰的目光落在自己

的挎包上，连忙把挎包甩到身后。

段显峰一愣，想起在雷区时确实喊了那么一嗓子。他有些不好意思，他没想到自己的成长竟然是用一声“老子”来见证的。

“‘底’给你拿来了。”常大友把一个报纸包塞到他手里。

段显峰打开报纸包，里面是一双鞋垫。

“你心真细，谢谢你……这鞋垫……”段显峰拿着鞋垫放到手上，鞋垫又细又窄，还没有他手长。

“哎哟，小了是不是？”常大友一拍脑门。

段显峰安慰他：“也能用吧。”

常大友有些语无伦次：“别别，有穿小鞋的，哪有用小鞋垫的。我就想着你有文化，文文弱弱的，脚也小……我不是说要给你穿小鞋，也没说你文弱，就是……”

段显峰打量着鞋垫：“是用缴获的美军废旧军服缝的，针眼真密，手艺真好。”

“当过班长的都会，战士的衣服袜子坏了，都是我们缝。我重新缝一双。”常大友说着，要拿回鞋垫。

“别做了，这双我留着。这是我到朝鲜收到的最有温度的礼物。”段显峰收下了礼物。

常大友笑得像个孩子。

5

范弗里特在研究秦基伟，秦基伟也在琢磨范弗里特和美军。

通过部队的侦察，以及志司和兄弟部队各方面汇总的情报，秦基伟已经勾勒出范弗里特的性格特征和指挥特点，唯独有一点，他对范弗里特酷爱的橄榄球缺乏了解。秦基伟找到了车敏瞧。车敏瞧毕业于太原国民师范学院，在上海研究过世界语和新文字，还做过刊物的主编。他文化高，对橄榄球和橄榄球比赛有了解。

部队能人多，橄榄球很快缝制了出来，其美观和结实程度完全不输于真正的橄榄球。拿到橄榄球的秦基伟决定举行一次橄榄球比赛。

比赛是在篮球场进行的，参赛的双方分别是以冯百胜、胡满仓为首的老八连和以秦基伟、段显峰为主的军部人员。听说军长这次不打篮球，要打橄榄球，各部队的男兵女兵都去看热闹，把篮球场围得水泄不通。

老八连很早就入场了。冯百胜和段显峰打听过一些橄榄球比赛的情况，他得知这项比赛力量和敏捷是重要因素的时候，觉得老八连稳操胜券了，还让战士们给军部留点薄面，别让比分太难看。胡满仓提醒他，不要光想着赢，打橄榄球是为了研究战术。

老八连这边有个外援，是万里。秦基伟带过太多的兵了，一见到万里就看得出他是个好苗子。秦基伟开玩笑说，听说你手榴弹丢的特别远，耿直的万里觉得自己被小瞧了，说了一句远没什么，主要是准。一句话引得大家哈哈大笑。

所有人对比赛规则都不熟悉，秦基伟决定此次比赛不完全遵守美式橄榄球的规则。

段显峰宣布了比赛规则，他说：“先由每队的队长指定战术，排兵布阵，军部的队长是军长，老八连的队长是八连长。听到开球口令后可以单手传球给队友，可以持球跑动，或者向前传递给队友，允许身体冲撞，但进攻和防守的时候不能动手。我们因地制宜，两个篮球架是得分区，进攻方持球冲进得分区一次得一分，然后进攻防守转换。”

“也就是说，橄榄球就是我们的炸药包，得分区就是敌人的地堡，炸药包炸了地堡就得分。”秦基伟说得更通俗易懂。

秦基伟、周发田、张蕴钰、段显峰、马钢、王鲁脱掉外套，只穿着衬衣，他们是军部队，老八连的冯百胜、胡满仓、万里、罗万象、常大友和云贵川穿着外套。车敏瞧是裁判。上下两个半场，每个半场各十分钟。

老八连开球。

老八连的战术是全线横推。橄榄球迅速在冯百胜，胡满仓，云贵川手中传递，绕开了周发田，张蕴钰秦基伟和段显峰，万里和罗万象在两翼猛冲猛撞。

罗万象个子大力气大，如同战象一般横冲直撞，王鲁试图拦截他，被他迎面撞翻。万里跑动敏捷，左右闪避时极为迅速。马钢一再拦截，紧追不放，万里突然放低姿态，用肩头猛然顶在马钢腹部。万里有些四两拨千斤的意味，借着自己的体重和冲力，轻松将马钢撞翻。马钢摔倒的瞬间，万里已经冲到前面。

万里右手向后一托，给了马钢腰部一个向上的托力，避免他摔得太重。

车敏瞧吹哨："老八连得分，一比零。"

观战的战士们一片惊呼。几名女战士一面紧盯着橄榄球，一面使劲鼓掌。万里撒欢一般从场边跑了一圈。他奔跑的时候双手把橄榄球举过头顶，略抬头，模仿着飞行的橄榄球。

王鲁和马钢都嚷嚷着老八连撞人撞得太凶了，冯百胜的回答是，美国人的规则就这样。

秦基伟重新布置了布置战术，他说："看见了吧，他们的打法就是范弗里特，凭着自己个子高，力气大，想要制造他的战争规则。橄榄球是美国人打得好，抗美援朝怎么打，要听我们中国人的。毛主席怎么说的？他打他的原子弹，我扔我的手榴弹。我们要主导战场的走向。"

秦基伟给每个人一个新代号。他是敢死队，周发田是指挥部，张蕴钰和炮兵，王鲁是后勤，段显峰是增援部队。

比赛再次开始后，秦基伟快速用动作布置战术，段显峰、周发田、马钢、王鲁和张蕴钰在两翼跑动，快速传球，秦基伟居中穿插奔跑。秦基伟等人整体推进，即便王鲁再次被罗万象撞倒，他已经把球传递给了段显峰，段显峰又传给了秦基伟。秦基伟出手得分。

军部队连续得分。

上半场结束时，老八连队只得了一分，军部队得了五分。

观战的战士们反应越来越热烈。最初只有几名女兵站起来，后来所有的女兵、所有的战士都站了起来，用力鼓掌。他们关注的焦点从万里转移到了秦基伟身上。

中场休息时，段显峰请求去支援老八连。他的理由是，在橄榄球对抗中拥有绝对的体型和力量优势，将会给对手造成碾压式的灾难，就像拥有制空权和制海权的美军对我们志愿军形成的绝对优势。刚才的老八连只知道猛打猛冲，像狂轰滥炸的美军，也太不像，只能说像骄傲的美军，只讲狂轰滥炸，不讲战术。其实军长更像是真正的美军。讲战术，弹药充足，冷静，还有丰富的战斗经验。

秦基伟笑了，他想看看段显峰能不能带着老八连反败为胜。

段显峰的战术是，他和冯百胜居左，云贵川和常大友居右，万里和罗万象居中。他要将老八连的力量，速度和战术做完美的结合。

下半场开始后，段显峰首先把球丢给常大友，常大友传给云贵川，云贵川传给冯百胜，冯百胜传给罗万象，罗万象最后传给万里，万里做假动作，看似是要向前冲，却突然改变方向，从罗万象的身后冲了出去。秦基伟想去拦截万里，却差点撞在罗万象身上。

万里得分。

此后老八连得分较多，但军部队也斩获。双方的战术都很有效，老八连战士们的体力和速度明显起了决定性作用。比赛结束还有半分钟，双方比分持平。

最关键的时刻到了。

最后的较量在秦基伟和万里之间展开。万里拿着球，秦基伟上前拦截，万里一个闪身，把秦基伟闪倒时，趁机把球传给了段显峰。段显峰接过球，得分。

比赛结束，掌声雷动。

稍作休息后，秦基伟总结了这场橄榄球比赛。

秦基伟说："我们的敌人拥有最好的战术、最野蛮的暴力和最先进的武器，是世界第一流的强军。我们通过橄榄球搞清楚了我们的敌人，认清了敌人强大的本质，敌人是纸老虎，但也是真老虎。有人说要打败真老虎需要三样东西，枪杆子、钱串子和笔头子，就是使用武力、财富和文化，我说这都是虚的，能打败真老虎的只有信仰。我们从雪山草地走进了延安、西柏坡，从延安、西柏坡走进了北京天安门，我们又从鸭绿江走到了上甘岭，我们一次次从辉煌走向辉煌靠的就是信仰。"

秦基伟和段显峰等人返回军部的路上，万里追了上去。

万里给秦基伟敬礼："首长好，我们26军换防了，还可能回国休整，15军有仗打，我请求到15军参加战斗。"

秦基伟打量了他片刻说："可以暂时不回26军，先到警卫连观察一段时间。"

"谢谢军长。"万里异常欣喜。

段显峰和他亲近，开玩笑说："警卫连有个规矩，新兵先站一年岗，才能上火线。"

万里当真了，愣在当场。

秦基伟笑着说："他是老兵，跟着26军打过长津湖。"

6

上甘岭537.7高地北山对面是南山的美军阵地上，15军45师的新兵陈凤楼端着步枪，死死盯着对面南山斜面上的美军工事。工事旁的几个大喇叭传出美国宣传女兵的声音，她正在用蹩脚的中国话娇里娇气地对着大喇叭循环播报。

"15军的兄弟们，你们丢下妻儿老小，大老远跑这里来受苦受累，连命都不要，图的啥？识时务者为俊杰，你们的破枪挡得了我军的飞机大炮吗？醒醒吧！"

陈凤楼恨恨地拉枪栓："天天鬼哭狼嚎，老子一枪崩了你！"

陈凤楼的连长是皮连锁。

"上级命令忘了？擅自开枪，关你禁闭。"皮连锁"啪"地给了陈凤楼后脑勺一巴掌，"我们开一枪，他用炮轰你一天，坑道还挖不挖了？"

"连长，他们太欺负人了！"陈凤楼孩子般地噘着嘴。

陈凤楼不服气地揉着后脑勺。对面阵地的美军太嚣张了，不仅在阵地上喝咖啡，还光着膀子晒日光浴。

"老子迟早崩了你们！"皮连锁也很生气，他见陈凤楼看着自己坏笑，于是说，"看什么，你可以生气，我就不能生气？继续警戒！"

皮连锁刚要下去，陈凤楼就看到了更下作的事情，几个美军士兵竟对着北山这边撒起尿来，还哈哈怪笑。

陈凤楼气得七窍生烟，瞄准最嚣张的大个子，扣下了扳机，"砰"的一声，大个子应声倒地。其他美军吓得连滚带爬躲进掩体。

皮连锁一惊，一把拉起陈凤楼跳进下面的壕沟。敌人碉堡里的机枪子弹雨点般射向他们的前哨掩体。

皮连锁紧急招呼正在挖掘坑道和工事的战士们："进坑道！快！敌人要报复了！"

美军火力更加疯狂。

皮连锁火了，他转身射击，枪响后美军的机枪瞬间哑火。他朝前走了几步，美军机枪再次响了起来，他再次起身，机枪再次哑火。

皮连锁冷哼了一声："治不了你，老子不当兽医。"

陈凤楼羡慕地看着他："连长，你这枪法神了。教教我。"

"教什么教，隐蔽！"

美军猛烈的炮火在坑道的上方隆隆响起，虽然震得坑道内尘土飞扬，但战士们却是毫发未伤。

美军炮击停止后，皮连锁率先离开坑道，走进战壕，他谨慎观察一番后让战士们返回了战壕。

皮连锁看着被炮火摧毁的战壕工事说："幸亏避得快，不然让人连窝端了。"

"不开枪，就那么让人欺负？"陈凤楼气呼呼地嚷嚷。

皮连锁略思索说了一句："打一家伙也对。"

"连长枪打得准，教教我。"陈凤楼来了精神。

皮连锁对他说："教你两句话，敌人上山打他头，敌人下山打他脚。"

陈凤楼思索着："啥意思？"

"敌人站着的时候，往他身上瞄，你是新兵，打脑袋容易打偏。"

陈凤楼露出了恍然大悟的表情。

陈凤楼一边在战壕里快速行进，一边射击，连续三次射击后躲进坑道。

皮连锁不由惊呼："好小子，一枪一个！"

陈凤楼就这样成了"冷枪"英雄。作为第一个打冷枪的战士，他受到了秦基伟的亲自接见。

秦基伟给全军下达"冷枪冷炮"的命令。不仅一线连队要打，二线连队也要组织神枪手上去打，步兵炮兵都要打，步炮还要结合起来打。

7

段显峰在走访一些一线的连队，向秦基伟反映，志司的作战方针是积极防御、持久作战，但五圣山防区的工事不成规模，战士只能睡阵地和猫耳洞，一下雨，武器和给养都泡了汤，连口热饭都吃不上。虽然军部下达了挖掘坑道的命令，但下面执行得不彻底，甚至有敷衍怠工的情况。秦基伟命令从军部，各师师部、团部抽调骨干力量，到一线督查，协助工事、坑道的挖掘。

第二天一早，段显峰的身影出现在了 597.9 高地的阵地上。

段显峰看到胡满仓，立即迎了上去："胡指导员……你好。我奉命到 134 团学习坑道挖掘……刚出锅的栗子……小心烫……您尝尝……朝鲜老乡给的，不要不行……我给钱了，绝对遵守纪律……掉了一个……"

胡满仓给段显峰介绍连里的新干部："军部段参谋是老熟人。这是新补充到我们老八连的排级干部，一排长常大友你认识，这是二排长王成栋，三排长吴波，三副排长冯玉刚。"

段显峰和众人互相敬礼，握手："这么多新战友，我还以为我走错连队了呢，战士们挖坑道怎么都慢腾腾的？"

胡满仓为难地说："除了这几个排级干部，连里补充的都是新兵。新兵都说守着五圣山上甘岭，只防御不进攻，就说明仗快打完了。"

常大友说："坑道挖得慢也不光是我们连，大多数战士都觉得没有仗打了，没必要挖坑道了。"

段显峰环顾四周："怎么没见冯连长？"

胡满仓把段显峰拽到一旁："坑道挖不动的根就在老冯，他觉得打仗要冲锋要进攻，挖坑道搞防御就是认输了，我带着战士们挖坑道，他不知道猫到哪儿，琢磨进攻战术去了。"

段显峰思索了片刻说："我倒是有个办法，不过担心这个办法经常用，再用就没效果了。"

"炒菜离不开油盐酱醋，在部队解决问题也是那几招，越是老办法越管用。"胡满仓说话总是离不开煎炒烹炸。

段显峰会心一笑。

段显峰和胡满仓在 597.9 高地的反斜面找到了冯百胜。

冯百胜没有掩饰自己的真实想法，他觉得打仗就是进攻，我们进攻敌人玩完，敌人进攻，我们把防御变成进攻，敌人还是玩完。老八连的仗以前怎么打，我不知道，反正我到了老八连，挖坑道是没什么用了。

段显峰对冯百胜说："坑道需要实战检验，现在挖坑道是涉及咱15军脸面了。红军连挖坑道速度特别快，我们全军没一个赶得上。"

"12军的红军连？"胡满仓有些惊讶，红军连是红军时期创建战功赫赫的连队，不仅在12军，在三兵团也是首屈一指得。

段显峰说："还有几个红军连，12军的，连长叫苗连海，说是来我们15军指导挖坑道，我们那些连队也是不争气，一个个都挖不过。"

"让我们老八连上嘛，老八连，老八连，天王老子见了都得抖三抖。"冯百胜有点急了。

段显峰和冯百胜、胡满仓很快找到了苗连海，他们约定两天后在597.9高地反斜面展开挖坑道竞赛。

第二天上午，老八连战士们在操场操练，胡满仓和段显峰在一旁商量比赛细节，这个时候红军连连长苗连海朝他们走了过去，两人相视一笑，都明白苗连海这是过来侦察了。

苗连海远远地朝段显峰和胡满仓摆手，算是打招呼，随后走到了翻跟头的范元宝和鲁春生面前。两人都明白他的想法，转身都走了。

苗连海认准了范元宝，紧跟上去："你这跟头翻的，绝了。你真是身怀绝技。"

"苗连长，我说你怎么不找别人呢？"范元宝不高兴了。

"你跟头翻得最好，我找什么别人。"

"你不就是想知道我们用什么办法挖坑道嘛。是不是觉得我是小孩子，套我话来了？"范元宝气呼呼地。

"我是喜欢会翻跟头的。"被揭穿的苗连海笑得很尴尬。

段显峰和胡满仓走到了苗连海身边。

段显峰说："苗连长说得对，我们老八连就是人人身怀绝技。我们的挖坑道靠的是人，三排长吴波是铁匠，祖传的手艺是一绝，上甘岭的山体都是花岗岩，对付这种坚硬的花岗岩必须用锋利的工具。"

胡满仓担心“泄密”，连忙大声干咳。

段显峰充耳不闻，继续对苗连海说：“老八连的二排长王成栋在大学是土木系学的高材生，他知道怎么挖，能把坑道挖得又快又结实。”

胡满仓咳得更凶了。

“那个……段参谋，你没必要跟我说这些……这个小战士跟头翻的，真的，太绝了。”苗连海神色更加尴尬，打着哈哈离开。

望着苗连海离去的背影，胡满仓不满意地对段显峰说：“我都快咳吐血了，你也不听。这点秘密都让你给说出去了，还拿什么赢红三连？”

段显峰胸有成竹地说：“我昨天找了柴营长。”

“工兵营的柴营长？”胡满仓恍然大悟，他知道段显峰一定是学到了绝招。

柴学久是著名的“独臂爆破英雄”“爆破大王”，曾研制出炸药炮、飞雷、渡河炸药等爆破工具和渡河用具。他参加过 1950 年召开的全国战斗英雄代表大会，有人把那次大会称为开国英雄大会，有资格参加的英雄最少立功九次。柴学久先后立功二十七次。

挖坑道竞赛如期进行。

老八连和红军连的战士各列成一排，他们分别负责挖掘 597.9 高地一号坑道的两个分支坑道，三个小时的时间内，谁挖得又快又好，谁就赢得了竞赛。

段显峰和苗连海作为双方的代表，首先开始挖掘，随着阵阵镐头猛凿坚硬岩石的铿锵之声，两人齐头并进。

“三排长，换家伙。”段显峰丢下镐头，朝吴波大喊。

吴波立即把铁钎子交给段显峰，他来抡大锤。

苗连海一伸手，立即有红军连战士把铁钎子递给他，他也抡起了大锤。

急促的“叮叮当当”声响起，两人额头很快布满了密密麻麻的汗珠。参与竞赛的战士轮流挖掘，每个战士挖凿十分钟。

十分钟后，冯百胜立即接替段显峰，一名红军连战士立即接替苗连海。

苗连海发现段显峰的挖凿长度竟然和自己不相上下，他没想到在军部任职的段显峰的体力这么好，而且还掌握了挖凿技巧。不仅是段显峰，我军的文职人员，无论是在军事院校学习，还是在各级指挥部门任职，从未放松过军事训练和体能训练。抗大期间，段显峰在土木作业和体能方面的成绩始终领先于他的战友同学。

上甘岭两个高地的花岗岩山体异常坚硬，铁钎子只消片刻便被磨去了锋利。

“换铁匠新打的铁钎子。”苗连海看到钎子不够锋利，立即下令。

更换铁钎子后，红军连很快追上了八连。苗连海为了这次竞赛，足足准备了六十根铁钎子。挖了五分钟，冯百胜发现山体岩石走向有了变化，于是大喊二排长。二排长王成栋是土木系的高材生。经过王成栋的一番指点，冯百胜的进度很快追上了红军连。

苗连海早有准备，他从 12 军调来了工程师出身文化教员，经过文化教员的指挥，红军连再次领先。

段显峰、苗连海始终在观察挖坑道比赛，红军连领先，优势越来越大。苗连海有些得意，对段显峰说：“段参谋，铁匠你有一个，我有一个班的铁匠；你有土木系的高材生，我有工程师。要说挖坑道的经验，你们更是没法比，还有什么绝招，都拿出来吧。”

段显峰笑着看了一眼胡满仓。

胡满仓一指鲁春生：“一班长鲁春生，抗战的时候就是爆破英雄。”鲁春生扛着一个炸药包冲进坑道，片刻走了出来。

众人见状纷纷离开坑道。剧烈的爆炸震天动地。

山下公路上美式吉普车里坐着秦基伟、王鲁和三兵团侦察干部。这名侦察干部正是张蕴钰的老熟人，擅长开山爆破的人。秦基伟特意跑了一趟三兵团司令部，请这位高人解决坑道的通气孔问题。三兵团侦察干部昨晚刚刚执行完任务，非常疲惫，此时正鼾声如雷。

爆炸声传来的瞬间，侦察干部已经瞪大了眼睛，手下意识地摸到腰间的手枪。他以为遇到了敌袭。秦基伟告诉他没有敌人的飞机，而且爆炸声比较闷，是从地下传来的，他要带着侦察干部去上甘岭走一趟，正好解决坑道的通气孔问题。

秦基伟抵达 597.9 高地之前，苗连海正在发脾气。

苗连海气呼呼地对冯百胜说："八连长，老八连要提升士气，没有问题，提前跟我们说，无论是红军连，还是我苗连海，肯定配合。玩这个弯弯绕，过分了。"

段显峰见他动了火气，连忙说："苗连长，这是我的主意。"

苗连海还是不依不饶："谁的主意都是耍赖，我们连的炸药包能炸到范弗里特他们家去。"

"我们没用作战用的武器，是找了一枚美国飞机投的哑弹，炮弹皮能打造铁钎子，里面的黑火药能做炸药包。"段显峰笑着说。

苗连海沉默了片刻，想清楚了这件事的原委："我算明白这是怎么回事了。我们红军连到 15 军以后确实有点骄傲了，还说了一些过头话，我给 15 军的战友们道歉了。"

"我们要向红军连的战友学习。"胡满仓笑了，他看得出苗连海是明白人。

"都别客气了，互相学习吧。"冯百胜也说。

苗连海也笑了："对对，坑道挖得都不错。就一个关键问题，通气孔的问题怎么解决？我们 12 军防区的土质比较松软，你们上甘岭是石头山，现在挖的通气孔太细，美国人一颗手榴弹炸就没了。"

这时雪中送炭的秦基伟带着三兵团侦察干部来了。

苗连海听三兵团侦察干部说完，连忙谦虚地说受益匪浅，要把这个经验带回 12 军。这和他之前的态度截然相反。

段显峰说："苗连长，你来我们 15 军帮忙，我们是来而不往非礼也。我再教你两招。"

段显峰的第一招是他自己琢磨的，第二招是一个冀东地区老战友教给他的，老战友参加过地道战。第一招，上甘岭的山体是花岗岩，挖掘比较难，挖直线最容易，最节省时间和力气，一旦美军在进攻坑道时使用火焰喷射器，火直接就把坑道烧穿了。坑道要拐个弯，尤其是主坑道必须拐弯。敌人喷出的火是不会拐弯的，坑道一拐弯，火焰喷射器就失去威力了。第二招是坑道中间要变细，所有物资能通过，人能通过就行。一旦敌人使用毒气和生化武器，用盖子盖住这个位置，再用土埋住盖子，能有效地消解毒气、生化武器的威力。

秦基伟见段显峰和苗连海聊得热火朝天，正要表扬他几句，远空传来美军轰炸机的声音。众人连忙寻找隐蔽！

几架美军飞机俯冲轰炸，硝烟散尽后只见坑道里浓烟滚滚。

段显峰要往坑道里冲，常大友已经朝坑道里冲了过去。他回来的时候脸都黑了。

“炸塌了是不是？”胡满仓担忧地问他。

常大友怯怯地看了一眼秦基伟，吞吞吐吐地说：“也不全是……我们挖的塌了，红军连的还挺好。”

段显峰看到秦基伟的脸上有了火气，连忙带头说，向红军连学习，鼓掌！可是没人鼓掌，都在大眼瞪小眼。

场面更尴尬了。

既然有竞赛，就要有奖励。秦基伟亲自给苗连海披红挂彩。张蕴钰和车敏瞧先后讲了一些感谢 12 军的话。段显峰和冯百胜、胡满仓笔直地站在一旁，把巴掌拍得通红。

等到车敏瞧讲完话，秦基伟出乎意料地让段显峰讲几句。

段显峰面红耳赤地沉默了片刻才说：“报告军长，老八连和红军连挖坑道的经验已经推广到全军，充分激发了各连队挖坑道的斗志。”

秦基伟的目光落到了冯百胜身上。

冯百胜连忙说：“坑道的通气孔问题已经解决。我们最近的经验是，如果白天有敌机频繁出现，我们会点燃干草和柴火，迷惑敌机视线……另外就是，挖坑道不仅要注意速度，更要结实扛炸。”

“对对对。”胡满仓补充说，“我们老八连挖坑道的速度赢了三连，可是挖出来的坑道不结实，让敌人的航弹炸塌了。我们要感谢12军兄弟部队，也要感谢段参谋，他对我们帮助还是挺大的。”

“段参谋和老八连着实不错，我们刚挖坑道的时候比这差远了。”苗连海也帮着说话。

秦基伟指着段显峰说：“一，二，三，三份检查。”

“是！”三人异口同声。

“你们是什么？段显峰一个人写三份检查。”秦基伟气笑了。

由于15军政委谷政委此时在国内，部队的政治工作落在了政治部主任车敏瞧身上。针对一些部队对挖坑道的懈怠情绪，车敏瞧把各部队主要的政工干部集中到了五圣山。

车敏瞧拿着望远镜看了一眼，把望远镜递给胡满仓，让他看正在上甘岭反斜面挖掘坑道的情况。

“看得清，主任，不用望远镜。”胡满仓没有接望远镜。

车敏瞧硬把望远镜塞给他：“让你看你就看。每个人看五分钟。”

胡满仓等人察觉大事不妙，沉默着轮流看。

车敏瞧在列队的政工干部们面前踱步，他说：“在这里集合的，是师、团、营、连各级政工干部的代表。你们都把眼睛睁大了，用望远镜看清楚，挖坑道的是哪个连队热火朝天，哪个连队斗志昂扬？”

众人面面相觑，谁也不敢说话。车敏瞧这招是跟彭德怀学的，15军换防前，彭老总让各军长拿着望远镜观察过美军阵地。

车敏瞧又说：“都看清楚了吧？热火朝天、斗志昂扬这些成语用在你们身上，你们害不害臊？是不是觉得委屈这些成语了？部队出了思想问题，首先根源就在我们这些政工干部身上，不是战士们不想挖坑道，是我们不想挖，不是他们没动力，是我们没动力。”

望远镜从头传到尾，又传到胡满仓手里，胡满仓想给身边的人，但没人接。他无奈地把望远镜藏在了身后。

车敏瞧说：“从现在开始，还有哪个团、哪个连队不好好挖坑道，我就代表军部送锦旗，上面就写偷奸耍滑连、吃饱望天连、举不起铁锹连、混吃等死连！都看我干什么，都回去解决问题，等我请你们吃饭呢。”

车敏瞧的一番话，加上老八连和十二军红军连的竞赛，迅速解决了15军在挖凿坑道方面的问题。上甘岭597.9高地和537.7高地北山的坑道在15军全军非常有代表性。坑道顶部的厚度都在30米以上，扛得住大口径火炮的炮击和各种型号航空炸弹的轰炸。597.9高地一号坑道是最大的连级坑道，可以容纳超过一个连的战士生活，里面有粮库、弹药库、医疗室、厕所等分支坑道，都具有防炸防火防雨防毒气的功能。该坑道有六个武器库，美军常规的进攻时间在一周左右，按照连级进攻，每天进攻十次计算，弹药存储量足够驻守597.9高地的连队使用半个月。

此时是1952年8月，距上甘岭战役开始还有两个月。

8

15军掀起全军大规模挖凿坑道运动时，五圣山上甘岭对面的美军召集了大量南朝鲜民工，也在积极修筑工事，美军将其称之为“密苏里防线”，起这样的名字据说是因为当时的美国总统杜鲁门的家乡在密苏里州。美军使用飞机、大炮轰炸15军防线的同时，15军一线的多个连队同时出击，炸毁多处美军工事和碉堡。

15军的出击都是经过事先侦察，有缜密的作战部署，美军的轰炸机属于大范围轰炸，基本上看到哪里有志愿军，轰炸便进行火力覆盖。老八连在坑道竞赛中被炸塌的坑道属于这种情况，45师五圣山观察所也是这种情况。

美军的炮击导致五圣山观察所的官兵全部牺牲，得知这一情况后，45师师长崔建功和聂济峰立即命令师侦察科长刘向阳组织精干力量，选择更加隐蔽的位置，重新组建观察所。

抽调最精干力量组建新观察所的消息刚一传出，近二十名战士就把他围住了，他们手里拿着请战的血书，眼眶还是湿润的，前一刻他们还因战友牺牲而哭泣。

刘向阳罕见被难住了，这些战士在观测、侦听、通讯等方面都是最优秀的，难能可贵的是他们请战的决心丝毫不逊色于一线的战斗人员，请战书上的血痕火一般的跳跃着。

最让刘向阳为难的是侦听参谋杜文锦，这个面容清秀、目光坚毅的姑娘毕业于上海同济大学，是45师中精通英语和朝鲜语的，她非常刻苦，进入朝鲜后把工作以外的时间都用于和朝鲜老乡的交流，掌握朝鲜很多地方语言特点和俚语。她的作战经验非常丰富，入朝后始终战斗在一线，多次立功受奖。

她本是最理想的人选，但她太过刻苦，进入工作状态后不眠不休，刘向阳对其他战士常说的是“加快速度”，对杜文锦则是“马上去休息”。杜文锦出生于中医世家，精通针灸，每当身体疲惫时她便会偷偷给自己针灸，让身体进入亢奋状态。此时站在刘向阳面前的杜文锦眼睛通红，显然又熬了几个通宵。

“交出来，你就跟我走。”刘向阳把手摊在杜文锦面前。

杜文锦痛快得让刘向阳又动了不带走的心思，她从口袋里掏出针灸盒子，眼也没眨地递给了他。

段显峰在五圣山南山的上甘岭运输线上，第一次遇到杜文锦。

当时段显峰往山下走，背着侦听设备的杜文锦和刘向阳，以及几名侦察科战士上山。刘向阳认识段显峰，两人刚刚面对面停下脚步寒暄，边走边对美军进行侦听的杜文锦突然摘下耳机，对刘向阳说五分钟后敌机会对这里进行轰炸。

此时运输线行进着大批背送物资的战士和朝鲜老乡，有的朝鲜老乡还带着孩子。刘向阳立即大喊隐蔽。

段显峰朝四周的天空观察，没发现美军飞机的影子。

刘向阳指着杜文锦说："我们最好的侦听参谋，到朝鲜以后情报百分百准确。"

段显峰马上疏散指挥运输线的人员进入附近的猫耳洞。由于运输线频繁遭受美军轰炸，每隔一段距离便有若干猫耳洞，便于运输人员隐蔽。

运输线的战士和老乡们都经历多次空袭，很快有条不紊地进入了猫耳洞。飞机的轰鸣隐隐传来时，一个朝鲜妇女突然尖叫起来。她家里人都被美军炸死了，她独自带着三个孩子支援志愿军。孩子们没有意识到危险的临近，还在猫耳洞里钻来钻去，她刚刚发现最小的四岁孩子不在身边。

"在那里。"杜文锦一指远处的山路，四岁的小男孩正在路边捡石子。

刘向阳正要起身，段显峰已经冲出去了。

杜文锦想阻止，但没有伸手，这个时候冲出去无疑万分危险，但为了孩子，任何志愿军战士都会舍身救人。

乱纷纷的炸弹落了下来，滚滚烟尘湮没了段显峰和孩子的身影。朝鲜妇女已经喊不出声了，她瘫软在地，认定段显峰和孩子都死于非命。

美军飞机驶离后，刘向阳和杜文锦便冲进了烟尘之中，不幸中的万幸，孩子除了被吓得哇哇大哭，没有受到任何伤害。

段显峰满头满身都是尘土，他把孩子护在身下，孩子安全了，但他的手臂被弹片划伤了，鲜血直流。

赶过去的朝鲜妇女吓坏了。杜文锦抻开段显峰受伤的手臂，从衣领里挤出一根针灸针，在伤口上方一寸左右的地方扎了进去，血很快止住了。她又拿出急救包，给段显峰包扎。

朝鲜妇女激动得热泪滚滚，连续给段显峰鞠了两个躬，觉得不够表达她的感激之情，于是跪在地上要磕头。段显峰立即拦住她，对她说，你用生命帮助我们，我们用生命保护你。

朝鲜妇女听不懂中文，怔怔地看着他。杜文锦用朝鲜话说了一遍，朝鲜妇女的眼泪噼里啪啦往下掉，不停地说，是你们在保护我们，一直是你们在保护我们。

分别以后，段显峰有些懊悔，忘记问会用针灸止血的女孩的名字。杜文锦却始终记得段显峰说那句话，你用生命帮助我们，我们用生命保护你。

进入新建的观察所以后，刘向阳把针灸针还给了杜文锦，他知道即便没收了那根藏在她衣领里的针灸针，她不知道从什么地方还能变出来几根。

9

上甘岭尚未燃起战火，谈判战线已于 1952 年 6 月 7 日在板门店谈判帐篷里展开了高级别的交锋。

谈判的焦点是战俘问题。时任中国人民解放军参谋长解方质问美方谈判代表，为何美方三次递交的战俘名单前后不统一。美方谈判代表哈里逊回答说，美方一贯秉持“自愿遣返”的原则，名单不一致，是因为被俘的志愿军和朝鲜人民军都不愿意回到共产党所在土地上。

解方拿出了确凿的证据。1952 年 5 月 7 日，巨济岛第 76 号战俘营发生暴乱。随后，在 5 月 10 日发布的《科尔森答复》里，明确承认了发生在美方战俘营联合国士兵杀害战俘的流血事件。美方通过报纸刊登，以及提交给中朝的所谓“战俘的家书”中，有“庆祝圣诞”的字样，但中国人根本不过圣诞节！经过检验，有 4 张卡片的字出自同一支铅笔。

美军沉默了片刻后，拿出了一张报纸。报纸上刊登着名叫杨仕诚的志愿军的叛逃声明：无论战争，还是和平，我自愿前往美国或者中国台湾，并申请政治避难。

解方把报纸往旁边一推，判定这是假新闻。

谈判结束后，莫远向李克农提出，谈判虽然还在继续，但很难谈出结果了，他想去前线看看。李克农答应了他的请求。

莫远离开后不久，朝鲜停战谈判因美方单方面原因陷入停顿状态。

中美双方都因为谈判的停顿调整了军事计划。

1952 年是美国的总统大选年。美军在朝鲜接连遭到志愿军重创，这一点成为艾森豪威尔攻击杜鲁门所在的民主党的主要武器。艾森豪威尔对美国民众承诺，一旦他竞选成为美国总统，将会立即结束朝鲜战争。克拉克和范弗里特都是民主党的支持者，他们知道杜鲁门急需一场胜利。

克拉克的计划是在一线展开包括南朝鲜师、英联邦师在内的 15 个师和二线准备 3 个师。范弗里特提出，需要海军协助陆军进行运输补给，并将 187 空降团调归陆军第 7 师指挥。

范弗里特很快向克拉克提交了“摊牌作战”计划。范弗里特强调，在三角山和狙击兵岭上，美第 9 军和第 15 军的阵地彼此相距不过 200 码，假如志愿军冲下阵地，美第 9 军就要后撤 1250 码，穿过山谷寻找新的防御阵地。如果攻下 598 高地，这对美第 7 师守卫密苏里防线是至关重要的，能将志愿军的主阵地向后推 1500 米至 2000 米志愿军再也无法用这个高地作为观察哨监视第 7 师和南朝鲜 2 师的防区。

由于克拉克始终没有批准范弗里特大规模作战的计划，范弗里特的“摊牌作战”计划写得很谨慎，只要克拉克批准了这一计划，战斗打成过大规模，那就是他说了算了。

志愿军司令部很快截获了美军和南朝鲜军的相关情报。同时还得知西线，美陆军第一师这个月汽车往返频繁，每日达到 800 车次以上，美海军第 90 特种混合舰队与美陆战一师建立了联系，进行了两期登陆演习。美海军“独角兽”号、“西西里”号航空母舰和“依阿华”

号主力舰驶抵朝鲜西海面。另外，美国空军对朝鲜北方主要城镇进行大规模轰炸，同时也对志愿军的前线阵地，部队集合地进行轰炸。轰炸规模和烈度都比以往要大。

志愿军司令部还侦察到南朝鲜特务最近在白川地区活动频繁。美军也在进行大量的后勤物资运输。一切都显示美军正在酝酿大的行动，具体是在为登陆作战，轮换部队，还是为局部进攻做准备，虽然还没有彻底搞清楚，但司令部已经展开了相关的部署。

具体部署是，志愿军由西至东展开七个军，分别是第 19 兵团、第 3 兵团、第 20 兵团，人民军第三军团和第一军团主力负责于论里、鹰峰、砂器店至东海岸浦外津李地区的防御任务。志愿军第 50、第 42、第 64 军和人民军第四军团，负责东海岸防御。我第 20、第 27 军和朝鲜民军第七、第五兵团负责东海岸防御。

由于第 12 军、第 39 军在一线进行防御已经超过 10 个月，需要在近期内进行换防休整。司令部命令第 65 军，第 15 军要警惕美陆战一师和第七师的调动情况。

此时是 1952 年 9 月，距上甘岭战役开始还有一个月。

北京中南海菊香书屋的毛泽东很快收到志愿军司令部关于部队调整以及作战计划的电报。志愿军司令部的构想是，志愿军趁此换防之前，以第 39 军、第 20 军、第 68 军为重点，各选三至五个目标，进行战术上的连续反击……其他各军亦应各选一两个目标加以配合，估计我各处反击，敌必争夺，甚至报复进行局部攻势，这就更有利于我军杀伤敌人。反击战斗拟在本月 10 日至 10 月 20 日中进行，10 月底进行换防。毛泽东很快给回电，表示同意该计划。

志愿军司令部的反击作战计划下达到 15 军后，秦基伟向王近山请示，准备夺取 391 高地。

秦基伟认为五圣山上甘岭对面的美军反复在五圣山方向试探，摆出了要从上甘岭打开突破口的姿态，反而是西方山方向安静得诡异。不管美军的最终目标是五圣山还是西方山，敌人的最终指向都是五圣山后的平康。平康才是能逼退志愿军 200 公里的关键节点。391 高地是西方山前唯一高地，俯瞰整个金化平原，战略位置极其关键。与其猜测美军具体的进攻方向，倒不如主动出击，逼迫敌人出手，引敌人进攻西方山。15 军的主力 44 师在西方山有坚固工事，以逸待劳，能大量杀伤敌人。敌人在 391 高地只有一个南朝鲜加强营，秦基伟准备派 400 人潜伏到距离阵地 50 米的地方，就能出其不意，快速拿下阵地。王近山同意该计划，但要等一等，他说我们打，是为了谈，谈不拢再打，打到和平为止。

此时板门店的谈判处于关键时期，需要实际的军事行动要配合谈判。

九月对于第三兵团，对于 15 军来说是个好日子，因为祖国慰问团来了。

操场上人声鼎沸，战士们和祖国慰问团成员们三五成群，都在热情交谈。

45 师 135 团通讯员黄继光和 45 师 135 团 7 连排长孙占元从不同方向跑过来。

“孙排长，你也来了。”黄继光和老熟人孙占元打招呼。

“祖国来亲人了，必须来。”

两人又朝不同方向跑去。

操场上的大喇叭传来清脆的声音：“……我们 3 兵团 15 军有很多西南籍的战士，第二届慰问团第三分团西南分团专门前来慰问……”

黄继光一路走一路看，他看到慰问团的成员痛惜地看着战士们或被磨破皮，或磨出血泡的手。地上放着只有一尺左右的铁钎和铁锹，这些工具原长度超过一米，它们是在战士们的手中一点点被磨短的。

孙占元一路走一路看，他看到慰问团的成员正在给战士们分发慰问品。他们带来了云南火腿、普洱茶，四川的银耳。

最好的礼物送给最可爱的人。

黄继光和孙占元汇合在一起，他们一同观看胡海柱朗读慰问信。

“我叫胡海柱，是一名小学语文老师，我要朗读的慰问信是我的学生写的，他们都是小学五年级的学生……我爱我的祖国，我爱最可爱的人，感谢你们浴血奋战，为我们换来美好的生活，我会更加努力学习，和你们一起建设新中国……”

一名慰问团成员接着介绍国内的情况：“抗美援朝开始后，西方各国对我国进行全面的技术封锁，全国各地区都展开了研发生产任务，他们的口号是‘前线需要什么，我们就生产什么；前线什么时候要，我们就什么时候给。’在技术革新运动中涌现出很多劳动模范，比如全国劳动模范马恒昌、不断打破生产记录的赵国有……”

天黑后，慰问团给战士们放映了电影《普通一兵》。

当银幕上出现马特洛索夫为了胜利，用自己的身体堵住敌人从碉堡里射出的子弹英勇牺牲的时候，黄继光很激动，猛地站了起来。

后排战士说：“这里面的人叫什么都不知道，激动什么呢。”

“马特索洛夫。”

“你记住了？我就是记不住这外国人的名字。”

黄继光说：“每次放《普通一兵》我都看。马特索洛夫，马特索洛夫！”

后排战士笑了：“黄继光有本事，行了吧。”

黄继光大声说：“请叫我中国的马特索洛夫！”

战士们笑得很开心。

1952 年 10 月 12 日下午 2 时，15 军邱少云等战士潜伏在高地前的开阔地时，高地上的南朝鲜军发射大量烟幕弹，导致开阔地多处起火。

邱少云身上起火后，依然严格执行潜伏纪律，强忍常人无法忍受的痛苦，直至英勇牺牲。

战斗打响后，15 军占领 391 高地的主要阵地，随后和敌军展开反复争夺，直至上甘岭结束，391 高地的战斗仍在继续。

志愿军不断发起的进攻，让范弗里特坐不住了，他向克拉克汇报说，180 公里的战线上中国人像蜜蜂一样四处出击。9 月 18 日开始到今天，我们已经在西线、中线和东线丢了 42 个战术点。我们需要一次体面的结束。克拉克完全同意范弗里特说的“一次体面的结束”。范弗里特立即找到摩西制订详细的作战计划，他命令美第七师换防在上甘岭对面的韩军，准备五天之内在上甘岭打开缺口。

范弗里特的如意算盘是，美军进攻上甘岭后，15 军调驻守西方山的 44 师增援上甘岭，他趁机夺取西方山，进入方便机械化部队推进的平康谷地。

美军大规模调动部队的情况很快被在观察所的杜文锦汇报给了 45 师，45 师立即上报到了 15 军军部。秦基伟让万里和韩小毛给段显峰传达执行侦察任务的命令。

万里和韩小毛来到参谋部的时候，段显峰正一边收拾资料一边哼着歌：“长亭外，古道边，芳草碧连天……”

段显峰抬头一看，见两人全副武装，他有些好奇：“身上挂这么多家伙，你们干什么去？”

万里传达了秦基伟的命令。

“你们俩不在军部站岗，和我执行任务？军长同意了？”段显峰不太相信。

万里自从进入 15 军军部警卫连，一有机会就向秦基伟请求上前线。秦基伟也愿意使用警卫连，避免警卫连长期不参与作战，影响战斗力。

韩小毛拍着胸脯保证，他们可不敢假传命令。

韩小毛对段显峰说：“段参谋，我枪法好，万里手榴弹扔得准，带上我们两个，你什么都不用干，指挥就行了。”

段显峰带着两人去执行任务的路上，万里一再提出和他学唱歌。

段显峰笑着告诉他，那首歌叫《送别》，有机会教你别的歌。在上甘岭，我们不说送别。

万里用精准投掷的手榴弹侦察到了准确的情报。美军一个步兵营乘坐车辆向西方山方向增援，携带了大量无后坐力炮等攻坚武器，很有可能要执行进攻任务。他们还发现上甘岭两个高地对面的美军最近经常在白天释放大量烟幕弹，用来掩护运送炮弹的车队。

段显峰回到15军军部作完汇报后，拿出了诺曼底登陆的地图。

段显峰认为，美军非常善于隐蔽作战意图，第二次世界大战期间的诺曼底登陆是世界战争史上最大最成功的战略欺骗。当时登陆的理想地点有两个，一是诺曼底，二是加莱地区。双方都清楚，最理想的登陆地点是加莱，因为诺曼底海岸潮差比较大，不利于海陆协同作战。美军为了迷惑德军，虚构了一个美国第一集团军，让英国的电影制片厂在加莱地区制造了假的军营、医院、仓库、坦克、大炮各种假的设施和武器，巴顿将军还视察了假的营地。美军就这样骗过了德军，在诺曼底成功登陆。

“五圣山和西方山，无论哪个方向被美军突破，都会变成朝鲜的诺曼底。”车敏瞧率先开口。

“是啊，敌人故弄玄虚，很可能意味着一次巨大的进攻。”张蕴钰同意他的想法。

秦基伟说：“要说隐蔽作战意图，我们的经验和战例不比美军少，甚至还要超过它。红军时期我们有四渡赤水，抢渡金沙江，抗日战争有百团大战，神头岭伏击战，解放战争从辽沈战役，到淮海战役，我们吃掉蒋介石王牌74师，就是佯作不敌，吸引其孤军深入，掉进了我军埋伏圈。兵来将挡水来土掩，我们也让范弗里特挠挠头。”

经过秦基伟的点拨，段显峰马上醒悟了。

段显峰说：“诺曼底登陆不仅体现美军善于隐蔽作战意图，还有突然性。盟军从诺曼底抢滩登陆后，势如破竹地开辟了欧洲第二战场。他们经过长期详细的进攻准备后，发动的突然进攻有千钧之势，我们面临的很有可能也是这样的情况。美军正在积蓄力量，试图给我们全力一击，彻底击溃我们。还有，美军在面对艰苦环境、强劲敌人、陌生环境时，会体现出非同凡响的战斗意志。”

秦基伟对他的总结很满意，他说：“我们不能轻敌，但也不能畏惧他们！不管敌人怎么调动兵力，变化部署，我们在五圣山和西方山的兵力部署不能变。要保证这两个重要区域能够承受敌人长时间的猛烈进攻。参谋长，命令新上来的坦克营，夜里去上甘岭转转，车灯统统打开。”

“是，军长。汽车营刚完成了运输任务，也可以派出去。”张蕴钰提出建议。

“让汽车营夹在坦克中间，告诉他们，把动静弄大点，越大越好。”秦基伟又补充了一句。

15 军在上甘岭的大动作很快惊动了前沿观察哨，前线美军将这一情况汇报到了范弗里特办公室。

范弗里特惊讶于志愿军反应如此之快，当他得知驻守西方山的 44 师没有增援上甘岭后，他决定全力进攻上甘岭。他的计划很清晰，如果 44 师增援上甘岭，他会攻占西方山，如果没有，他就攻占上甘岭。

“两杯毒酒，中国人总要选一杯。”范弗里特踌躇满志。

如果说双方兵力调动是秦基伟和范弗里特第一次正式交手，李大敏的出现则是第二次交手。

秦基伟风风火火走进 45 师指挥部时，崔建功立即迎上去，介绍投诚的南朝鲜军官李大敏的情况。李大敏是南朝鲜军的营参谋。他主动交代，美七师在五圣山上甘岭方向即将有大行动，配合行动的是南朝鲜第 2 师。美军还调动了 27 辆坦克、300 余门大炮和空军支援。

崔建功随后提出了自己的想法：“如果他说的是真话，美国人很快就要进攻五圣山上甘岭了。”

秦基伟说："我去和他聊聊。翻译呢？"

"他会说汉语。"

"我需要一个英语翻译。"

崔建功一怔："正好，志司来了个同志要求上前线。他参加过谈判，英语水平呱呱叫。军长，审南朝鲜人，要英语翻译干什么？"

"一会你就知道了。"秦基伟说。

崔建功所说的志愿军司令部来的同志正是莫远。

莫远早就听闻秦基伟的大名，他没想到秦基伟会亲自审讯。其实秦基伟以往的战争中多次审讯过俘虏。他认为审讯俘虏就是接触敌人，这对部队的指挥员很重要。不过李大敏是投诚来的，不是俘虏。

审讯是在审讯室内进行的，接受审讯的李大敏坐在桌前，桌后的几把椅子是留给秦基伟三人的。

秦基伟走进房间后，拉开桌子，把几把椅子拉近，如同朋友闲谈。

李大敏紧张地站了起来。

"请坐。"秦基伟看到李大敏不敢坐，笑着说，"好，我先坐。"

秦基伟坐下后，莫远拉着李大敏也坐下了。

"会讲哪种语言？"秦基伟和颜悦色地问李大敏。

李大敏毕恭毕敬地回答："我在满洲长大，汉语和朝鲜语都没问题，英语会一点。"

"你说的美军进攻上甘岭的计划，是收到了确实的命令下达，参加了军事会议，还是其他途径得知的。"

"听美国人说的。"李大敏如实回答，"我英语不太好，听个大概吧。"

"把你见到的听到的都说出来。英语讲给他听。"

李大敏将他得知美军计划的情况详细说了出来，莫远要求他尽量将听到的英语讲出来。

他还如实讲述了投诚的经过。

南朝鲜军在美军面前没有任何尊严，不仅在作战时要冲在前面充当炮灰，还要给美军洗衣服、擦皮鞋，稍有不从便会遭到羞辱和殴打。李大敏是营参谋，情况稍微好一些，可前不久他发现只要是南朝鲜人，无论什么样的军衔，在美国人眼中都是一样的。他在营区捡了一个打火机，那个打火机是贝尔的。贝尔坚持认为是他偷了自己的打火机，一连几天对他拳打脚踢，还骂他是 Gook[1] 。他先后到自己的上级和贝尔的上级那里控诉，结果却换来贝尔更加疯狂的拳头，以及清洗厕所一个月。也就是在这段时间里，他得知了美军进攻上甘岭的详细计划。

二十分钟后，秦基伟三人走出了审讯室。

“说说你的判断。”秦基伟对莫远说。

莫远说：“看得出来，有些英语他确实不懂，那些英语涉及的内容是美军在五圣山上甘岭囤积弹药补给，集结重兵，随时准备发起大规模进攻。”

秦基伟和莫远握手：“我不懂英语，不过我能感觉出来，你细致，注意细节。”

“谢谢首长。”莫远敬军礼后离开。

崔建功不无担忧地问秦基伟：“军长，如果李大敏说的全都是真的，这就有点问题。”

秦基伟思索了一会说：“范弗里特是厉害角色，他不仅在第五次战役期间使用了我们的战术，还学会了我们蒋干盗书。”

崔建功恍然大悟：“也就是说，李大敏看到的、听到的，都是美军想让他知道的，美军试图用堆积起来的事实，制造一个假象。给我们传递一个假信息。”

“是这样。不管他，我们以不变应万变。”秦基伟成竹在胸。

李大敏根本不知道，打火机事件是范弗里特亲自策划的，目的就是让秦基伟误以为美军要进攻五圣山上甘岭，从西方山抽调兵力和重

---

1 Gook：来自美国军队俚语，原指菲律宾人，后来这个词又引申至对韩国人、日本人等亚洲人的蔑称。

武器，这样他们就可以进攻西方山了。

五圣山上甘岭地势险要，易守难攻。相对于上甘岭，美军更希望进攻西方山。

1952 年 10 月 8 日，克拉克通知范弗里特，他同意执行“摊牌作战”计划。

当天晚上，范弗里特给妻子海伦写了一封信：“……有人说，如果是第二次世界大战，我最多当个中校。仔细回顾我的前半生，在西点军校时，我不是优秀的学生，164 位同学，我排名 92。最好的科目是射击，永远都是优秀，我可以连续十枪打中牛眼睛。而最差的是法语和历史，比它们更差的是跳舞见鬼，我有六尺、一二百磅，任何一个舞伴在我手里就像一根扫把……”

他想起在此之前，《纽约时报》披露美国国防部决定调任他了。他苦笑了一下，接着给妻子写信：“……我参加过‘一战’，10 年前，我还只是第八步兵团的上校团长……噢，是 11 年前。那时我的同学布莱德雷已经是第一集团军司令，艾森豪威尔已经指挥三百万盟军，我还只是一个 49 岁的团长，和士兵们一起训练穿越障碍，翻越壕沟。但今天，终究还是成为集团军司令！为什么，无论人生际遇待我如何，我也不曾忘记军人的荣誉和祖国的骄傲。今天，我将作为第八集团的司令带领士兵们去赢得一场伟大的胜利来结束这场战争。这将是我的最后一战，它注定被载入史册。上帝保佑美利坚合众国！”

第五章

打响上甘岭

1952年10月14日

激烈的战斗在五圣山的前沿阵地全线展开了，敌军在一个同一的时间向我军80华里的正面进犯，但不论敌军的兵力大小毫无例外的被打得落花流水丢人丢枪，活着来死在钢铁阵地的前面，这就是美帝国主义吹牛所谓“压力”。

这天的战斗从敌人来说是一年以来最大的一次进攻。据收到敌人的消息如下：“今黎明前后联军在大炮战车及战斗轰炸机的掩护下向中线共军三角形山阵地攻击，另一路向三角形山以东一个阵地攻击，据最后报到[道]已占领敌军一个阵地，战斗仍在激烈进行中。这是继1951年11月美二师夺取伤心岭以后最大一次战斗。”

但不管敌人如何进攻我相信敌人最后还是要失败，歼灭脱离阵地的敌人比攻击敌人阵地之后进行反复争夺代价更小，胜利和战果更大。

《本色——秦基伟战争日记》

1

13 日上午，五圣山观察所的杜文锦发现大量美军战斗人员和重武器压在一线，该情况很快层层汇报给了秦基伟。此时秦基伟正在策划 18 号进攻注字洞南山，炮兵部队已经调到注字洞南山附近，他认为就算此时此刻美军对上甘岭进攻，上甘岭上有两个连，有坑道，上甘岭还有 19 个连随时能够上山。

14 日凌晨，范弗里特洗完澡后然后对着镜子非常仔细地刮胡子。美军进攻部队已经出发，炮兵正在调整最后的射击参数。

1952 年 10 月 14 日 5 时 44 分，美军同时向上甘岭的 597.9、537.7 高地北山，391 高地、上佳山西北山、芝村南山、419 高地等 15 军防御地区内几乎所有阵地同时进行攻击。

驻守 597.9 高地的主要部队是老八连，冯百胜立即指挥部队进入坑道，持续猛烈的炮击导致地面都在颤抖。

秦基伟被炮声惊醒后立即走到院子，他看到炮火映红了半边天。段显峰向他汇报，所有阵地都受到美军猛烈进攻，暂时无法判断美军的主攻方向。

15 军所有部队都动了起来，炮兵部队尤其紧张，多次打电话给 15 军军部，询问是否调向发生战斗的前线。

美军炮击停止后，崔建功向 15 军军部汇报，前线所有的电话线都被炸断，电台联系不上，眼睛更看不清，上甘岭两个高地都被黑烟裹住，唯一能确定的就是敌人步兵已经展开进攻，战斗非常激烈。

45 师的师指挥部不久前从真菜洞转到德山岘。

三兵团司令部和志愿军司令部也都收到了战况。

老八连指导员胡满仓站在操场上心急如焚，冯百胜带着老兵在597.9 高地血战，他带领的新兵在后方一点忙也帮不上。

一阵风吹来，有东西落在脸上，胡满仓抹了一把，是雪花大小的黑灰。美军的炮火把上甘岭两个高地的草木都炸成了飞沫，四散飞扬。

由于长时间无法和上甘岭的两个高地取得联系，秦基伟决定派段显峰和 45 师侦察科刘向阳去一趟 597.9 高地。秦基伟对段显峰提出了三个要求，并要求他转告刘向阳。

段显峰出发前，万里把自己的枪交给了他。万里说，我的枪从来不卡壳。

段显峰和刘向阳等人穿梭在炮火之中时，刘向阳把相关情况告诉了他："师部派了一个排侦察 597.9 高地的情况，他们都牺牲在敌人的炮火封锁线了。597.9 高地的 12 个阵地，我们必须掌握阵地的得失，每个连队的详细伤亡。军部，兵团，志司要根据我们的情报制定下一步作战计划。"

段显峰对刘向阳说："军长让我转告你，他有三个要求，不许退，不许死，不许哭。"

"大仗恶仗我见多了，从来不知道泪珠子是什么滋味。"刘向阳健步如飞。

段显峰和刘向阳穿越美军炮火封锁线后在 597.9 高地的山脊狂奔。他们先后抵达 6 号、5 号和 4 号阵地，随后前往 0 号阵地。

0 号阵地上只剩下一名正在疯狂射击的战士。

连续不断牺牲的战友，早让战士打红了眼，他以为段显峰是敌人，转身就把枪口瞄准了他。

刘向阳眼疾手快，高高举起枪管，子弹打了到天上。

段显峰缺乏这方面经验，有些措手不及。刘向阳一把抱住战士，用沙哑的声音大喊："我是你战友，我是你战友！"战士在刘向阳怀里颤抖，如同处于盛怒又极度悲愤的狮子。

段显峰和刘向阳等人协助战士击退美军进攻后，又去了 1 号阵地和 8 号阵地，随后到了 2 号阵地。

段显峰看见孙占元带着易才学等战士正在 2 号阵地发起冲锋，他们要夺回被敌人占领的阵地。

美军激烈的炮击过后，孙占元双腿被炸断，他忍着剧痛，对双腿进行简单包扎后，端起机枪对着前面火力点射击，掩护易才学连续炸掉了三个火力点。敌人再次发起进攻后，孙占元拉响了手榴弹，和冲上来的敌人同归于尽。

段显峰和刘向阳等人最终抵达 3 号主阵地时，冯百胜和常大友等老八连的官兵刚刚击退了敌人进攻。

“撤了，撤回坑道！”冯百胜扭头看见了段显峰，“你们怎么来了？赶紧撤，坑道里说话。”

“敌人撤，你也撤，这是什么打法？”刘向阳想和敌人硬碰硬地打一仗。

“不走骨头渣子都剩不下。”冯百胜硬是拽走了他。

美军的炮弹陆续落到阵地上，越来越密集。

进入坑道后，段显峰满眼都是老八连密密麻麻的重伤员，连队的其他战士也是人人带伤。

刘向阳拿着小本子，准备记录：“冯连长，说下伤亡情况。”

“你们每个阵地都摸了一遍，还问我。”冯百胜火气大得很。

“核对一下，防止出错误。”

“就剩这么几个了，还用笔，一排剩七个，都是重伤员，一个能打立正的都没有，二排剩六个……”冯百胜猛地转过头，“自己的任务自己解决，老子管你。”

所有人都沉默了，因为冯百胜声音里明显有些哽咽。

冯百胜历经大仗恶仗，对各种残酷的战场情况都有心理准备，能让他哽咽，说明战斗之惨烈、伤亡之惨重已经到了他所能承受的极限。

段显峰见状，连忙岔开了话题：“武器弹药、后勤方面怎么样？”

见冯百胜依旧扭着头，常大友开口了。

常大友对段显峰说：“一大半的枪都打坏了，子弹一天的消耗量比以前一个星期都多。吃得还好说，主要是急救包，药都不够用了。最缺清水，清洗伤口要水，打起仗来，战士们一个个都变成水牛，一个劲喝水。”

段显峰沉默了，他知道枪支迅速损坏的原因是长时间的持续射击，枪支部件无法冷却导致的，这说明战士们要面对一批批源源不断进攻的敌人。

段显峰和刘向阳回到军部时，秦基伟正带着各级干部开会。车敏瞧看到两人情绪激动，知道前线情况不妙，想着只让他们向秦基伟汇报，避免各级干部听到真实情况后产生不良影响。秦基伟说这没什么避讳的，他说好消息坏消息且不论，关键是要听真实情况。

秦基伟预料到了当下，乃至将来战斗的惨烈，他这样做是希望各级指挥员都做好各方面的准备，尤其是思想上的准备。

刘向阳拿出记录伤亡情况的本子，刚一开口就哭了出来，随后缓缓坐在了地上。巨大的悲伤让他浑身无力。

段显峰接过刘向阳的本子，也是泪如雨下，一句话也说不出来。

车敏瞧走过去，安慰地拍着他的肩膀：“缓一缓，先说物资方面的情况。”

段显峰调整情绪，用沙哑的声音说：“所有的阵地都在反复争夺，尤其是 3 号主阵地，地表阵地被占领后又夺回来，夺回来后又被占领，一线的战士可以不眠不休，但武器不行。老八连由于战斗太激烈，枪支报废率超过了 70%，弹药消耗量非常大，清水的消耗也很大。这三种物资在坑道里原本的储备足够一个月使用，现在看来最多还能使用一周。”

张蕴钰马上说：“已经安排往前线运送物资了，但是从后方到上甘岭前线，敌人炮火封锁线有十道，物资没运上去，反倒是导致了大量伤亡。”

“我马上找工兵、后勤部门开会，解决运输问题。”车敏瞧说。

“我们的炮兵火口一直对着注字洞南山，上甘岭这边没有炮火支援，打得太吃亏了。”张蕴钰把目光投向了秦基伟。

秦基伟沉默了片刻，缓声说：“我的意见，立即将情况汇报给兵团司令部和志司，再次表明我们的态度，注字洞作战计划应马上取消，必须把炮兵力量全部调回来，以现在的态势判断，敌人进攻的重点是上甘岭。”

秦基伟把刘向阳从地上拉起来，让他坐下，给他倒了杯水。

秦基伟对着在场的各级指挥员说：“战友们，战斗才刚开始，更激烈更残酷的还在后面。我说过，15 军流血不流泪，尤其是指挥员更不能情绪化。越是关键的时候越要沉得住气，我们的状态就是部队的状态。”

众人均露出同仇敌忾的目光。

秦基伟留下了刘向阳的本子。干部们离去后，张蕴钰看到他独自面向远方，不让任何人看到他的脸，唯一能看到的是，他拿着本子的手在微微颤抖。

本子上记录的是 15 军从未遇到过的惨烈伤亡。

2

1952 年 10 月 15 日，上甘岭战役第二天。

志愿军司令部接到 15 军战况汇报后立即给三兵团，15 军发报：根据 38 军反击 394.8 高地的经验教训，在目前要打敌人一个加强营的阵地所付出的代价太大，敌必拼死夺回，最后亦难控制。目前，敌经我连猛烈反击后，均已加倍准备，且敌正向你军正面发动局部进犯，因此你军应集中力量，准备粉碎敌人的任何进犯，并组织不断地小反击作战，求得大量毙伤敌人，多取得经验。反注字洞南山暂不进行为宜。

此时的范弗里特正在和几名前线美军指挥官大发雷霆："我太信任你们了，我觉得你们会解决这场战斗，好吧，说说现在的进展。"范弗里特口水几乎要喷到泰格的脸上。

泰格试图用数据给自己找回一些颜面："14 日 3 时起，我们进行了持续 2 小时的猛烈炮火准备。凌晨 5 时，我们 7 个营兵力，在火炮 300 余门、坦克 30 余辆、飞机 40 余架的支援下，分 6 路开始进攻。总体进展十分顺利，炮火摧毁了大部分地表阵地。"

"侦察机刚刚传回情报，西方山方向的敌军还没有动作。你们要打得更猛些，只有压力足够大，中国人才会上钩。"范弗里特有些不耐烦。

"5 天！"史密斯立即给范弗里特下了军令状，"不论西方山的敌人过不过来，5 天内我都会拿下这两个高地。"

范弗里特语气缓和了一些："很好。真正的高手永远不会把赌注下在一张底牌上。如果西方山的敌人不动，我们就拿下五圣山，然后直击平康。如果他们调动西方山的部队，那我们的机械化部队只需 300 辆战车就能突破那里，穿过平康谷地进逼平康。"

秦基伟非常清楚范弗里特的计划，上甘岭伤亡惨烈，他坚持不动驻守西方山的 44 师。

莫远也在这个时候接到了李克农的电话。

"上甘岭的枪炮声都传到志司了，说说你了解的情况。"李克农的声音一如往常，听不出任何情绪。

莫远快速清理思绪："李队长，美军使用的航空炸弹量、炮弹量都是空前的，不过 15 军的士气非常旺盛，部队刚刚进行了反击，夺回了全部地表阵地。"

"上甘岭打赢了，我们在谈判桌上就有了优势，有了主动。你要调动浑身的细胞，认真看，认真听，你要懂得为什么我们在谈判桌上寸土必争。每寸土地不仅事关国家尊严，还是我们的战士用鲜血和生命换来的。"

战斗至16日，上甘岭两个高地的地表阵地被炮弹轰成了沙砾堆，为保存力量，驻守两个高地的连队放弃地表阵地，进入了坑道。贝尔登上地表阵地后不由惊呼，他对身边的美军说，我还是第一次在荒漠里构筑阵地。

秦基伟向上级申请，在上甘岭两块高地暂停反击，准备19号的反击。他的理由是，战斗开始后，我方一直跟着敌人的节奏战斗，这对我方非常不利。他要积蓄力量展开大反攻。

志愿军司令部同意了他的请求，同时答应给15军增派炮兵，在反击前，15军的地面火炮将增加到103门，高射炮兵610团已经出发，准备帮助15军扩大防空火力网。

范弗里特对15军放弃地表阵地，停止反击非常诧异，搞不清秦基伟的作战意图。不过他清楚，虽然美军夺取了三角山的地表阵地，但坑道里隐藏着志愿军，随时可以向地表阵地发起反击。

范弗里特陷入了长时间的思考，他知道自己和秦基伟真正的较量开始了。

从10月15日到17日，美军和南朝鲜军先后投入两个团又四个营的兵力，在炮兵、坦克和飞机的掩护下，向597.9高地和537.7高地北山实施轮番进攻，志愿军第15军采取顽强抗击与适时反击相结合的战术战法，和敌人展开激烈争夺。激战至17日，597.9和537.7高地的表面阵地多次被“联合国军”占领，志愿军第15军又多次组织反击夺回。

深夜，15军军部依旧繁忙，疲惫的秦基伟活动了下身体，随后拿出了一个用红布包裹的盒子小心翼翼地放在桌上。

段显峰走过去：“军长，想跟你讨一杯酒。”

“我们想到一起了，我就是要请你喝酒。”秦基伟打开盒子，里面是一瓶酒。

15军出征朝鲜前，邓小平送给秦基伟一瓶酒，召开誓师大会那天，秦基伟请军部的几位同志喝了半瓶，剩下的始终没舍得喝。军部的人都知道那半瓶酒是秦基伟的宝贝。

秦基伟动作略显缓慢地打开酒瓶的盖子，显然有心事。段显峰连忙找来两个搪瓷缸子，拿起酒瓶倒酒。

秦基伟阻止段显峰要倒酒的动作，他要亲自倒酒："还是我来，邓政委送的酒只剩下这么多了，真是抿一口少一口。"

"首长送军长酒，是预祝军长打胜仗。军长给我倒酒，也是想让我在前线打胜仗。"段显峰的话有些沉重，他有事要和秦基伟讲。

"你的事和我手里的酒是一样的，留着不喝，有遗憾；喝了，可惜。"秦基伟知道上甘岭的枪一响，段显峰便动了上战场的心思。

段显峰心领神会："军长想让我去前线，因为军人的尊严在沙场，军长又不想让我去，因为中国军队的未来不仅在沙场。"

秦基伟反复倒空瓶中的酒滴，一滴也不舍得浪费："我们不仅是中国军人，更是新中国军人，要建设好新中国，建设好新中国军队。"

秦基伟内心非常纠结，他要派段显峰代表军部、代表他的决心去一线战斗，可他不愿意段显峰出什么意外。

战斗哪有不流血，不死人的。

段显峰明白秦基伟的心思："打赢了这一仗，才有可能建设好新中国。"

秦基伟举起酒杯，他下了决心："敬中国军人。"

段显峰也举起酒杯。

两人将少许酒洒在地上。

秦基伟和段显峰碰杯："此情此景，要有祝酒词。"

"醉卧沙场君莫笑，古来征战几人回。此时的上甘岭，前无古人，后无来者！"段显峰情绪有些激动。

"好一个前无古人，后无来者！"

两人碰杯，一饮而尽。

两人迅速起身，扭头就走。

都怕离别。

段显峰任老八连副连长，和指导员胡满仓带老八连的新兵排和一个警卫排增援 597.9 高地。万里和韩小毛也在这个警卫排里。

段显峰到老八连报道时，胡满仓非常高兴，秦基伟这是给老八连派了一个得力干将。此时的老八连有火线经验丰富的冯百胜、常大友，有擅长做思想工作的胡满仓，再加上熟悉美军战术战法的段显峰，真可谓是如虎生翼。

胡满仓用力给段显峰敬了一个军礼："欢迎加入老八连，咱老八连就一句话……"

"老八连说到做到！"段显峰紧紧握住他的手。

3

一条南北走向的狭长谷地，是通往前线的必经之路。美军的炮弹不断落下，编织出成一道狰狞的死亡之网。

段显峰和胡满仓带着老八连，跑步来到谷地北侧，卧倒隐蔽。

三连的战士们在连长皮连锁的带领下，已经提前一步抵达，散蔽在谷地北侧，等待炮火间隙。三连的任务是增援 537.7 高地北山。

皮连锁发现了段显峰，凑过来打招呼："这不是军部的段参谋吗？你怎么下连队来了？"

胡满仓在一旁解释："老皮，这是我们新上任的副连长。"

"直接调出军部，这是犯错误啦？"皮连锁把嘴一咧，开起了玩笑。

段显峰知道他喜欢开玩笑："对，总在军部斗嘴，挨批了。"

众人都笑。

段显峰问皮连锁："三连长，你们被封锁多长时间了？"

"半个多小时了，一直炸着呢。"

胡满仓问他："摸清楚规律了吗，怎么过去？"

"刚琢磨明白，每炮击 15 分钟有 5 分钟间隙。这 5 分钟过一个连不成问题。”

这时美军炮击停止了。

皮连锁起身下命令：“三连，全体集合。”

训练有素的陈凤楼等三连战士们立即整队，组成冲锋队形。

“就这一千公尺的，冲过去就上阵地立功去了。”皮连锁指着眼前狭长延伸的谷地说，“我们给老八连打打样儿。”

“等一等。”一直在认真辨别计算炮击量的段显峰试图阻止皮连锁，“这不是炮击间隙，很可能是敌人的陷阱。”

皮连锁已经带着三连冲了出去，没有听到段显峰的话。

“老皮错不了。”胡满仓回头看看队伍，也准备冲过去。

“有啥办法，赶紧说。”万里把身上武器甩在一旁，朝段显峰嚷了一句。

万里相信段显峰。

“这次的炮击重点应该是谷底中央，靠山脚卧倒，能减少损失。”段显峰站了起来，准备冲出去提醒三连。

万里已经冲了出去。

“万里，你给我回来！”胡满仓大喊。

不到三分钟，万里和刚跑了一半路程的三连，瞬间被炮火笼罩淹没。

胡满仓和段显峰都傻眼了。

等到炮击停止，硝烟逐渐散去，两人的脸上露出了微笑。万里还在，三连也还在。万里及时追上了三连，及时让三连战士们在山脚卧倒。这次炮击三连只有几名战士负了轻伤。

过了美军炮火封锁线，天色已经黑了，老八连和三连分别增援597.9 高地和 537.7 高地北山，两个连的战友挥手作别，他们行色匆匆，虽然都知道这很有可能是和兄弟连队战友的最后一面。

597.9 高地，6 号阵地的延展山梁上，分布着一些美军的临时暗堡。美军占领这里时间不长，碉堡还没有完全建起来。即便如此，这些临时碉堡依仗易守难攻的地形仍然占据了很大的战斗优势。

吴波、冯玉刚、王成栋和腊八等人潜伏在6号阵地下方反斜面的山坳。前方的连队正在通过，地上躺着一些牺牲的志愿军。

该连队的战士三人一组，快速通过火力点。美军射击，不断有战士倒下。掩护部队不断朝美军射击，吸引了碉堡里美军的火力，掩护部队不断有战士牺牲。虽然有几名战士通过美军火力封锁，但地上的牺牲的战士更多。

段显峰看到这一幕不由皱眉："这么过封锁线伤亡太大了。"

胡满仓也很无奈："没想到过了炮火封锁线，还有碉堡。副连长，一线打仗是这样。"

段显峰紧盯着敌人的临时碉堡，希望能想出什么办法。

"我上去，轰了它们。"万里拽出了手榴弹。

胡满仓看看万里，又看看临时碉堡："坡度太大了，靠近就是送死。"

万里又看看段显峰，段显峰没有表态，他和胡满仓的想法一样。

胡满仓对战士们说："各班排以战斗小组为单位，准备过封锁线。五点前我们必须通过一号阵地，进入坑道，这是我们的任务。"

段显峰阻止道："指导员，你看照明弹的密度，大亮天一样，只要过去就会有牺牲。给我们想个办法行不行。"

"别的连队也不是吃素的，牺牲这么多战士，肯定是没有办法。"胡满仓表情悲痛，没有人愿意看到一个个战友倒下。

一个人影冲了出去，是万里。

"万里！"胡满仓急了。

段显峰也在大喊万里回来，在他们看来万里此去必死无疑。

万里如战神附体，异常敏捷地冲向敌人的临时碉堡。

"掩护！"段显峰没有别的办法，只能让战士们掩护万里。老八连的战士们纷纷向临时碉堡射击。

段显峰以前只知道万里投掷能力出色，这次他才知道万里的投掷能力应该叫神乎其神。灵猴般的万里将一枚枚手榴弹精准丢向了临时碉堡。这些还没建完的临时碉堡都没有顶，一枚枚手榴弹就这样从天而降。

“一个，两个，三个……这个万里，了不得啊！”胡满仓的担忧很快变成了惊喜。

老八连顺利通过了封锁线，万里立了大功，却也犯了军纪，他没有得到上级准许就发起了进攻，这在部队是明令禁止的。

胡满仓当众鼓励了归队的万里几句，随后望了段显峰一眼。段显峰明白他的意思，于是低声告诉万里，没有命令，不许再私自行动。万里是个闷葫芦，听了这话也只是点点头。

深夜的 597.9 高地笼罩着浓浓的烟雾，空气中弥散着浓烈的火药味。

八连战士们朝西南方向匍匐潜行，他们逐渐接近了 3 号主阵地，他们要去的一号坑道就在 3 号阵地下方。

美军的照明弹升上夜空，原本漆黑一团的夜空一下被照亮，如同白昼。全连战士迅速躲到弹坑内，待照明弹熄灭，另外一枚信号弹没有升起时继续前行。整个队伍紧张有序。

突然，吴波发现前方悬挂着很多空罐头盒的铁丝警报网，给身后三排的战士打手势，几名战士迅速上前，轻手轻脚地剪断铁丝网。队伍迅速鱼贯穿过铁丝网，继续潜行。

队尾的司号员腊八正往前爬，一摸腰间，发现自己的冲锋号不见了。他赶紧四下摸索，还是没有。他灵活地调转身体，朝后方爬去。他边爬边四处寻找，很快就在刚刚躲避的弹坑里，看到了冲锋号。他会心一笑，伸手抓住冲锋号上的红绳，往上拉。可刚拽了两次，红绳突然断了，冲锋号滚了几滚，撞在了铁丝警报网的空罐头盒上，在寂静的夜里发出清脆声响。

美的探照灯立即扫了过去，子弹在探照灯的照耀下如雨点一般落下。腊八跌落弹坑，捂着血流不止的大腿。他中弹了。

这时的15军军部里，秦基伟正在询问老八连和三连的情况。增援537.7高地北山的三连已经进入坑道，老八连却没有任何消息。

597.9高地3号坑道的冯百胜和常大友也在惦记老八连，按计划，段显峰等人两个小时前就应该到了。冯百胜忍不住拨通了师部的电话。崔建功正守在电话旁，接到冯百胜电话后，他立即给五圣山观察所打去电话，观察所的杜文锦看到老八连突破了敌人的封锁线，进入了高地，可由于可视性太低，现在找不到了。

失踪了？

秦基伟得知此事后只能安抚崔建功，再耐心等待。

战场上的失踪通常意味着牺牲。

从15军军部秦基伟到45师师部崔建功，从五圣山观察所杜文锦到3号坑道的冯百胜都在焦急等待段显峰等人的消息。坑道部队损失严重，他们能否进入坑道关乎19号反击的成败。

几个人当中最纠结的是冯百胜，他想派人出去寻找段显峰等人，给他们带路。虽说段显峰和胡满仓这些人再熟悉不过了，但美军的炮火不仅改变了上甘岭的地形地貌，还把一些坑道口炸塌了，没有人引导他们很难找到主坑道。天亮以后，他们将全部暴露在美军的射界之中，存活的可能性微乎其微。可是3号坑道里的战斗人员已经很少了，这个时候派人出去，如果没有找到他们，再搭上几个战士，根本没有力量配合19号的反击。没有坑道力量的配合，19号的反击基本泡汤了。

“连长，我一个人去，不管找不找得到，天亮前保证回来。”常大友看出了冯百胜的忧虑。

冯百胜确实没有别的办法，只好答应。

段显峰等人已经来到了1号主坑道附近的反斜面，他们甚至可以听到地表阵地上美军的说话声。尽管这里没有美军的工事暗堡，但地表已被炮火炸得面目全非，众人焦急地寻找入口。

段显峰说：“仔细找，应该就在这附近。”

胡满仓下达命令：“万里、鲁班长警戒，其他人找坑道口。”

万里和鲁春生说了一声“是”后，各自持枪在不同位置警戒。

胡满仓带着部分战士，徒手开挖地表的碎石和泥土。虽然随身携带着工兵铲等工具，但金属的工兵铲挖掘时碰到石块容易产生响声，引来敌人，众人都是在徒手挖掘。

很快，几乎每个人的手指都磨出了血，可是入口仍然不见踪影。

万里挖到一个坑，以为是坑道口：“找着了。”

众人大喜，纷纷围拢过去。

万里发现这只是个中空的土坑，不是坑道口。

段显峰焦急地看手表，表针已经指向凌晨三点。是 19 日的凌晨三点。

胡满仓对段显峰说：“不行就得原路返回了，五点天就亮了。”

回去意味着任务彻底失败，也可能遭受损失，但总比天亮后暴露在敌人的炮火前，全部牺牲要强。虽然是下下策，却是胡满仓作为指挥员、作为指导员的责任。

“不急，再找找。”胡满仓用肩膀撞了一下段显峰，希望缓解他的焦虑情绪，“我是指导员，是老兵，责任是我的。”

段显峰带着感激的目光看着胡满仓，他不怕担责任，怕的是无法完成任务，但胡满仓这份担当让他心里一暖。

“再找找。”段显峰说。胡满仓越是这样，他越想找到坑道口。

胡满仓点点头：“我支持你，你找坑道口，我安排下。”

胡满仓叫来鲁春生，让他带人去 4 号阵地附近待命，如果凌晨 5 点还没给他消息，就发动佯攻，协助其他人撤回五圣山。

鲁春生刚要走，一个人影从远处跑了过来，是给他们带路的常大友。

众人终于松了一口气。

突然，远处隐约传来美军的交谈声和脚步声，那是贝尔率领的巡逻队。

段显峰子弹上膛，低声说告诉战士们准备战斗。战士们纷纷握紧手中的枪，万里打开手榴弹的保险盖，随时准备拉弦扔出去。

战斗一触即发之际，美军的后方传来了一阵军号声。

贝尔和众美军听到号声，先是一愣，随即立即转头冲向传来军号声的方向。

是腊八！

腊八腿部中弹，一路爬着追赶连队。他爬了很久，终于看到了战友们，可这个时候贝尔来了，为了保护战友，他没有丝毫的犹豫，立即吹响了军号。

急促的军号声在寂静的上甘岭阵地上显得无比嘹亮，悲壮。

段显峰环顾四周的战士，这才发现腊八不在。没过几分钟，远处传来一声巨响，那是腊八用手榴弹和美军同归于尽时的怒吼。

战士们互相看看，眼中逐渐都有了泪光。

在常大友的带领下，段显峰和胡满仓带着战士们先进入了 1 号坑道。迎接他们的是一支打残的队伍。段显峰难以置信地看着仅剩的 20 多名伤兵。

胡满仓问常大友："这是哪个连队的？"

"他们是一营的……整个一营就剩下这些人了。"

"连长人呢？"段显峰问他。

"连长在 3 号坑道。"

常大友带段显峰走到通讯间，帮段显峰接通了电话。

段显峰拿过话筒，和常大友通话："报告连长，副连长段显峰在 1 号坑道向你报到。"

冯百胜在电话那边说："老段，我们兵分两路，3 号坑道交给我，1 号坑道交给你和指导员。一切作战由你们临机决断。"

段显峰挂断电话，让常大友返回 3 号坑道和冯百胜汇合，随后和胡满仓商量几句后，给各班排长开会。

二排长王成栋、三排长吴波、三排副冯玉刚和鲁春生等人围拢过去。

段显峰对王成栋等人说："连长命令，我们驻守 1 号坑道，以后这里就是我们的阵地，也是我们的家。大家有伤的治伤，没伤的都跟着三排长把我们的弹药搬出来。"

"是，三排马上执行。"吴波领命。

"三排副，你带几个人去伙房看看还有什么，给大家伙儿整口吃的。"

"是。"王成栋领命。

看到所有人都忙碌了起来，胡满仓把段显峰拉到了一旁："副连长，我们有一说一，这次进坑道，来的路上，我着急了，你很理智，会动脑子，找坑道口的时候，你确实有点一根筋，时间这么紧迫了，还要找坑道口，我的处理比较理智。"胡满仓态度非常诚恳。

段显峰也很真诚："指导员批评的是，我的战场经验确实不足，要向你多学习。"

胡满仓谦虚地摆摆手："像你这样的参谋下连队，一开始能做到冷静理智，已经很不容易了。说实话，多了不用，你在老八连锻炼半年，保准是个优秀的基层指挥员。"

"谢谢，指导员。"

15 军有几个会带兵，能打仗的基层军事干部，比如冯百胜和皮连锁，也有几个战斗英雄级的指导员，胡满仓就是其中之一。作为基层政工干部，他作思想工作的时候避免生硬地讲政策，他将政策、军纪和大道理以最通俗的方式表达出来。秦基伟常说，胡满仓是一个以吃喝作思想工作的指导员。

常大友返回 3 号坑道后，将详细情况汇报给了冯百胜。冯百胜立即给师部崔建功打电话，进行了如实汇报。崔建功随即和秦基伟汇报，两个增援连队已经到达预定位置。今晚反击打响后，我们将从三个方向发动全面反攻，将两块高地上的地表阵地全都夺回来。

秦基伟悬在心里的石头总算落下了，当他向王近山汇报此事时，得知三兵团除给 15 军增加大量炮弹外，还增调三个炮兵营、一个加农炮营和喀秋莎火箭炮团。

秦基伟信心十足地挂断电话后，张蕴钰提出 45 师损失过大，今晚大反击结束以后兵力就更加紧张了。29 师是全军的预备队，该师的 87 团在西方山配合 44 师的防务，另外两个团随时可以调动。秦基伟决定调这两个团接替 45 师除 597.9 高地和 537.7 高地北山两个阵地之外的防务工作。

王近山也在为 15 军的兵源问题而担忧，为此，他联系了 12 军副军长李德生。志愿军 12 军刚刚结束了金城防御作战，完成换防后正在前往谷山，准备进行休整。王近山命令李德生先派一个团作为预备队，随时准备增援 15 军。

李德生出生于大别山，他 14 岁加入红军，16 岁入党，以勇猛顽强、机智灵活著称。他是一名从传令兵成长起来的将领，曾三过草地，抗战期间参加了著名的夜袭阳明堡、响堂铺、百团大战战役战斗，曾以一个营的兵力打垮日军一个大队。解放战争期间参加了上党、邯郸、陇海、定陶、豫东、鲁西南等战役和千里跃进大别山，以及襄樊、淮海、渡江战役、进军大西南。他身先士卒，转战了大半个中国。抗美援朝开始后，他率部参加第五次战役和金城以南防御作战，歼敌近两万人，并且在改良坑道、巩固阵地的方面做出巨大贡献。

反击打响前，段显峰和胡满仓在 597.9 高地 1 号坑道召开了全体战斗人员会议。胡满仓首先开口：“同志们，我们头顶的表面阵地上，美国敌人可都要出来晒太阳了。还有几个小时就要打反击了。各组班排有什么困难现在提出来。”

没人说话，似乎觉得在战前提要求就是在战友面前示弱了，就可能完不成任务。

“作为副连长，我很佩服大家的觉悟和勇敢。可是作战没准备，这仗打不好。”段显峰只好点将，“三排长，有什么困难没有？”

吴波眼都没眨：“没有！三排坚决完成任务。”

段显峰目光逐一落到其他班排长身上，没人说话。

范元宝站了起来：“报告副连长，我上山的时候手榴弹掉了，能不能给我补几个？”范元宝是朴达峰以后补充上来的新兵，受训的时间比较短，还没有完全适应部队。

众人哄笑。

“我说范元宝，你怎么不早说？”吴波鼻子都气歪了。

吴波的言外之意是，有事你跟我说，开会的时候嚷嚷不就是丢脸嘛。

“排长，你没问我啊。”范元宝竟然有些委屈。

吴波被他气笑了。

胡满仓示意范元宝不要再说了，他说：“坑道里还有弹药没用完，你们回头去领。还有缺弹药的，都来找我。”

“是！”

段显峰最后说道：“各组班排都要排查自己战士的困难，工作细致一些不怕，提前把作战任务和战士们商量好，做好战斗准备。”

段显峰发现战士们都三五成群地商量即将开始的战斗，只有万里蜷着身子靠墙坐着，抱着枪一言不发。

段显峰和胡满仓私下又聊起了起来。他们带到坑道的战士除一个警卫排和几个班排骨干，其他都是新战士，管理是个重要问题。

段显峰说：“比起范元宝，万里问题更大。”

“你说得很对，他这个无组织、无纪律的态度必须管一管了。按说他是个老兵，能被调进 12 军侦察小队，不应该有这方面问题。”

“照他这个打法，那不是不要命，是抱着必死之心。”

胡满仓想了想说：“这样，我先找他好好谈一谈，该批评批评，再让三排长吴波管住他！”

“吴波这人勤快，勇敢，打仗是把好手，带兵还是缺少方式方法，刚才你也看到了，他连范元宝都管不了。万里心高气傲，又喜欢独来独往，恐怕强按马头不喝水啊。”段显峰和万里一起在军部工作过，更了解他。

胡满仓同意段显峰的说法：“是啊，三排有两个活宝，够难办的。”

段显峰灵光一闪：“要不然这样，让他们两个组成战斗小组怎么样？”

胡满仓摇摇头：“元宝年纪小，小毛病一大堆还怕死。你又说万里心高气傲，喜欢独来独往。他们俩搭班，那不是更驴唇不对马嘴吗？”

段显峰说：“不要小看范元宝，他在战场上有随机应变的本事。如果万里想要蛮干，那范元宝会变成他的缰绳。”

“我明白了，你是想让范元宝扯万里的后腿。”胡满仓笑了。

段显峰也笑了起来。

万里和范元宝很快就站到了段显峰、胡满仓和吴波面前。范元宝一见这阵势顿时慌了，以为他丢了几颗手榴弹就要给他处分。

胡满仓对他说：“别想那么多，叫你来是让你和万里组成战斗小组，以后你们要互帮互助。”

万里瞥了范元宝一眼：“我不同意，我一个人完全可以执行任务。”

“那不行，不管是谁，都不能单独执行任务。这是纪律！”吴波一句话就给他否了。

万里说：“我可以和排里的其他人组成战斗小组。”

“什么意思你？”范元宝瞪圆了眼睛。

段显峰盯着万里的眼睛说：“这是命令，没有商量的余地。”

万里不吭声了，他正式成为三排二班副班长、战斗小组的组长。范元宝直接归他指挥。

第六章

鏖战与反击

1952年10月19日

今日我集中迫击炮以上口径炮60余门火箭两个营进行两个齐放，将两千余名美国侵略[军]美七师给予毁灭性杀伤。

战斗于十七时卅分开始在两个钟头之内我恢复了全部阵地，敌军大部被歼灭了。到廿时敌人又组织新的力量开始进行从一个排到一个营的兵力反扑，经过十多个钟头的激烈争夺战因部队伤亡过大部分阵地转入坑道作战。

战斗的紧张激烈和残酷性是朝鲜战场上一年多所没有的情况，敌人死亡8000余，我四十五师伤亡也在3500人左右，在一个东西四公里南北三公里的阵地上敌人使用了五个团的兵力进攻，我反击部队亦使用了廿二个连队和强大的炮兵部队同时参加了这个地区的反击作战。

战斗还未结束，我们必须将敌人从我军阵地上赶出去，而敌人垂死挣扎。这就决定了战争的艰苦性残酷性，我们的决心是不到全部歼灭敌人恢复阵地不停止战斗。

《本色——秦基伟战争日记》

1

反击时间到。

二〇九炮团阵地上，喀秋莎火箭炮车一字排开，火箭炮射向天空，宛如一片移动的火海汪洋。不间断的轰然巨响中，加农炮营和105毫米榴弹炮营、155毫米榴弹炮营先后开炮！

597.9高地和537.7高地北山全部笼罩在炮火之中。

猛烈的炮击导致的红光照亮了夜空，照亮了上甘岭身在15军军部的秦基伟，照亮了美军31团指挥部的泰格，照亮了隐蔽在537.7高地北山山脚的135团6连，照亮了等待在坑道的段显峰和老八连战士们的面孔。

所有人都在等待志愿军炮火覆盖结束。

志愿军炮火覆盖结束后，段显峰和胡满仓带着战士们冲出了1号坑道。万里和范元宝组成的战斗小组冲在最前面，由于阵地上大部分工事和美军已经被15军的炮火碾碎，幸存的美军士兵慌不择路地逃下阵地。

段显峰独自沉着冷静地观察着战况，随后命令新任号手云贵川吹冲锋号！

嘹亮的冲锋号响彻云霄。

在597.9高地3号阵地，冯百胜带着常大友等战士们已经冲上地表阵地，与美军在战壕中肉搏。

597.9高地的5号阵地上，枪声和炮火中，万福来率领着135团

6 连的战士们冲向敌人的工事和地堡。敌人的工事喷出火舌，几名战士随即倒地。

通信员吴三羊和肖登良跳进山坳里。

正在指挥的连长万福来一把拉住他：“三羊，四排到了吗？去通知四排从侧面斜坡上去，搞掉那个火力点！”

吴三羊指着肖登良说：“连长，这是四排通信员。”

“四排怎么了？”万福来问他。

肖登良很难过：“连长，四排在反击六号阵地工事时已经全部牺牲了！只剩下我了。”

万福来想了想：“你立刻向营里汇报！请求支援。”

“是！”

万福来向身后招呼：“一班，跟我来！他娘的把这个火力点敲掉！”一班战士们齐声大喊：“是！”万福来带着一班的战士猫着腰跳出山坳，在四处横飞的子弹中前进。

597.9 高地 1 号阵地上，万里在废墟般的工事上纵跃如飞，几乎每次枪响都会撂倒一个敌人。贝尔从交通沟里冒出头来，瞄准了万里。他正要开枪，一枚手榴弹扔进了交通沟。贝尔飞速地爬上地面，跳进了一个弹坑里。

“你姥姥的！炸不死你！”范元宝正要再次扔手榴弹，贝尔回身开枪，子弹擦着范元宝的脑袋顶飞了过去，范元宝的手榴弹落到自己怀里，竟然没有爆炸。他连忙把手榴弹扔到一边。

万里回头看见了贝尔正在跳过交通沟。

万里眼睛几乎要冒出火来，他认出了杀死老郑的贝尔。他起身便追，这是一名美军士兵拿着匕首朝他扑了出来。等他干掉美军士兵，回头再看，贝尔已经跳下了山坡，远远地逃了。

1 号阵地的敌人基本肃清后，段显峰命令王成栋率领二排驻守 1 号阵地。他亲自带着吴波和三排的战士们出发，去和 135 团五连汇合，一起拿下 9 号阵地。在前往 9 号阵地的路上，他听到 0 号阵地不断传来枪声，这说明0号阵地还没有夺下来。

段显峰立即通过步谈机联系了五圣山观察所的杜文锦，请求炮火支援0号阵地。杜文锦告诉他，观察所和炮兵的通信线路被炸断，步谈机通讯范围有限，无法通知炮兵进行支援。

15军军部的秦基伟不断收到夺回1号、9号等阵地捷报的同时，也收到二营代参谋长张广生的汇报，万福来指挥的135团6连在恢复了4号、5号、6号阵地后，只剩16名战士了。最大的问题在于0号阵地还在敌人手中。秦基伟命令45师通知张广生，必须尽快恢复0号阵地。

占据0号阵的美军，配合进攻的美军，不断向9号阵地射击，给驻守9号的吴波和三排的战士们造成极大的麻烦。

段显峰猫着腰摸上9号阵地，命令吴波支援135团6连，从而夺回0号阵地。吴波也想支援，但他无能为力，因为美军对9号阵地发起了进攻，他的三排只剩下6名战士了。

段显峰看着0号阵地不断打过来的机枪火线，又看了看远处夜空中的启明星，天一亮美军的飞机会进行持续轰炸，会对部队造成极大的伤亡。

张广生带着黄继光赶到9号阵地的时候，万福来能用的兵只剩下吴三羊和肖登良了。

万福来正拿着望远镜看着战士向0号地堡发起冲击但是几个起落之间，出击的战士均中枪牺牲。万福来的眼睛被牺牲的战友的鲜血染红了，他扛起炸药包，准备亲自炸地堡。

黄继光拦住万福来："万连长，你是指挥员，不能去，让我去。"

万福来一把推开黄继光："就这几个人了，我还指挥什么？"

"我是参谋长，要去也是我去。"张广生抢过了炸药包。

"连队打散了可以重建，你们这些干部牺牲了，连队就散了。让我去吧。"黄继光表情坚毅。

张广生对万福来对视了一眼，对黄继光说："去吧，你现在是六班班长。”

黄继光用力敬了一个军礼：“是！请祖国和人民听我们胜利的消息吧！”

黄继光冲出去的时候，张广生抬头望了望天，天快亮了。

泰格拿着望远镜望着高地上一个又一个阵地上竖起红旗，最终停留在0号阵地。他让副官命令前线的美军不要吝啬照明弹，同时通知空军做好起飞准备，他希望空军的炸弹伴随第一缕阳光落在阵地上。

对于阵地上的美军来讲，守到天亮，他们就是美国的英雄。

段显峰一个人冲向0号阵地，一边跑，一边看天色，远空已现鱼肚白，可0号地堡还在疯狂喷吐火舌。他猛跑猛冲的时候看见三道黑影正在向0号阵地的地堡冲击。最前面的是黄继光，后面是张广生和万福来。

段显峰和他们汇合时，张广生和万福来已经商量好了，如果黄继光没有炸掉地堡，张广生上，张广生牺牲，万福来上。

段显峰告诉他们，如果他们都牺牲了，他会顶上，无论如何都要炸掉敌人的地堡。说完这些，他们不再说话，眼睛紧盯着冒着弹雨冲锋的黄继光、吴三羊和肖登良。

这时增援战士也到了。

预料中的惨烈发生在眨眼之间，吴三羊中弹牺牲，肖登良中弹了倒下了。他们用鲜血和生命掩护了黄继光。

黄继光冲到距地堡七八米远的位置，向地堡扔出了大号的莫洛托夫手榴弹。手榴弹在射击孔上方爆炸，地堡内的机枪手被爆炸产生的巨大威力震晕了过去。

地堡建得非常牢固，没有受到大的破坏。这种地堡除非大口径炮弹直接命中，或者从内部爆破，步兵的攻坚武器几乎没有可能破坏。

美军射击停止后，张广生、万福来和段显峰马上带着增援的战士们冲锋。

碉堡中的美军很快醒来，枪声再次响起。

冲锋的战士们如被割断的稻草般的一片片倒下，剩余的冲锋的战士们随即卧倒寻找隐蔽。

曙光已现。

天亮了，美军飞机准备起航了。地堡里机枪的射击更加疯狂了。

莫洛托夫手榴弹威力巨大的爆炸将黄继光掀飞，摔晕，他恢复神智后试图再次冲向地堡，可四周没有任何手榴弹或爆破筒之类武器。他的身上受伤多达七处。

再不打掉地堡，美军可以凭借 0 号阵地进行全面反击，上甘岭 597.9 高地所有阵地都可能得而复失，所有战友的鲜血都将白流。

“冲啊！”张广生奋不顾身地起身冲锋。

段显峰、万福来和战士们纷纷迎着弹雨冲锋，此时此刻，他们的武器只有自己的身体。

千钧一发之际，黄继光忍着伤口传来的剧痛，全力向地堡爬了过去，他的身下留下一条长长的血痕斑斑的轨迹。

黄继光终于爬到地堡前，他用最后的力气一跃而起，用身体堵住了射击孔。快速射出的子弹飞速穿过他的胸口，带出一串串触目惊心的血线，同时也带走了英雄的生命。

地堡内的美军推开黄继光的身体用了不过三到五秒的时间，也正是这短短的几秒钟的时间，段显峰等人已经冲了过去，爆破了地堡，随即消灭了阵地上的残敌。

美军飞机的轰鸣从远空传来时，0 号阵地上竖起了象征胜利的红旗。

胜利的消息传来，15 军军部一片欢腾。

秦基伟拨通了志愿军司令部的电话，向邓华汇报了喜讯。邓华代表志司祝贺反击胜利，同时提醒他，敌人依旧是强大的，他们没有撤退，战斗意志更没有垮。你们要尽快组织增援，迎击敌人的反扑。

秦基伟挂断电话后走到沙盘前，对周发田和张蕴钰等人说，志司提醒得非常及时，敌人贼心不死，绝不会善罢甘休。尤其是，现在敌我双方的力量还没有发生重大改变。他们不是在准备进攻，就是已经开始进攻了。

范弗里特得知失去 597.9 高地的地表阵地后，命令前线的美军要珍惜白天的时机，一分钟都不能浪费！泰格立即向贝尔传达了该命令，刚刚结束战斗的贝尔不情愿地集合部队，准备发起反攻。

2

飞机轰炸，连续炮击，再轰炸，再炮击，美军的火力覆盖还是老一套，不过比平时更加疯狂。

美军轰炸前，段显峰已经带着部队进入了坑道，地表阵地只留下孙耀祖观察敌情。

孙耀祖看到阵地下密密麻麻的美军士兵已经爬到了半山腰。他伸手在松软的土中一阵摸索，找到一根铁线用力一拽。铁线连通着坑道内部，他这么一拽，挂在坑道内的铃铛立即响了起来。

段显峰命令王成栋立刻带领二排各班进入阵地，坚决把敌人打下去。

激烈的战斗很快展开，不到三十分钟，美军便带着众多的尸体和伤兵撤退了。

在美军看来，经过可以把石头碾成碎末的轰炸和炮击，阵地不可能有任何生物的存在，他们在进攻中遭遇激烈的抵抗，说明 15 军采取了有效的避炮措施，在炮击中成功保护部队。于是美军派出侦察机，试图找到这个神秘的措施。

坑道里的段显峰也遇到难题，部队进行反击时电话线断了十几次，每次刚接上没多久便被敌人的炮火炸断了。通信班的班长牺牲了，派出去接线的其他同志都没回去。他向胡满仓申请，通信班在山脚下的猫耳洞里有个通信物资储存点，留有直通师里的电话接口，他跑一趟一定能恢复通话。胡满仓同意了，还派万里和他一同前往。

万里和小豆子离开坑道后，便看见在头顶盘旋的敌人侦察机，以及炮兵校正机。

他们的出现立即引来了美军的炮火覆盖。

炮火中，万里带着小豆子向高地下前行。小豆子拉着电话线一路紧跟万里。万里算准了每一个隐蔽点，弹坑、岩石、沟壑，甚至树根都成了两人的藏身处。每到一处，小豆子都要将电话线掩埋在沙土下面。

“万里，前面就是了！”小豆子发现了储存物资的猫耳洞。

这时敌人暂时停止了炮击，小豆子心急猛冲过去，万里却发现了校正机在两人头顶盘旋，于是万里飞扑上去，抱着小豆子滚入弹坑。两人进入弹坑的一瞬间，炮弹就落了下来。

大概过了两分钟，炮火停止了，万里和小豆子从浮土中抬起头来，炮兵校正机已经不见了。万里将小豆子拉了起来，两人冲进猫耳洞。

小豆子在猫耳洞深处徒手刨开地面，取出一个箱子，箱子内除了线和工具，还有一截裸露的线头。那正是小豆子要找的电话线接头。

经过紧张繁忙的操作，小豆子接通了电话，还将木箱中储备的天线和电话线背在身上。返回坑道前，万里叮嘱小豆子，路上要跟紧他，不能再冒险了。他们蹲在猫耳洞洞口，抓住美军炮击的间隙冲出了猫耳洞。

两人离开猫耳洞向前跑了几十米，突然发现两名卫生员倒在路上，他们已经牺牲了。万里环顾四周，发现岩石后伸出一只脚，脚上穿着志愿军才有的胶鞋。他们走到岩石后，发现一名女卫生员昏倒在地。卫生员醒来后告诉他们，她名叫向红，昨晚和其他卫生员增援坑道，遗憾的是其他卫生员都牺牲了。

看着向红的泪水在眼眶中打转，万里安慰她，就算只有她一个卫生员，对坑道里的伤员来讲已经是天大的好消息了。

向红得知坑道里的药品只剩下绷带了，转头把目光投向远处的乱石堆。乱石堆散落着被炸得粉碎的针管和药品。幸运的是，大部分急救包还在。

三个人二话不说，同时起身冲向了乱石堆。

美军的炮击又一次开始了，三人没有任何沟通，任由炮弹卷起的弹片和烟尘在身旁呼啸，只顾低头抢拾急救包。

等到把可以用的救急包都收拢起来，地上已经没有完整的医疗器具，三人才向附近的猫耳洞跑去。这时一发炮弹砸在了小豆子身上，“轰”的一下将他炸成一片血雾。

向红被吓傻了，茫然地环顾四周，不知该做什么。

等到硝烟和血雾散尽，向红发现万里正在四处寻找。向红也低头跟着找，过了一会她问万里在找什么。

“你找什么呢？”万里头也不抬。

“我……我不知道，我见你找，也跟着找，可是能用的急救包都收起来了。”向红不敢靠近那片落在地上的血雾，她觉得每滴鲜血都是小豆子，她不能踩在战友身上。

万里捡起了一片黑红黑红的布片，那是小豆子军帽的一部分。

“人没了，我总得带点什么回去吧。”万里不想暴露自己的情绪，但他的声音在颤抖。

刚刚还谈笑风生的战友，转瞬间变成了一片血雾，谁也无法接受不了。

向红明白了万里的心思，她想哭，可是没有泪水，连痛哭的表情都做出来。太残酷了，她已经被吓到麻木。

“要不，你回吧。”万里望着向红有些为难地说，“上甘岭太惨了，你还这么年轻。”

这句话刺激了向红，她瞬间恢复常态。

“你不年轻，小豆子不年轻，坑道里的战友不年轻吗？”向红把眼睛一瞪，下定了决心，“战斗在上甘岭，牺牲在上甘岭，那是最光荣的！”

万里带着向红回到 597.9 高地 1 号坑道后，向她介绍了副连长段显峰和指导员胡满仓，随后把那片黑红黑红的布片交给了胡满仓。

黑的是敌人的炮火，红的是小豆子的鲜血。

所有人沉默地看着布片的时候，不敢再面对悲伤的向红开始给伤员检查伤口。

3

杜文锦在五圣山观察所，通过望远镜发现几十名美军涌上了597.9 高地 9 号阵地。9 号阵地只有不到五名战士，经过短暂而激烈的战斗后，五名战士全部牺牲，九号阵地被美军占领了。

看着战友一个个倒下，杜文锦哽咽着将这一情况汇报给了上级。打完电话，她颓然坐在椅子上，整个人像是被抽空了自己，连日来的疲惫、悲痛反复捶击着她的身体和神经，她快要坚持不住了。

过了好一会，杜文锦拿出针灸针，偷偷给自己扎了几针，人才缓缓有了生机。对她来说，疲惫算不得什么，但持续不断的悲伤让她无法承受，每次看到、听到战友牺牲，她自己也像是死了一次。

观察所的战士都是一个顶三个，甚至五个人在用，每个战士除了几个小时的短暂睡眠，其他时间都处于紧张的工作状态。她睡不着，躺下最多一个小时就会从噩梦中醒来，接着冲向望远镜，翻找记录，她希望自己的梦是反的，噩梦中的鲜血和死亡属于敌人，而不是战友。

在以往的战斗中，她用针灸缓解疲惫，以便自己可以更投入地工作。在上甘岭，她用针灸反抗悲伤，只有这样她才不会倒下。可是她的身体在报警了，手腕、腰、肩膀、脖子，每个部位都是酸胀刺痛，眼睛更是红得如同两个小灯笼。

杜文锦放下望远镜，飞快地在笔记本上记录下来。

杜文锦汇报的情况在上甘岭长达 43 天的战斗中是极为普通的，但秦基伟却看出了其中的不寻常。他亲自跑了一趟 45 师师部。

看到秦基伟，45 师师长崔建功和政委聂济峰均是一愣，都说他不要命了，任何事情都可以在电话里说。

秦基伟不绕圈子，站到崔建功面前说："老崔，你是个老实人，你老老实实告诉我，现在阵地的伤亡到底什么情况？"

杜文锦提供的情报让秦基伟想到的是，9号阵地只有5名战士驻守，这说明45师兵力已经严重不足了。

这时电话响了起来，打来电话的是段显峰。

崔建功刚说了一句，电话就被秦基伟抢了过去。

"段显峰吗？我是秦基伟，你告诉我，现在一线阵地到底什么情况？"

段显峰怔了一下，马上汇报说："军长，美军攻势非常猛烈，部队损失很大。我们经过十几次的反复争夺仍不能打退敌人的攻势。我们坑道缺少卫生员，药品、弹药也不够了。我请求让各班排放弃阵地工事，进入坑道。请军长指示。"

秦基伟举着电话筒，让崔建功和聂济峰也能听到，同时也是在征求他们的意见。

聂济峰马上说："军长，我们正在讨论是否应该让部队退回坑道，暂时放弃地表阵地。"

秦基伟略沉吟，对着电话说："段副连长，我代表军部，同意你们撤回坑道的做法！要能顶上去，也要能撤回来，这样是正确的！"

秦基伟挂断电话后，崔建功告诉他，除了4、5、6号阵地还在我们手里，其他的我们都撤回了坑道。但这是暂时的，到了晚上，我们一定把失去的工事再夺回来，要是夺不回来，我也没脸见你了。

"反击要打，但是不能意气用事。"秦基伟提醒他。

聂济峰拉了一把椅子，让秦基伟坐下，他说："我们之所以丢失地表工事，是因为伤亡太大，弹药补给不足，现在连药都用光了。"

崔建功说："军长，反击部队上去之前，我们该要的都要了，军里不该给的也给了。现在失败了，我崔建功还要自己这张脸。人争一口气，人要是不够，我就自己进坑道。"

秦基伟拉着崔建功一起坐下，他说：“老崔，现在不是你要面子的时候。我们要长远思考上甘岭，现在还能动员多少兵力？”

崔建功不说话了，他的脸倏地红了。

“我们还有 8 个连，只是都在执行其他的防守任务。”聂济峰如实回答。

“现在就把这 8 个连调回来，全力防守上甘岭。”秦基伟随即和 29 师师长张显扬通了电话，要求他彻底落实前阵子军部的命令。

军部的命令是 29 师的两个团接管 45 师除上甘岭以外的所有防务，45 师的 8 个连在执行运输后勤等方面的任务，秦基伟命令张显扬，将这 8 个连的任务接过去。

4

秦基伟一边在桌上吃饭一边写日记。

> 我方经过十多个钟头的激烈争夺战，因部队伤亡过大，部分阵地转入坑道作战。战斗的紧张激烈和残酷性是朝鲜战场上一年多所没有的情况，敌人死亡 8000 余，我 45 师伤亡也在 3500 人左右……战斗还未结束，我们必须将敌人从我军阵地上赶出去，而敌人垂死挣扎。这就决定了战争的艰苦性残酷性，我们的决心是不全部歼灭敌人恢复阵地，绝不停止战斗……

钢笔是秦基伟用了很久的，有些漏墨水，他的手指上沾了墨水，又抓起杯子喝水，擦嘴巴，嘴角上便沾了一些墨水。

“秦军长，都说你肚子里的墨水越来越多，你还真喝墨水。”王近山走进去，一眼便看到他嘴角的墨水。

秦基伟笑着迎了上去：“哟……副司令，你怎么来了。”

“我怕你前线走不开，只好自己来啊。不必多客套，说说你现在想法。”王近山坐了下来。

秦基伟说：“副司令，我军部有个参谋段显峰，现在人在1号坑道，他给我讲过一个北极熊的故事。”

北极熊嗅觉极其灵敏，猎人很难接近，不过有个猎熊的办法十分安全，叫刀尖舔血。猎人会在北极熊出没的路上埋一把刀，朝上的刀尖抹一些动物的鲜血。等北极熊闻着血腥味，便会过去舔刀上的血。锋利的刀刃瞬间割破它的舌头，北极熊不会因为割破舌头而放弃，反而会因为舌头被割破后流出更多血而越来越失控地舔刀，最后，北极熊会流血而亡。

“你们15军想当这个刀尖。”王近山明白了秦基伟的想法。

秦基伟说：“我们可以依托坑道和敌人进行持续地争夺，以此对敌人造成持续的杀伤，就像那个刀尖，让范弗里特这头熊在这不停出血。”

“是这个理，但从坑道反击，我们的部队处于劣势，这刀尖不好当。”

“一利一弊。”

“一弊我是知道，你说说一利是什么？”

“敌人认为我们处于劣势，就会认为很快就能拿下高地。但只要我们坚持斗争，他们就会不断投入力量。因为他们会觉得，大局在握，就差一点点就赢了，但如果始终无法彻底胜利，就会不断加注。就像那个狗熊，忍不住和我们拼命。我们太强，一下就把敌人打到不敢来了，反而不好嘞。”

王近山说：“你说得在理，就是你的压力会不会太大？”

秦基伟说：“什么压力？我倒要看看是他范弗里特的钢铁硬，还是我们的骨头硬。打服美国佬，才是真本事。”

王近山说：“毛主席说，打得一拳开，免得百拳来。你这一拳就打在这上甘岭，倒要看看打完他们还敢不敢来。你的意思我会转告志司。这里我个人表个态，你们的想法我都同意，你们的决心我都支持。

放手去干。”

秦基伟站起身：“我代表 15 军感谢副司令的信任和支持。”

相较于 15 军的紧张态势，美军则要轻松很多，他们甚至觉得已经稳操胜券了。为此，刚乘坐飞机从东京抵达汉城的克拉克得知美第七师收复了大部分阵地后，立刻拨通了范弗里特的电话。他表扬了范弗里特，不过对于惨重的伤亡不太满意，他提醒范弗里特，上甘岭之战不仅关系到远在美国的选举，还关系到他们的个人前途。

第七章

燃烧的坑道

1952年10月22日

五圣山前沿战斗从十四日至今，我经过四次较大反击三次小反击其中五次成功，特别是十四日十九日两次较大反击给予美七师伪二师进攻部队以毁灭性的杀伤和打击，阵地为我恢复。但每次夜间恢复阵地之后由于有生力量的消耗及地面无立足条件，敌人第二天的白天仍然以反击攻占我地面阵地，这样使战斗形成拉据［锯］形势，我守坑道敌人占住外表阵地，造成交错，而我有生力量消耗较大，迄至今天伤亡3670人之多，战斗仍然需要反复争夺，然而该师的后备力量甚小。

从八天的战斗中检查起来，在指挥上存在不少缺点，这表现在十五日对一三四团一营的使用问题，十四日一三五团兵力使用问题均犯了急性病用兵过多。对反复争夺估计认识不足，一见敌人占领我阵地，各级特别是军师团都表现急躁情绪使部队过早受到过大伤亡，这是最沉痛教训之一。

《本色——秦基伟战争日记》

1

汤姆向各排排长宣布了新任务，他认为15军在地表阵地附近一定有藏身的地方。汤姆的命令是，找到它，毁掉它。

众军官散去后，汤姆单独对贝尔说，我的希望都在你身上，要不然白天是我们的天堂，夜晚会变成我们的地狱。

贝尔进入597.9高地后带着众多美军在阵地上四处寻找坑道口。岩石、工事、废墟都被他们搜了个遍。贝尔看着一块阵地边的石头缝起了疑心，那是孙耀祖曾经藏身的地方。他完美还原了孙耀祖的行动轨迹，他从石头缝爬出来，爬到阵地边上向山坡下瞭望。

贝尔招呼其他美军一起寻找，他在二战期间有冲绳岛作战的经验。他和他的战友在冲绳岛用火焰喷射器和手榴弹炸光了藏在地下的法西斯日军，甚至还用水泥堵死了地下出口，将日军活活憋死在地道里。

经过近一个半小时的仔细寻找，众多的美军士兵没有找到任何线索，就在他们准备撤离时，贝尔踩到了那根传信用的铁丝。他拽起铁丝轻轻拽了一下，埋在尘土中的铁丝逐渐显露出来。他惊讶地发现铁线直通坑道口。

徐晓趴在坑道口，贝尔等美军的一举一动都在他的视野之中。贝尔拽动铁丝，从而拽响了坑道里的铃铛时，他扭头看了一眼身后的段显峰。

段显峰带着万里等战士蹲在坑道里，时刻准备应战，铃铛声说明坑道口已被发现，于是他带着战士们冲出坑道。

战斗进行非常短暂，贝尔看见段显峰和战士们如同雄狮般从坑道里冲向他们的时候便下达了撤退命令。他此次的任务是找到坑道，不能恋战。

2

上甘岭开战7天，共消灭8000多名敌人，15军也有3000多人的伤亡。45师共有27个步兵连，打光了近20个。针对这种严峻的情况，三兵团在将12军第91团调拨到上甘岭后，又调两个主力团赶赴上甘岭。

秦基伟命令29师，把借调给44师的87团收回建制，随时准备支援45师。

各方增援部队都在路上，坑道急需增援，秦基伟将军直机关、直属队的1200多人组成三个战斗连，一批今天直接送上阵地，一批在师、团待命，一批留在军里集训，保留一批战斗骨干，训练一批战斗骨干，准备随时“添油”，做好打持久战的准备。

坑道遇到的第二个问题是，坑道里单位多、建制乱，人多，思想不统一。秦基伟和周发田、张蕴钰、车敏瞧商议后，决定让坑道成立临时党支部，这样才能形成思想统一的战斗集体。秦基伟还要求政治部大力开展杀敌立功运动，军报《战场报》要及时宣扬英雄事迹。

至于上甘岭的战术还是使用白天钻洞坚守、夜晚小股袭击的方法，把敌人拖在阵地上。等到时机成熟，再配合兵团的二梯队和增援的炮火，进行大规模反击。

上甘岭战役期间，部队班排级干部，以及骨干的牺牲率达到90%以上，这就导致很多连队只剩十几个人，甚至几个人，其他连队干部没有精力对他们进行直接管理。

1号坑道更是这样，数十个连队的人挤在一起，伤员无法统一治疗，战斗更是无法协调，用段显峰的话说，再这样继续下去，不用敌人进攻，坑道里的部队自己就垮掉了。

段显峰指挥的夜间反击很顺利，交火不到十分钟就把敌人从地表阵地撵了下去。快速打扫完阵地后，段显峰带领部队返回坑道，按照惯例，美军失去阵地后一定会进行报复性炮火覆盖。

这次战斗的损失很小，只有一名战士负重伤，三名战士负轻伤。段显峰没想到他遇到的困难不是激烈的战斗中，而是在战后。

万里和元宝抬着重伤员从坑道进入一个分支坑道。由于医疗坑道已经塞满了伤员，这条分支坑道作为第二医疗坑道，可命令下达后很多战士依旧挤在坑道里，地上到处是枪支和弹药箱，别说放担架，塞个人都困难。

向红看到这一幕，急得大喊："请大家马上离开，这条坑道要抢救伤兵！"

坑道里的战士们吵吵嚷嚷，根本没人在意。

"请大家出去！这条坑道要抢救伤兵！"向红声音更大了。

还是没人听。

跟在重伤员后面的段显峰和胡满仓对视了一眼，他们都明白，再这样下去，部队会崩溃的。

胡满仓从口袋里掏出一个哨子，递给段显峰。连队指挥战斗使用军号，班排都是使用金属哨子。

哨声响起，坑道里的战士们条件反射地起身列队，喧闹声顿时都停了。

"立正！"段显峰对分支坑道里的战士们说，"听我命令！所有人立刻去其他坑道待命！齐步走！"

很多战士都不是老八连的，不愿服从段显峰的命令，但还是下意识地整齐离开。

解决了分支坑道的问题，坑道里整体的混乱还是没有解决。

忽然间，坑道口传来熟悉的声音："斜阳草树，寻常巷陌，人道寄奴曾住。"

说话的人竟是莫远。

段显峰一愣，随即停下脚步，冲着暗处回了一句辛弃疾的词："想当年，金戈铁马，气吞万里如虎。"

段显峰想起了当年一段往事。

那个时候，段显峰在北大上学，是北大历史系的进步学生代表。莫远在晋察冀中央局城工部工作。

当时一身学生装的段显峰在饭馆伙计的引导下，走进包房。他坐到紧靠隔壁的位子上，看看表，时间是中午 12 点整。这时隔壁房间里传来了莫远的声音。莫远是作为党组织指定的入党介绍人和段显峰见了面，他还有一个任务是，带领莫远去根据地。他们第一次接头的暗号正是这两句话。

时隔多年，在上甘岭的坑道里，两人的手再一次握在了一起。

身在 45 师的莫远定期和李克农通话，两天前，他申请去前方坑道参加一线战斗，得到了李克农的批准。

段显峰惊喜地看着莫远："你怎么到这儿来了？我记得你是在志司，跟着志司首长和美国佬谈判。"

莫远说："敌人在战场上得不到的，谈判桌上也别想得到。美国佬嚣张得很，扬言要用飞机大炮谈判，我们当然奉陪。"

莫远拿出了 15 军军党委写给坑道指战员的信，随后问他家里怎么样，庙生她还好吗？段显峰说庙生九岁了，已经上了二年级。

段显峰把胡满仓介绍给了莫远。

胡满仓和莫远热情握手，问好，随后好奇地问段显峰为什么会有女儿，他还以为段显峰没有成婚。

"也许成了家，也许没成家。"段显峰神秘地笑了笑，随后把信交给了胡满仓。

胡满仓看了信，满脸的愁云瞬间消失，连说了三次太好了。

他告诉莫远，退入 1 号坑道的足足有 12 个连队，85 名战士，还有 55 名伤重病员。坑道里是兵找不到班，班找不到排，排找不到连，每个连队都争抢着向上级报告，步谈机频道窜了路，简直乱了套了。

段显峰让吴波把坑道里的党团员，除重伤员以外全部叫到通讯室，他和莫远、胡满仓三人给大家开会。

人到齐后，段显峰随即高声宣布："同志们，部队被打乱了建制，我知道大家都想联系上级知道下一步行动指示。请大家不要着急，我身边的这位莫远同志，是从志司来到了我们15军，又从后方到了坑道。他这次带来了军党委给坚守前沿坑道各支部的一封信，还有军首长的重要指示。"

莫远首先朗读了军党委的信："在前沿坑道的各支部及亲爱全体党团员、全体指战员同志们，自从10月14日敌人向我五圣山前沿阵地发起进攻以来，快一个月了。在20余昼夜的血战中，全体同志发挥了高度的战斗性顽强，特别是坚守坑道作战的部队，表现得更加顽强更突出，不仅要夜以继日地同敌人血战，而且还要忍受无比的痛苦和困难……"

莫远念了一阵，将信的最后部分交给了胡满仓。

胡满仓用充满感情的声调继续读信："……亲爱的党团员及全体同志，你们是中华民族优秀的儿女，毛泽东的光荣战士。战争是考验与锻炼我们每个支部、每个党团员和每个同志的最好机会，你们要争取创造模范支部和光荣的命名，争取做一个模范党团员和光荣的人民功臣。为了亲爱的毛主席，为了可爱的祖国，为了远东和全世界的和平，勇敢的战斗吧！你们的功绩，你们的英雄事迹，将会永远留在中朝人民及全世界一起爱好和平的人民心中，也将会永远受到他们的歌唱。同志们，勇敢的战斗吧！最后胜利是属于我们的，是属于一切正义人们的！祝你们胜利再胜利！军党委会，1952年11月9日。"

眼含热泪的战士们爆发出雷鸣般的掌声。

莫远最后宣布了秦基伟军长建议坑道里的各党支部建立坑道临时党支部，统一指挥、统一进行思想政治工作的指示。

段显峰紧接着说："我们到朝鲜是为了抗美援朝，因此，一切行动都应该是歼灭敌人，保存自己。没有一个统一的指挥不可能打胜仗，现在最紧要的事情，不是出去和敌人拼命，是要成立坑道临时党组织。有了党组织的领导，大家才能劲往一处使，发挥出集体的力量，更好地打击敌人，保卫阵地。”

雷鸣般的掌声再次响起。

有战士举手提问：“有组织才能打胜仗，这一点我们没有意见。可是，我们都不熟，应该怎么展开组织建设工作，军长有没有具体指示？”

莫远说：“军长对坑道的情况非常了解，他提到胡指导员是优秀的政工干部，他没有具体的指示，他说我们部队有光荣的传统，那就是军事民主。”

“这个问题提得好，说到点子上了。”胡满仓环视在场所有人，“听从上级指挥，不同建制的人员在战斗中要主动靠拢，党员、干部、骨干要勇于带头负责，把战斗人员组织起来。同志们，我们是在打仗，党组织的方式也要灵活多变。连长牺牲，听排长指挥；排长牺牲，听班长指挥；班长也牺牲，那就听党员的；要是党员也都光荣了，那就听先进、骨干分子的。从现在开始都编入老八连。守住坑道，打退敌人是我们的主要任务。总之就是一句话，党组织就是战斗力的保证。”

众人听得频频点头。

“要说民主投票。”吴波高举手臂说，“胡指导员，你就当我们的临时党支部书记吧。我投你一票！”

段显峰和其他战士们纷纷表示同意，庄重地举手投票赞同。

胡满仓说：“好！鉴于目前复杂的斗争情况，我宣布，坑道临时党支部正式成立，由我临时担任坑道党支部书记。”

所有人一改垂头丧气的表情，脸上洋溢着灿烂的光彩，那是对胜利充满希望的光彩。

“指导员，我们现在有了党组织，那军事上由谁指挥？”卫南提出了自己的疑问。

“按理来说应该由老八连连长冯百胜指挥，但是597.9高地的主要兵力大多集中在我们1号坑道，老八连副连长段显峰是这里的最高指挥员，上级的指示是就地作战，就近指挥。我提议，大家由段副连长统一指挥。”

吴波和冯玉刚等八连党员们鼓掌响应。

卫南说：“我有意见！打仗看的是真本事。”

吴波一听急了：“你说谁打不了胜仗呢？”

胡满仓耐心解释：“就是这个没打过仗的段副连长，在18号晚上指挥我们几乎零伤亡通过炮火封锁线，把我们带上597.9高地。段副连长的能力已经得到了证明。”

段显峰还想谦虚谦虚，被胡满仓暗地里打手势拦下。

“段副连长对坑道和周围的地表阵地最熟悉，所以眼下由段副连长统一指挥是最合适的。”胡满仓继续说道。

众人又是短暂沉默。

卫南思索了一会说：“只要能打胜仗，我支持段副连长。”

“我也相信段副连长，我们没有意见。”其他人纷纷表态。

段显峰立即对坑道里的部队进行整编，他把所有战士都归入老八连，并安排了班排长人选，卫南二排长。他又来宣布了几项临时规定。第一，汇报要有主次，先连，后排，再到班；第二，坑道内专区专用，不许无理占用。坑道临时党支部的及时建立，让混乱的坑道逐渐恢复秩序，部队凝聚了战斗力。

忙碌过后，段显峰和莫远坐在坑道一角休息。莫远见段显峰神色疲惫，却能明显感到精神上的放松。

莫远对段显峰说：“战场是个真正的炼金炉，如果不是亲眼所见，我真不敢相信你已经蜕变成了一个优秀的连长。”

“不是我蜕变，是战士们改变了我。”段显峰想起自己的坎坷成长有些唏嘘，“我们的武器装备、火力支援远远不如对手，可是我们不怕，炮弹来了我们就钻坑道，白天打不过，我们就晚上进攻。更难得的，不到一个晚上就能以党组织为中心重新组建，形成完整建制的战斗力。我现在越来越坚信，只要我们有一个人还活着，阵地就在我们手中。”

“我真的很高兴。你现在能有这个感悟，说明现在的你是一个真正意义上的共产党员。”莫远不禁感慨。

“我们不能原地踏步。未来的战争中，必须掌握足够的火力和先进装备，我们这支有信仰的军队才能成为真正无敌的正义之师。”

莫远轻轻敲打着坑道壁说：“这坑道太厉害了，美军这么疯狂地轰炸炮击都没事，这在世界战争史上都是前无古人的。你跟我说说，坑道取胜的秘诀是什么？”

“要是仔细说，能给你说三天，我捡重要跟你说吧。能守住坑道，首先一条是通风，每个坑道都有多个出口和通风口，坑道口和通风口的隐蔽可是大学问。还有就是怎么保护坑道，要做到防水防潮防炸防生化。”

胡满仓走过去，转达了连长冯百胜的一些话。冯百胜说师里计划不变，白天钻洞，晚上袭扰，杀伤敌人。他还表扬了建立坑道临时党支部。

段显峰笑了笑，看看手表说：“该吃‘夜宵’了。”

莫远不解地问：“什么夜宵？”

段显峰笑着解释：“是夜间行动的意思。师里最新的作战指示，敌进我退、敌疲我扰、敌退我击，这是我军的游击战术，也上甘岭的游击战术。”

正给帮忙看护伤员的范元宝跑过来：“副连长，带上我吧，我要为八连牺牲的同志们报仇。”

段显峰拒绝：“这几天敌人防备得严，今晚由我们党员先锋队先上，等过两天摸清敌人虚实后再带你们上。”

莫远异常兴奋：“算我一个，我是党员！”

“外面太危险，你不熟悉情况，坑道内也需要有党员做工作，你留下。”段显峰不同意莫远的请求。

胡满仓对莫远说：“打仗就像做菜，有切菜的、有挑水的，一个萝卜一个坑，你的任务是负责尝味道，提意见，就不要抢我们拔萝卜的活嘛。”

“什么尝味道？我来就是战斗的。”莫远坚持。

“现在我是这儿的最高指挥员，我命令你留在坑道内。”段显峰扭头对范元宝说：“保护好莫远同志，不许离开坑道半步。”

“是。”范元宝噘嘴。

段显峰和胡满仓的时候，莫远要跟上去，被范元宝拦了下来。两人僵持不下时有伤员发出痛苦的呻吟声。莫远灵机一动，主动开始照顾起伤员。

莫远喊范元宝：“愣着干吗，还不快过来帮忙。”

范元宝愣了一下，没想到莫远这么快就变了主意了，赶紧过去帮忙。忙活了一阵，他坐在地上休息，可目光所及已经没有了莫远的身影。

深夜，秋风瑟瑟地 597.9 高地上，莫远正在独自匍匐前进。

摸到美军工事外，看到远处多名荷枪实弹的美军严阵以待，莫远轻轻掉头，快速爬走。

他靠近了只有三名美军看守的美军工事，正要走过去，一枚照明弹升起，他看到了十几名美军和架在工事上的重机枪。他只有顺着原路，慢慢退了回去。绕来绕去，莫远摸到一个小型工事，工事上只有两名正在休息的美军。莫远长舒了一口气，轻手轻脚地往前爬，却迎面被一张钢丝网拦住。他思索片刻，躲到一侧的岩石后，快速脱下外套，露出内里的白衬衫。

两名美军打着哈欠，正要互相点烟，突然铁丝网上罐头盒哗哗作响。他们马上架起机枪扫射。伴随着机枪的扫射声，还掺杂着一个男人的呼喊声，别开枪！我是来投诚的！两名美军听到英文投诚的喊声，立即停止射击。

一名美军甲拿出望远镜望去：“说英文的中国兵，他举了白旗，我们下去看看。”

另一名美军拦住他：“小心上当，中国人很狡猾的。”

此时的 1 号坑道里，完成任夜间袭扰任务的段显峰正在训斥范元宝：“人什么时候不见的？”

范元宝垂着头：“有一会儿了，我以为他对坑道好奇，转一圈就能回来，谁知道到现在都没见到人影。”

段显峰二话不说，抓起武器就冲出了坑道。

过了一会，范元宝放不下心，把情况汇报给了胡满仓。胡满仓立即带着万里等几名战士离开坑道，去接应段显峰。

美军阵地上的两名美军商量了好一会，最终决定尝试相信莫远。

一名操控机枪的美军冲莫远喊：“扔掉武器，双手举过头顶，慢慢走过来！”

“千万别开枪，我真的是来投诚的。”莫远声音颤抖，像是非常高兴。

另一名美军大着胆子，对莫远迅速搜身，随后捆住了莫远的双手。

他对阵地上的美军说：“没有武器，就他一个人。”

阵地上的美军拿起了电话：“橡树呼叫老屋，俘虏一名投诚的中国兵。”

“原地待命，我马上过来。”贝尔的声音传来。

美军拍拍莫远：“你可真是幸运，战争对你来说结束了。”

莫远配合地露出谄媚的笑容。

看到一个迅捷的身影快速接近美军阵地，两个美军得意地点上烟，期盼地看向贝尔即将到来的方向。

突然，一名美军察觉到了异常，正要摸枪时被匕首瞬间割喉。匕首的主人是那个迅捷的身影。另一名美军反应较快，与迅捷的身影扭打在一起。

莫远一愣，抬头一看，那个身影正是段显峰！

扭打中，这名美军挣扎着开了一枪。段显峰趁机一手掐着他的脖子，一手拿匕首刺进了他的胸膛。

段显峰跑到莫远身边，他以为莫远遭遇了险境，一边嘘寒问暖一边拽着他撤离。这时贝尔率领众多美军冲过来，子弹如雨点般的射击过来。段显峰立即开枪还击。

眼看着身边的美军一个个倒下，贝尔急了，示意身旁的美军呼叫炮兵。

莫远隐约听到贝尔的喊声，于是挪到段显峰身边："你快走，他们呼叫炮火了！"

"我来掩护，你快走，不然我们谁也跑不了！"段显峰坚持让莫远先走。

一发炮弹呼啸着落下，段显峰和莫远旋即被震倒在地。莫远挣扎着爬起来，他看到工事后方有一个小山坡，顿时有了主意。

"那你快把绳子给我解开！"莫远招呼段显峰。

段显峰连忙给他解绳子，绳子脱落的那一刻，莫远发起突袭，一拳打晕了段显峰。

段显峰在恍惚之间，看到是莫远打晕了自己。

莫远扶着昏迷的段显峰故意背对着贝尔等人，朝他身旁开了一个枪，随后一脚把他踹下了山坡。

贝尔见两名志愿军扭打在一起，有些诧异。

莫远转身高举双手，跪在了地上，用英文大喊："别开枪，别开枪！他被我杀死了！我是来投诚的中国兵！"

贝尔摆手示意停止射击，同时呼叫炮兵，停止炮击。可已经晚了，最后一发炮弹落下去，莫远被炸出了工事。

贝尔等美军急匆匆跑了过去，他们看见莫远颤颤巍巍地站了起来，他擦了擦嘴角的血，再次高举双手，用嘶哑的声音大喊："刚才我跑出来投诚，被我的上级发现了，他追到了这里，不仅杀了你们的人，还要杀了我。我已经把他给杀了，千万别开枪。”

贝尔略作思考，示意两名美军上前把莫远捆了起来。

段显峰缓缓醒来时，贝尔已经带着莫远离开了。他慢慢摸进废弃的工事，朝远处望去。月光下，贝尔押着莫远渐渐走远。

他在瞄准莫远的瞬间有些犹豫，可想起莫远在坑道里，向他打探坑道取胜的秘诀是什么的时候，果断扣下了扳机。

“砰”的一声枪响，莫远应声倒地。

段显峰撤回坑道的路上，遇到了胡满仓和万里等人。

胡满仓急切地询问详细情况，段显峰却一句话都不说，只是摆摆手，示意大家往回走。

“副连长，还有一个呢，怎么就你一个人？”万里追问。

“牺牲了。”

范元宝大惊：“牺牲了？”

万里也感到不可思议：“牺牲了？他可是从军部来的。”

“军部来的又不是铁打的，赶紧回坑道。”段显峰表现得很冷静。

胡满仓知道一时半会问不清楚，于是带着万里等人跟着段显峰回到了坑道。

前脚刚迈进坑道，胡满仓问段显峰：“到底发生了什么？莫远是在哪里牺牲的？”

“他被敌人偷袭，抓走了，我冲上去救他。他为了掩护我，被手榴弹炸死了。我捡回来一条命。”段显峰自顾自地往坑道深处走去。

胡满仓还想问什么，段显峰已经朝范元宝走去，高喊：“范元宝！”

范元宝连忙迎上去：“到……到！”

“你怎么看着莫远的？”

“啊？我寸步不离看着他呀……但……我也没想到他会牺牲。”

“他在坑道里有什么异常吗？”

“异常？什么异常？没异常。”

“怎么可能没异常？”段显峰表现出前所未有的严厉。

范元宝很委屈，不知该怎么回答。

段显峰离开后，胡满仓带着万里等几名战士回到了段显峰刚刚战斗的阵地，他们搜索了一阵却一无所获。

“怪了，人牺牲，遗体应该还在。”胡满仓满腹狐疑。

“来回找了几遍了，没有遗体。”万里仔细观察着四周说，“以前战斗的时候，美国人都会把我们牺牲战士的遗体丢下阵地，找不到的话，是不是意味着，人没死？”

胡满仓黑着脸说：“胡说，副连长还能撒谎？”

“你不觉得副连长撒谎，为啥带我来这儿？”万里看穿了他的心思。

“副连长刚才肯定顾不上，我们来替他找莫远的遗体，是他救了副连长的命。好了，找不到回去了。”胡满仓说完就转身走了。

回到坑道后，胡满仓一直在偷偷观察段显峰。段显峰失神地在坑道来回踱步，他的头接连两次撞到坑道顶部石头，疼得蹲在地上。

胡满仓以请段显峰帮忙为由，把他带到了仓库。

“你说实话，莫远到底怎么回事？”胡满仓直奔主题。

“为了掩护我才牺牲的。”段显峰还是那句话。

胡满仓盯着他的眼睛：“说真话。”

段显峰有点急了：“你向上级汇报吧。”

胡满仓尽量让自己的语气和缓：“副连长，我没找到莫远的遗体，你的表现确实让人怀疑。”

段显峰死死盯着胡满仓，突然一阵眩晕，暴躁起来：“你怀疑我是叛徒，对吗？我是叛徒，早在几天前过谷地、过暗堡的时候就让8连全军覆没了。我是叛徒，19号大反击的时候就可以跑了，现在美军什么坑道秘密不知道？哪个坑道找不着？”

“我不认为你是叛徒，但这件事，我会如实上报。”胡满仓想结束这次对话。

段显峰渐渐恢复理智，想了想，提出和各班排长一起开个会。5分钟后，段显峰带着吴波、冯玉刚、卫南、万里、鲁春生、孙耀祖几个班排干部开小会。

段显峰说："我向大伙提两点要求，第一，莫远牺牲时表现得非常勇敢，是我们学习的好榜样；第二，莫远不是我们在上甘岭牺牲的第一个战友，也不是最后一个，每次有战友牺牲，我不希望看到我们的战士垂头丧气，战友的牺牲应该激励你们的斗志和杀敌的勇气。你们作为干部，要作好战士们的思想工作。"

段显峰的这番话虽然还是没有解除胡满仓内心的疑惑，但总算让战士们情绪平稳了，但段显峰接下来的举动让胡满仓的疑惑又加重了。段显峰带着几名战士将坑道所有的通气孔都检查了一遍，所有人都知道，天黑前，万里已经认真地检查了这些通气孔。

1952 年 10 月 21 日，上甘岭战役第 8 天。

头上打着绷带的莫远渐渐苏醒，眼前的景象慢慢清晰。

莫远发现自己躺在美军的病房里，一副冰冷的手铐将他的手和床的护栏连在一起。

他缓缓睁开眼不过几秒钟，站在病床前的台湾特务便迫不及待地开始对他的审讯。

"你的部队在 598 高地的什么位置？"

"坑道里。"

台湾特务拿出地图，在莫远面前展开："坑道口在什么位置，指出来。"

"我不会看军用地图。"莫远摇摇头。

台湾特务指着地图上的几个方位说："这是反斜面，这是地表阵地，这是山的棱线……"

"什么是棱线？"莫远反问。

台湾特务大怒："不要装傻！"

莫远也火了，大喊：“我要喝水！我知道《日内瓦公约》，你没有权力不让我喝水！”

“狗屁《日内瓦公约》！”台湾特务冷笑。

“不能给我们有价值的情报，你就是个没价值的人。我可以再给你一分钟考虑考虑。”一旁的美军审讯官开口了。

“一分钟太短了……我在想……”莫远显得非常焦虑，“你等等，等一等……”

美军审讯官面无表情地看着手表。一分钟到了。他一挥手，两名美军冲进病房，把莫远拖了出去。

“我……我有价值……我信仰美国价值观……我一出生就恨不得是美国人……”莫远奋力挣扎。

莫远被拖出去的时候，台湾特务朝他吐了一口口水，说了一句，呸！汉奸！

发现美军审讯官诧异地看着自己，台湾特务连忙解释：“这人没有价值，建议按战俘处理。”

美军审讯官点点头：“我没意见。你要在他的档案里写一笔，他可能掌握机密，让战俘营的那群魔鬼盯住他。”

3

秦基伟看过战报后，马上让王鲁叫来了张蕴钰，请他谈一谈对战报的看法。张蕴钰认为敌人的炮火从第一天的30万发，到现在每天10万发左右，已经减弱了，这说明敌人无法长期保持高强度的进攻。

秦基伟认为也可能是我们退守坑道后，美军认为没必要再进行高密度轰炸了。他说，19号反攻之后，我们每天的伤亡是相对稳定的，敌人的伤亡却在逐渐减少。这样下去，我们就要吃亏了。

张蕴钰承认敌人在火力、后勤、地利等各方面都占据优势，仗很难打。

“容易的仗我还不高兴打呢。战报体现出来的是战士们现在思想上不统一，打得是挺英勇，但反击零零散散，有的是为了反击而反击。你看看这个。”秦基伟点了点战报说，“一个班反击 8 号阵地，战斗前没有侦察，战斗的时候也没有重火力协助，冒冒失失就去了。我绰号秦大胆，他们比我还大胆。打的什么仗？一个班回来就剩一个重伤、一个轻伤。”

张蕴钰说：“也不能全怪战士们，我们自己脑子也有点热，他们就更热，一看工事被敌人占了，就恨不得马上夺回来。”

秦基伟摇摇头：“是得想想，这样下去不行。你去发命令。要表扬他们打得好，然后告诉他们，杀伤敌人的有生力量是关键，但首先要减少自己的伤亡。”

在范弗里特办公室里，范弗里特给史密斯倒了一杯威士忌。

范弗里特说：“你是第一个，也是唯一一个在我办公室喝酒的人。”

史密斯有些惶恐，他知道范弗里特不喝酒。

“别紧张，你们至少把他们赶进了洞里。说说你们的计划，我现在已经厌倦了每天看几乎一样的战报，死了多少人，那个阵地丢了又夺回来，打退了中国人多少次夜袭……垃圾一样的情报已经让我反应都迟钝了。”

史密斯说：“中国人的战术非常狡猾，根本无法判断他们下一次从什么地方出击。”

“自从我当了集团军司令，就再也没有和我的下属们讨论如此细节的战术。这次我要破例和你讲一讲。你要用铁丝网隔断他们坑道间的联系，降低他们运动中的机动力。你是师长了，可我现在对你的战术水平有点绝望了。”

史密斯不敢抬头。

范弗里特黑着脸说：“滚回前线，我的耐心已经十分有限了。”

“是，长官。”史密斯转身欲走。

“回来！把酒喝完再走。”

史密斯回身，端起酒杯一饮而尽。

范弗里特看着他的背影说：“史密斯，上帝与你同在。”

美军在研究战术，我们也在研究战术。坑道中的战士们除执行必要任务外，大部分时间都用来研究战术了。

段显峰在坑道壁上大略画出坑道的几个出口和通风口的位置。

“画得不好，就这意思吧。这是坑道的出口，这是通风口。都说说，你们要是敌人，你们会怎么进攻。”

万里思索着：“反着来，把自己当成敌人，我倒是第一次这么琢磨战术。我想想……我要是敌人就在坑道口建几个碉堡，堵住出口，一个都别想出去。”

范元宝不同意万里的话：“我们有炮兵，副连长一个电话过去，炮弹就飞过来了，敌人没法在坑道口建碉堡。”

段显峰说：“我们尽量少麻烦炮兵，炮弹太金贵了，运输尤其困难，都是后方的战友们用生命和鲜血换来的。”

范元宝点点头：“坑道就怕烟，我要是敌人，我就使劲往坑道里灌烟。只要灌的烟够多，那些烟就会通过通气孔往外冒，这样隐藏的通气孔也就被发现了。”

坑道口忽然传来一阵爆炸声。

众人立即冲过去查看，只见坑道口燃起了熊熊大火。

万里拿出几枚手榴弹，连续精准投掷，坑道口的大火基本被炸灭。他冲去一看，坑道口被炸灭的黑黢黢的物品是废弃轮胎。

段显峰也跑过去观察：“敌人把轮胎堆在坑道口，再用汽油烧，想用烟熏死我们。”

万里调侃范元宝：“元宝，你和敌人想到一起去了。”

范元宝把嘴一撇：“别乱说啊，我可没通敌。”

“谁说你什么了，心虚什么。”

段显峰等人都笑了。

范元宝说："谁心虚了，那不是赶巧了吗，我那么想，敌人也那么想……你们笑什么？"

地表阵地上，贝尔指挥众多美军先将原木从阵地上滚下去，堆在1号坑道口，又将一只只废轮胎从阵地上滚下去。原木等物品拦住了废轮胎，堆在了1号坑道口附近。贝尔又指挥美军将几个汽油桶滚下去，当汽油桶在坑道口附近停下以后，马上有美军用火箭筒轰击汽油桶。爆燃的汽油桶将附近的轮胎迅速点燃了。

万里朝剧烈燃烧的坑道口连续投掷手榴弹，坑道口的火焰渐渐小了。

"烧一下让我炸灭一次，敌人这是瞎折腾什么呢？"万里有些得意。

段显峰说："他们是想用烟熏死我们。这招不行肯定还会想别的招。"

胡满仓也赶了过来："我估摸着，敌人要来硬的了。"

"来硬的最好。早就想和炮营高副指挥协同战斗了。"段显峰信心十足。

"敌人上来了。"万里指着远处。

贝尔已经率领众美军离开地表阵地，向坑道口走去。

"保持战斗队形，提高警惕。"贝尔大声喊着，"中国人都是胆小的，我们必须把手榴弹丢进他们的坑道，才能彻底消灭他们。"一名美军说。

贝尔挥手让美军保持战斗队形："用手榴弹开路，杀死全部的蚯蚓，毁掉他们的坑道。"

看到敌人逐渐逼近，段显峰立即返回坑道内部，他要和炮兵副总指挥高风亮通话。

炮兵阵地的大炮都在发射炮弹，声音非常大。高风亮的声音也非常大："说话……喂 ……你大声一点。"

段显峰提高声音：“高副指挥，你好，我是597.9老八连段显峰……”

高风亮的声音像放鞭炮：“说……哎……废话，我不是高风亮能接你电话嘛。我知道你是八连段显峰，我说你不用绕了，有话说，有屁放。”

“敌人正在靠近597.9高地反斜面1号坑道，请马上开炮！”

“好的，炮火马上覆盖597.9反斜面。”

“不光是反斜面，坑道口附近也要炸。”

“不行，炸到坑道口，那不把坑道炸塌了，还可能伤到自己人。”

“你放心，1号坑道和其他坑道不一样，它最结实，炮弹炸不坏。”

“万一炸坏了，炸到了人怎么办？你在军部待了两天就牛了，吆五喝六的，还指挥起老子了。”

段显峰愣了一下，但很快就笑了，他早就听说高风亮是个炮筒子，脾气比炮弹还臭，连军长都敢硬顶。

段显峰耐心地说：“高副指挥，你慢慢说，不要喊。”他没有意识到，自己的声音也很大。站在一旁的胡满仓示意他不要着急，要压低声音。

高风亮声音依旧很大：“我怎么喊了？老子天生就这嗓门。你是不是觉得你们步兵劳苦功高，是不是觉得炮兵在后方享福了？告诉你，美国人飞机的炸弹天天往我们身上砸，要说牺牲，我们炮兵的烈士不比你们少，我还是第一次听说让炮弹往自己坑道口砸的。”

即便段显峰有气量，这个时候也需要缓口气，他快被高风亮噎死了。

胡满仓猛地抢过电话：“我来我来。不要吵架。”

段显峰深吸一口气，他知道枪林弹雨中，前线的指战员都是暴脾气。

胡满仓大声地说：“我是八连指导员胡满仓。高副指挥，论级别，您职务比我高，可要是讲理，您不占理，有困难说困难，战术有问题讨论战术，不要东拉西扯。我们这是在讨论战术，不是过年唠家常。没时间跟您讨论，敌人已经攻上来了，我亲爱的炮兵战友！”

胡满仓说完用力挂了电话。

段显峰有点蒙了，心想还说不让我吵架，你怎么上来就吵。

胡满仓微微一笑：“我唱个红脸，你再沟通就顺利了。听我的，错不了。”

段显峰这才露出醒悟的表情。

这时炮兵阵地的炮击停止，变得异常安静。

“我声音怎么大了。”高风亮听到自己的说话声在四周回荡，“我这说话声音好像是有点大。”

贝尔等美军开始进攻1号坑道口，万里等战士立即开枪，双方展开了激烈的交火。

段显峰扯着电话线，来到坑道口附近联系高风亮：“高副指挥，我是段显峰……”

高风亮的声音从电话里传来，音量明显比刚才小了很多：“你他娘的现在还打电话？我没工夫理你！”

“高副指挥，我请求你听我说完。”

“有屁快放！”

段显峰望向胡满仓，示意他的办法管用了。

“敌人就在坑道口，再不开炮，1号坑道就危险了。马上开炮！你现在开的每一门炮我都会记一个数。然后我会看炮的落点，把坐标给你。”

“这他妈的太麻烦了！”

“高副指挥，我现在就是你的眼睛，你要相信我！”

电话里沉默了一会儿，片刻再次传来高风亮的声音：“你小子敢乱指挥，我亲自上阵地毙了你！”

万里看到美军接近坑道口，对着说段显峰大喊：“可以开炮了！”

段显峰对着电话大喊：“开炮，开炮！”

整个反斜面很快遭到我方火炮覆盖，段显峰看着弹着点，边记录边喊。

1号坑道口，众多美军被炸死炸伤，贝尔等美军纷纷卧倒。

五分钟后，我方炮火停止后，贝尔带领众美军撤退。

“敌人撤退了，可以追了吗？”万里问段显峰。

段显峰对着电话：“停止炮击，停止炮击！万里，追！”

万里带着战士们往外冲，刚冲到坑道口，一发炮弹落在坑道口，万里被炸飞进了坑道。

接着又是连续不断的炮击。整个反斜面再次遭到我方炮火覆盖。

“万里！”段显峰和胡满仓等人冲过去，扶起万里。

胡满仓说：“别动别动，都别动，看看伤哪儿了。”

万里长出一口气，只有左臂被弹片划破：“我没事，就胳膊疼。”

胡满仓检查一下：“胳膊让弹片划破了，没大事，来，给包扎一下。”

众人给万里包扎。

段显峰抓起电话：“高副指挥，停了，喂，怎么挂了？”

胡满仓心有余悸地说：“太悬了，幸亏万里只受了点皮外伤。”

段显峰黑着脸说：“皮外伤也不行，高风亮是战友，我没办法，要是换了敌人，谁动我战士，我要他命。”

胡满仓对他说：“冷静一下，肯定是误炸。这件事要赶紧处理，不然会出问题。”

“这点伤小意思。”万里连忙对段显峰说。

段显峰思索片刻：“这件事肯定是误会，如果是我们出了错，以后和炮兵协同还好说，但是炮兵出错了，高副指挥脸上挂不住，心里肯定不舒服，将来协同起来就不痛快。万里，我们去一趟炮兵阵地。”

万里犹豫地说：“炮弹把我炸了，我去不合适吧？”

胡满仓明白段显峰的用意："你们两个一起去最合适了。"

段显峰对万里说："不能不谈误会，但主要是谈协同配合，要想出好办法来。最重要的是，我们要真诚。"

"怎么真诚？"万里不明白。

段显峰啪的一个敬礼："向炮兵老大哥学习！"

万里醒悟地笑了。

炮兵阵地的几门大炮正在炮击。炮声隆隆。

段显峰和手臂带伤的万里走到高风亮面前。

段显峰过去敬礼："高副指挥好，我是老八连段显峰。"

"高副指挥好，我是老八连的万里。"万里跟着敬礼。

高风亮看看万里伤口，摆出摔跤的姿态："和我摔跤，谁赢了谁说话。"

高风亮长得人高马大，在他面前，段显峰和万里都小了一号。

高风亮不待段显峰说话，瞬间摔倒段显峰。万里想伸手阻止，但没来得及，只能扶起段显峰。

"我是不是和你说了，不能那么搞，会伤到人的。"

高风亮朝段显峰走去，万里想挡在段显峰身前，被段显峰推开。高风亮瞬间摔倒段显峰。段显峰根本没有反抗，任由他摔。

高风亮对着远处发射的大炮大声喊停！远处大炮依旧在发射。

高风亮对段显峰说："看见了吗？开炮的时候，你在电话那边让我停，我能听见，我让他们停，他们听不见。还有，大炮不是你们手里的步枪，说打就打说停就停，我们极速射，三发或者五发，要打完了才能停。不懂别瞎指挥。"

高风亮再次摔倒段显峰。段显峰依旧没有反抗。

高风亮拍拍巴掌："我没话说了，哪来滚哪去。"

"没话说，你还摔！"万里急了，要动手。

段显峰上前瞬间摔倒高风亮。高风亮瞬间起身，意外地看着他。

段显峰对万里说："高副指挥的榴弹炮营装备的是 105 榴弹炮，

爆炸半径十米。今天的炮弹落到坑道口附近，但是没有炸到坑道口，炮击精度掌握得很好。极速射的炮击没结束，你往外跑，拽都拽不住，你受伤不是炮弹炸了你，是你撞炮弹上了。”

万里立正，给高风亮敬礼：“向炮兵老大哥学习。”

段显峰再次摔倒高风亮。高风亮试图反抗，但根本不是段显峰对手。

段显峰又说：“这次炮击帮我们守住了坑道，还消灭了敌人。战斗共击毙敌人 36 人，击伤 17 人，其中炮击消灭敌人 27 人，击伤 11 人。”

高风亮不服气：“你挨个摸敌人脉了，你怎么知道是死是活。”

段显峰朝他摆摆手：“你没摔倒我，别说话。”

高风亮正要发火，但很快就笑了。他有点喜欢这个段副连长了。

“简单。搀着走的，背着走的都是轻伤，抬着走的是重伤，拖着脚脖子走的，肯定是死的。敌人一大半都是被炮弹消灭的。”段显峰说完，看了一眼万里。

万里再次给高风亮敬礼；“向炮兵老大哥学习。”

高风亮说：“炮弹运输困难，炮弹是运上来多少打多少……”

段显峰快步走过去，要摔他。

高风亮原本想摔一下，但觉得自己赢不了，干脆坐在地上。盘腿坐着。有耍赖的意味，也是为了说话。

高风亮坐在地上说：“运上来的炮弹是 597.9 高地十几个阵地和坑道均匀着用，算下来，一天只能协同你们一号坑道两次。”

段显峰拿出纸，坐在高风亮身边，指着自己在纸上做的标记：“这是 597.9 的反斜面，1 号阵地、2 号阵地、1 号坑道、3 号坑道等等。有敌人进攻 1 号坑道，高副指挥来一次炮火覆盖，覆盖的不仅是 1 号坑道，是大半个反斜面，最多有四分之一的炮弹能用到了刀刃上，其他全浪费了。”

高风亮看了他一眼：“用你说，谁不知道。”

段显峰说：“我把反斜面分成了六个区域，你看，这里是反斜面一号区域，二号区域……每个阵地也分为四个区域，你看，这是9号阵地分为了四个区域……”

“有点意思。”高风亮醒悟地点点头。

“节省了70%左右的炮弹，也就是说你以前一天可以协同我们两次，现在最少能协同六次。”

高风亮思索着。

“还有。”

“还有呢？”

“原来的炮弹量集中在原来四分之一的区域，也就是炮击量增加了四倍，起码能给敌人增加十二分之一的伤亡。”

“听着挺唬人，算得准吗？”

“美国在第二次世界大战诺曼底登陆的时候就设计过步炮协同战术，不过是备用方案，实战的时候没用。”

万里插话说：“美国人自己设计的战术，自己没用，现在我们用来打他们，美国人也不亏，反正用在他们身上了。”

听了这话，几个人都笑了，气氛逐渐变得轻松了。

高风亮对段显峰说：“按照你说的，试试。要是成了，每天给你们一号坑道增加两次协同炮击。”

段显峰很坦诚：“给整个高地增加吧。”

“只要战术成功了，整个597.9高地要多少给多少。”

段显峰站起身给高风亮敬礼。

万里这次不用他提醒，立即敬礼：“向炮兵老大哥学习。”

“段副连长，你有的我也有。”高风亮站起身，对身旁的炮兵们战士们说，“来，表示。”

众炮兵战士对着万里立正，敬礼：“向步兵老大哥学习！”

段显峰的战术起到了作用，当贝尔率领众多美军再次向1号坑道口进攻。段显峰抓起电话，扯着嗓子喊：“三号区域，开炮！”炮火精准地覆盖了坑道口附近，不仅给敌人造成了重大伤亡，还节省了炮弹。

范弗里特一边看战报一边喝水，看到最后，他竟然被呛到了，剧烈地咳了起来。史密斯起身递给他一块手帕。范弗里特连连摆手，表示自己没事，但他咳嗽得更厉害了。大约过了三分钟他才平静下来。

史密斯说："韩九师已经去史仓里整补，三师接替了他们的防务。汉城还调集 105 编练师过来对我七师和韩二师进行补充。现在前线的部队混乱不堪，新兵比老兵多，枪一响，新兵都围在老兵身边，一堆堆的，敌人一颗手榴弹就能造成多人伤亡。"

"知道我笑什么吗？"范弗里特问他。

史密斯摇头。

范弗里特读起了战报："第 7 师 31 团的 2 营、3 营伤亡率高达 70%。这太荒谬了！我已经不指望你们能快速结束这场战斗了，所以我每小时用 4000 吨弹药轰击他们的阵地。在我的想象中，这能让中国人的伤亡快速达到 70%，我们至少可以在伤亡数字上获得一点体面。但竟然……竟然是我们的 31 团先崩溃了。这难道不好笑吗？太可笑了……上帝都会因此笑到哭起来……"

史密斯难为情地说："我们已经按你的命令修筑了铁丝网，但他们依然在四处乱窜……"

范弗里特摇手："不是你的错，是我的问题。我高估了你和你的部队执行力。我早就该想到你们会这样，我说什么，你们就做什么，但想要更多，那是不可能的。是结束这一切的时候了。你们不要再想了，我告诉你们怎么办。敌人现在躲进坑道，这很好。你们用冲绳岛的办法，步兵分成小队，逐个将敌人从洞里赶出来，然后再用重火力摧毁他们。既然他们爱夜间出击，那你们就凌晨发动攻击，持续整个白天，不让他们休息吃饭睡觉。我很想看看他们能坚持多久。"

"第七师已经没有足够力量发动进攻了，我想申请去后方休整。”史密斯还是很为难。

范弗里特冷冷地看着史密斯：“你最好现在就给我滚回前线去杀光所有的中国人。你看看他们，一个阵地哪怕只剩下一个人却依然在拼死战斗。他们能做到，我们为什么做不到？”

“我们……”

“你知道一名中国士兵一个月有多少薪金吗？”

史密斯摇头。

“不到 3 美元！你敢相信吗？那样悍不畏死的士兵竟然一个月只有 3 美元。我们的士兵呢？一等兵的月薪是 75 美元，二等兵 100 美元，下士 125 美元，上士 187 美元，少尉 200 美元，上尉 350 美元，少校 385 美元……而你，少将先生，每月是 625 美元！我简直不敢相信自己的耳朵。我的 625 美元先生正在告诉我，他不行了，准备把阵地让给那些每月只有 3 美元的农民。”

史密斯羞得脸色赤红。

“我告诉你，胆敢后退一步，我就把你装进大炮打到阵地上去！”

第八章

坚守还是撤离

1952年10月23日

今天晚间的战斗失利，对今后的作战方针发生新的问题。在过去的多次反击中一般是比较顺利的恢复了全部或大部阵地。而今晚战斗不仅是进展慢而且占领敌人驻守的阵地后，很快被敌人反下来了，我想这正是由于敌人争取了几天时间的准备工作构筑了工事和熟悉了地形敌人占去了我们某些较强的工事乃至坑道防炮洞等，这样就增加了反击的困难而我部队由于伤亡大无论干部和战士在心理上都会发生变化其进攻的勇气会大大的不如开始，守备坑道内的指战员同样会发生变化，这些变化有一个共同之处就是信心和决心上会不如头几天。这样便给我们带来了新的问题便是继续同敌人拼消耗呢？还是适可而止呢？当然我们只有考虑继续打下去的办法，我们不愿意将阵地丢给敌人。让敌人占去坑道将造成今后斗争的恶果。当我将是日晚战斗情况上报兵团之后，三号提出了打与收两种方案让我们考虑。根据这种情况确定军里去一人到前面了解下具体情况，尔后再上报提出具体的打法或收法。情况到了今天这种形势的确是很不利的，我的决心还是继续打下去，但怎样打法值得考虑研究才能决定。

《本色——秦基伟战争日记》

1

秦基伟坐在后勤送萝卜的卡车抵达了45师指挥部。

崔建功看到卡车上装满了萝卜有些诧异："军长，怎么带来这么多萝卜？"

秦基伟指着师指挥部说："进去说。叫几个人出来把萝卜卸了。轻点，别磕了。"

"现在阵地上……"走进师指挥部，崔建功用热水瓶给秦基伟倒了一杯水。

"你多久没睡了？"秦基伟打断了崔建功。

崔建功没说话，只是憨笑。

秦基伟又问聂济峰："老聂，你说说，老崔多久没睡了。"

聂济峰嘴巴动了动，但没出声。

秦基伟说："仗要打，觉也要睡嘛。我来，不是问你阵地怎么样了，是来检查你们吃得怎么样，睡得怎么样。带我去炊事班看看。"

崔建功面露难色。不等他回答，秦基伟率先走出去。

崔建功和聂济峰后面跟上，三人边走边说。

聂济峰说："现在我们下头的吃喝都不是问题，但山上还是很困难。"

秦基伟说："说说交通线的情况。"

聂济峰说："没完全断。每天四五十架次飞机轰炸，弹药勉强都能送上去，但水有时候就不一定。"

秦基伟停下，看着聂济峰："水上不去，多送点萝卜啊！"

"送了，但是上头的战士反映……"

"反映什么？"

"反映……萝卜吃多了胃疼。"

"我倒是没考虑过这个问题，就是想着萝卜能管渴能管饿，不是挺好嘛。"秦基伟一怔。

三人走进炊事班。炊事班里冷冷清清。秦基伟在灶台上摸了摸，灶台是冷的，他又在放菜的架子上翻了翻，只有大白菜。

"你们就天天吃这个？"

崔建功说："还有馒头和压缩饼干。"

"为什么？"

"炊事员要求去一线，我批了。"

秦基伟拍了拍崔建功的肩膀："不要怕，一切有我。我和范弗里特各带一个师去鬼门关转一圈，我能回来，他未必能回来。放胆去干，打不服他，还打不垮他？"

秦基伟回到15军军部的时候，张蕴钰立即迎了上来去，说刚刚王近山打电话找他。

秦基伟拿起电话："接3兵团司令部……我是15军秦基伟……"

王近山的声音从电话里传出："秦军长，告诉你一个好消息！志司已经命令李德生带着12军去你们那边。"

"上级是怎么安排的？"秦基伟紧锁的眉头展开了。

"你们兵合一处，将打一家，我倒是要看看美国佬还有什么花招。"

"那太好了。有了生力军，我腰板儿更硬了。"

"志司说，美军单方面发布消息，已经占领三角山绝大多数阵地，不日将结束战斗。"

"副司令，不用说了，我知道志司的意思，我会让美军为这句话付出代价。”

秦基伟放下电话，对张蕴钰说：“参谋长，命令 29 师把三个营预备队都补给 45 师。同时命令崔建功，23 日晚上组织反击。”

“23 号反击？”

“对，就 23 号。”

“这些部队增援上去，但力量依然十分有限。仓促反击，效果恐怕会不好。”

秦基伟非常坚决：“不讨论了，就这么定了。去下命令吧。”

美军军营帐篷里有几名美军在跟着热情的舞曲跳舞，汤姆带着人围成一圈喝啤酒。一派狂欢的气氛，每个人都是军容不整，只有贝尔独自在角落看书。

泰格带着副官突然走进帐篷。

副官大喊：“立正！”

帐篷里太嘈杂，除了贝尔没有人立正。泰格看着混乱的场面，又看了看唯一立正的贝尔，示意他稍息。

过了好一会才有人发现泰格进来了。嘈杂声戛然而止。众人慌乱立正。

泰格走到画着大红嘴唇的汤姆面前：“你们在庆祝胜利吗？”

汤姆结结巴巴地说：“我们……我们……”

“知道我看见了什么吗？我看见了一屋子即将被送进屠宰场的猪猡。面对即将到来的死亡，你们没有一丝警觉，甚至还欣喜若狂。”

远处传来枪声和爆炸声。所有人紧张地看向声音传来的方向。

泰格指着传来枪声的方向说：“听听……他们又来了。中国人每天夜里都会来收割你们的生命，夺回他们的阵地。我的士兵们呢？正在寻欢作乐。你们害怕和他们作战，在长津湖，你们被中国人吓破了胆，汤姆。”

汤姆向前一步。

“告诉大家，你是怎么当上连长的。”

汤姆诺诺不敢言。

泰格说：“我们的汤姆先生在长津湖的冰天雪地里，带着他的排翻山越岭，用了三天三夜从四面包围中杀到兴南港。这是31团唯一成建制回来的排。”

有些美军第一次听说汤姆的经历，都很惊讶。

“你们应该庆幸在他的手下作战，他一定能把你们活着带回家。汤姆，现在告诉我，你们在庆祝什么？”

“杰瑞的老婆生了一对双胞胎。”汤姆实话实说。

士兵杰瑞拿着一张照片递给泰格。

泰格看了眼照片，随后拿起一瓶啤酒，高高举起：“为了我们的儿子！”

所有人举杯喝酒。

“现在我们更加知道为何而战。”泰格指着远方说，“如果我们不能把赤色分子杀死，那他们将会把红旗插到自由女神的眼窝里，你们能让这样的事情发生吗？”

“不能！”

“去杀死你的敌人，割下他们的头皮，我的勇士们！”泰格振臂高呼。

泰格带着汤姆走出帐篷后，愤怒代替了他刚才的兴奋了。

“我警告你！再喝酒我就把你的皮撕下来做成靴子。”泰格一拳打倒了汤姆，“今晚就带人去598高地把中国人从洞里赶出来。”

2

五圣山观察所的所有人列队，严肃地站着。

刘向阳正在讲话：“刚刚军长来电话，要求我们必须做到全方位、无死角观察到敌人的情况。特别点名菊亭岘观察所。那里是离前线最近的地方，环境非常危险，条件也很差。我现在需要一位同志去那里工作。”

杜文锦第一个举手：“报告！我报名！”

“我也报名！”新来的女战士叶子紧跟着说。

“前线太危险了，要保护女同志。我申请去菊亭岘！”有男战士说。

叶子面露不忿，想说还没来得及说，杜文锦已经开口：“女同志怎么了？我们不怕危险！你对女同志有偏见？”

“我没有……”

“什么没有？我们也是战士，你们不怕危险，我们也不怕！”

杜文锦说：“一个人去菊亭岘，就需要那个人同时通晓英语和朝鲜语，熟悉密码，精通步谈机和电台维护维修。你行吗？”

男战士涨红了脸：“我……”

杜文锦再次请求：“刘所长，让我去吧。”

叶子说：“我也要去！”

刘向阳想了想：“你们一起去吧，两个人能换班。”

叶子高兴地说：“是！”

刘向阳说：“我让人送你们过去。”

杜文锦说：“不用！我有手枪。”

刘向阳笑了笑说：“我知道，你还有针灸针。记住了，只有好好休息才能更加顺利地完成任务。”

杜文锦下意识抓了一下口袋，那里面有她的针灸针。

杜文锦和叶子背着步谈机很快就出发了，她们在山路上摸索前进，此时远处的 597.9 和 537.7 北山都在发生战斗，有照明弹和曳光弹照亮了夜空。

夜幕降临，汤姆和贝尔带着美军呈战斗队形，向上次发现的坑道口行进。他们的行踪很快被在坑道口警戒的志愿军战士察觉，双方在坑道口发生激烈混战。

密集的射击让几名在坑道口的志愿军战士很快中弹倒下，众多美军迅速靠近坑道口，连续向坑道投掷毒气弹。

坑道内烟雾越来越浓，志愿军战士们被呛得咳嗽不停。段显峰穿梭在战士们中间，帮助他们戴上防毒面罩或捂上湿毛巾。

胡满仓一边跑一边捡起毒气弹向外扔，这时他听到，段显峰大喊掩护我！

万里等人开火掩护段显峰悄悄向洞口推进。

在坑道口警戒的几名战士里有一名负了重伤，正在艰难地往坑道里爬，段显峰想救他。

罗万象看到地上艰难爬行的重伤战士，跑过去救他，但被子弹击穿脸颊，晕倒过去。

美军占据坑道口，全力向坑道里射击，但没有人敢进入坑道。

重伤战士还在努力往坑道内爬，段显峰几次尝试救他，但因美军火力太猛，都失败了。

重伤战士把罗万象的负伤和段显峰的几次尝试都看在眼中，他不愿再有战友因自己而流血。他突然起身，向坑道口的美军冲去，同时拉响了身上的手榴弹。

3

1952 年 10 月 22 日，上甘岭战役第 9 天。

激战结束后，所有人筋疲力尽瘫坐在地。胡满仓给每人分压缩饼干。没有水，每个人吞咽困难，吃得很痛苦。

胡满仓看到大家痛苦的表情，站出来说：“现在坑道缺水，得先紧着伤病员用。我来教大家一个办法，吃起来就没这么干了。”

万里等战士都不太相信，但还是围到了胡满仓的身边。

胡满仓示意战士们安静下来，随后让大家闭起眼睛。众人把眼睛闭上，只有范元宝眯着眼睛偷看。

胡满仓轻轻打他的头："不许偷看。"

范元宝赶紧把眼睛闭紧。

胡满仓说："好，大家开始假装在吃东西。"

大家开始做咀嚼动作。

一只松鼠摇摇晃晃地从坑道深处爬了出来。

胡满仓又说："行。得吃出声来，吧唧嘴。"

胡满仓从地上捡起一个炮弹弹片，在石头上敲击，打起快板。

"曹操领兵去打仗，烈日当头浑身烫，体力不支士兵乏，这种状态能干啥，曹操就对士兵说，翻过山头梅子多，士兵一听来了劲儿，就像闻到了梅子味儿，他们健步如飞向前走，士气高涨不乱瞅，曹操一见放了心，昂首挺胸向前进向前进。"

众人听着胡满仓诱人的快板，都开始吧唧嘴。吧唧声音越来越大。

胡满仓说："对……就是这样……对……再吧唧得大声些……"

战士们都忍不住睁开眼睛偷偷观察，他们看到一群人在那儿集体吧唧嘴……终于忍不住笑了起来。

"不要笑！就是现在！赶紧吃！"胡满仓说完把一块压缩饼干放进嘴里，使劲咀嚼，然后咽了下去。

战士们赶紧把压缩饼干放进嘴里吃了起来，这回吞咽确实没那么痛苦 。

范元宝忽然看见了松鼠，他和松鼠对视了片刻，猛然扑过去，一把抓住松鼠。

众人都好奇地围过去，他们惊叹于在上甘岭这样的环境里竟然还有松鼠。

"你们别吓着它。"范元宝忙把松鼠抱在怀里。

卫南笑着说："一个松鼠，瞧把你给金贵的。"

"你懂什么，这叫患难真情好吗？"

"还患难见真情，弄得跟亲兄弟一样。"

“我原来在山里时，马啊，牛啊什么的，我们就是当家里人，还有名字。那时我有只下蛋鸡，就叫范碗。”

“饭碗的饭，就不是你姓的范。”

“我不识字怎么了？”

卫南一时语塞。

范元宝抚摸着松鼠说：“我给它也取个名字，跟我姓。”

众人七嘴八舌，“范桌”“范勺”“范桶”“范浑”各种奇怪的名字都有。

“停停停……都什么啊？刚说‘范浑’的是谁？我给你犯个浑看看……”

胡满仓走过去说：“你们尽瞎闹……我看，这松鼠叫‘范弗里特’得了。”

众人都说叫“范弗里特”好。

“那你就叫范弗里特吧。”范元宝煞有介事地指着松鼠，“‘范弗里特’，你给我老实点！”

众人爆发出一阵哄笑。

胡满仓看到大家放松下来也很满意，他这个指导员的作用就在于此。

这时团副参谋长丁鑫带着一支增援部队来到了坑道。

丁鑫见到段显峰后掏出烟发给他和胡满仓，但是他们都没接。

丁鑫说：“抗美牌香烟还不抽？”

胡满仓说：“进了坑道我们就都把烟戒了，也劝你把烟戒了。”

“为什么？”

胡满仓指着自己干裂的嘴唇说：“坑道里水少，抽烟更渴。另外，坑道有伤员，呛烟、咳嗽可能崩开伤口，会死人的。”

丁鑫脸色一变，默默将烟收好。

段显峰对丁鑫说：“我觉得军长的命令有问题。”

“什么问题？”丁鑫一愣。

段显峰：“现在坑道里的条件根本不适合反击。”

“所以他才派我们来支援你们。”丁鑫说。

段显峰说：“不是战斗人员的数量问题，是火力问题，是情报问题。”

丁鑫说：“那我不知道，我的任务是支援你们，到了之后听你们指挥。你怕了？”

段显峰瞪着丁鑫，怼了他一句：“是的。我怕了。”

胡满仓连忙打圆场：“他说的怕，打仗死人多少会有些紧张，你问他还能不能打，那肯定没问题。”解释得很牵强，丁鑫还是勉强接受了。

“不。我说的怕就是我不想反击。”段显峰却直言不讳。

胡满仓笑得很尴尬。

丁鑫把眼睛一瞪：“你要对你说的话负责！我会把你说的话汇报给上级。”

段显峰说：“我会把我的想法上报给军长。”

“我管你上报给谁。反正我都会把你的怯战言论汇报给上级。”丁鑫火气更大了。

胡满仓连忙阻止两人，他问丁鑫：“丁副参谋长，我们讨论问题不要戴帽子。你接到的命令是不是进入坑道要服从我们指挥？”

“是的。”

“好。那我命令你现在回到外面的坑道，我们刚刚说的话不能向其他同志透露。”

丁鑫把火气也撒到了胡满仓身上：“你想包庇他！”

胡满仓说话也很冲：“我不反对你回去向上级汇报。但你在坑道一天，就得听我命令。有问题吗？”

丁鑫虽然不服气，但没再说什么，气呼呼地走了。

胡满仓不解地看着段显峰：“你知道刚刚你说了什么吗？”

段显峰说：“我当然知道。我们坑道里的情况你不知道吗？加上补充上来的人还不到一百人，弹药非常紧张。你就告诉我，这反击怎么打？送死吗？”

胡满仓耐心地说：“你说得都对，命令就是命令，知道吗？我们没有飞机坦克大炮，能胜利的重要原因之一就是纪律。你一直在说你觉得怎样，你要怎样。你一个街边卖卤煮的，怎么就知道松鹤楼的师傅不会炸臭豆腐？军长他草地里来来回回走了三回，打过的仗比你吃过的席都多，他做的决定必然有他的理由。”

段显峰坚持自己的想法：“你这就是非把烤熟的鸭子叫乳鸽。有什么理由？错了就是错了！”

“他一个军长，管着全军几万人，掌勺大师傅用得着听跑堂的教做菜吗？发布一个命令要像你这样的副连长挨个解释，让你们理解为什么要发布这个命令，这仗还怎么打？”胡满仓有点火了。

段显峰不再说什么，气冲冲地离开。

战斗结束后，汤姆和贝尔带着残余的美军狼狈回到营地。

汤姆身上还挂着被炮火炸碎的战友的军服碎片。他浑身都在颤抖，拿出打火机点烟，试了几次都没打出火来。他用力把打火机摔在地上。

贝尔走过去将打火机捡回来，甩了甩，打着火，给汤姆点上香烟。

“我差一点就死在那儿。”汤姆带着劫后余生的惶恐，用力抽了一口烟。

“重要的是你活着回来了。”贝尔把打火机塞进他的口袋。

“你看到那个冲过来的中国人的脸了吗？”

“我没有时间看。那时我正疯狂向他的胸口开枪。”

汤姆露出恐惧的表情：“那个士兵冲过来时，眼睛是红的，就像要滴出血。和我们战斗的根本不是人类。人类不可能拥有这样意志力。”

贝尔安慰地拍着他的肩膀：“汤姆！汤姆！嘿！伙计，你是连长，你需要冷静下来。”

“你向他胸口开了几枪？”

“不知道，我一直在扣动扳机。”

“你想过吗？就算一头 800 磅的犀牛冲过来也该被打倒了，而他没有，他就像不知道痛一样冲到我面前，然后爆炸……他们不是人。”

从远处走来的泰格看到了歇斯底里的汤姆。他派人把汤姆送到医院，告诉贝尔，他现在是连长了。

几名美军过来准备带走汤姆。

1 号坑道里，范元宝将压缩饼干捏碎喂给松鼠“范弗里特”吃。松鼠吃得特香。

万里看到这一幕，带着一脸的坏笑走过去：“想吃肉吗？”

“哪有肉？”范元宝好奇地看着他。

卫南、孙耀祖、云贵川等人围拢过去，都装作不怀好意地看着“范弗里特”。

范元宝一看，一把抓起“范弗里特”，警惕地瞥着万里等人。

“我们老家，剥皮洗净烤着吃。”万里憋着坏笑。

卫南说：“太浪费东西了！我们广东，松鼠好比龙肉，得剥皮断尾去内脏，焖着吃。”

孙耀祖一本正经地说：“焖着吃不腥吗？”

卫南也很配合：“松鼠肉腥吗？”

孙耀祖摇头：“在我们福建，松鼠是要蒸着吃哦。先清理它们的内脏然后下锅蒸，在蒸的时候味道有些难闻甚至刺鼻，等蒸完之后的松鼠很容易扒皮。扒完皮之后就在锅里撒上米糠，只有用米糠蒸过，才能去掉松鼠的腥臊味。”

万里用胳膊肘捅了下范元宝：“你想怎么吃？”

范元宝虚张声势地说：“我无所谓啊。反正只要生火，我就报告指导员，你们违反战场纪律。”

“有道理。看来只能晒松鼠干了。”万里继续犯坏。

范元宝不可思议地看着万里。其他人都在偷笑。

范元宝一把拉住胡满仓，像是抓到了救命的稻草："指导员！他们想生火吃我的'范弗里特'！"

胡满仓停下，像是在认真地思考："生火不好，会暴露坑道口的。"

范元宝以胡满仓在支持自己，得意地看着万里等人。

胡满仓却说："对，生火不合适，应该用盐腌起来。"

范元宝抱起松鼠就跑。

罗万象腮帮子被子弹打穿，舌头也受伤严重，因为缺少消炎药，他的头已经肿了起来。

范元宝坐在罗万象身边，将压缩饼干碾成粉，喂罗万象吃。罗万象口腔受伤，只能把饼干沫沫含在嘴里。

"对，就是这样。无论如何得吃东西，吃了东西才会好。"范元宝看着罗万象痛苦吃东西的样子很难过，努力忍着泪水。

罗万象看着就要哭出来的范元宝，用手指了指"范弗里特"，又指了指自己的嘴。

"你也想吃它？"范元宝没想到他会用开玩笑的方式安慰自己，"它不好吃的。他们说了，有腥臊味儿，我们这也没有糠。"

罗万象努力笑了笑，他的笑容竟然很灿烂。

范元宝凑到罗万象耳朵边，小声："坚持住，老子还没同意你死了。"

范元宝说完找到了向红。向红告诉他，现在伤员都无法运到后方，坑道里消炎药奇缺，丁鑫进坑道带的一些消炎药都用在伤势更重的伤员身上了。

范元宝明白了，想要保住罗万象的命，只有等待后方运来更多的消炎药。

范元宝又找到胡满仓，申请当晚离开坑道执行夜袭任务，可他昨晚刚执行完任务，按照规定，他要三天后才能执行任务。

范元宝离开后，胡满仓和段显峰听到了杜文锦的声音。

身在菊亭岘观察所杜文锦的声音从电话听筒里传出：“通过这两天白天的观察，敌人一直在抢修0—11号阵地，现在4、5、6、8、9号阵地都已修复，其他阵地也补充了兵员。目前的情况就这些。”

结束和杜文锦的通话后，段显峰急匆匆离开，他要去写给秦基伟的报告。

“能不能不写那份报告？”胡满仓拦住了他。

“不能。23号真的不是最佳的反击机会。”段显峰很坚决。

“上甘岭方方面面的情况，军长能不知道吗？”

“了解详细情况是军长的职责，知情不报是我的失职。”段显峰坚决地看着胡满仓，“我有个请求。”

“不违反纪律的我都可以答应你。”

“我写的报告，你和我联名发给军长。”

“我不会和你一起违抗命令。”

“那就坑道里的人一起讨论，一起签名。我自己交上去，是个人的意见。连里讨论交上去，是坑道所有指战员的共识。我的目的就一个，23号不能反击。”段显峰说着往外走，“不管你们和不和我联名，我都会把报告交上去。”

胡满仓还要说什么，万里跑过来报告，范元宝不见了。

杜文锦的观察报告汇报到了军部，秦基伟认为美军围着坑道口修建暗堡和铁丝网的意图很明显，就是要把各个坑道分割开，无法互相配合。他命令军部立即研究相应战术，打破敌人对坑道的封锁。

秦基伟做完安排正要去后勤了解苹果的运输情况。上次得知长期吃萝卜对战士们的消化系统有损伤后，他决定改运苹果。苹果有营养，管饱还可以补充水分。

一脚门里一脚门外的时候，秦基伟突然想到对于23号的反击，部队的准备还是不够充分，尤其是炮弹量还远远不够。张蕴钰说，他刚才和在志愿军司令部的老战友打听过，又有一批喀秋莎火箭炮从国内出发，已经过江了。

4

范元宝拎着一篮子手榴弹逐渐靠近了1号阵地。1号阵地上的贝尔正坐在桌前给阵亡美军的家人写信。桌上堆着小山一样的“狗牌”。

“亚当斯太太，我是您儿子的连长贝尔。想必这时您已经收到那个可怕的消息，我万分抱歉，没有照顾好他……他是在掩护队友时牺牲的。因为他英勇的表现，避免了四名士兵的伤亡，我们都很想念他……”

范元宝悄悄潜伏在了地表阵地外围，仔细观察着营地，发现了一个医疗帐篷。他向远处的帐篷里扔出了手榴弹之后迅速隐蔽。

贝尔被爆炸声打断了写信，抄起枪跑出帐篷。

营地内的美军都惊慌地趴在地上，向任何他们认为可能有敌人的地方猛烈射击。

范元宝趁乱从悄悄摸向医疗帐篷。

贝尔察觉到了异样，朝着四周的美军大喊：“停火……停火……”

范元宝举着枪摸进医疗帐篷。帐篷里只有一名没有带枪的医务兵整理医疗器械。范元宝用动作警告他不要开枪，随后指了指急救箱。

段显峰和胡满仓，万里和丁鑫等人听到爆炸声，都赶到了1号坑道口，看到远处传来爆炸声和时隐时现的闪光。段显峰担心范元宝的安危，立即命令万里带着孙耀祖、徐晓、云贵川等6名战士准备出发。段显峰交代万里说，他们的任务是接应范元宝，不可恋战。

看着万里等人离开，段显峰从口袋里掏出几张纸递给胡满仓：“这是我写的报告，你帮我交给上级。”

胡满仓表情复杂，没接报告。

“指导员，你和党员们看一看，不论你们同意或者不同意，一定要交上去。”段显峰把报告塞到了胡满仓手里。

贝尔在阵地转了一圈，始终没有发现范元宝，突然间，他的目光停在了医疗帐篷。

他朝四周的美军打手势，示意众美军包围医疗帐篷。

听到医疗帐篷外面忽然安静，美军医务兵正要大喊，范元宝立一枪托砸晕了他。他向帐篷外连扔了两枚手榴弹，随后撩起帐篷后面的帆布，朝手榴弹爆炸的相反方向跑了过去。

爆炸平息后立即有美军朝着帐篷连续射击，帐篷传出医疗兵的叫骂声。贝尔一个箭步过去踢翻开枪的美军，随后冲进了医疗帐篷。医疗兵的右腿被自己人射出的子弹穿了一个血洞，他在寻找止血药同时，用力指了指范元宝撤退的方向。

1号坑道里，众人围坐一圈，正在传阅段显峰的报告。看完报告，没有人主动发言，也没有简单的沟通。

胡满仓对众人说：“副连长的想法大家都看到了，如果同意23号不反击，一起和他签名上交。如果大家都不同意，我也会把这个报告上交上去。现在大家说说吧。”

“我坚决反对他的报告。他这是怯战。”丁鑫率先开口。

“还是那句话，有问题说问题，不要扣帽子。”胡满仓提醒对丁鑫，“具体说，为什么反对？”

丁鑫说：“现在发下来的是命令，不是让我们进行军事民主会。我们不该讨论要不要打，而是该讨论怎么打。”

吴波开始发言：“我不同意丁副参谋长的说法。你刚来，对坑道里的情况不太了解。在你们来之前，坑道里能作战的只剩下26人。即便现在加上你们，依然不到100人。现在反击，力量太薄弱了。”

卫南也说：“我同意副连长的报告。他的报告把我们人少、火力不足，敌人增兵、修筑工事的情况作了细致的分析。这就是毛主席说的实事求是。”

冯玉刚说：“上级让我干什么就干什么。反击就坚决打好，不反击就坚持战斗绝不放弃，只要是上面的命令，我都服从。”

吴波对胡满仓说：“指导员，你看这样行不行？有的同志赞成，有的同志不赞成。现在时间紧迫，那就让同意的同志和副连长一起签名，不同意的同志可以保留意见。”

胡满仓否定了他的提议：“不行。这是我们坑道临时党支部的决定，一个饺子还要韭菜和肉分开吃吗？”

胡满仓见所有人再次陷入了沉默，于是投票决定，最终不同意23日反击的有7票。同意23日反击的也是7票。

丁鑫满心期待地看着胡满仓：“还有你自己一票。”

“我不同意。”胡满仓斩钉截铁。

丁鑫诧异地问他：“你之前不是说同意吗？”

胡满仓说：“对，我现在不同意。”

投票的同一时间，范元宝正在黑夜中狂奔，他的身后是紧追不舍的贝尔等美军。

范元宝发现追兵越来越近，干脆卧倒在地，隐蔽在一旁，等贝尔等美军过去后，换了个方向前进。

贝尔追了一段路程，回身观察片刻又指挥往回搜索。他再次发现了范元宝。

范元宝起身狂奔，他隐约看见土坡后面匍匐着三名志愿军战士。他们已经看到范元宝，也看见后面的贝尔等美军，已经呈三三制战斗队形展开，准备迎敌。他不知道三名战友在执行什么任务，但他知道如果和他们汇合，不仅会导致他们的任务失败，还会给他们造成威胁。他立即朝另一个方向跑了过去。

贝尔带着众多美军正在搜索前进，看见山坡上的范元宝，纷纷举枪射击。

危急时刻，万里等人及时赶到。万里让战士们兵分两路，把声势造得越大越好。

贝尔等美军在追赶范元宝。突然看到远处左右两个小高地都有人影晃动。他怀疑志愿军给他们设下了埋伏，打手势让众美军停止追击，返回营地。

1952 年 10 月 23 日，上甘岭战役第 10 天。

范元宝背着急救箱兴高采烈跑进坑道，被正在坑道口等待他的段显峰和胡满仓截住。

“指导员，看我缴获什么了！”范元宝得意地拎着急救箱。

段显峰板着脸问他：“他们呢？”

“谁？”

胡满仓说：“万里他们！”

范元宝一惊：“我没看见？他们也出去了？”

说话间，万里等人也回来了。

段显峰一把揪住范元宝，对丁鑫说：“抓他去关禁闭！”

胡满仓对段显峰说：“要不我们再研究研究？”

段显峰很生气：“要在后方，就送他去军法处了。”

范元宝有点不服气：“关就关，老子赚了。”

胡满仓小声对段显峰：“坑道就这么大，上哪儿给他关禁闭？”

段显峰想了想，在范元宝身边画了个圈：“你就在这儿关禁闭，不许出圈。”周围的战士偷笑。

“都不许和他说话，谁和他说话一起关禁闭。”胡满仓的话让战士们都不敢再笑了。

“万里哥，帮我把它交给罗万象。”范元宝把急救箱交给了万里。

胡满仓和段显峰都没吭声，范元宝虽然违反了军纪，但缴获的药品确实是雪中送炭。段显峰朝万里使了一个眼色，万里赶紧背起急救箱往坑道深处走去。

“你出去有没有看到什么？或者发现什么？”胡满仓问范元宝。

范元宝愣了一下：“我在外头遇到几个战友，应该是三连的，大概在为了 23 号的反击搞侦察。”

“你不是也去搞侦察了吗？说说美军什么情况？”

“那个……天黑后美国佬大部分都去山脚下了，这算吗？”

“早说嘛。”胡满仓立即去追段显峰。

范元宝违反军纪的情况上报给了 45 师师部，又上报到了军部。

张蕴钰找到秦基伟，说老八连副连长段显峰要处分一名违反军纪的战士，报到师里，师里意见不统一。秦基伟了解情况后表示，军纪就是军纪，不存在功过相抵，不过战时情况特殊，要赏要罚战斗结束后再说。

“军长，老八连的 1 号坑道党支部发来了一个报告，反对 23 号反击。”张蕴钰拿出了电报。

“理由呢？”

“他们说坑道目前兵员不足，弹药欠缺，不具备反击条件。”周发田快速看完报告，递给了秦基伟。

秦基伟接过报告：“敢写这报告的，全 15 军，他段显峰是独一份。”

“所有人都在跟我说坑道里难、坑道里苦，不适合立刻反击。”秦基伟手指 537.7 高地北山，“21 号，537.7 高地北山的坑道部队就自主发动反击，并且收复了地表阵地，挨打的敌人一整天都没有反击动作。说明什么？这说明，敌人越战越弱的情况已经很明显了。越是在困难艰苦的时候，我们越是要和敌人比赛战胜困难。仗打到这个时候，敢出手就是一种态度，要向敌人展现我们钢铁般的意志，要让敌人知道，我们还要打，还能打，我们不死不休，不可战胜！”

张蕴钰说：“我明白了。我这就给老八连回电。”

秦基伟：“参谋长还有什么补充的？”

“命令老八连坚决执行命令，不要讨价还价。”

秦基伟摇头：“话说得太轻了！要明确写，谁不执行命令，军法从事！”

“是！”

收到军部电报的胡满仓找到了段显峰。

胡满仓读电报：“谁不执行命令，军法从事！”

段显峰长时间沉默着，胡满仓想说什么又不知道该怎么安慰。

段显峰突然说：“指导员，这次连累你了，你本来可以不联合签名的。”

胡满仓说：“我们是一个集体，没啥后悔的。现在执行命令吧。”

这时冯百胜走了进来。

出乎段显峰意料，冯百胜语气竟然很温和：“打报告的事情，你怎么不叫上我？老八连是一个整体。”

“是。老八连是一个整体。”段显峰点点头。

冯百胜说：“行了，什么也别说了，执行命令吧。团里又送上来一批新兵，我给你都带过来了。”

范元宝虽说擅自离开坑道，但动机是好的，有过但也有功，经过段显峰和胡满仓的口头批评，没有给予范元宝实质性的惩罚，算是以观后效。

第九章

被击溃的美七师

1952年10月25日

志愿军入朝已两周年。回忆两年来胜利很大朝鲜的形势变化也很大。除了战线表现稳定之外更清楚的看到敌人的战斗力是在下降，比五次战役那时是不同了。我志愿军从每月减员二万二千人今年每月只减八千人，而敌人的减员是在增加而不是减少。从这里可以看出双方部队情绪及装备的变化。

从过去两年的形势看来，我认为美国想就是这样继续拖下去所得到的东西就是死亡，再也没有别的希望。因而我认为朝战不会长期拖下去终究要停下来的，在时间上不会太远但也不是容易或马上就能实现的事。

《本色——秦基伟战争日记》

1

597.9 高地的 1 号阵地上，一些南朝鲜士兵拖着蛇腹形铁丝网、尖铁板条等建筑材料，正在修筑暗堡和防护带。荷枪实弹的美军士兵在一旁巡逻警戒。

段显峰隐蔽在远处，拿着望远镜偷偷观察，不停在地形图上做标记。他正在做反击前的最后侦察。

“副连长，怎么还有南朝鲜军？”趴在一旁的万里问段显峰。

段显峰把地形图展示给万里：“看一下，明堡，暗堡，所有火力点，有漏的没有？”

“少了一个暗堡。”万里接过地形图，仔细看，接过段显峰的笔，在图上画了个圈，“应该在这儿。”

“确定吗？”

万里嘿嘿一笑，举起枪连射射击，随后连续投掷了两枚手榴弹。

孙耀祖和徐晓也都开始射击。

美军各火力点、明暗碉堡纷纷射击。

段显峰一边看着火力点喷出的火舌，一边对照着地形图。在万里标的位置，果然有个暗火力点。

“撤了，撤了。”段显峰转身离开前最后看了眼，又停下，指着远处的一个小土堆，“那里应该还有个火力点，不然这个火力网有个漏洞。”

众人都停下来，观察小土堆。

“我试试。”孙耀祖说完对着土堆开了一枪，没有动静，他又开了一枪，还是没动静。

“看来是真没有。走吧。”万里要走。

“必须落实。我们在这里每 5 分钟骚扰他们一次，吸引他们注意力，你从后面绕，绕个圈去看看。”段显峰想了一个办法。

万里应了一声，猫着腰悄悄离开。

段显峰、孙耀祖、徐晓变换着方向骚扰敌人火力点。万里在敌人火力点的后方快速运动，有时奔跑，有时匍匐前进，有时躲藏。

不多时，万里回来了，那个位置果然有一个射击口贴着地面的半地下工事。

“反击开始以后第一个敲掉它。撤！”段显峰带着万里等人悄无声息地撤回。

回到坑道后，胡满仓和卫南、冯玉刚、吴波这三位排长立即围绕着在段显峰周围。

段显峰拿住标记出火力点的地图说：“今天晚上，由 135 团五连配合我们进行反攻。我们连的任务是先占领 1 号和 3 号阵地，然后拿下 8 号阵地，和从山下进攻的五连共同进攻 2 号阵地，将敌人彻底赶下东北山梁。”

众人都知道任务重大，认真听着。

“敌人新修了不少暗堡和火力点，如果不及时拔掉这些火力点，部队在进攻的时候会遭受重大损失。”段显峰提醒众人。

“副连长，我现在带人把那些暗堡都端了。”吴波提议。

“想拔掉那些暗堡和火力点起码要四个战斗小组协同作战，那样动静就太大了，容易让敌人察觉我们马上要进行的反击。要想个两全其美的办法。”段显峰不同意。

万里突然想起侦察时的一幕，于是问段显峰：“副连长，侦察的时候你怎么知道我们少画了一个暗堡。”

段显峰说：“美军的阵地防御火力配置分为远距离火力、近距离火力、拦截火力和战斗地域内的火力。远距离火力是空军和炮兵实施的，近距离火力包括迫击炮、轻重机枪和无后坐力炮等武器，拦截火力是包括各种直接瞄准火器组成的火力网，战斗地域内的火力主要用于拦截进攻方的突破，限制扩张、阻止增援，支援反冲锋。少画的暗堡属于战斗地域内的火力配置，如果没有那个暗堡，整个火力网会出现一个不明显但要命的漏洞。有办法了，我们和炮兵协同，打掉1号阵地上的暗堡和火力点。”

“再有几个小时就反击了，时间这么紧张，能行吗？”万里心里没底。

“算是步炮协同配合的一个实验吧，不过这个实验必须成功。”

胡满仓说：“大家还有什么问题？没有问题就照副连长的指示各自做好准备。开饭时间一到，谁也不许掉链子。”

三名排长敬礼：“是！”

段显峰带着万里来到了电话旁：“怎么和炮兵配合，想好了吗？”

“还在想。不过确实没想出来。”万里如实回答。

段显峰说：“你倒是说了实话。按照以往的战术，炮兵进行炮火覆盖以后，步兵开始冲锋。关键是，炮兵的炮火覆盖多长时间以后，步兵开始冲锋，也就是说我们的炮弹和你的脚指头距离多远。”

万里略思索：“明白了。我们的炮弹不会消灭所有的敌人，我们停止炮击以后，这些活下来的敌人会进行防御。如果我们的脚指头离我们的炮弹近一点，也就是说，我们的炮弹刚下落，我们的人就到了，敌人来不及反抗。这样不仅可以消灭残敌，还可以减少我们的损失。”

“对付1号阵地上的暗堡和新火力点，要琢磨一个新的战术，不能让我们的炮弹伤到我们的战士，还要保证我们炮弹落下去，我们的刺刀就到了。”

“副连长，我见过高副指挥，我和他说吧？”

“我还是先给你剪个彩。”

段显峰抓起电话："我是597.9高地老八连，要炮兵高副指挥……高副指挥，我是597.9高地老八连段显峰，反击马上开始了，我们连的万里琢磨了新的战术……对，他去山下见过你……他要和你聊聊，好好，你等一下。"

段显峰把电话交给万里。

"高副指挥，你好……这个战术不是我琢磨的，是我们副连长……好好好，我不废话……我们炮弹的杀伤半径是50米，考虑山体地形等因素，我们步兵跟在炮兵100米以后行不行……150米，好的，听你的，尽快试一下好不好？我们要抓紧时间打掉1号阵地上的美军暗堡……谢谢高副指挥……是，不他娘地瞎客气，向炮兵老大哥学习！"

电话那边传来高风亮爽朗的笑声。

"和高副指挥说好了，炮弹和我们步兵距离150米，今晚做个实验。"万里喜滋滋地放下电话。

段显峰思索片刻说："几点做实验，用哪个阵地做实验，这个实验是不是提醒了敌人？都考虑过吗？"

万里颇感压力巨大，冲锋陷阵他没有问题，和炮兵协同作战，他还是第一次。

万里说："我想清楚以后再和高副指挥汇报一次。"

"就是这样。我们琢磨出来的战术，要把细节都想清楚，不然和炮兵的协同就会出问题，搞不好炮弹就会砸到自己战友的脑袋上。"段显峰耐心地对万里说。

"是。"万里感激地看了段显峰一眼，他能感觉到段显峰有意在培养自己。万里仔细考虑过计划，再次联系了高风亮，他们确定当晚九点，在1号阵地做一次实验，炮弹落点和我们冲锋部队距离150米。两颗红色信号弹开始炮击，两颗绿色信号弹停止炮击。

反击开始前，段显峰带着万里孙耀祖、徐晓等人潜伏在1号阵地附近。

段显峰对所有人说：“明确任务，炮击结束后，要确定我方炮火是否彻底摧毁了1号阵地的全部地堡。如果有残留的暗堡，坚决端掉，保证肃清通向主阵地的反击通道。”

“是。”战士们信心十足。

段显峰又交代万里：“一定要掌握好速度，要紧跟炮火，还不能让自己的炮弹伤着。我方炮击结束以后，要保证你枪管子马上顶到地堡口，不给残敌反击的机会。”

“是。”

段显峰看手表：“9点整，发信号。”

两枚红色信号弹升空，片刻，我方炮火落在1号阵地，随后向后延伸。

“冲！”段显峰把手一挥。

万里带着孙耀祖和徐晓等人迅速跟上。

我方炮弹在他们前方不断落下，万里等人紧跟上。1号阵地的地堡等火力点迅速被摧毁。

我方炮火覆盖停止，一些残存的美军纷纷从阵地上探出头，准备射击，这个时候，万里等人距离阵地很近了，他们立即开始进攻。

“杀！”万里怒吼。

万里投掷手榴弹，徐晓用轻机枪进行火力压制，孙耀祖击毙美军机枪手。

残敌很快被肃清。

万里环顾硝烟滚滚的阵地，阵地上的美军全都倒下了，地堡全被摧毁。

“地堡一个不剩，撤！”万里说着捡起一门无后坐力炮。

徐晓、孙耀祖等人边撤边捡战利品，枪支弹药，有什么划拉什么。

“都成土财主，走了！”万里又捡了两枚美式手榴弹。

段显峰始终拿着望远镜仔细观察1号阵地。万里等人回到他身边，他这才放下望远镜，带着众人撤离。

597.9 高地 1 号阵地的战斗惊动了泰格。

泰格睡眼蒙眬地接了电话："我再重复一遍，不许给我打电话，这种小事情不许给我打电话……我的睡眠可比该死的阵地重要多了……不，你没有明白我的意思，我是说，如果只是失去了一个，两个，三个阵地，都没有关系。月亮属于中国人，但是太阳是我们的，我们在夜间失去的阵地会在白天夺回来，但是……请注意，我说但是，如果全部的，所有的阵地都受到威胁，你一定要叫醒我，不然你就去洗一年的厕所。"

胡满仓负责坐镇坑道，战斗打响后他一直坐在电话旁，手指略显紧张地敲着话筒。

段显峰带着万里等人喜气洋洋地回到坑道时候，胡满仓不用问就知道，他们成功了。

"成了。"段显峰对胡满仓说，"指导员，和我们估计的八九不离十，1 号阵地的暗堡和火力点全让我们打掉了。敌人一直到现在都没有反击。"

胡满仓喜滋滋地抓起电话："给你要电话，先给师长打，听我的……喂，我是 597.9 高地的老八连，给我接师部。"

45 师师部里正在焦急地等待 1 号阵地反击的消息。崔建功接到电话后，得到胜利的消息后让段显峰赶紧给军部去电话，他说，你那边枪一响，军长肯定坐不住了。

秦基伟担心的是美军的夜间防御有新的变化。他说，我们在研究敌人，敌人也在研究我们，要根据敌人的战术变化，尽快做出相应的处理。

"好啊，不愧是说到做到的老八连。"秦基伟接到段显峰的好消息时，不由感叹了一句。

2

23日的反击正式开始。

泰格再次被刺耳的电话铃吵醒，睡眼惺忪地接了电话："混蛋！我说过，这种小事情不要再烦我……什么？所有阵地上都有中国人？"泰格一紧张，披在身上的衣服滑落到了地上，"马上通知炮兵从该死的睡袋里滚出来！"

8号阵地上，段显峰身先士卒，带着万里、范元宝、丁八斗、葛大旺、猴子、徐晓、吴波等人与美军展开厮杀。

美军夜战不敌，老八连刚刚占领阵地美军的炮火便落了下来。美军失去阵地后一般在十分钟左右对阵地进行报复性炮火覆盖，这次比以往快了很多，这就是秦基伟所说的，敌人也在战斗中不断调整战术，

"卧倒！敌人的炮火来了，卧倒！"段显峰朝着战士们大喊。

战士们就地卧倒，但还有几个人被美军的炮火吞噬。

炮火声停歇，段显峰率先起身，焦急地寻找通信员，终于从浮土里把他刨了出来。

"3号阵地怎么样，连长那边有消息吗？"

"失去联络了。"

"2号阵地五连呢，他们上来了吗？"

"敌人轰炸前刚得到消息，五连在2号阵地先是被敌人暗堡的火力压制，后来也被美军炮火给炸了。"

段显峰喃喃自语："坏了。这是全方位的轰炸。"

万里凑过来说："副连长，赶紧准备守阵地吧，天亮敌人可又要扑上来了。"

"不，传命令，立即撤退。"

"辛辛苦苦打下来的阵地，就这么撤了？"

"五连上不来，就不能南北夹击拿下整个东北山梁。连长在3号

阵地已经失去联系，肯定是遭到了美军炮火打击。1 号阵地指导员那边估计也很危险了，我们多守两个小时，不如保存实力等下一次反击。”

“我不怕死！”万里瞪大了眼睛。

“不怕死和白白送死是两回事！万里同志，你现在是个班长，你不仅要考虑作战的问题，还要考虑如何保存部队的有生力量。”段显峰急了。

段显峰带着万里等人杀回 1 号阵地时，胡满仓正带着冯玉刚、鲁春生、卫南、云贵川、孙耀祖和其他几名战士阻击压上来的敌人。

段显峰等人加入战斗后，1 号阵地士气大振。孙耀祖一枪一个，连续射杀几名冲上阵地的美军。云贵川手疾眼快，踹翻一个正要偷袭胡满仓的敌人，一刺刀刺死了他。不久，阵地上的美军被消灭干净。段显峰问胡满仓出了什么情况。胡满仓说，有一伙美国鬼子趁段显峰等人北进 8 号阵地，迂回到我们后方，还好放哨的同志发现得早。

“其他同志呢？”

“刚刚美军一顿炮火袭击，活着的都在这儿了。”胡满仓一脸悲伤。

“不能再这么打下去了。告诉大伙，撤回原来的坑道。”段显峰看四周，1 号阵地加上他刚才带回来的人在内，还剩三十来人。

胡满仓诧异地看着段显峰：“什么，现在放弃地表阵地？”

“5 连和 2 号阵地遭到炮火袭击，连长他们 3 号阵地打得肯定也很艰苦。老八连不能倒，我们要给老八连留点种子。”

胡满仓一下子明白了事情的严重性，点头答应后带领战士们开始往坑道撤退。他亲自带队，刚准备顺着反斜面向下返回 1 号坑道，突然打手势让众人止步。殿后的段显峰不解，连忙赶到胡满仓身边，询问情况。他指向斜下方一块岩石位置，那是反斜面的一个隐蔽的坑道口，四周躺着几名志愿军战士的遗体，坑道口放哨的美军身影隐约可见。

胡满仓对段显峰说："那条班级坑道被敌人占领了，我们要回 1 号坑道，非得拿下那条坑道不可。"

"跟我来！"段显峰招呼云贵川和孙耀祖等人，随后去拿轻机枪。

胡满仓抢过轻机枪说："你是副连长，是整个坑道的掌勺，不能轻易离开指挥岗位，如果我光荣了你再上！"

胡满仓正要向前，却被万里一把夺过了轻机枪。

"指导员，副连长，攻坚这种事我擅长。如果我们光荣了，你们再上。5 班的跟我走！"万里说完带着 5 班的范元宝，以及葛大旺、丁八斗、猴子等新兵向那条坑道摸了过去。

万里带人刚走，又一伙美军摸上 1 号阵地，扑向八连。段显峰指挥反击，双方再度陷入激战。

万里抵达班级坑道时，看见两名美军守着坑道口，稍有风吹草动便会对外就是一通扫射。

万里带着战士们隐藏在一块岩石后方，耐心寻找着机会。

"班长，我去端掉它。"葛大旺忍不住了，说着端起枪就要冲。

万里一把拉住："干什么？轮得到你吗？"

葛大旺说："班长，刚才你的表现我都看到了，是个汉子。我先上，如果我光荣了你再上！"

万里仔细观察了片刻，坑道口挖得很有讲究，它隐蔽在两侧的岩石凹凸处，无论是射击还是投弹都很难伤到守坑道口的美军。他朝着坑道口投掷了两枚手榴弹，每次手榴弹爆炸后守坑道口的两名美军的射击会停止五到六秒。他马上有了主意，一面连续将几枚手榴弹精准投掷在坑道口附近的岩石上，一面以贴地翻滚的方式快速靠近。

万里冲到坑道口的时候发现，情况比他想象得还要乐观。他的本意是用手榴弹的爆炸阻碍两名美军射击，没想到连续剧烈的爆炸震晕了他们。

"让你们也尝尝被震晕的滋味。"万里心里想着已经冲进了坑道。

坑道里旋即响起剧烈的枪声，手榴弹爆炸的巨响，随即陷入沉寂。

“班长！”范元宝大喊，“跟他们拼了！”

葛大旺和范元宝等五名战士疯了一样冲入坑道之中。

1号阵地上的段显峰发现5班的战士都冲进了班级坑道，立即对身边的战士下达了退回坑道的命令。

他们刚撤回坑道，美军漫天的炮弹便落了下来。

“快带伤员去治疗！”段显峰一阵明显的眩晕感袭来，他一个趔趄，最后还是勉强站住了。他晃了晃头，用手拍了拍耳朵，眩晕感才逐渐消失。

步谈机响起了师部的呼叫。

“李庄，我是张庄，听到请回答，听到请回答……”

段显峰回过神来，拿起话筒：“张庄，我是李庄。”

“李庄，你们还有多少土豆，多少红薯？”

“报告张庄，红薯还剩两个，土豆基本打光，没几颗了。”

这意味着老八连的弹药基本打光了。步谈机两端都陷入了沉默。

“报告，5班归队！”万里的声音打破了沉默。

烟尘弥漫的坑道口现出万里的身影。

“报告，5班应到7人，实到7人。”万里身后，范元宝、葛大旺、猴子等七名战士依次出现。

“好小子！”胡满仓脸上乐开了花。

时间不长，卫南和几名战士抬着一名伤员回到了坑道，段显峰帮忙抬着伤员进入了医疗坑道。

向红抢救伤员的时候，段显峰始终在一旁帮忙，他根本没有察觉到自己的鼻孔正在流血。

处理完伤员的伤口，向红抬起头时指了指段显峰的鼻子，擦了一下，满手是血。他不停地用手去抹，血流不止。一阵严重的眩晕感袭来，他不得不把身子靠在坑道壁上，勉强维持平衡。

向红将他的头扬起，用手按压住两侧鼻翼，鼻血渐渐止住。向红推断他可能是脑震荡，甚至是更严重的脑部损伤，段显峰没放在心上，可向红遇到过类似的情况，有些战士当时没有在意，结果后来产生了非常严重的后果。向红再三叮嘱段显峰注意事项的时候，炮营副指挥高风亮来了。

“高副指挥，你怎么来了？”段显峰把高风亮拉到了主坑道。

高风亮说：“你们能顶着敌人的炮弹去找我，我也能来坑道。今天问题出在哪里？”

段显峰让高风亮坐下，但高风亮心里燃着火，根本坐不下。

“说到底，我们还是没有摸清楚敌人的战术。他们不在乎一个阵地工事，甚至是几个阵地工事被我们夺走，他们可以在白天再夺回去。一旦发现我们发动全面反击，他们马上对所有阵地进行炮火覆盖，速度比以前快了很多。”段显峰看了一眼万里，继续说道，“这就要求我们占领阵地后迅速返回坑道，或者寻找隐蔽点。还有一个重要情况，进攻时候完成炮火覆盖，我们发起进攻时候还会遇到残敌的抵抗，还是以前提到的问题。”

“如果炮兵老大哥完成炮火覆盖的瞬间，我们能冲上阵地，不给残敌喘息的机会，那就需要更默契的步炮协同。”万里打破了沉默。

高风亮赞赏地看着万里：“臭小子，你是真出息了。”

万里脸红了一下：“这次我跟着我们的炮火覆盖保持距离在 150 米左右，我建议，我们和炮火覆盖再近一点。”

“再近多少？”高风亮追问。

“80 米。”

高风亮摇头否定：“你小子疯了，我们炮弹爆炸的半径是 60 米，你来个 80 米，稍微出现点小问题，炮弹就砸你脑袋上了。”

所有人都不说话了。

“我觉得万里的建议可以考虑。下次，我做冲锋的尖兵，炮弹要砸就砸到我的脑袋上。”段显峰打破了沉默。

“你们全疯了吧！”高风亮不可思议地看着他们。

秦基伟坐在15军军部，面色凝重看着战报。一旁的张蕴钰知道他对反击的效果不满意，劝慰他说，其实今天的大反击我们已经尽力了，起码537.7高地北山的反击还是成功的。

秦基伟摇头："537.7北山打的是南朝鲜军，只有把597.9的美军彻底打趴下，才能算一个标志性胜利。"

"45师的伤亡已超4000人。十天时间，齐装满员一个师……"张蕴钰说不下去了。

"那就再补！15军没人，我找兵团要，兵团没人，我找志司要！"秦基伟心情也很沉重，但决心不改。

"伤亡太大对战士们的斗志和信心产生了不良的影响。"张蕴钰说出了自己的担忧。

秦基伟说："这场仗难打，残酷！战士们心里有波动是正常的，这时候更得做好思想工作。"

这时王近山打来了电话："秦军长，15军打到这个地步，已经是极限了。现在有两条路，一是顶着打下去，二是退一步再说。"

"副司令员，我们15军……"秦基伟突然有些说不下去了。

王近山说："志司让我问你，如果你想继续打，那你得有个说法，打下去的条件是什么，恢复阵地的办法又是什么？"

"我会拿出一个方案。"秦基伟慢慢挂掉了电话。

秦基伟心烦意乱地从军部回到房间，一个没注意撞在桌子上，桌上的象棋叮叮当当掉到了地上。

王鲁急匆匆跑过去，默默蹲身捡起棋子。

"那是什么？"

王鲁沿着秦基伟的视线望去，他看到靠墙的沙土斜坡上的几棵枯草中间竟然开着一朵花。

"十月份怎么有花？"王鲁想去摘。

秦基伟阻止他："别摘，摘了就没了。这像是金达莱花。"

"这么冷的天气还能长出花来了，太奇怪了。"

“奇迹。有时候，我们就是需要那么一点儿奇迹。”

“军长，您这一辈子不就是奇迹吗！”

“是啊，我13岁参加红军，17岁当连长，23岁带着老弱病残困守临泽县城3天，扛着一挺机枪打退马家军。我这几十年始终和我的战友们在创造奇迹。”

“军长，其实我最佩服您的，就是从来没有被困难吓倒过。”

“人都有最难的时候。我最难的时候也是这么一个晚上。”

秦基伟陷入回忆，继续说道：“那年我11岁，家里人相继过世了，只剩下我一个人。那年中秋节，我看人家家里各个有烟火，吃月饼。我心里那个滋味别提有多难受了。家里人都没了，遇上啥事儿也没人商量。我做不了决定的时候就把鞋子往天上扔。”

王鲁笑了起来，拿起了棋子：“军长，咱扔棋子儿。”

“我现在可不是十一岁的娃娃了。”秦基伟笑着拉住他，“我记得你进的我们9纵的时候，也还是个娃娃。”

“是啊，一晃都七八年了，在您身边也有五六年了。”

“你刚给我当警卫员的时候已经是副排长了。我看，你这个人才也不能再委屈下去了。到警卫连怎么样？”

“那就不能跟在军长身边了。”王鲁有些犹豫。

“你这个思想可不对。这样吧，过几天就到警卫连当连长。”

“是！”

“17岁时，我在战斗中伤了胳膊，部队急着赶路，把我留在老乡家里养伤。那天晚上我瞪大了眼睛扛到天亮。部队前脚走，我后脚就跟了上去。这一路上，不敢跟紧了，怕他们撵我。我就走在边边上，跋山涉水，要自己想法子。到了部队宿营吃饭，我就先躲着，等队伍吃完了帮炊事班刷锅混两口吃的。”

王鲁有些吃惊，他从不知道军长还有这样的事。

“后来到了河南，我伤口化脓发臭，只好去了医院。医院的同志们发话收留了我，给我治疗，这才好了。”

“军长，你为啥这么有决心，要跟着队伍？”

“当时我是党员了，打过白匪，负过好几次伤。我把一切都交给了队伍。”

“军长，我也有把一切交给队伍的决心。”

秦基伟欣慰地看着王鲁，在这场战役中每个人都在迅速成长，无论是在一线战斗，还是在后方。

结束谈话后，秦基伟开始写日记：

> 在过去的多次反击中一般是比较顺利地恢复了全部或大部分阵地，而今晚的战斗不仅是进展慢而且占领敌人驻守的阵地后，很快被敌人反下来了。我想这正是由于敌人争取了几天时间构筑了工事，乃至占去了我们某些坑道防炮洞等。我部队由于伤亡大，信心和决心上不如头几天。这样便给我们带来了新的问题：是继续同敌人拼消耗呢？还是适可而止呢？

美第 9 军的指挥部内，军长詹金斯正在和范弗里特通电话。

詹金斯在给范弗里特念前线作战报告：“敌人突击队在执行夜战任务时有良好的方位感，熟悉三角高地地形，也熟悉我们每一个地堡的位置。他们的战斗小组先是扔手榴弹，然后冲入防御工事用自动火器开火。如果无法活着接近地堡，他们就用自杀的方式，用自己的身体堵住我们的射击孔……”

“够了，詹金斯。”范弗里特不想再听这些话了。

詹金斯坚持念完：“……他们经常不顾个人安危，一些战场观察人员认为，这很可能是他们服用了某种药物的结果。”

范弗里特怒吼：“你和我通话，就是告诉我中国人嗑药了吗？”

“将军阁下，第 7 师已经伤亡 2000 多人了，他们全是美国军人。”

“不需要你提醒，我知道他们的国籍。”

“可他们的家人会关心，美国民众会关心，共和党会关心，杜鲁门总统也会关心。”

“摊牌行动已经停不下来了。”

“是的，将军。不过，我们是一支联合国军队……”

电话那端范弗里特没再说话，他的手指敲击着桌面，陷入沉思。

3

1952 年 10 月 24 日，上甘岭战役第 11 天。

菊亭岘观察所里，杜文锦正在和所长、叶子、小王围坐桌前，看着眼前的地图。杜文锦向所长汇报，她虽然没有明确的情报证据，但她觉得敌人内部一定发生了什么重要的事情。所长认为昨晚老八连和五连的反攻失败了，敌人应该还在庆祝，不会发生什么重大变故。杜文锦的直觉源于今天早上 597.9 各阵地都有车辆来往，她观察敌情时发现他们撤走了一个医疗班，还有一些后勤物资也被撤走了。小王侦听到的情报是，美军说他们要在下午两点前下高地，但下高地是暂时休息，还是其他就不清楚了。叶子认为可能是美军要换防，但美军换防部队一般会跟着车队上到半山，这次没有车队出现。

叶子的话提醒了杜文锦，她认为敌人一定是换防，接防的是南朝鲜部队！从下午两点开始，597.9 高地要由南朝鲜部队驻守了！

所有人都同意杜文锦的分析，立即将这一情况汇报到了 45 师师部，45 师又汇报给了秦基伟，秦基伟和周发田、张蕴钰等人商议后拨通了王近山的电话。

王近山正在第三兵团司令部琢磨着作战地图。

“我是王近山！”

“副司令，我是秦基伟。597.9 高地的敌人正在换防，由南朝鲜军 2 师替换美 7 师。”

秦基伟认为南朝鲜部队接防阵地，说明美军已经熬不住了。昨晚的反攻虽然没成功，却把美军彻底打怕了！美军在597.9付出了极大的伤亡。昨晚反攻的时候山脚的两个连没有反上去！真正打上去的就是坚守在坑道里的老八连！他们消灭了美7师32团的一个守备连，占领了1号阵地。敌人用一个营的兵力才把他们打下去。

王近山说："老八连确实是好样的！战报我已经看到了。那你下一步有什么打算？"

秦基伟说："我们计划在28号发动大反击！把美军和南朝鲜军彻底赶下阵地！要是再失败了，我秦基伟就把自己绑起来送到兵团，听凭处置。"

王近山表示28号可以反攻，但要把方方面面都考虑仔细。

挂断电话，秦基伟立即将崔建功等各师叫到15军军部，和军部指挥员召开了作战会议。

秦基伟说："28号的大反击，王副司令已经口头同意了。12军作为我们的后备队会陆续到达前线。"

张蕴钰说："敌人在上甘岭已投入两个师的力量，目前粗略估算，已经死伤过半。开战时，他们兵力应在3万人左右，目前为止能够参战的不到一万人。"

"你们顶得住吗？"秦基伟转向崔建功。

崔建功激动地说："坑道里的情况非常严峻，一是牺牲多伤员多，二是断水缺粮，生活乃至生存都非常困难。不过战士们都说，只要把武器弹药补充足了，一定能守住阵地。就算牺牲了也是光荣的。"

秦基伟郑重地下达命令："不能让前线流血又流泪。要解决好坑道内战士们的补给问题，要让他们能够保持战斗力。志司会优先供应我们物资，后勤部门要做好衔接分配，保证物资能送到坑道里去。不管是谁，能把物资送上去，把伤员接下来记二等功！另外，要储备好充足的弹药。炮兵的火力要实施统一指挥，在一定时间内形成炮火优势，发挥炮火威力是取胜的关键！总之，反击部队的各项作战准备都要细之又细，实而又实！"

此时 597.9 高地上，南朝鲜军已经进入阵地，准备和美军换防。

南朝鲜军军官金仁表制造的紧张换防气氛截然相反，因为他正在呕吐，还是坐在地上呕吐。

金柱玄从远处走过来，闻到浓重的酒味不由眉头一皱。

金柱玄不满地看着金仁表："昨晚你喝了多少？"

"记不得了。"金仁表擦了擦嘴。

"如果你不是我的同学，我会立刻解除你的职务。"金柱玄气得七窍生烟，"我可没想到我的同学，堂堂的总统特使会像我一样变成一个前线卖命的兵头子，而且还是我的直接上级。"

金仁表无奈地说："金柱玄，你到底图什么？"

金柱玄说："敌人的谈判代表在会场里说，我们在战场上得不到的，在谈判桌上也休想得到。既然谈判已经中止了，那我就应该用枪炮来教训他们！"

"你是个爱国者，也是个疯子。你知道我们去接防三角山其实是替美国人上战场擦屁股吗？"金仁表自顾自地笑了起来。

"我们在狙击兵岭打得很好，去三角山能证明我们比美军更加强大！"金柱玄让自己平静下来。

金仁表盯着他的眼睛说："打狙击兵岭我是愿意的。可我们为什么要接替美军上三角山，就为了让美军减少伤亡吗？我们的命就不是命吗？"

"你怕了吗？"金柱玄一把拎着金仁表的领子将他从地上拽了起来。

金仁表盯着金柱玄："谁？我怕谁？"

"怕死，怕中国人。"

金仁表低吼着："我怕什么！感到害怕的是他们美国人！我们来了，就是要消灭他们！"

"那就好，我金柱玄可以有酒鬼、赌鬼、色鬼朋友，就是不能有胆小鬼朋友。"金柱玄松开手，拍拍他衣服身上的尘土。

贝尔的门前，一名美军士兵不停拍着房门，过了一会，他见无人应门，干脆推门而入。他看见贝尔瞪大双眼躺在床上一动不动，床边散落着几粒白色药片。美军士兵以为他出事了，正要出门去叫人，贝尔突然长吸一口气，清醒了过来。

美军终于放心：“中尉，你怎么样？”

贝尔晃晃悠悠地起来，将地上的药片捡了起来。

“不要告诉任何人。”贝尔就着威士忌吃下一片药。

“上校找你。”

贝尔又灌了一口威士忌，疲惫地穿好衣服出门。

贝尔走进办公室时，发现泰格正看着窗外自斟自饮。

“上校！”贝尔上前敬礼。

“田纳西人，尝尝这杯威士忌。” 泰格倒了杯酒，从桌子上滑给他。

贝尔把酒杯放到一旁。

泰格抬头看了他一眼：“我们要和南朝鲜军换防了。”

“为什么要喝烈酒？”

“你担心我的酒瘾？”

“长官，你不像刚来时候那么充满斗志了。”

泰格惆怅地看着贝尔：“大家的变化都很大。我知道你在吃药，医务官说你吃的药早就过量了。”

贝尔沉默了片刻，端起酒杯，将威士忌一饮而尽：“我想留下。每次我们换防不是都会留下一些人吗？我留下！给我一个排，我不会再给你带来任何麻烦。”

“没问题！你可以留下，我给你两个排！”

“谢谢！”

“不，不是你以为的那样，我还会回来。比起战争开始时，韩国人现在的确强大了不少，可他们依旧不是中国人的对手。一旦中国人反攻高地，韩国人还是会向我们求援。”泰格看了看贝尔，给他倒上酒，“到那时，我可不希望看见你还有药瘾！当然，前提是你还是活着。”

“一言为定。”

两人干杯。

天亮后，南朝鲜第 2 师 31 团团长金柱玄在阵地上向泰格报到时闻到他身上的酒气。他不由皱了皱眉。

泰格对他的神态不以为然：“分散上山接收阵地的主意不错，敌人的炮火能覆盖整个区域，最好不要让他们发现你们是韩国军队。”

“不，我希望敌人尽快发现他们的对手是我们。”

“你面对的主要对手是 134 团 8 连，每次当我认为我已经杀光了他们，他们就会带着复仇的火焰从坑道里扑出来。当然，你也许感受不到，但阵地上的士兵们会体会那种折磨和恐惧。”

“你错了，泰格上校。我不会待在鸡雄山舒服的办公室里。今天我会和 2 营一起上山，炸开他们的坑道，摧毁他们的老巢。”

“好样的，金柱玄中校，希望你能活到战斗胜利。到那天我一定会请你喝一杯。”泰格的表情像是在看一个吹牛大王。

4

1 号坑道里，丁鑫找到了胡满仓，他认为仗打成这样，该反省要反省，该总结要总结。胡满仓认为昨晚战斗失利，是因为敌人的炮火覆盖比以往要快，阵地下的两个连又没有赶上来，老八连孤军奋战，才造成这么大的损失。一个厨子本事再大，也做不了满汉全席。浑身是铁，打得了几根钉。丁鑫承认存在客观条件，但是连队的主动性更要强调，尤其是指挥方面的问题，他要求开党支部会，就这个事儿展开讨论。

胡满仓将丁鑫的想法转告了段显峰。

胡满仓对段显峰说：“这个丁参谋，开坑道党支部会就是要批评你。我看当务之急是按照军里和师里的要求，鼓舞大家的士气，保证同志们的团结。”

段显峰想了想说：“批评归批评嘛，仗打得不好，还不让人批评吗？毛主席说过，批评的目的是增加党的战斗力以达到阶级斗争的胜利，不应当利用批评去做攻击个人的工具。我看这个党支部会要开，不但要开，还要开好。让同志们畅所欲言，恢复信心，保证团结，不就应该从临时党支部会开始吗？”

“段显峰同志进步得很快啊，你这个觉悟我都撵不上了。”胡满仓有些意外。

胡满仓觉得还是要召开临时党支部会议，他和冯百胜通了电话。冯百胜表示同意。他说自己是连长，反击战的指挥问题，主要责任在他。对段显峰，他是支持的。

万里也想参加会议，由于他不是党员，被胡满仓拒绝了。

胡满仓主持了 1 号坑道的临时党支部会议。他发言说，他已经把坑道里的情况汇报给连长。连长认为我们的坑道党支部要督促党员发挥作用，要把锅烧热，把水烧开，让我们坑道保持旺盛的战斗力。

丁鑫站了起来说：“我拥护连里的主张，不过我觉得应该先讨论一下段显峰的问题。我们反击失败，造成了很大的伤亡。现在从军里、师里到普通战士，上上下下的压力都很大。段显峰指挥了战斗，他有不可推卸的责任！”

众人面面相觑，都不吭声。

段显峰站起身说：“我是副连长，是指挥员，我负有第一责任！但是眼下我们还有个更大的责任，就是赢得胜利！自从我上阵地以来，虽然让敌人伤亡惨重，可我们也牺牲了太多的同志。谁不是父母的孩子，为什么他们看着坑道外面的炮火，能一个接一个毫不犹豫地冲出去。他们是为了什么？”

“为了任务！”丁鑫说。

段显峰说：“是为了任务，也是为了胜利！在他们内心深处，更是为了战友，为了亲人，为了祖国！为我们朝气蓬勃、旭日初升的伟大祖国！毛主席说过，战略退却的目的是保存实力，准备反攻。我们只有胜利才能不辜负他们。等到胜利的那一天，我一定主动向组织请罪。”

丁鑫不为所动：“漂亮话谁都会说，可怎么胜利？谁都说不清楚。我不是拽着你不放，我是觉得我们不能这么下去。”

段显峰说：“丁副参谋长说的事情是确实存在的，今天党支部会我们不能就这么浮皮潦草地过了。我提议，各级指战员只负责作战，由坑道临时党支部和党员们来处理坑道里的各项事务。”

“我支持！说句实话，之前管不起来，就是因为连队太多，大家都是干部。你是萝卜我是葱，光是搞清楚谁听谁的就是件麻烦事。如果由党支部抓生活，那就大家一锅烩。有事情在党支部里商量，问题就都解决了。”胡满仓说。

众人纷纷表示同意。

丁鑫说：“好是好，现在胡指导员是坑道临时党支部书记，能管得过来吗？”

胡满仓说：“丁鑫同志说得对，党支部自身也要加强。丁鑫同志是营副参谋长，有文化，有觉悟。我提议就由他来担任党支部副书记。大家同意吗？”

“我同意！”段显峰说，“坑道临时党支部要有其他单位的同志。”

众人纷纷鼓掌。

胡满仓说：“下一步，我们首先会重新登记坑道里所有的人，包括伤员和非战斗人员。”

孙耀祖匆匆而入，跑到段显峰身边低语。

段显峰站了起来：“我打断一下。根据我们观察哨的报告，美军和南朝鲜军刚刚换防，这和后方给我们的情报是一致的。”

众人哗然。

卫南非常激动："大好消息终于证实了！同志们，美7师夹着尾巴逃跑了！南朝鲜军我们打过，都是怂蛋。晚上我们就出去，把阵地……"

"卫南！"段显峰打断了他，"大家不要以为南朝鲜军是软柿子！南朝鲜军第2师作战能力出众，在537.7高地北山的战斗我们看不见也听见了，我认为他们很快就会对坑道发起进攻。"

1号坑道召开党支部会议的时候，金柱玄、金仁表和美军相关人员开会商议，确定了对付志愿军的战术，随后制订了相关战术以及作战任务，其中最重要的是夺取志愿军的坑道口，重中之重是老八连所在的1号坑道。

第十章

南朝鲜军的偷袭

1952年10月25日

昨晚537.7我一三三团以一个连兵力全部恢复阵地的战斗打得很好，其主要经验在于出敌不意，避免了以往攻击之规律。我反击部队组织得好动作灵活，方法是从敌人侧后开始先打敌人弱点火炮组织较好。从敌人方面说伪军的火力和战斗力不如击其士气下降，这些都是原因之一。但更重要的还是在战斗组织计划和执行任务的干部战士坚决勇猛与灵活相结合的结果。昨天战斗的成功对继续战斗的鼓舞作用很重要，无论对坚守坑道的同志和各级指挥员都是一个有力的鼓舞和支持继续打下去的信心和决心。

《本色——秦基伟战争日记》

1

597.9 高地的地表阵地上，金柱玄和金仁表并肩而立，看着反斜面各坑道口传来的枪声爆炸声。

南朝鲜军对各坑道展开进攻后，我方炮火立即对反斜面进行覆盖。

金仁表对金柱玄说：“团长，地堡里更安全一些。”

金柱玄面无表情地说：“这里的风景很好。”

金仁表看着他站着不动，只好陪在他身边。

段显峰站在 1 号坑道里，全神贯注地倾听着坑道外的枪炮声。

“副连长！我们冲出去吧！跟南朝鲜军打一仗！”冯玉刚焦急地向对段显峰请战。

段显峰对他说：“情况不对，除了我们 1 号坑道，其他坑道都接敌了。”

“南朝鲜军还是怕我们坑道。”冯玉刚有些得意。

吴波摇摇头：“不对！我们是最大的坑道，敌人要打应该先打我们。”

段显峰突然醒悟：“敌人是在佯攻其他阵地，他们真正的目标是我们！”

卫南说：“那糟了，我们这一轮炮火过去了，下一轮炮火准备可能需要 40 分钟。”

胡满仓说：“那就守住坑道，坚持 40 分钟。”

“不！”段显峰对胡满仓说，“最好的防御是反击！我们不能坐以待毙。”

万里急匆匆地赶来报告：“坑道顶上有敲击声，还有泥块掉下来，我觉得不对劲儿。”

段显峰想了想，恍然大悟：“他们想埋炸药炸塌坑道！各排长，立刻准备战斗！”

吴波、冯玉刚和卫南齐声答应，转头飞奔而去。

597.9 高地的地表阵地上，一名南朝鲜军排长跑到金柱玄前面报告，他们已经找到 1 号坑道在地下的确切位置，现在正在埋设炸药。

金仁表不解地看着金柱玄：“你到底想干什么？”

“既然有范弗里特弹药量，那也就该有个金柱玄炸药量！”金柱玄故作神秘。

段显峰站在坑道里，他带着万里、卫南和吴波、冯玉刚等人站在坑道口内，抬头观察，他们听到顶部不时传来叮叮当当的声响，不断有灰土落下。

万里说：“他们在打洞埋炸药！”

段显峰发现南朝鲜军埋设炸药的位置正是主坑道的中段，一旦南朝鲜军爆破成功，他们就可以和进攻坑道口的南朝鲜军里应外合，对坑道进行毁灭性破坏。

段显峰马上布置战斗。他让胡满仓和丁鑫，把坑道里的所有伤员都集中起来，转移到主坑道最里面。他命令冯玉刚带火力班做三件事：一、多准备炸药、爆破筒、手榴弹；二、胡满仓把人都撤走以后，所有分支坑道设置多层次诡雷，让敌人有来无回；三、如果敌人突然把上面炸开了，什么都不要管，马上撤入主坑道最里面，用重火力守住最后的防线。

万里的任务是，和徐晓、鲁春生在主坑道中段靠后的位置安置炸药。段显峰连吹三声哨子，就说明他的任务失败了，万里要立即引爆炸药，炸塌坑道阻挡敌人。

段显峰的任务是率队先击溃试图从坑道口冲进来的敌人，再见机行事。他要求卫南紧跟自己，掩护自己。

随着地动山摇的爆炸和激烈的枪声，南朝鲜军开始向坑道口冲击。

尘土和烟雾中杀神现身，段显峰胸前挂着冲锋枪，左手拎着一根爆破筒，右手拎着一袋手榴弹。他冲出地面，将爆破筒扔向敌群。

如同巨石破水，爆炸的爆破筒将南朝鲜士兵炸得四散逃离。

“跟我冲！”段显峰端着冲锋枪一边扫射一边往前冲。

卫南紧跟在他后面，举枪连连射击，几名准备朝段显峰射击的南朝鲜士兵全部被击毙。最后面的吴波和众战士向敌人冲锋。

众多南朝鲜士兵进入战斗状态，机枪也再次响了起来，子弹乱纷纷地打在段显峰身边。八连的战士们纷纷中弹。

段显峰还要往外冲，被南朝鲜士兵丢过来的几枚手榴弹炸倒。

卫南拖着段显峰回到坑道。所幸段显峰只受了一些皮外伤。吴波和其他战士也跟着返回坑道。

段显峰躺在地上，看着坑道顶喘气：“卫南！你救我干什么，你要带着队伍继续往前冲。”

“副连长，留着青山在，我们不怕……没柴烧……”卫南声音越来越弱。

段显峰爬了起来，发现卫南胸口全都是血。

“副连长，我们能赢！我相信你……”卫南头一歪，牺牲了。

卫南胸口恐怖的血洞，如同无边的猩红漩涡，瞬间将段显峰卷入了无边无尽的痛苦之中。

进攻受挫后，金柱玄即刻实施第二套作战方案。

若干南朝鲜士兵拿着毒气弹和很多防毒面具从远处跑过来。

金柱玄对这些士兵说：“我要亲自带领敢死队冲过去，谁愿意参加敢死队。”

众南朝鲜士兵都沉默着，只顾着领取防毒面具。

“看看刚才那个中国人，我们上百条枪架在这里，他丝毫没有畏惧，如果不是他的战友，他已经死在这里了。再看看你们，难道一点勇气都拿不出来吗？”金柱玄声嘶力竭。

“直接挑几个班组成敢死队就行了，不去的就地枪决。”金仁表面无表情。

金柱玄犹豫了片刻，还是说：“我相信我的士兵里面一定有勇士。美国人为什么看不起我们？他们说我们古代是中国的附庸国，第二次世界大战，我们是日本的附庸国，现在又变成了美国的附庸国，我们祖祖辈辈都是奴才，软骨头。”

金柱玄饱含愤怒的话起了作用，陆续有南朝鲜士兵默默站到了他的面前。

“无论死活，拿起枪你就是这个民族的英雄，如果有人当逃兵，我会给他的家人写一封信，信上只有一句话，这个懦夫死于胆怯，这个国家因懦夫而灭亡。”

更多的南朝鲜士兵在金柱玄面前列队。

金柱玄戴上防毒面具，准备进攻。

金仁表拦在他面前：“团长，你不能带头冲锋。”

金柱玄一把推开他：“去他妈的！我们的民族缺少的是勇气！进攻！”

一枚枚毒气弹丢进了坑道。

吴波冲过去，捡起毒气弹，往外丢。越来越多的毒气弹丢进去，他捡不过来，被呛得剧烈咳嗽起来。

段显峰拽着吴波往后走：“都往后退！用毛巾捂住嘴巴鼻子！”

金柱玄和众多南朝鲜士兵戴着防毒面具冲进坑道。坑道里烟尘滚滚，分不清敌我。

吴波带着一些战士冲过去，展开了残酷的肉搏。

段显峰也杀了过去。他手里拿着卫南的武器。

金仁表紧张地站在坑道口，侧身朝里面张望。

不断有负伤的南朝鲜士兵从坑道里撤出来，也有两人抬一个重伤的。

金柱玄跌跌撞撞地退了出来。他摘下防毒面具，剧烈咳嗽。

金仁表立即上前查看：“你怎么样？”

“我的防毒面具被打坏了。”金柱玄说完又开始咳嗽。

两名戴着防毒面具的南朝鲜士兵抬着一名士兵从坑道口冲了出来。

金柱玄朝他们脚下看了一眼，立即掏枪射击。他们穿着志愿军才有的胶鞋。

这三名伪装成南朝鲜士兵的正是段显峰、吴波、孙耀祖三人。

吴波察觉到被发现，他的枪提前响了。子弹射向向金柱玄，却打死了他身边的南朝鲜士兵。

“开枪，开枪！”金仁表连忙把金柱玄拽到众多士兵身后，撤到了相对安全的区域。

死亡的恐惧让坑道口附近的南朝鲜士兵们胡乱射击，他们分不清敌我，只觉得除了自己，身边全部是敌人。

乱蜂般的子弹从十几个不同的枪口射出，放倒了七个名南朝鲜士兵，其中还包括刚刚被抬出坑道的重伤员。

段显峰三人已经撤回了坑道口。

打光了弹夹的南朝鲜士兵们清醒过来，一名南朝鲜士兵换上弹夹，朝着坑道里疯狂扫射。

“快走！”吴波挡在段显峰和孙耀祖身后，用后背承受暴雨般的子弹。

段显峰回头看了一眼，吴波的身体在弹雨中剧烈颤抖，肩膀、颈部、头部、口中，处处都在流血。

吴波用双手死死撑住坑道壁，用最后的力气保护着自己的战友。

众多南朝鲜士兵跟着冲进坑道，双方在烟雾和黑暗中短兵相接。

没有任何技巧，狭窄空间里的生死之搏，力量和勇气是获胜的根本。段显峰挥舞着一柄刺刀，奋力向前，嘴里大喊着杀杀杀杀杀！他的脑海沸腾了，沸腾的是战友们的鲜血，在鲜血中翻滚的是吴波和卫南牺牲的惨烈。

万里、徐晓和鲁春生在坑道顶安装好了炸药，猛然听到前方传来了三声急促的哨响。

“哨子响了！炸吧！”鲁春生问万里。

万里仔细辨别着声音：“我没听清，再等等。”

又是三声哨响。

鲁春生问徐晓：“你听见了吗？”

“外头声音太乱了。”徐晓没听清。

万里正犹豫，胡满仓和冯玉刚带着战士们从身后的坑道跑了过去。

“副连长吹哨了？什么意思？”胡满仓在万里耳边大喊。

“副连长让我们炸塌坑道，把敌人拦在外头。”

“那他们不是也被挡在外头了吗？”

万里咬着牙沉默片刻：“指导员，下命令吧，出去跟他们拼了！”

胡满仓思索着。

“指导员！副连长能拼，我们也能拼！你们留在后面，我们回不来再炸坑道！”冯玉刚咆哮着。

“不！我跟你们一起去！”胡满仓对鲁春生说，“看见敌人再炸坑道。”

鲁春生说：“是，我等你们！”

胡满仓带着万里和冯玉刚等人冲了出去。

这个时候大批南朝鲜士兵跟着金仁表从顶部的缺口跳进了坑道。在黑暗和滚滚的烟雾中，段显峰等人边打边退。

“坚持住！要保证后方的安全。”段显峰再次吹哨，没想到身后黑暗里竟然传来同样的三声哨响。

胡满仓带着冯玉刚和万里、徐晓等一个排的战士们冲了过来，冯玉刚冲在最前头，迎着敌人的枪口架好机枪射击。

段显峰急了，用力拽住胡满仓：“谁让你来的！”

“要死就死一起！”胡满仓大喊。

段显峰回头一看，万里、冯玉刚、徐晓，人人的眼睛都带着向死而生的决绝。他心里一阵感动。

“开火！把他们撵出去！”

战士们纷纷开火，坑道口又是爆炸又是枪声，南朝鲜军死命抵抗，但还是被推出了坑道。

“开火！谁敢后退我崩了他！”金仁表发出困兽般的嘶吼。

一名南朝鲜士兵用火焰喷射器打头阵喷射，他被冯玉刚的机枪打成筛子，喷射出的火苗落到他身上，把他烧成了一个巨大的火粽子。

众多南朝鲜军拽出“火粽子”，随后朝坑道深处扔毒气弹，坑道里再次毒气弥漫。段显峰等人纷纷捂住口鼻，攻势锐减。

与此同时，坑道外突然传来交火声。

金仁表退到坑道口处时，金柱玄飞奔而来，他大喊，快撤！敌人的援军来了！他抬头一看，一排长常大友率领一些志愿军战士在猛攻地表阵地。

好一招围魏救赵，如果地表阵地被常大友打下来，他们丢了老窝不说，还会陷入两面围击。金柱玄只得撤退。

南朝鲜军撤回地表阵地后，常大友也就停止了进攻，他来到 1 号坑道时看到了一个个血葫芦般的战友。

冯玉刚趴在机枪上一动不动，已经牺牲了。

万里把稿纸铺在摞起来的弹药箱上，拿着根铅笔发呆。

稿纸第一行写着入党申请书。第二行是敬爱的党组……他不会写“織”，只好写个只。他也知道不对，抓耳挠腮想不出所以然。

“向红同志！请问……”万里叫住从身边经过的向红，却换了一个问题，“你入党了吗？”

“当然，我刚到营卫生所就入了党。怎么？”向红说。

“党员好，党员好。”万里有些局促。

向红笑了笑，瞥见他弹药箱上的稿纸：“是不是想写入党申请书？”

“你能帮我写吗？”万里喜出望外。

“那可不行，入党申请书得自己写。”向红话锋一转，“不过，不认识的字我可以教你。”

万里写好党申请书后，很快便交给了胡满仓。胡满仓在昏暗的灯光下看到他的字迹比较凌乱，但写得很认真。

“自己写的？”

“报告指导员，一笔一画全是我自己写的。”

“这眼睛一眨，铁疙瘩都开花儿了。行，有觉悟，你这盘菜上得了席面。”

“那我算是入党了吗？”

胡满仓笑了：“哪有这么简单，得党支部会上通过。申请书我收了，下次开完会我就通知你。”

段显峰接通了菊亭岘观察所杜文锦的电话。段显峰通知她，他刚刚接到师部命令，炮营转移阵地了，以后由他和菊亭岘观察所直接联络。杜文锦也告诉他，她会专门负责对接老八连。

段显峰说：“请说下地表阵地敌军动态。”

杜文锦拿着望远镜一边观察一边讲电话：“阵地上的旗子已经换成南朝鲜军的了。2 个小时之后应该会有一次进攻，另外，他们好像在修路。”

“我们的交通线现在是什么情况？”

杜文锦用望远镜看着被狂轰滥炸的交通线：“交通线还被炮火封锁，我们一定会把物资送上去，你们坚持住。”

段显峰不说话了。杜文锦也不说了。两人就那样拿着听筒沉默着，他们都知道“一定会把物资送上去”这句话的难度，完成需要多少战友的鲜血。

此时金柱玄就在新修的公路上。

“就是这！”金柱玄用脚踹地，浮土甚嚣尘上。

副官问他：“为什么要在这修路？浮土下面的土都冻硬了。挖不动。”

“挖不动就不挖了？打了一次败仗是不是永远都要放弃了？”

“这活儿应该派民工来干，我们是来打仗的。”

金柱玄伸手揪住副官脖领子：“知道美国人怎么说我们吗？他们说我们逃跑的速度是进攻的五倍。知道我们为什么会在这吗？因为他们想啃下这个小小山头，却不想再看见美国人的尸体了。那群美国人就是因为不想修路，所以坦克不能轰炸中国人的坑道口，只能放在山下当炮台。我就是要告诉那些愚蠢的美国人，我们比他们聪明，比他们能吃苦，比他们更渴望胜利。我不想一辈子让美国人看不起，更不想一辈子当美国人的狗。”

副官用力跺跺脚下的硬土，他决定就算是用炸药一寸寸地炸，也要开出一条路。

秦基伟日记：

……反击597.9作战失利了，其教训是我方炮火不能压制住敌人，伴随炮火及机枪火力，当我步兵发起冲锋时敌人火力展开，敌人二梯队增援上来，这样部队遭受过大的伤亡，甚至在很短的时间内使部队失掉战斗力……这是多么痛苦残酷的战争，我们的战士是多么英勇顽强可爱，他们为了祖国的安全、为了人民的幸福而不惜自己的生命。人民称他们为最可爱的人，我想这是千真万确……

2

秦基伟带着王鲁走进45师救护所，首先看见摆放在院子里密密麻麻的烈士遗体，一排排的遗体盖着白布，如同一座座悲壮的墓碑。

救护所里出奇的安静，处理完伤口的伤员们安静地躺在病床上，躺在担架上，或坐或站地等待处理伤口的轻重伤员们没有发出任何声响，来回穿梭的医护人员只有脚下传出沙沙的脚步声。伤口只做了简单处理的伤员们疼得浑身大汗，几乎咬碎了牙齿也不愿发出任何声音。

没有明文规定，在这里任何和伤痛有关的声音都形同打了败仗一般的耻辱。每个伤员都知道，不能让痛苦的呼喊去影响战友的斗志，即便负了伤，他们也是军人，也是身在战场。

极少数的声响是清脆的金属撞击声，是从肢体里取出的子弹或弹片落在托盘里的清脆。

两台手术正在争分夺秒地进行。一台是截肢手术，几个护士摁着伤员，大夫锯子锯掉保不住的伤腿。另一个手术台上，一名护士解开伤员缠绕在腹部的纱布，露出了一个血淋淋的小碗。伤员腹部中弹，为了避免肠子流出来，他用碗扣在中弹的腹部，用纱布缠了几圈又冲上了阵地，直到疼晕过去。

一名双眼受伤的伤员在喊护士，可护士们都在忙，走到伤员身边的秦基伟立即问他需要什么。

“水……”

秦基伟拿起床头的热水瓶，里面是空的。救护所伤员太多了，医护人员根本照顾不过来。王鲁赶紧接过热水瓶，跑了出去。

秦基伟看到床边放着几只梨子：“去打水了，先吃个梨？”

伤员点点头。

“你是哪里人？”秦基伟坐下削梨。

“代县的。”

“那你是老太行。”

“我是 1945 年的兵，当地老百姓都叫我们军长‘秦大胆’，他穿着便衣腰插菜刀，夜闯敌人炮楼的事传遍了太行山。我是听了他的故事参军的，后来还跟着他去打了临城。他端着机关枪冲锋，敌人看到腿都软了。”

“好好养伤。”秦基伟在一瞬间陷入了回忆。

“我眼瞎了，上不了前线了。美国人比日本人厉害，炮弹跟不要钱一样。”

“你们更厉害！”

“我们有什么厉害的。从来没这么憋屈过，我一个排往坑道里送补给，东西没送上去，全排只剩下我这一个，还残废了。”

秦基伟的手不由颤抖了一下，但他还是把削好的梨递给了伤员。

一名护士跑过来，喊道：“血库空了，谁能献血？”

“我来！”秦基伟站起身。

王鲁拎着暖水瓶跑过来，他想拦秦基伟。秦基伟指了下病床前的空杯子，随后大步流星地向献血室走去。

献血室和手术室互通，只隔着一层玻璃。

秦基伟通过玻璃，看到手术室里截肢的伤员已经晕厥。他看得很专注，甚至没有感觉到护士把抽血的针头插进他的手臂。

突然，昏厥的伤员坐了起来，手指前方大喊敌人上来了！喊完整个人停顿了一会儿，随后轰然倒下。医生上来摸了摸颈动脉，过了一会露出了无力回天的悲痛神情。

秦基伟情绪越来越激动，双拳越握越紧。

“军长，您太紧张了，根本扎不进去，放松点。”护士一面叮嘱秦基伟，一面拂去了脸颊的泪水。

秦基伟回到15军军部时非常疲惫，但他下达的命令非常坚决，他要不惜一切代价打到底。

王鲁明白秦基伟的决心源于那一排排盖着白布的烈士遗体，源于眼部受伤老兵的不甘心，源于那只扣在伤口上血淋淋的碗，源于死在手术台上的战士。

也许在踏进救护所的前一刻，秦基伟还在思量，是不是有更好的办法去赢得这场战斗的胜利，踏进救护所后他坚定了自己的信念，仗打到这个地步，任何变化或者动摇都是在辜负战士们的鲜血。

让秦基伟感动的是，他的命令刚刚下达，便看见了几乎跑到虚脱的范元宝。

范元宝冒着敌人密集炮火离开坑道，要亲口告诉秦基伟，坚守各个坑道的战士们的决心。

“报告！ 597.9 高地 1 号坑道老八连誓与阵地共存亡！”

“我代表 3 号坑道，绝不下阵地，要和美国敌人拼到底！”

“我代表 6 号坑道，生是阵地人，死是阵地鬼！”

“2 号地坑道说绝不下高地……”

范元宝话没说完就晕了过去。

3

丁鑫带着几名战士在整理装备，每个人都恨不得把所有的弹药挂在身上。

胡满仓不停地说着，把上到抗美援朝意义，下到某个小战斗的得失都当作例子讲了出来。他不希望丁鑫的冲动造成遗憾终生的后果。

“我们要杀出去。”丁鑫根本不看胡满仓。

“越是困难，我们越要冷静。”胡满仓一把握住他的手，希望他的情绪平复下来。

“我宁可被敌人打死，也不能困死在坑道里。”丁鑫用力甩开他的手。

“死也不是这种死法。”胡满仓知道任何劝说都是徒劳的，这个时候提到军纪给他增加困扰。

“不上光荣榜，便涂烈士碑，怕死就不上来了。”丁鑫说完带着四名战士离开了坑道。

胡满仓交代万里守在坑道口，不要轻举妄动，他去找段显峰。

万里拿着望远镜远远看着丁鑫等人的时候，观察所的杜文锦也观察到了他们。她将这一情况汇报给了 45 师师部。崔建功得知后立即打电话给坑道，这个时候段显峰已经带着万里和几名战士冲出坑道，去增援丁鑫了，胡满仓放心不下，也跟了出去。

一切都晚了。

段显峰赶到坑道口的时候已经晚了。他看见万里拎着枪急得直跺脚，如果不是胡满仓离开时给他下了死命令，不许他擅自离开，他早就参加了战斗。

段显峰看到了惨烈的一幕。丁鑫右腿被炸断，躺在血泊之中，四名战士全部牺牲，在他们面前有一辆被炸毁的坦克，还有一辆坦克的炮筒正在冒着青烟，显然刚刚结束了炮击。

坦克？

哪来的坦克？

丁鑫等人离开坑道不久便看到了两辆美军坦克。597.9 高地地势险要，敌人的坦克爬不上去，只能将前部垫高，当作移动炮台使用。美军一直在做各种尝试，一旦坦克可以投入使用，无论攻坚还是驻守高地都将起到举足轻重的作用。长津湖之战时，美军将坦克围绕在阵地四周，如同钢铁堡垒一般，给和缺乏重武器进攻的志愿军造成很大损失。

最终，他们选择让坦克驶入 597.9 高地和 537.7 高地北山两个高地之间的洼地，这样不仅可以向 597.9 高地的反斜面，也就是坑道口所在的位置进行炮击，还能避开志愿军的炮击。

这两辆坦克刚进入洼地便遇到了丁鑫等人。他们使用随身携带的手榴弹炸毁了一辆坦克，另外一辆坦克的绝对火力优势让他们全部倒在了血泊之中。

段显峰的命令是炸毁剩余的坦克，救回丁鑫。

坦克的射击角度极好，段显峰等人刚一露面就进入坦克机枪的射界，瞬间被凶猛的火力压制在山脊。胡满仓马上带着两名战士冲向山脊的另一侧，试图吸引敌人坦克的火力，给段显峰制造进攻的机会。

胡满仓和两名战士的行踪引起了敌人坦克的注意，但坦克没有理会他们，毕竟子弹叮叮当当打在坦克上没有任何作用。坦克的注意力在段显峰和万里身上，因为他们拿着爆破筒和苏制手榴弹。普通的手榴弹只能炸毁坦克的履带，不会影响射击。爆破筒和苏制手榴弹可以炸毁炮塔，让坦克彻底报废。

丁鑫挣扎着半坐起身，看到了段显峰和万里，也看到了胡满仓。他声嘶力竭地大喊，别过来，都别过来。

段显峰的声音在空中回荡，他告诉胡满仓不要轻举妄动，敌人的坦克没有射杀丁鑫，是要用他做诱饵，想去救人，去一个牺牲一个。

坦克像是一座充满死亡气息的冰冷碉堡，没有射击，也没有转动炮台，而是默默等待对生命的收割。

段显峰等人也沉默着。

双方就这样对峙着。

胡满仓带着两名战士猫着腰来到了段显峰身边，他们需要一个既能击毁坦克又能保全自己的战术。可他们面前是无遮无拦的平地，没有任何可以隐蔽的地方。

很快，段显峰有了主意，他让万里拿着一根爆破筒在山脊上来回跑动，吸引敌人的注意力，当坦克的机枪响起来的时候，他和胡满仓等人朝正前方快速投掷手榴弹。

几枚手榴弹落在同一个地方，炸出了一个土坑。土坑不大，却勉强可以让段显峰藏在里面。

就这样，万里在山脊上跑动，美军坦克开火，万里隐蔽，战士们投掷手榴弹，炸出弹坑，段显峰冲进弹坑，美军坦克向段显峰射击，万里再次跑动。

美军坦克的射击越来越疯狂了，段显峰和万里都在逐步逼近。

连续炸出四个弹坑后，段显峰来到了丁鑫身旁，坦克刚朝段显峰射击，随即又掉转炮弹，不仅万里拿着爆破筒冲向了它，胡满仓也拎着爆破筒，通过一个个的弹坑逼近了它。

段显峰架起丁鑫，返回距离最近的弹坑时，胡满仓飞身跃起，拎着爆破筒冲向美军坦克。

“轰！”美军坦克开炮了，炮弹掀飞了胡满仓。胡满仓几乎被埋在尘土之中，不敢再动。

万里的冲锋也被坦克上的机枪阻止。

丁鑫右腿膝盖以下被炸没了，即便段显峰用绳子帮他死死勒住大腿根，但大量失血已经让丁鑫的生命走到了尽头。

“别管我，别管我……”丁鑫说完这些，再也说不出话来。

段显峰看到丁鑫的脸上有鲜血，也有泪水，他知道丁鑫想要说什么，此时此刻，丁鑫什么都不用说，他都明白。

他想起了战斗刚打响那一天，他和刘向阳到597.9高地侦察敌情时，当他们冲向只有一名战士的阵地，刘向阳用力抱住那名独守阵地，几乎疯狂的战士，大声在他耳边呼喊，我是你战友。

段显峰大声对丁鑫大喊，我们是战友！

人和人总会有争论，一个人也不可能得到所有人的认同，不可能和所有人做朋友，但是在战场上，在上甘岭，他们是战友。

一句我们是战友就足够了，这句话解千愁。

丁鑫脸上的泪水更多了，但他的脸上有了一丝笑容。

段显峰架着丁鑫回到隐蔽处时他已经牺牲了。段显峰转过身，看到胡满仓和万里还在艰难地和敌人的坦克对峙。

远处隐约可见金柱玄率领一个排的南朝鲜军正在飞奔而来，有了步兵的协同，他们绝无炸毁坦克的可能。

段显峰一直都是理智的，有时候甚至会展现令人不解的冷酷理智，但这一刻，他拿起了爆破筒，他没有利用弹坑做隐蔽，而是如同单枪匹马的赵子龙一般冲向了坦克。

坦克上的机枪疯狂射击，段显峰迎着弹雨，没有丝毫的犹豫。

必须炸毁坦克，不然坑道口很快会被炸毁！

必须炸毁坦克，要为牺牲的战友复仇！

万里开始了冲锋，胡满仓也开始了冲锋。

平时他们经常叮嘱战士们，要节省弹药，尤其是像爆破筒和苏制手榴弹这样的攻坚利器。踏着战友鲜血冲锋的三人没有节省弹药，把三支爆破筒都塞进到了坦克下面。

惊天动地的爆炸将坦克的炮塔掀飞，飞起足有两层楼那么高。

这声巨响是段显峰三人在为牺牲的战友送行。

距离百米之外的金柱玄发现段显峰等人撤离，只能胡乱放了一阵枪。他的公路白修了，坦克也不会再运上来了，因为他亲眼看见志愿军几个战斗小组就炸毁了坦克。

这还是在白天，到了志愿军主宰的夜里，坦克就会变成瞎眼的铁靶子。

刚回到坑道时胡满仓还是生龙活虎的，当万里发现他的裤管已经被鲜血浸透，红彤彤一片的时候，他才意识到自己中弹了。

几发子弹射入了胡满仓的后背。

“当啷”，带血的弹头被止血钳扔进空罐头盒。

向红熟练地给胡满仓的伤口撒磺胺粉，包止血带，最后再缠上绷带。

段显峰守在一旁，长出一口气。

“我只能取出浅层的子弹，还有一颗在指导员背部深处，必须下山做手术才能取出来。”向红指了指范元宝夺来的那个美军救护包，“绷带、碘酒、止血剂都快用完了。磺胺粉已经没有了，没有了抗生素，伤口一旦细菌感染，救治就更困难了。”

段显峰让丁八斗紧急联系后方观察所，刚才的战斗让他有意外收获。

丁八斗急得满头是汗，一遍遍拨打着电话：“喂！我是 597.9 高地 1 号坑道！听到了吗？”

接线员的声音断断续续，根本听不清。

丁八斗提高了声音：“我们有紧急情况汇报，8 号阵地有敌人的……听到了吗？”

电话听筒里只有一阵阵的噪音。

“怎么还听不清呢！你他奶奶的到底怎么搞的！”丁八斗急了。

“你怎么说话呢！”通话突然清晰了，是杜文锦。

段显峰夺过丁八斗手里的电话：“别着急，刚才听不清楚。”

杜文锦说：“菊亭岘观察所信号不佳，现已更换线路。1号坑道，请讲。”

段显峰清清嗓子：“这里是1号坑道老八连，我们发现一个南朝鲜军的隐藏炮阵地，已经严重威胁到上甘岭的交通运输线。”

“具体位置。”

“8号阵地。”

“靠近山脊还是靠近谷底？”

“靠近山脊，距离山脊大约50公尺。”

“什么炮？”

“重迫击炮。一个连左右，12门火炮。”

“好的，重迫击炮连，12门火炮，近190人。”

“你们要快。坑道里的药品用完了，水也快没了，重伤员急需救治。”

“请放心，我马上向上级汇报。”

“非常感谢。”

“不客气。你们打掉了南朝鲜军的坦克，又及时送来隐藏炮阵的情报。向你们致敬。”

“保持联络，再见。”

“再见。”

敌人炮兵阵地被打掉的时候，段显峰正在和昏迷不醒的胡满仓说话。

他有很多话要说，可平时面对面的时候总是张不开嘴。

“指导员，你再坚持一下，运输线马上要打通了。很快你就能下去了，就能去后方医院治疗了。”

“你是我在基层部队的第一个搭档。你是好的指导员，也是我的好大哥，从我到连队处处提醒我，帮衬我，你累了就躺一躺，可不能就这么不管了，没有你，我管不好这个坑道。”段显峰有些哽咽，他担心胡满仓就这样闭上了眼睛。他从怀里掏出了一张泛黄的照片，照片上是一个笑容灿烂的小女孩。他把照片递到胡满仓的面前，“我女儿庙生，可爱吧？我们说好了的，回国了，我让她认你当干爹”

段显峰紧紧握住胡满仓的手。

胡满仓的负伤给万里很大触动，他主动找到了段显峰，承认自己以前不该犯擅自行动的错误。

万里真诚地看着段显峰说：“副连长，我是老兵，其实不会犯这种纪律。我打的第一仗是在长津湖，那一仗我哥和我全连的战友都牺牲了。遇到你们之前，我所在的侦察小队也全部牺牲，只剩下我自己了。从那个时候开始，我就发誓，遇到危险的任务，我自己去执行，宁死牺牲我自己，也不能牺牲战友。”

段显峰有些震惊地看着万里，他早就觉得万里一定有自己的隐情。

万里泪光闪动：“这次战斗开始以后，我发现单打独斗是不管用的，尤其你教我步炮协同，我才认识到我错了。战斗不是一个人，不是一个战斗小组，甚至不是一个兵种的事，是所有的战友，所有的部队团结的结果。”

段显峰给了他一个有力而温暖的拥抱。

秦基伟日记：

今天的战斗打得很好，这是执行任务的指战员们勇猛与灵活相结合的结果。这次战斗的成功，无论对坚守坑道的同志们，还是对15军其他指战员们，都是一个有力的鼓舞，一种支持继续打下去的信心和决心。因此，守住坑道是夺取胜利的关键一环。只有将坑道部队钉子般钉牢在上甘岭上，死死拖住敌人，才能为最后的胜利赢得时间！

第十一章

“木兰”的力量

1952年10月26日

重整旗鼓准备再战，不歼灭进犯的敌人不恢复原有阵地不停止战斗。今天的会议开得很好，各师长在认识上完全一致，决心明确，特别是张显扬师长表示痛快，军的同志都一致认为仗必须打下去，在打的方法上都统一起来了，争取不用91团，由四十五师和廿九师先打恢复全部阵地，这样荣誉更大是最理想的。同时我们准备更残酷时间长些我们能够抽出来的力量，不能继续的时候再使用91团的部队。当然视情况发展确定，只要是将敌人打下去了我们对于坑道的作用及信心会百倍，否则政治影响太坏，面对部队战斗情绪同样受到影响，只要将敌人歼灭阵地夺回，即使部队伤亡大些不但不会受到影响，相反的战斗力会大大提高一步。

《本色——秦基伟战争日记》

1

秦基伟和张蕴钰、车敏瞧坐在桌前吃饭。饭是粗粮，菜是泡菜。

秦基伟吃了一口泡菜，剧烈的牙疼让他停了下来。王鲁立即从身上拿出装有花椒的盒子递给秦基伟。

秦基伟摆摆手拒绝。

“牙不好少吃泡菜。”张蕴钰给他端了一杯水。

“我是有饭吃不下，坑道的战士想吃，吃不到。”秦基伟心情沉重。

“我们要抓紧时间准备反击，多耽误一秒，坑道里的战士就多遭一天的罪。”车敏瞧也放下了筷子。

这正是秦基伟心里所想，他问张蕴钰：“28 号的反击准备怎么分工？”

张蕴钰说：“弹药、物资、运输线由周副军长负责，我和后勤老尤来扛，车主任负责干部、组织、军务，至于志司，三兵团的协调，还得军长你来。”

正商量着，44 师师长向守志走了进来，坐在秦基伟的身边。

“军长，队伍情绪不高，你们说这事严不严重？战士们都说，45 师天天在上甘岭吃肉，我们 44 师天天在西方山干耗。论战士素质，论战术，论打过的胜仗，44 师那一点都不比 45 师差。”

“你怎么说的？”

“我说，45 师挨着军部近呗。”

秦基伟和张蕴钰相视一笑。

“儒将向守志，有文化真是不一样，指桑骂槐有一套。”秦基伟示意王鲁给向守志盛饭，一起吃。

向守志笑了：“我理解军里的意思，可是手下的人不理解。要不这样，把任务换一换，让我们44师守五圣山，反击上甘岭，45师守西方山。如果他们打累了，想歇一歇，全由我们44师负责也不是不可以。”

“想得美，你就负责西方山一线，把敌人给我牢牢地钉死在那儿。”

“军长，您也太偏心了。”向守志不死心。

“你44师不是自诩主力吗？真有本事你把391高地全部打下来，啃了半个高地给谁留着呢？拿下来我亲自给你请功。你要拿不下，我撤你的职。”

391高地是在上甘岭开战前44师已经进攻的高地，也是邱少云牺牲的地方。44师占领了高地的主体，一方面要化解敌人反复的反击，另一方面要防止敌人抢占我方已经占领的阵地。

“军长您批准了？”向守志赶紧敲死。

秦基伟说：“我批准了，能打多大打多大！”

“是，保证完成任务。”向守志立正敬礼。

张蕴钰拿起筷子给向守志夹泡菜：“向师长，这泡菜味道不错。”

“谢谢参谋长，不过我可不是来吃饭的。”向守志把碗推到一旁。

车敏瞧笑着说：“他是想用泡菜堵住你的嘴巴，不让你给军长添乱来了。”

向守志哈哈一笑。

张蕴钰起身回到军部，拿出了一套《三国演义》，递到他手上。

“知道你爱看书，军长托人从国内带过来的，最新版的《三国演义》。”

向守志喜形于色，他离开的时候边走边翻，发现有一页折了角，上面的故事是关羽大意失荆州。

秦基伟送书给他，是有深意的。

向守志刚走，后勤部长尤继贤打到了军部。他反映运输队伍伤亡已超过 1200 人，兵源严重不足。为此，秦基伟亲自去了一趟 29 师。

来到 29 师师部的秦基伟面沉似水，他面前的桌上放着后勤战士用来运输物资的木架子。那是他带来的木架子。

后勤部门专用的木架子和当地的朝鲜老乡有些渊源。后勤的战士们都是把炮弹捆绑好背在背上。炮弹是圆柱体，绑不结实，背得也少。上甘岭战斗打响后，很多朝鲜百姓帮着运送物资弹药，但越靠近火线，美军炮火越激烈，15 军不许朝鲜老乡靠近火线。一些朝鲜老乡发现战士们背运炮弹的问题，提议使用他们传统的木架子。后勤的战士们经过简单改良，炮弹可以摞放在木架子上，不仅牢固，背得也多。

即便 15 军明令禁止，一些朝鲜老乡还是踊跃加入了运输大军，有一些老乡牺牲在了美军的炮火之中。

风尘仆仆的张显扬推门进来，感受到房间里的压抑气氛，立刻微笑着向秦基伟敬礼。

秦基伟指着木架子对张显扬说："参谋长打电话问你要兵，你说有困难，既然没兵可用，我现在就去后勤，是运粮食还是运弹药，听你差遣。"

秦基伟看着张显扬，不怒自威。

张显扬看着秦基伟的样子，一咬牙："军长让我调兵，我就调兵。"

秦基伟拿起电话，递给张显扬："现在就给你那两个营的预备队打电话！"

张显扬接过电话："我是张显扬……"

2

金仁表站在 597.9 高地地表工事的地堡里，用望远镜看着远处。那里曾是重迫击炮阵地，如今他只能看到一片废墟。

金柱玄只关心他面前的罐头和面包：“说了多少次，要大米饭和泡菜！怎么我们 2 师的后勤部长也是美国人？”

金仁表急躁地说：“我倒真希望他是。美 9 军的炮火补充越来越慢了。你明不明白？”

“明白什么？”金柱玄给金仁表发烟。

金仁表没有接他的香烟：“坦克和重迫击炮都没有了，怎么对付这帮坑道里的中国人？”

金柱玄没说话，而是点了一支烟：“高射机枪连连长说，你要他们上山？”

“对，中国人只有坑道，没有飞机。”金柱玄一脸高深莫测。

从志愿军后勤到 15 军的交通运输线是一条宽敞的公路，公路上车水马龙。从 15 军后勤到 45 师交通运输线是一条永远都在抢修的简易公路，汽车只能单线通过。从 45 师后勤到各团的交通运输线是蜿蜒的山道，后勤的战士均是身背物资弹药，牵着牲口，艰难前行。

从各团到 597.9 高地和 537.7 高地北山是羊肠小道，崖壁陡峭。

夜色降临后运输队悄悄上路，战士们扛着物资弹药艰难前行，从山下到山上，志愿军建立了四个接转站。运输队到达第一个接转站，迅速换人接力，开始下一段路程。

这条蜿蜒难行的小路上铺满了烈士的鲜血，曾有一句话诞生于这里，传遍了全军，也传进了秦基伟的耳中。这句话是，什么都不要管，往前冲。

按照规定，运输队上山是负责运输补给弹药，下山是担架队，要把伤员运到山下。他们还有一个不成文的规定，不惜一切代价保护上山的战斗部队的战友。

当初丁鑫带着支援部队上山时，和他们同行的运输队队长告诉他，你们的战士受伤了，不要管，我们负责；牺牲了也不要管，我们负责，我们的人死了伤了，不要管。总之一句话，不管发生了什么，往前冲，冲进坑道一个算一个。

丁鑫冲向坑道的时候，敌人的炮火落了下来，他在进入坑道的一瞬间扭头回望，只见被硝烟笼罩的蜿蜒小路上处处散落着粮食、弹药和药品，更多的是运输队战士们的遗体和鲜血。

如果运输队战士牺牲在什么地方，就地竖墓碑的话，这条小路必定是一步一墓碑。

叶子通过菊亭岘观察所的炮队镜，看到运输队再次接力，开始最后一段路程时，被南朝鲜军平射的高射炮袭击，运输队无一人生还。

南朝鲜军把高射炮拉上山了。

3

597.9 高地一片死寂，呼啸的风席卷着地上的浮土，尘沙飞扬。

向红把牙膏抹在伤员们的嘴唇。没有水，这是她唯一能想到的办法。

段显峰看着昏迷的胡满仓，想起他唱过的《望梅止渴》。

当时胡满仓用炮弹弹片，在石头上敲击，打出快板的节奏：“……曹操就对士兵说，翻过山头梅子多……”

战士们一听来了劲儿，就像闻到了梅子味儿。他们听着胡满仓诱人的快板词，都开始吧唧嘴，吧唧声音越来越大。

段显峰对四周的战士们说：“还记得指导员给大家唱过的《望梅止渴》吗？”

坑道里的战士已经换了一茬又一茬，有些战士听过，点头，有些战士没听过，摇头。

罗万象躺在弹药箱垒砌的病床上，嘴里含混不清地说听过。

“好，今儿我也学一回指导员。说三国时候，有个曹操曹孟德，带领人马出征。这一天正走到中午时分，那烈日当头，天气燥热，大伙走得人困马乏是又累又渴。忽然曹操马鞭一指，尔等来看，那前头黑压压、乌沉沉定有梅林。大伙一听前面有酸梅，这劲儿可就来了，往前就跑啊。跑到这树下这么一看，那酸梅是又圆又大，可就是青的多黄的少。大伙儿也顾不得生的熟的了，摘下来用嘴这么一咬，那就觉得那牙根上牙缝里，两腮帮舌头下，满嘴的酸水直流啊。那可真是酸极了。”

战士们听得开始流口水，咽唾沫。

罗万象舔舔嘴唇：“俺没吃过梅子，可俺们山西的黄杏也酸着呢。”

有伤员说：“我们家乡的蜜橘该上市了。那玩意好吃极了，又酸又甜。”

范元宝问段显峰：“副连长，你们家乡有什么好吃的？”

“桃子，还有红橘。橘子喝饱了水，一口下去，像在嘴里炸开了似的。”段显峰声音稍有夸张。

“可惜太远，有啥能寄过来的？”范元宝舔了舔嘴唇。

“苹果，苹果应季 。”

范元宝说：“要是吃上苹果，肯定比什么药都好使。”

“这可是你们说的，要真吃上了，就得马上好起来。”向红笑着说。

战士们说着、笑着，都很开心。

段显峰很快接到了杜文锦的电话。

杜文锦说：“查到三个高炮射击点，都在 2 号阵地附近，具体坐标需要炮兵侦察员上山再确定。我需要时间。”

“来不及了。剩下交给我吧，我这就去 2 号阵地。”

“你要派侦察员？”

“我就是侦察员。”

“可是……”

“你把步谈机开着，我找一个，给你报一个，这样最快。”

“那你当心……”

“我会的，你的代号是什么？”

“木兰。”

段显峰想起和杜文锦在防空洞里第一次见面。杜文锦用步谈机呼叫，用的就是木兰这个代号。

“我的代号是鹏举。”

“岳飞岳鹏举。我们用哪套暗语？”

“我们是不是有一套讲温州方言的暗语？”

“你会讲温州话？”

段显峰用温州话说：“我老家乐清。”

杜文锦情不自禁地用温州话回复：“我老家永嘉。”

“这样的暗语最冷僻，保证敌人无法破译。”

敌人的探照灯和不断升空的照明弹照亮了夜空，段显峰背负步谈机在 597.9 高地的 2 号阵地闪转腾挪，悄然潜行。

观察所的杜文锦开着步谈机，凝神静气，等候着段显峰的消息。长时间的超负荷工作，让她的眼睛流血。她又拿出针灸针，用针灸的方式赶走疲惫。

怀表分针走到了深夜一点半，步谈机传来响声。

段显峰用温州话开始联系：“鹏举呼叫木兰。”

“我是木兰。”杜文锦同样用温州话回答。

“目标 1，2 号阵地中心以东 100 米。”

“木兰收到。”

“目标 2……”

步谈机突然又切断。

“鹏举？”

步谈机没有应答，杜文锦不敢再出声。

一盏探照灯打过来，段显峰躲在土堆后边，两名南朝鲜士兵走到了他的附近，直到两人离开他才打开步谈机。

“目标 2，中心以西 180 米。”

“木兰收到。”

步谈机又断了，那两名南朝鲜士兵察觉异常又转了回来。段显峰只好匍匐离开。他从一排铁丝网下爬过。铁丝钩住他的衣服，他吸气，努力压缩自己的身体，小心翼翼地挪动，终于从铁丝网下爬出来。

几个照明弹亮起，段显峰终于看见了第三个隐藏的高炮点。

段显峰翻进堑壕，打开步谈机：“呼叫木兰。”

“鹏举请讲。”

“目标 3，中心以北 50 米”。

“木兰收到。”

步谈机挂断。

杜文锦在笔记上记录。

“任务完成了？”小王和叶子都凑了过去。

杜文锦点点头，等着下一次通话。

“木兰，发现一个新的。”段显峰声音再次传来。

“木兰收到。你要小心，你附近有很多敌人在巡逻。”

杜文锦写下“高炮 4？”，她的手竟微微颤抖。

段显峰顺着山坡慢慢爬行，终于看到了第四个高炮点。他翻进掩体，再次打开步谈机。

“呼叫木兰。”

“鹏举请讲。”

“目标 4，2 号阵地中心以南 350 米。”

杜文锦马上记录：“木兰收到。”

“任务完成。”

步谈机挂断。

杜文锦欣喜地整理着笔记，她的手抖得更加厉害了。记录完成后，她迅速交出整理好的数据交给上级。

如释重负的杜文锦走到炮队镜前，刚要观察段显峰的情况，突然头一歪，倒了下去。

段显峰刚要撤离，突然听到 4 号高炮点附近的暗哨里，传来断断续续的英语，是一名南朝鲜士兵在用英语和美军炮兵联系。

“发现了菊亭岘观察所，请 5 分钟后炮击，打瞎他们的眼睛，哈哈！”

南朝鲜士兵似乎察觉到了什么，习惯性地架起了机枪。

南朝鲜军和美军的放哨习惯一样，每隔一段时间就会对阵地下射击，进行火力警戒。

段显峰迅速打开步谈机，准备通知杜文锦。突然，一梭子子弹扫了过来。他下意识地躲闪，不由自主地滚落山坡。落到坡底后他感到一阵天旋地转，数次想爬起却又摔倒在地，这时鼻血涌了出来。

昏迷中的杜文锦慢慢醒来：“我怎么了？”

一旁照顾的叶子连忙扶起她，给她喂水：“你太累了！来，喝口水。”

“数据呢，观测数据呢？”

“正在沟通，放心吧。”

左侧工作区，所长带着小王正在和炮兵观察所电话沟通。

右侧工作区，步谈机还空在那里，耳机摆在一旁。

杜文锦不顾叶子的劝阻，坐回步谈机前，她重新戴上耳机。

耳边传来嘈杂的电流噪声。杜文锦凝神静听，隐约中，耳机里传来特殊节奏的敲击声。

南朝鲜第 2 师的一队巡逻兵发现了段显峰的踪迹，在山坡上下仔细搜索着。

段显峰躲在半山坡的岩石后面，用手指轻轻敲击着话筒。他在发送莫尔斯电码。

南朝鲜军渐渐逼近岩石。

段显峰加快敲击频率。声音转化成无线电波，迅速传导着。杜文锦终于捕捉到敲击声的秘密，随即开始破译。

“警告，炮击警报，迅速撤离。”杜文锦完成破译后大喊。

杜文锦抱着步谈机，叶子拎着地图和望远镜，小王捧着重要资料，所长扛着电台殿后。

炮弹呼啸而至，菊亭岘观察所瞬间被削去大半，杜文锦等人在炮火中拼命跑向备用坑道口。

叶子抱着地图落在最后，脚下一滑，跌倒在地。

炮弹再次袭来，一只握着地图的断手飞到杜文锦身边。

杜文锦回头，叶子倒在血泊之中。

炮火还在继续，杜文锦转身跑回，把叶子扑在身下。

爆炸声中，杜文锦眼皮被划破，鲜血滴进眼里。杜文锦眼前，一片血雾。

山坡的一名南朝鲜军发现了段显峰。

段显峰在高低起伏的山梁之间飞奔着，南朝鲜第 2 师的巡逻队从四面八方扑了过去。

段显峰后有追兵，前有堵截。

照明弹和工事里的探照灯交相辉映。段显峰仿佛有一种天赋，总能机敏地把自己隐藏黑暗之中。

段显峰捂着手臂，耳鸣声突然出现，伴随着一阵眩晕，一头栽进坑道。在坑道口警戒的范元宝等人手忙脚乱把他拽进了坑道。

段显峰挣扎着站起来，踉踉跄跄走到电话前，大声说：“给菊亭岘观察所打电话，快！”

丁八斗摇电话：“打不通。”

“再打！”

段显峰抱起备用步谈机，手忙脚乱地调到木兰的频率，用温州话急促呼叫：“木兰，木兰，我是鹏举。听到请回话。”

段显峰一遍遍呼叫着杜文锦，没有回应。

范元宝在一旁给他擦鼻血，他也没有反应。

杜文锦颤抖的声音终于传了过来：“这里是菊亭岘观察所。”

“我是鹏举。”

昏暗狭小的空间里，满脸是血的杜文锦长吁了一口气：“段副连长，四个高炮点的数据，我们都转给了后方炮兵指挥所。”

“谢谢你一直配合侦察，帮助我们坑道部队打通运输线。”

“不，我要谢谢你，刚才救了我们。”

“你怎么样……我是说，你们观察所怎么样？”

杜文锦迟疑了一下：“我会继续配合你工作。”

“好，保持联络。”

伴随着二人的交谈，我军猛烈的炮火砸向了597.9高地的2号阵地，四个隐藏的高炮点顷刻之间被消灭得干干净净。

第十二章

汽车撞飞机

1952年10月26日

打下去的条件是存在的，恢复阵地的条件是有的，因为敌人两个师已有半数以上的死伤。按美军师18000人伪军12000人算合计3万人，现在能够参战的不到1万人。敌人为争夺我们两个连的阵地使用两个师的兵力，以两万人的死伤而阵地依然夺不去，我想敌人是不愿意这样同我们拼消耗的，即使敌人决心同我们争夺我认为这对我们也有利。美国不缺钢铁而是缺乏人力。朝鲜战场不是美国人愿意同我们进行谈判而是没有办法，我后备力量是强大的，不让敌人占去我们的阵地是可以做到的。

《本色——秦基伟战争日记》

1

一辆吉普车驶过陡峭的山路，拐过一处山坡，15 军军部就在前面不远处。李德生和随行参谋走进了 15 军军部。

秦基伟正在和一群参谋讨论战术，他似乎感觉到了什么，一抬头便看见了李德生。

“李副军长！”秦基伟从人群中挤出去，用力握住了李德生的手。

“秦军长！”李德生也是非常激动，立即敬礼。

“同志们，我们的增援部队到了，大家呱唧呱唧。”秦基伟率先鼓掌。

15 军军部响起一片热烈的掌声。

“秦军长客气了。我接到兵团的命令，立马就赶过来了。”

“你来得真快。”秦基伟请李德生坐下。

李德生笑着说：“部队听到有仗打，个个都是嗷嗷叫。命令一到，就像脱缰野马一样狂奔，生怕你们 15 军把仗都给打完了。”

“当年 6 纵以‘烧铺草’[1]闻名，果然名不虚传。”

“15 军在上甘岭是顶门杠，志司把 12 军当总预备队派过来，就是给这门杠再上道保险，保管叫美国鬼子死了再打下去的心。什么时候让我们上？”

---

1 “烧铺草”：原是西南地区的丧葬仪式，指的是人在去世后烧掉生前使用过的草席。“烧铺草精神”是指临战悍不畏死，勇往直前。

秦基伟想了想："李长林副师长都跟你汇报了吧。"

"他说你们专门安排同志带领 91 团熟悉阵地，分析打法。等我们胜利了，我要请你们好好喝上一顿。"

"现在就是一家人，不要说两家话。"

"志司和兵团要求我们立刻准备投入战斗。在您的指挥下建立前线指挥所，您下命令就是了。"

"我们要打有把握的仗，就要拧成一股绳。不要急着上阵，你们是生力军，得用在刀刃上。"

"山上现在什么情况？"

"45 师正在补充兵员，29 师和 44 师都调整了部署，全力支持这边。让他们再顶顶，多消耗敌人。"

"这么说我还真是来得太快了？"李德生笑笑。

秦基伟也笑了笑："快了好。李副军长，先熟悉熟悉环境，听听我们 15 军战士们的声音。"

"好！这是应该的。我这就出发。"李德生起身离开。

李德生去基层的时候，秦基伟和张蕴钰也去了后勤转运站。

转运站人声鼎沸，装卸弹药物资的车辆有条不紊。

秦基伟和张蕴钰带着参谋从后勤大院里出来，边走边谈。

张蕴钰说："经过这几天紧急调配，志司大力支援，苹果是运来了，可还是送不上阵地。"

秦基伟和张蕴钰看着地上的苹果堆和成筐的苹果："有两万斤吗？"

"一斤都不少。"

"通知运输队，能送进坑道一筐苹果，记二等功！"

两人正在说话，路边有人朝他们走了过去。

"秦军长？"

秦基伟抬头看去，徐晓的母亲徐大娘远远朝他跑了过来。

徐大娘仔细辨认着秦基伟："你是秦军长吧？俺是太行山来的支

前模范。”

“大娘，你怎么认识我们军长？”张蕴钰问她。

徐大娘说：“俺打听的。俺家娃在15军，俺就打听了。他写过信，说在134团8连。可俺总是找不着他。”

“老八连……大娘，你家娃叫什么名字？”秦基伟动容。

“徐晓。”

“大娘，我们的英雄老八连在阵地上。”

徐大娘露出自豪的笑容：“是嘛，俺家娃自小胆子小，他还能当英雄？”

秦基伟说：“那当然，我们太行支队下来的战士个顶个的都是好汉，大娘，这好几千里路，你是怎么来的？”

徐大娘说：“俺是跟着慰问团来的，早先我们分团要来上甘岭，听说您不让来，说前线战斗太激烈。后来有车送苹果，俺偷偷跟着来了。”

秦基伟搀扶着徐大娘：“您在这儿多久了？”

“两天了，一直遇不见俺家娃。”

张蕴钰也过去搀扶着徐大娘：“大娘，等他打了胜仗就下来了。”

“我马上要跟着慰问团走了……军长，您也算半个太行山人，我说的话，您别见笑。孩子他爹是打日本鬼子的时候支前牺牲的，我家老大是打蒋介石的时候支前牺牲的，抗美援朝一开始俺大儿媳也去支前了，刚过了鸭绿江就被美国的飞机炸死了。这一家人就剩下我和徐晓，我是担心，这次回去再也见不到他了……”徐大娘强忍着，但还是抽泣起来。

秦基伟得知徐大娘一家都是支前模范，可谓满门忠烈时不由肃然起敬：“大娘，你对部队的纪律肯定了解一些，前线正在打仗，见面肯定不行，你要是有什么物件，可以送上去。徐晓看见物件，心里也是暖和的。”

徐大娘思索片刻，拿起一个苹果，在苹果上系了一根红绳：“把这个给他，俺家也种苹果，每年秋天的摘下来的第一个苹果俺都要系根红绳，见了这个苹果，他就知道他娘来看他来了。”

“放心吧，大娘，我一定把苹果送到徐晓手里。”秦基伟郑重接过苹果。

1号坑道的顶部上不时传来隆隆的炮声。段显峰在微弱的烛光下画图。一张张步炮协同的草图摞在桌上。

段显峰边画图边给身边的万里讲解：“我们炮火的准确性在不断提高，但要提高效率更重要的是依赖战场侦察情报。敌人可以用炮兵校正机，并且部署暗炮给我们造成损失。我们的手段是观察所和炮兵观察哨。我和木兰同志，炮兵阵地的协同行动之所以能取得一些成功，就在于能对战场情况及时掌握。这种情报越及时，我们炮火的杀伤力越大。”

“这么说，炮火观察员应该是在步兵的前面。”万里听懂了。

徐晓跑过来报告：“副连长，坑道口的南朝鲜军没动作，都缩在工事里不敢出来。”

“谁在守着坑道口。”

“孙耀祖接我的班。”

徐晓发现地图上的一处错误。他指了指8号阵地下的等高线说，前几天8号阵地东南角炸塌了，这高度肯定不对。

段显峰在徐晓手指的地方补上一笔，放下了地图：“你看得懂地图？”

徐晓说：“我爹以前在镇里教学，我跟他学的。”

“家里还有什么人？”

“还有个老娘。”徐晓有些哽咽，“我爹、我哥、我嫂子都死了……”

段显峰很受触动：“你的家庭是英雄家庭，打完仗好好孝敬你老娘。”

“副连长，我们能赢吗？”徐晓有些忐忑地看着段显峰。

段显峰充满信心地看着他：“我们能够不断取得胜利，一个重要原因就是前方将士不怕死，后方百姓全力支持，就像现在的抗美援朝，就像现在的上甘岭，不仅仅是我们老八连，我们45师，我们15军，是整个志愿军，整个国家在战斗。你说我们能不能赢？”

徐晓笑了，笑得很灿烂。

徐晓离开后，段显峰从贴身衣兜里拿出了张黑白照片。照片上段显峰抱着一个四岁的孩子。

段显峰想起那年在照相馆的一幕。

那一天，段显峰穿着布衫，抱着庙生坐在照相机前，用手巾擦着庙生脏兮兮的脸蛋儿。

段显峰心疼地看着她：“不是说好了，不能自己跑到街上要饭了。”

庙生可怜兮兮地说：“叔叔，我一个人在屋里害怕。”

“怕什么？”

“怕你不回来了。”

“这不是回来了，叔叔不会抛下你的。”

“叔叔，我能叫你爸爸吗？”

段显峰抱起了庙生：“能，当然能。”

庙生笑了起来。

镁光灯一闪，两人对视的照片拍了下来。

那是庙生三岁时候拍的，她现在九岁，和段显峰说她以后也要参军。段显峰说，爸爸和爸爸的战友打仗，就是为了她们这些孩子再也不用打仗。

秦基伟和张蕴钰来到了道德洞转运站临时集中处，他们走进一处院子时，坐在地上的战士们都呼啦啦站了起来敬礼。

王鲁跑过来：“报告军长，警卫一排、二排全部到齐，连我共79人。”

秦基伟拍拍王鲁，百感交集地点点头。他走到队伍当中，和战士们一个个地握手。

秦基伟对战士们说：“说实话，我舍不得大家。你们短的也跟了我两年，长的就不用说了。我们一口锅里吃饭，一张铺上睡觉。有几个臭棋篓子还是我教的棋。”

秦基伟说：“金大志，你那个呼噜像82小炮似的。最近倒是不打了，说是晚上没吃饱饭。”

众人笑，金大志咧嘴跟着笑。

“这回为啥让你们上去？当然了，你们也早申请了。为什么今天批了呢？因为你们要代表我秦基伟上去，要代表军里的决心！你们上去了，人还不够，那我和周副军长、张参谋长也上去！打到我们15军就剩一个人，那这个人也得在阵地上。大家有没有这个决心？”

战士们轰然响应：“有！”

“好！有决心是好的。不过我们说清楚，第一，坑道里很艰苦，我们要吃苦在前，冲锋在前。第二……”秦基伟看着战士们那一张张充满朝气的脸，“要注意敌人的炮火，要活着下来。”

葛三旺说：“是！我们要消灭敌人，活着下来。”

秦基伟点点头：“总结得好，这两条也是军令，你是传令兵，要时时刻刻在大家耳朵边上喊。”

众人笑了起来。

张蕴钰对战士们说：“大家不光要带好自己的装备，还要给坑道里多带弹药和补给。很多同志都牺牲在运输补给的路上，大家一定要小心。”

“是！”

王鲁说：“好，警卫连一排二排！出发！”

战士们走到墙边，挨个背起一个个麻袋缝成的大背包起身离去。

秦基伟对王鲁说：“刚当上警卫连长，今天就要上高地。”

王鲁说：“军长，这是我的光荣，我一定完成任务。”

秦基伟点点头：“是这个话。两样东西交给你。”

秦基伟从口袋里拿出自己的钢笔送给王鲁：“打仗的间隙也得要求进步。”

“军长，这是你自己的钢笔。”王鲁推脱。

“拿着！不想要也得从阵地上下来再还我。”

“是，军长。”王鲁眼中含泪。

秦基伟将系着红绳的苹果交给王鲁：“这个，是老八连徐晓的老娘送给他的苹果，你要尽可能地，把苹果送到他手里。”

王鲁郑重地将苹果装进了贴身的口袋。

警卫连在连天的炮火中狂奔，一个个战士倒下，一个个背囊掉落在地上。

王鲁回头望去，只见战士们的遗体从山脚，沿着山坡一路向上蔓延，只见数不清的苹果从背囊里滚落出来，斑斑点点，如歌如泣。

王鲁满眼都是鲜红与猩红。

一发发炮弹落下，将鲜红与猩红掀向空中，将全世界涂成了鲜红，猩红。

距离坑道口不到五十米，正当王鲁觉得自己的一只脚已经踏进坑道的时候，一发炮弹在他身边爆炸。金大志把他从土里挖出来的时候，王鲁已经被炸得像一条千疮百孔的破口袋。

王鲁已经说不出话了，他用沾满鲜血、颤抖的手从衣袋里拿出那只苹果，塞给金大志。

警卫连的战士们都知道，系着红绳的苹果一定要交给徐晓。

段显峰在1号坑道见到了熟悉的韩小毛，却没有见到王鲁，当金大志把苹果交给他的时候，他咬紧了牙关。他担心一张嘴，话还没有讲出来，泪水便先涌了出来。

段显峰把苹果交给徐晓时，徐晓瞬间红了眼睛，他不知道苹果的来历，但是他永远都记得，每年家里收苹果，他的老娘会给第一个摘下来的苹果系上红绳。

葛大旺坐在角落，脑中一片空白，他的弟弟葛三旺牺牲了。他觉得自己应该号啕大哭，这样才能吐露自己的悲伤，可他哭不出来。巨大的悲伤像是洪水般，眨眼间充满了他的身体，他要被撑爆了。

两名战友使劲拍打他的后背，摇晃他的身体，嘴里不停说着哭吧，哭出来就好了。葛大旺的嘴唇开始颤抖，手脚颤抖，浑身颤抖，很快便晕了过去。

一切都平息后，徐晓得知只有一个苹果进了坑道，他将苹果交给了胡满仓，胡满仓又交给罗万象，罗万象又交给身边的伤员。就这样，苹果在大家的手里转了一圈。

带着祖国和母亲温度的苹果，在战士们的手中传递，战士们接到苹果后，或用双手抚摸，或在脸上轻轻贴一下，每个动作都那么深情，充满对和平的向往。

段显峰让向红将苹果切成了一片片的薄片，平均分到每个战士手中，并以命令的方式，强行让战士们吃下去。

向红切了很久，切得薄如蝉翼。

段显峰把自己的那片苹果塞到了葛大旺口中，这样葛大旺就有两片苹果，一片属于他，一片属于牺牲的葛三旺。

徐晓把苹果片和那根红绳贴在脑门上，微微仰着头，闭着眼睛，脸上挂着幸福的微笑。他在回忆每天秋天，自己苹果树上丰收的喜悦，在回忆母亲做的饭菜香，想念回荡在太行山上的童年欢笑。

徐晓的情绪迅速在坑道里传递，许久不见的笑容如同一朵朵昙花在坑道里悄然绽放，对以往的美好回忆，对未来无限的畅想在他们的脑中激荡。此时此刻，一个苹果起到的作用甚至一千个苹果，一万个苹果，不需要任何语言，他们多半会牺牲在这里，但他们死得其所。他们在为祖国和母亲而战。

段显峰犹豫了几次，最终还是没有告诉徐晓，他的老娘就在山下。战争的残酷和战友的牺牲几乎让战士们的情绪到了崩溃的边缘，苹果让战士们重新充满了力量，他担心如果说出真相，徐晓会落泪，战士们也必将落泪，那刚刚凝聚的战斗力很有可能变成无力和思乡。

段显峰不确定，自己这么做到底对不对，尤其在徐晓牺牲后，他更加不确定。

苹果送到坑道不到两个小时后，徐晓就牺牲了。段显峰没敢去看徐晓的遗体，他觉得，徐晓的脸上应该还挂着幸福的微笑。

2

李德生坐在 15 军的军部桌子前，他用一只手撑着头，另一只手还拿着一截铅笔。他正在构思战术部署，困极了便保持着坐姿打起了瞌睡。

秦基伟和马钢走进来，马钢想叫醒李德生，被秦基伟阻止。秦基伟脱下自己的大衣，正要给李德生盖上时，李德生突然惊醒。

"李副军长，这么睡会生病的。"秦基伟把李德生拽了起来。

"只要能打好上甘岭，别说生病，搭上我这条命都值。"李德生拿起湿毛巾，擦了擦脸。

马钢告诉秦基伟，李德生已经来了一阵子了。

秦基伟微微一笑："你这是堵门要命令来了。"

"前线的战士们牺牲很大，只要秦军长需要，我们随时可以上阵地。"

秦基伟笑了："李副军长给我参谋参谋，28 号的反击，从哪个阵地开刀最合适？"

"秦军长这是要考我。"

"我是有个主意，但还在犹豫。"

李德生走到沙盘面前："3 号阵地是控制整个战场的制高点，拿下这里，敌人就只能退到 11 号阵地去。"

"3 号阵地敌人的工事最坚固，火力配置也是最强的。"

"秦军长的心里已经有数了吧，还说不是考我。"

“考你，其实就是考我自己。如果是你指挥，你会先攻哪儿？”

“我有个想法，但不成熟，不好随便说。不如这样，我们把心里想的那块阵地都写在手心，一起亮出来，看看我们是不是想的一样。”

“就你主意多。来，我先写！”拿出钢笔在手心写了个数字。

李德生也拿出钢笔在自己手心写了个数字。

秦基伟和李德生互相看着，慢慢将手心打开，两人手心都写着个“10”。

两人都笑了起来。

秦基伟说：“李副军长了不起，才来几天就把战局了解得这么全面透彻。”

“秦军长在如此危局还敢行此险招也是胆魄过人。”

“和李副军长不谋而合，让我更有信心。敌我双方都知道现在3号阵地是控制整个战场的制高点，强攻肯定吃亏。我要打他们一个措手不及。”秦基伟边说边在沙盘上比画，“从0号阵地出发，偷偷运兵，奇袭10号阵地，得手后直扑9号阵地，给他来个关门打狗。打3号阵地虽然是佯攻，但因为先拿下10号和9号阵地，敌人没有后援，那时它就是盘菜。”

“这么说，又没我们12军什么事了？”

秦基伟笑了：“怎么会！你的91团要随时待命进入战场。不论我们的反击顺利与否，敌人都会疯狂反扑，到时候要守住阵地，就要看91团的了。那时才是真正的血与火的考验。”

“秦军长放心，我这就回去安排。”

两人握手分别。

在参谋们的来往忙碌中，秦基伟坐在角落聚精会神地写日记。

志愿军入朝已两周年。回忆两年来胜利很大，朝鲜的形势变化也很大。除了战线表现稳定之外更清楚地看到敌人的战斗力是在下降。我志愿军从每月减员二万二千人到今年每月只减八千人，而敌人的减员是在增加而不是减少。从这里可以看出双方部队情绪及装备的变化。从过去两年的形势看来，美国已经意识到这样继续拖下去所得到的东西唯有死亡，再也没有别的希望，因而朝战终究要停下来。在时间上不会太远，但也不是容易或马上就能实现的事……

秦基伟写日记的同一时间，装备整齐的炮兵部队已经进入了阵地，一眼望不到头的车队正在紧张地运输炮弹。

冯百胜带着通信员跳进了1号坑道，他专程来看望胡满仓。

一滴水滴在胡满仓的嘴唇上。他悠悠睁开眼，向红正在用军用水壶将水滴在他嘴里。

冯百胜对战士们说："同志们，我这次来是要加强1号坑道的领导和指挥，慰问我们坑道里的伤员和战士。3号坑道攒了一瓶水送给伤员，算是他们的一点儿心意。"

众人鼓掌。

冯百胜给胡满仓敬礼："指导员，我得给您敬个礼！您和段副连长保全了我们的坑道，保住了我们老八连的脸面。"

胡满仓说："连长，对不起，我这个姿势就不回礼了。这要搁以前，我得亲手给您加个菜。"

冯百胜和段显峰笑了起来。

胡满仓开起了玩笑："不过我也得说你们！我在梦里都打到美国，吃上洋包子了。你们怎么还在这儿呢？"

众人笑。

"只要你能好起来，我们一定能胜利。"段显峰说。

胡满仓说："既然连长都来了，有件事儿我想通过临时党支部会议办了。那就是万里同志的入党问题。"

冯百胜看了看段显峰："副连长，你觉得万里的表现怎么样？"

段显峰说："以他的表现早就该入党了。"

一抹晨曦的坑道中格外亮眼。段显峰用红药水在坑道壁上涂抹出一面党旗。

万里站在党旗前宣誓。

胡满仓在段显峰的搀扶下，主持了万里的入党仪式："万里同志的表现完全符合作为一个党员的标准，经党支部研究决定，批准他入党。"

万里背诵誓词："……我随时准备牺牲个人的一切，为全人类彻底解放奋斗终身。"

3

1952 年 10 月 26 日，上甘岭战役第 13 天。

15 军的后勤仓库的装卸场堆满了各种物资。仓库战士正拿着个厚本在清点堆放在他面前的一批箱子。

秦基伟带着新任警卫员小朱抵达装卸场。

小朱对秦基伟说："军长，有了我们自己研制的无后坐力炮，前线的战友端碉堡就更顺利了吧？"

秦基伟说："端碉堡更顺利，我们的牺牲小了。上甘岭是我们 15 军在打，支援我们的是全体志愿军，是全国人民。你还记得慰问团提到的武器专家吗？无后坐力炮就是他发明的。"

仓库里，管理员老吕戴着厚厚的"瓶底"眼镜，正在低头找着什么。

秦基伟带着小朱从门外走进去，招呼了一声老吕，表明自己的来意。

老吕见是秦基伟，连忙敬礼，随后将簇新油亮的无后坐力炮放在了秦基伟面前。

秦基伟拿起无后坐力炮，扛在肩上："这可不轻啊，战士背着它行军，够辛苦的。老吕，我听说，运输线还有困难。"

老吕说："首长，眼下我们主要是车的问题。一共就一百多辆卡车，现在被炸得只剩十几辆。"

"运输线的战士们都已将生死置之度外，我这个做军长的自然也得拼尽全力，车的事情我会想办法。"秦基伟沉默片刻，对老吕说，"带我去看看他们。"

秦基伟把"他们"两个字说得格外沉重。

老吕带着秦基伟走到一个仓库门前，掏出钥匙打开了门。

仓库里堆满了各种零碎物件——烧焦的照片、残破的笔记本、血染的背包、瘪了一块的军号……

一张案子上放着一副白手套。

秦基伟停下，目光落在这副白手套上。

在战场上有一种牺牲叫尸骨无存，这里的每件东西后面都有一个尸骨无存的英雄，都有一个可歌可泣的故事。

老吕告诉秦基伟，戴这副手套的人叫曾大志，是一个汽车兵，他用自己开的汽车撞下了美军的飞机。

老吕讲述了关于曾大志的故事。

这个故事里的见证者是万里。

当时万里到后勤帮忙，恰好看到曾大志开着头车，带领车队将物资运到了 15 军的后勤仓库。

头车副驾驶的挡风玻璃被打碎了，那是飞机扫射造成的，坐在副驾驶的年轻战士的胸口被打烂了，血溅得到处都是。

曾大志下车后，站在车前，朝着副驾驶深鞠一躬，说了句对不住了，小战友。他找到老吕，说牺牲的战士是负责记账，现在车队装卸物资的账目就没人管了，要老吕给他找个合适的人。老吕这边的人已经是一个顶三个在用了，想让他回到后方再找合适的，可这样一来，这次运输物资的账目就没人记了。

老吕这些司机都是大老粗，在学习班认过几个字，要说记账却不顶用。后勤运输是大事，一颗子弹都不能差。

曾大志不停地跟着老吕说着，他说牺牲的战士是第一天上战场，对什么都好奇，上山要问，下山要问，见了美军飞机大呼小叫还要问。曾大志说，他一路上都没给他好脸，一直在训他，调侃他，可没想到他突然牺牲了。

曾大志狠狠抽了自己一记耳光，说："我骂了他一路，我怎么这么混账呢。"曾大志说着，眼角有了泪光。

万里马上说他可以跟曾大志跑一趟，记账他没问题。

曾大志出发的时候，老吕给了他一副新手套，换走了他手上那双磨出破洞的手套。他有了新手套都会留给司机战士，他们太忙了，没时间缝缝补补。老吕又笑着叮嘱万里，曾大志爱吹牛，他的话听一半就可以了。

曾大志换上新手套的时候，万里发现他的手有很多烧伤的疤痕。

曾大志启动汽车的同时，也打开了话匣子："志愿军的头车司机要负责开路，还要有在夜间关闭车灯、摸黑驾驶的本事。从来没开过的路，敢开，能开好。开过一次的路，路上的每粒沙子都要记得清清楚楚，不能出现任何事故。"

万里微笑。这微笑是对老兵的一种尊重，仅此而已。

"你不信？告诉你，我还能开车撞飞机。"曾大志看懂了万里的微笑。

万里笑着说："我们平时也经常吹牛打发时间。"

曾大志也笑："他们也说我吹牛。他们还说我能把车开到海里去，撞了鲨鱼撞军舰，那是吹牛。我撞飞机可不是吹牛。"

夜幕降临不久，枪声突然传来。

万里警惕地环顾四周。

曾大志司空见惯地说："我们开的枪。公路两侧到处都有战友，美国飞机还没到，枪声一响，就知道该躲起来了。"

“你怎么不躲躲呢？”万里抬头望去，他隐约看见山顶持枪的和挥舞红旗的战友。

“这个位置，它不敢来，我们山上有高炮部队，来了给他轰下来。”

曾大志话音未落，便有两架美军飞机从他们头顶掠过，很快远处传来枪声，信号弹升空，之后是我方位于山脊上的高炮部队射击。

曾大志不由皱眉：“坏了，高炮部队上当了。”

很快飞来八架美军飞机，轰炸了山脊上的高炮部队。

万里看懂了：“敌人太狡猾了。那两架美国飞机是诱饵，骗高炮部队暴露火力，后面飞机直接轰炸了。”

曾大志点点头：“我们办法多了，美国人阴招也多了。”

远处又传来飞机轰鸣。

曾大志拿出蒙了红布的手电筒。

“发什么信号，我来。”万里接过手电筒。

“快速闪三次，所有车灯关闭。”

万里接过手电筒，对着后面的车，快速亮了三次。

车队所有的汽车都熄了灯行驶。

照明弹照亮了夜空，飞机轰鸣越来越近。

“敌人发现我们了。”

曾大志说：“给车队发信号。手电筒一直亮着，车队停。”

万里打开手电筒，一直照着后面车队。

车队全部停下后，曾大志对万里说：“你下车，我要撞飞机去了。”

“什么时候了还吹牛。”万里急了。

曾大志没时间解释，一脚把万里踹下了汽车。

万里从车上摔下，看到曾大志驾驶的卡车打开了车灯，朝远处飞速行驶，后面跟着两架美军飞机。

身后的车辆全部停了下来，隐蔽在黑夜之中。

曾大志的汽车飞驰，后面的美军飞机越来越近，机载机枪疯狂扫射。

他一边驾驶汽车一边喊着："好样的，跟上我……跟紧点……"

浩无边际的黑夜之中，急速行驶的汽车如同一叶孤舟，在恶浪中跌宕起伏，后面紧跟着恶鲨般的美军飞机。

汽车忽然一个急转弯加漂移，稳稳停下后立即熄灭车灯。只一瞬间，汽车消失在黑暗里了。

飞在前面的美军飞机高高拉起，在黑暗中拽出了一串触目惊心的火星。

曾大志对沿途的地形非常熟悉，他将两架美军飞机引到一处悬崖，在触崖的瞬间，他用急转弯避开了。驾驶第一架飞机的美军飞行员是二战老兵，驾驶经验非常丰富，他发现悬崖后全力拉升，避免了机毁人亡。即便如此，飞机的底盘还是和悬崖顶部发出剧烈摩擦。

第二架飞机发现悬崖，从容避开后绕了一个圈子飞回去，炸毁了汽车。

万里远远地看着冲天的火光，他知道曾大志没有吹牛，他是有机会用卡车撞下飞机的。遗憾的是，他差一点就完成了自己的承诺。

远空的爆炸声打断了万里的思绪，那是隐蔽在山顶的高炮部队击毁了两架美军飞机。万里这才恍然大悟，原来曾大志的计划有两步，首先是他驾驶卡车将美军飞机引向悬崖，无论他是否成功，美军飞机离开的时候都会途经我高炮部队的阵地。

曾大志用自己的生命换来了车队的安全，他被炸得尸骨无存，只剩下残破的手套。

万里把手套带给了老吕的时候，脸颊上还有泪痕。

听完故事，秦基伟向着众多遗物敬礼，向着手套敬礼。

秦基伟久久保持着敬礼的姿态。

第十三章

在硝烟和浓雾中

1952年10月27日

我四十五师荣受志愿军及联司首长的嘉奖通令表扬，并勉励我们再接再厉。

这是朝鲜战场一年多的防御作战中第一次最大的荣誉。上阵地以来，我八十五团受到通令表扬，这是第二次的荣誉。敌人必须歼灭，阵地必须夺回，用更大的胜利回答上级的勉励，用更大的胜利为英勇牺牲的烈士复仇。我们完全懂得胜利的取得是由于志司兵团的指导和支援，是无数英雄牺牲换来的，是朝鲜战场形势的有利，是兄弟部队的支援和帮助，是强大炮兵的配合。是我们四十五师顽强艰苦的战斗作风换来的。而我很明白自己为这个战斗出力并不大而指挥上存在缺点甚多。战斗并未完全结束，还须更加兢兢业业的努力，艰苦的斗争还在后面，战斗的全部胜利尚需全军继续发扬顽强性去争取。

《本色——秦基伟战争日记》

1

“我要的弹药只给了这么点？”范弗里特用力将文件摔在桌上，“国会的老爷们想钓鱼又舍不得下饵，简直无药可救。”

“民主党很有可能在选举中落败。”副官比尔立即上前整理桌上凌乱的文件。

范弗里特猛地站起，狐疑地看着他：“消息确实吗？”

“我们和民主党接近的消息源已经确认，艾森豪威尔的民调大幅领先，民主党连南方的基本票仓都开始摇摆了。”

“难怪连我的弹药都少了……可为什么呢？”

“因为他们认为，如果民主党继续当选，那么麦卡锡会继续用卑劣的手段攻击民主党，那倒不如从共和党里挑个人当总统，让他们去收拾麦卡锡。”

“这帮狗娘养的还真是恶心。”范弗里特大怒。

“你认为新总统对你和三角山战役会有什么态度？”

“一切很快就要结束了。艾森豪威尔是个既圆滑又铁腕的人。但无论是他的圆滑，还是他的铁腕，都会第一时间结束这场战争。”

“你的意思是他是个矛盾的人？”

“我不知道他是不是个矛盾的人。如果他圆滑，就会很快与中国人达成停战协议；如果他铁腕，那他会用原子弹把中国炸回石器时代。所以，是时候在三角山打出最后一张牌了，我不能以现在的鬼样子结束这场战斗。”

“最后一张牌？你竟然还有牌？”

“当然，我们的行动代号可是‘摊牌行动’。”范弗里特笑了。

范弗里特所说的“牌”是187空降团。此时187空降团特遣队队长杰西，已经和美军31团团长泰格汇合，并立即在夜间展开了进攻。泰格命令贝尔和杰西一起行动。

187团特遣队以战斗队形缓缓行进，队伍中的每个人手上都有一支M3夜视卡宾枪。

特遣队小心翼翼向坑道口推进。

在坑道口放哨的志愿军战士听到细微的声音，还没来得及反应，便被乱枪打倒。

贝尔看着志愿军战士的遗体，脸上露出了笑容：“哇哦……从今天开始，我爱上黑夜了。”

2

1952年10月26日，秦基伟正在写日记。

> 重整旗鼓准备再战，不歼灭进犯的敌人不恢复原有阵地，不停止战斗。今天的会议开得很好，各师长在认识上完全一致，决心明确，特别是张显扬师长痛快表示，15军的同志都一致认为仗必须打下去，在打的方法上都统一起来了，争取不用91团，由45师和29师先打回全部阵地，这样胜算更大，也是最理想的。

段显峰带领战士们冲到坑道口的时候，187团已经撤退，这次只是试探性进攻。

段显峰很快接到杜文锦的电话。杜文锦说她刚刚破译了一条情报，美187空降团的一支先遣队上了597.9高地。他这才知道遇到了美军王牌中的王牌。按照当代军事的说法，187空降团就是特种部队，负责执行特殊的、极度危险的任务。特遣队的每个士兵都是千挑万选出来的。

他很快制订出针对性的作战方案，找到冯百胜商量。

段显峰将图纸交给冯百胜："先说说方案中敌我双方所在位置。敌人盘踞了两层。最上层在山顶，是 8 号阵地的地表阵地，现在由南朝鲜军控制。第二层在半山腰，就是美军先遣队所占据的坑道。"

冯百胜思考着："腹背受敌，那不成啊，除非……"

"我的计划是，先用我军炮火袭击 8 号地表阵地，造成要反攻夺取山顶阵地的假象。"

"还不够，再搞掉几个容易炸的地堡。"

"对，能搞多大动静，就搞多大动静。"段显峰继续指着地图讲解，"只要先遣队上当，一出坑道我们就给他们来个迎头痛击。"

"还有一点。"冯百胜指向半山腰下面的位置，"这个美军先遣队占领的只是一个班级坑道，估计人数不会超过 20 个人。我们兵力肯定是足够的。不过空降团火力配备肯定极强，我们很难迅速歼灭，容易形成拉锯战。"

段显峰点点头："哎哟，伤亡过大也不成。"

"所以我们可以兵分两路，埋伏一个排在敌人坑道下面，引蛇出洞后再来个前后夹击，迅速把他们彻底歼灭。"

段显峰返回 1 号坑道的时候，看见范元宝和丁八斗凑在一旁，正在认真地看 15 军的油印报纸《捷报》。

范元宝手指着《捷报》上的字，一字一顿地念了起来："高炮三十五部队击落击伤敌机十架……易学才爆破有功……张合全火线运输……牛保才用身体连接电话线……"

此时的 15 军军部里，张蕴钰兴冲冲地把几份报纸递给了秦基伟："军长，你快看，这是从志司带回来的报纸，满篇讲的都是上甘岭。新华社已经开始了连续报道。"

秦基伟接过报纸，看到几张报道上甘岭战斗的国内报纸，有《参考消息》，还有《工人日报》等。

“兵团领导还说，现在志司、军委乃至毛主席，都在密切关注上甘岭的一得一失。这里不仅成了朝鲜战场的聚焦之处，还受到全国人民的关注。”

“15 军这名声，出得有点早。”秦基伟脸色渐渐凝重起来，“走，一起去趟 45 师。28 号就大反击了，全国人民都看着呢。”秦基伟快步离开。

3

为了大反击，军里又给 45 师补了 1200 名新兵。45 师在五圣山后侧面，修建了和 597.9 地形类似的阵地，这些新兵在正在阵地上训练。

训练的主要科目是投掷手榴弹，597.9 的地表被美军炸成了一片砂砾，手榴弹已经成为最重要的作战武器。

陪同秦基伟视察的崔建功意气风发，他刚刚受到上级的嘉奖。

“士气不错。”秦基伟认真看了一会训练，扭头问崔建功，“到 28 号能组成几个反击连队？”

“我们再加把劲，保证十个反击连队一个不少！”

秦基伟点点头，又换了一个话题：“弹药准备了多少，尤其是迫击炮弹储备了多少？”

“已经运上去了 12000 多发。”

“真打起来，也就是一天的消耗量。”

“虽说我们的运输线有了保障，但最后上山那一公里实在困难。不过我已经想到了接力的办法。”

“到 28 号，一共能运上去多少发？”

“我们再加把劲，2 万发保证没问题。”

秦基伟最后叮嘱：“老崔，现在志司、军委乃至毛主席和全国人民，都在密切关注上甘岭的一得一失。所以28号的大反击是决定性的，反上去就不许再丢，必须给我守住。”

“是，请军长放心。”崔建功郑重敬礼。

秦基伟还礼，和张蕴钰一起离开。

刘向阳看着军长离去，忍不住提醒崔建功：“师长，那份《反击作战补充报告》，您不交给军长啦？”

崔建功问他：“补充报告？哪一份啊？”

“就是您让我连夜赶出来的那份。主要内容是，45师自己打反击，取得全面胜利，不用29师辅助。”

崔建功摇摇头：“看不出来吗，军长对我们的准备还不太放心呢。”

秦基伟在返回军部的路上，对张蕴钰说出了自己的担忧，这次反击，他想要16个连，起码3万发炮弹。他要的是万无一失，不是刚刚好。张蕴钰自然明白他的想法，不过10个反击连、2万发炮弹已经是15军运输的极限了。

187团先遣队队长杰西带着贝尔和麦克走进南朝鲜军的工事。

杰西和麦克两个人戴着墨镜。

金柱玄和金仁表热情地请三人喝酒。

“感谢杰西上尉对我们的支援。干杯。”金柱玄举起酒杯。

杰西看都没看酒杯，语气非常强硬：“如果不是你们这么不争气，我们也不用从遥远的东京赶过来。”

金仁表变了脸色，刚要争辩，被金柱玄拦住。

金柱玄放下酒杯说：“我承认，这次是我们大意了。可最早坐在这里的美7师，也犯过相同的错误。”

这次轮到贝尔变了脸色。

金柱玄不得不承认187团的战斗力：“你们很厉害，能杀死坑道里的中国人，还能住进他们肮脏逼仄的坑道里。我知道你们很辛苦，我建议……”

杰西摆摆手打断他：“不用，我们会继续住在那个洞穴里，要铲除那些中国军人，就必须熟悉他们独特的气息。”

金柱玄也摆摆手：“不，我是希望你们更辛苦一些。”

杰西说：“你什么意思？”

金柱玄递给他一张纸条：“仔细看看我的建议。”

杜文锦的眼疾更严重了。

电话铃响。她接起了电话，熟悉的声音电话另一端传来。

“我是段显峰。今天晚上的攻击计划，需要家里配合。”

“好的。请详细说明计划内容。”

“今晚9点，请炮兵部队攻击山顶的8号地表阵地，制造反攻的假象，帮助我们把坑道里的美军先遣队引出来。等他们一出坑道，我和事先埋伏在他们坑道下面的部队，上下夹击，彻底消灭187团的先遣队。”

杜文锦听得很认真：“好。我通知炮兵指挥所，9点准时做好火力准备，协助你们顺利完成任务。需要什么样的炮，大概维持多长时间？”

“迫击炮就行，我们弹药数量有限，大概持续10分钟吧。”

杜文锦思忖片刻：“既然要佯攻，那就做得真一点。山炮和榴弹炮我一并申请吧。”

“那太好了，谢谢支持！”

“多加小心。”

杜文锦刚挂断电话，所长走进来。

所长说：“文锦，叶子，我已经联系好后方，今天就会有人来接替你们的工作。你们俩，今晚下山，文锦必须马上接受治疗。”

8号阵地坡顶边缘，段显峰和八连战士们隐蔽在掩体后方。段显峰目光如炬，紧紧盯着前方的南朝鲜军阵地。

八点五十分，范元宝向他汇报 3 排已经埋伏到位。

八点五十九分，正在和新同事作交接的杜文锦，走到观察口前，再次眺望对面熟悉的 597.9 高地，默默等待我军炮火。

4

九点整，漫天的炮火划破夜空，落到了 8 号阵地。

炮火覆盖结束后，冯百胜和段显峰立即下达了佯攻命令。

枪声爆炸声响彻夜空，尘土四溅，硝烟弥漫。

一个暗堡开火，压制住了八连战士。

常大友将手里的轻机枪递给身旁的战士：“火力掩护，手榴弹都给我，我去把它掀了。”

片刻，一声巨响传来，碉堡随即哑火，战士们立即前进。

段显峰和冯百胜也带着战士们向前推进。

段显峰的周围不断有炮火掩护，炮火声逐渐转变为耳鸣声，耳鸣声越来越大，段显峰的双耳开始出血。他咬着牙跟着战士们一起冲锋。

常大友返回后问冯百胜：“蛇还没被引出来，要不要我再去端他几个火力点？”

段显峰说：“引蛇出洞嘛，动静要搞得大大的，伤亡要搞得低低的，这样才划算。”

“来都来了。多炸他几个碉堡，省得以后麻烦。”常大友不太甘心。

冯百胜笑了笑，冲着身后大喊：“司号员，你给我使出吃奶的劲，吹完就换一个地方吹，一定要把总攻的气势给我吹出来。”

一片漆黑之中，志愿军的冲锋号在四面八方响起，枪声大作。

无数子弹扫在南朝鲜军阵地前方，压得南朝鲜军抬不起头来。

金仁表和一个通信兵躲在泥土四溅的战壕里，心惊胆战。金仁表马上通知了杰西，让他带特遣队救援。

接到求援电话的杰西想起了金柱玄说过的话，金柱玄说，中国人是不会坐以待毙，等着你来剿灭他们。他们会反击，会偷袭。我建议你准备得更充分些，比如，更多的武器，更多的人。尽管那个坑道已经很肮脏，很拥挤了。

杰西下达了第一道命令："伙计们，让他们看看真正的美国力量。消灭他们，你们每一个人都会成为英雄。A 分队，跟着我向上攻。"

杰西下第二道命令："麦克，我们分头行动。你带 B 分队殿后，中国人的战术根本猜不透，经常玩穿插包围那一套。你一定要保证我们后方的安全。"

班级坑道口，杰西带一伙美军士兵鱼贯而出，沿着山坡悄悄向上运动。

埋伏在坑道上方的段显峰和冯百胜看到后，命令发射了两枚信号弹。

冯百胜观察片刻，突然神色一变："不对劲，老段，不是说只有一个小队吗？"

段显峰看见坑道口中又跑出一个特遣小队，沿着山坡悄悄向下。

"一个班级坑道最多装 20 个人，什么时候藏了这么多人？"段显峰也很诧异。

"这帮美国鬼子是不是成精了？第一拨往上封了我们的退路，第二拨往下又拦住了 3 排。敌人对我们的战术战法很了解。"冯百胜一拍大腿，"管他娘的，趁他们口袋还没有完全成型，我们先冲出去。"

段显峰表示同意："只能这么办了。否则不光我们要被包饺子，3 排他们不知道情况，也是羊入虎口。"

冯百胜对常大友说："一排长，给我撕出一道口子来！"

"放心吧，晚上是我们的天下！"常大友点了三名战士，要他们去执行任务。

"砰！砰！砰！"

三声枪响，离开隐蔽处的三名战士几乎在同一时间倒下。

段显峰眼疾手快，一把拽住刚刚起身的常大友，硬生生把他按住了。常大友俯下身的一瞬间，一发子弹贴着他的头皮穿过。

冯百胜一惊，连忙过去查看。常大友用力拍了拍自己的脑袋，随后摘下帽子，这才看见子弹只是把帽子穿个窟窿。

再看那三名战士，均被精准命中，都是一枪爆头。

枪声过后，战场又陷入死一般的沉寂。

段显峰等人惊讶地观察四周，最后在他们附近发现了几个移动的红点。

段显峰倒吸一口凉气："敌人用的是 M3 夜视卡宾枪，配有热成像夜视仪，晚上也能看得一清二楚。"

冯百胜也是脸色一变："坏了，夜战没得打了。"

这时山顶的南朝鲜军配合 187 空降团开始反击。

八连被前后夹击，阵地上再度爆发激烈的战斗。

子弹袭来，尘土四溅，山坡下的 3 排战士被压制得抬不起头来。

五六名战士的遗体就倒在掩体外，也都是一枪致命。看到战友牺牲，万里的眼睛顿时就红了，向段显峰请战，想在孙耀祖和机枪手的掩护下靠近敌人，之后用手榴弹解决他们。换作平时，可以执行这个战术，可现在我在明，敌在暗，完全处于被动。段显峰想了一个办法。他把缴获美军的照明弹都集中起来，配合万里行动。

万里刚冲出隐蔽处，麦克便通过手持的卡宾枪夜视仪，捕捉到了他的红外成像。

麦克调整射击角度，得意地说了一句："朋友，帮我跟上帝说声晚上好。"

麦克正要扣动扳机，万里突然卧倒，朝他所在的方向连续发射了照明弹。一发照明弹可以照亮大半个夜空，落在地上，相对狭窄的空间里，亮度可以用刺眼来形容。连续发射的照明弹晃得麦克等美军睁不开眼睛。

形势顿时逆转，刚刚是老八连的战士们看不到美军，美军可以看到他们，现在美军不仅完全暴露在他们眼前，美军的视力因强光的照射，受到了巨大影响，很多美军都睁不开眼睛了。

沉积的战场瞬间变得沸腾起来，战斗也迅速结束了。

万里如同狡兔般迅速靠近众多的美军，机枪手和孙耀祖在他身后火力掩护。

手榴弹砸到美军头上的时候，麦克就开始撤退了。187 空降团是一柄利刃，这柄利刃的丰硕战果大部分来自偷袭，一旦战斗陷入对峙，或者被动地步，将会产生巨大的伤亡。

187 空降团要的不是杀敌一千自损八百，而是杀敌一千，我没有伤亡。

负责掩护的机枪不能精准射击，只是一个个扇面扫射出去，让美军抬不起头，无法还击。孙耀祖是一枪一个。

放倒两名撤退的美军后，神枪手孙耀祖兴奋地吆喝起来："打你脑袋瓜！"

一名美军头部中弹倒下。

"打你大腿根，拖着回去吧。"

又一名美军腿部中弹倒下。

孙耀祖越打越兴奋，越打越得意，战士们也跟着兴奋起来，都齐刷刷地看着他。

孙耀祖更得意了，他要尽情展示自己的枪法。

"肚子给你戳个窟窿！"

子弹准确射中一名美军的腹部，可这名美军在地上翻了两个跟头，又踉踉跄跄地跑了。

"他娘的，肚子是铁打的？"孙耀祖愤愤地骂了一句，又把枪口对准了另一名美军，"胸口碎大石听说过没有啊？"

一名美军胸口中弹，人几乎是横着飞了出去，孙耀祖还没来得及说点什么，这名美军竟然也爬了起来，摇摇晃晃地逃了。

孙耀祖发出一声惊呼，身边的战友没人说什么，但他似乎听到了一阵嘘声。

看到万里撕开了敌人的口袋阵，段显峰立即吹响哨子，命他撤退，随后招呼战士们往坑道走。

“不可能吧，明明打中了。”孙耀祖不信邪地又端起了枪。

冯百胜不由分说，一把揪住他的衣领，半拖半拽地把他带走了。

回到坑道，段显峰做了两件事，一是收集各坑道缴获的照明弹，二是研究战术。看到孙耀祖还是满脸狐疑，开始怀疑自己的枪法，段显峰告诉他，187 空降团是美军精锐中的精锐，士兵都是经过层层筛选，还配置了最先进的武器，比如说配有夜视仪的武器和避弹衣。

战士们都是第一次听说避弹衣，孙耀祖的眼睛顿时就亮了，他说这要是搞几件避弹衣套在自己人身上，那得减少多少伤亡。段显峰听了这话只是笑笑，空降团战术灵活，战斗作风顽强，想要缴获避弹衣是难上加难。

段显峰和冯百胜的意见一致，对付 187 空降团的战术就扬长避短，既然敌人有夜视仪的优势，那就避免在夜间交锋，如果一定在夜间战斗，那就要选一个于我有利的时机。

好机会很快就来了，这一次连照明弹都没派上用场。

上甘岭 597.9 高地罕见地起了大雾，冯百胜说既然老天爷都来帮忙，那就别客气了。战斗进行得比较顺利，虽然 187 空降团的战斗彪悍，但在不是你死，就是我亡的对攻中，他们的战斗意志成为软肋，很快就因为伤亡过重而败退了。

麦克接到任务后，原本不想率领 187 空降团特遣队参战，毕竟硬碰硬不是他们的长处。到了战场以后，得知志愿军竟然不可思议地扛住了地狱般的轰炸，心里便生了怯意。他是这样，那些美军空降兵更是如此，所以对攻持续一段时间后，溃败就开始了。

孙耀祖又开始“点名”，这次他专打敌人的脑袋、脖颈和大腿。段显峰下达撤退命令后，孙耀祖主动负责断后，他有个小心思，那就是缴获避弹衣。最近他脑子里转来转去的都是避弹衣，一会想着如果搞三件避弹衣，那就能装备一个战斗小组，要是搞七八件，那就阔气了，战斗小组不仅可以人手一件，还能铺在阵地上，他还琢磨着把避弹衣裁剪一下，也许能做成保护脸部的避弹头盔。

孙耀祖举枪撂倒一名拖后的美军后，快速观察四周，发现撤退的美军没发现中弹的美军，立即冲了过去。他琢磨着，没有七件八件，没有三件，有一件也成，拿回去研究研究，兴许自己也能搞出来。

187 空降团的溃败是有序的，孙耀祖觉得他们漏下了中弹的美军，其实已经有人去救援他了。段显峰看见孙耀祖的时候，已经有两名美军瞄准了他。

段显峰快跑了两步，一脚踹倒了孙耀祖，即便如此，密集的子弹还是撂倒了他。紧接着一枚枪榴弹就落到了段显峰身旁。

冯百胜和常大友、万里几个人几乎是同时回身救人，同时射击，投弹。

段显峰被常大友背在身上的时候，用力指了指被孙耀祖击毙的美军。常大友身上背着段显峰，手里拖着美军，跌跌撞撞地撤回了安全区域。

孙耀祖左臂受了轻伤，段显峰严重一些，枪榴弹的弹片划破了他的肚皮。尽管他满脸不在乎，孙耀祖却难过得要死，说什么也要陪着担架队，一起把段显峰送到山下。

经过夜以继日的挖掘，工兵部队挖掘出一条生命之路，近一米深的战壕式通道每隔几十米就有一个猫耳洞。美军普通的轰炸，运输队隐蔽在通道里就可以，比较猛烈的轰炸进入猫耳洞。除非炮弹直接命中，否则不会给运输队造成更大的伤亡。

生命通道的打通让所有人松了一口气，伤员终于可以送下去，可偏偏就在这个时候，胡满仓和罗万象因为伤势过重牺牲了。

“抬回去！”冯百胜吼声中带着哭腔，“死的活的都得抬回去！”

运输队上山负责运送补给，下山是负责运送伤员和遗体的担架队。

担架队下山时孙耀祖寸步不离地跟在段显峰的担架旁。他的身上穿着那件缴获来的避弹衣。老八连没人想穿这件避弹衣，因为段显峰因此负了伤。孙耀祖更加愧疚了。

段显峰见孙耀祖总是闷闷不乐，一有机会便和他闲聊，他说自己其实伤得不重，让向红给自己缝一缝就成，不用下山。他说 187 空降团被我们打残了，美国人应该是黔驴技穷，没什么新花样了，后面的就看我们的了。孙耀祖始终没回话，只是点头。段显峰又说，你那避弹衣送我吧，以后用得着。孙耀祖的脸上这才见了笑模样，连忙把避弹衣盖在段显峰身上。

这时一发美军的冷炮落下，正落在距离段显峰不远的地方。孙耀祖不顾溅在脸上的泥土，冲过去查看段显峰。如果段显峰再出什么意外，他这辈子没法活了。

段显峰安然无恙，一片小铲子般的弹片落下来，插在了避弹衣上，如果他没有把避弹衣盖在身上，肯定就被开膛破肚了。

回到后面，段显峰的嘴巴一刻也没停，遇到路过的战友，遇到医生、护士，无论遇到什么人，他都会拍着身上的避弹衣说，看看吧，我战友缴获的避弹衣，没有它，我就没命了。

段显峰像孩子一般不停说着，孙耀祖像孩子一般不停笑着。

段显峰被抬上手术台的时候，孙耀祖走了。

他蹲在手术室外面就再也没有站起来，医生说他胸口有一个弹孔，奇怪的是，没有流血，偏偏等到段显峰上了手术台，他才走。

第十四章

大反击序曲

1952年10月27日

为了有效的分散和牵制东线敌人，我决定以一三〇团再次攻歼381高地之敌及反击391南山头的敌人。东线反击进占我537.7高地的敌人。战斗至廿四时各作战部队接连报告战斗发展情况，三点反击都按照预定的理想实现了，特别以一三〇团反击381无名高地为最出色，在10分钟的战斗中全歼美七师卅一团两个排20人我仅伤亡22人。一三三团反击537.7歼敌一个营的大部夺取阵地，一三二团反击391同时成功。全军同志一切为了胜利为了击败敌人进攻为了东线作战的胜利均在以各种手段和高度的积极性战斗着让梦想攻占我五圣山前沿阵地的敌人进退两难。

《本色——秦基伟战争日记》

1

秦基伟在前线指挥所见到了李德生。

一见面，秦基伟就对李德生说：“你一来就把指挥所设在前线，一定要多注意安全。美国人不会轻易认输的，仗还得打，为了大局，你这个 12 军的前线总指挥，可不能出一点意外。”

“都是枪林弹雨过来的人，怕危险就不来上甘岭了。”

“李副军长，有些话还是想当面和你说。12 军刚来就要参与反击，战士们太辛苦，需要休整。另外，干部和战士对敌人的部署情况和地形还不是很熟悉，需要多一点时间做准备。”

“秦军长，这些天你们 135 团下来的战士天天和我们交流经验，上甘岭两个高地的地形早就刻在我们脑子里了。”

“后勤给你们的粮食补给还在加紧运送，还是等一等比较稳妥。”

“我们 12 军自带干粮，早就准备好了。”

“你们才到几天，肯定有很多困难。”

“困难嘛当然有，不过我们能克服。我代表战士们表个态，12 军随时都可以拉上去。秦军长，军里有什么安排和变化，你就说吧。”

秦基伟笑了笑，伸出三根手指：“30 号，大反击日期推迟到 30 号。”

“是，没有问题。”

李德生带着秦基伟走到沙盘前，拿起一面小旗子插在 597.9 高地上：“30 号反击，多出两天时间准备，我们先打 597.9 高地的计划就稳妥了。站稳了 597.9，后续打 537.7 北山，主动权就在我们手上。”

李德生一边说着，一边把另一面小旗子插到了沙盘中 537.7 高地北山的位置上。

秦基伟点点头：“多了两天准备时间，就算范弗里特把美 7 师和南朝鲜军 2 师全都压上来，我们也有把握吃掉他。”

李德生说：“只不过……坑道内的同志们，又得多苦上几天。这几天，不知道他们要面对敌人多少次进攻，要扛住敌人多少颗炮弹？这是对身体和意志的绝对考验，就是换上一支生力军，也没有百分百的把握能顶得住，他们的压力太大了！”

秦基伟说：“坑道的同志是英雄啊，他们牺牲得太多了。”

电话突然响起。

李德生接起电话，随即看向秦基伟，是找秦基伟的。

秦基伟接过电话后匆忙离去：“军里有点事，我先回去。”

秦基伟说的事情是段显峰偷偷溜出了医院，回前线了。

秦基伟亲自找回段显峰，把他带回了 15 军军部。以上甘岭的惨烈来讲，段显峰的伤确实算不上严重，可也不算轻，毕竟肚子被划出了一个口子。他在病床上躺了两天，找了支步枪充当拐棍，就要重回上甘岭。

秦基伟心里是赞同段显峰这种做法的，段显峰从南京军事学院的教员到老八连的副连长，虽说成长之路磕磕绊绊，可他如今已经长出了 15 军的骨头。从部队，乃至自己的角度，秦基伟舍不得他再回上甘岭，以他的伤势来讲，这一次很有可能就回不来了。

秦基伟会做思想工作，他知道这个时候不能用军令压他，所以他一张嘴就问，你这个样子回去，是打仗，还是要战友照顾你？

段显峰没有回答他的话，他掏出步炮协同手册递给秦基伟：“根据我这些天在阵地的观察，上甘岭定胜负的关键就是步炮协同。我们没有美军的弹药量，只能运用高超灵活的步炮协同战术来转变战场主动权。”

“你能超越他们？”秦基伟注视段显峰。

“美军步炮协同作战时，弹幕与步兵的安全距离根据不同种类的炮，在 200 米到 800 米不等。我和炮营的高副指挥测试过，当我在一线为炮火提供引导时，我们的弹幕安全距离能比美军的少一半。”

“你怎么做到的？”

“要将我炮兵群的阵地位置、目标距离、火炮口径、弹种等信息全部掌握，并把风速、射角误差、跳角误差、弹道系数，散布计算等参数估算出来，报给炮兵。”

秦基伟点点头，示意他继续说。

“快速估算和综合判断这么多参数，有步兵作战的实际经验，有对炮兵的观察，并了解美军的思维方式。未来也许会有很多人能做到，今天，只有我。”段显峰停顿一下，“我想向军长申请，批准我去当炮兵观察员，让我们的每发炮弹都发挥更大的作用”

秦基伟没有回答，只是看着段显峰。他同意段显峰说的，但段显峰是在用自己的生命去换更默契的步炮协同。

段显峰给秦基伟讲了一个发生在自己身上的故事。

1946 年，北平驻华美军驻地，一辆吉普车从军营大门开出来，车子左摇右晃，对着人群直冲而来。营门口做生意的中国人，都被疾驰而出的吉普车吓了一跳，纷纷躲避。只有一个卖报的小姑娘没躲开。小姑娘被撞飞十多米远，报纸散落，漫天飞舞。撞人的是美海军陆战队教官约瑟夫，一个整日宣扬人人平等的人。经过调解，约瑟夫答应赔偿 36 美元，因为他养的那只缅因猫价值 36 美元。

段显峰又讲到了他的曾祖父，他视《中美天津条约》为奇耻大辱，愤而自戕。他讲到祖父在 1900 年八国联军进北京时，被吊死在大街上。他讲到父亲投湘军，讨伐吴佩孚，驱逐张敬尧，参加“护法战争”，最终加入了共产党。

“我祖上三代人一直在寻找救人的出路，现在找到了，抗美援朝眼看就胜利了，只要打赢了上甘岭，我们四代人的期望就圆满了。”段显峰尽力压制激动的情绪，“我不怕牺牲，只希望死得其所。”

秦基伟环顾了一圈，像是在找昔日的警卫员王鲁，也像是在找酒。王鲁已经牺牲，段显峰第一次去上甘岭，他们喝光了邓小平送给他的酒。

做什么似乎都是多余的，秦基伟只说了我同意了。他看着蹒跚离去的段显峰，如同父亲看着儿子义无反顾地奔赴战场。

秦基伟向王近山汇报了推迟反攻时间的原因，他知道志司已经命令 15 军左右邻的第 38 军，39 军 ，40 军，65 军，68 军在各自防区地正面发动攻击，策应上甘岭战斗。同时命令正开往后方休整的第 12 军取消原休整计划，转往五圣山地区，作为战役预备队，视战况投入战斗。15 军则利用坑道部队继续消耗吸引敌军，赢得调整部署的时间，然后组织决定性的反击，从根本上扭转战局。推迟大反击的时间，会牵涉到全军方方面面的工作。

他需要这两天时间，以保证反攻取得胜利后还能要守得住。

王近山将这一情况汇报给了志司，秦基伟很快接到了邓华的电话。邓华代表志司同意反攻的推迟。

美军 187 空降团特遣队被打残，撤离了上甘岭，这件事没有影响南朝鲜军 2 师师长丁一权升任第 9 军团副军团长。丁一权希望金柱玄和自己一起走，因为新任 2 师师长姜文奉和他素有嫌隙，他走后姜文奉一定找金柱玄的麻烦。金柱玄坚持留下，他认为只有胜利才能换来美国人的尊重。丁一权一笑了之，在他心里，金柱玄太天真了，美国人对南朝鲜的轻蔑由来已久，不是一两场胜仗可以挽回的。

187 团的惨败也让范弗里特的如意算盘落空了，他原本想着由南朝鲜军队消耗 15 军，让 187 团摘桃子，孰料桃子没摘到，反而赔了本钱。

2

段显峰返回上甘岭之前，去了一趟野战医院，他要重新包扎，再带一些药。

当时杜文锦正在做眼部检查。

杜文锦问军医：“我什么时候可以再上前线？”

军医看着她红肿流血的眼睛说：“还上前线？你的角膜炎已经非常严重了，需要休养。”

“我是45师的侦察参谋，观察所工作离不开我，我有重要任务！”

这时，段显峰的声音从隔壁诊室清晰地传了过去。

杜文锦听出了段显峰的声音，从自己的隔间出来，走到隔壁的隔间，犹豫了片刻，撩开帘子，却只看见一个护士在收拾东西。得知段显峰刚刚离开，她马上追出去，可是野战医院的伤员太多了，视力模糊的她无法在人群中找到段显峰。

段显峰离开野战医院后，来到了做了隐蔽的三号洞库，看到了六门卸下伪装的喀秋莎火箭炮。

段显峰找到高风亮，说出了自己的计划。他认为炮兵一靠通信，二靠侦察。通信分有线通信和无线通信。坑道里以有线电话为主，阵地上靠的就是无线报话机。很多步兵和炮兵通信人员为了完成接线任务，宁可把鲜血流在阵地上，也要确保通信线路畅通，保证战斗命令下达，保障炮兵的指挥。像135团通讯班的战斗英雄牛保才，就是为了维护战地线路牺牲的。配置给炮兵的观察所，由于受地势影响和器材倍率所限，目标阵地的有些死角是看不到的，很多时候还需要前线步兵提供准确的射击参数。只有步炮协同默契了，才能让炮打得又快又准。

高风亮提出76.2野炮能打碉堡，甚至还可以直瞄射击，还能当曲射炮用。唯一的缺点是口径不够大，不如大号的榴弹炮毁伤效果好。

段显峰提出的解决办法是，让它和前沿的迫击炮结合起来，比如对付敌人反扑，迫击炮可以轰击距离前沿阵地近的目标，76.2 野炮可以打中距离的目标，对面山上敌人的火力点，碉堡可以一个个的“点名”，采用曲射还能压制敌人的其他目标。如此一来，一炮多用，既能节省弹药，还能解决问题。

夜里，段显峰打开了刚刚收到的信，那是女儿庙生的来信。

爸爸，我入队了，是一名戴着红领巾的少年儿童队队员了。我是全班第一批入队的儿童队员。我的同桌老说我的红领巾不红。因为老师说，红领巾都是先烈的鲜血染红的，我不是先烈的孩子，就算有红领巾，也不会是鲜血染红的。我很讨厌他。但是昨天，他有一颗水果糖，给我舔了一口，真甜。我就不那么讨厌他了。他说，这是他爸爸在朝鲜打仗，立了功，政府发的糖。爸爸，你立功了吗？我们家什么时候可以发糖？你一定要立功，比他爸爸立的功还大的国际功，到时我们家也有糖发，我要带给全班的同学吃，你说好吗？我好想你回来，我去火车站接你，向你敬队礼。老师说我的队礼敬得特别标准，你戴着立功的大红花，我戴着红领巾敬礼，那多好啊……

看着庙生寄来的照片，段显峰的眼眶湿润了。他沉思片刻，提笔回信。

亲爱的女儿，爸爸让你失望了，我还没有立功。但我会不断进步，争取早日立功，吃上水果糖。如果同桌再说你的红领巾不红，你可以告诉他，先烈不是为自己的孩子流血，是为全天下人流。爸爸答应你，过年争取回家探亲。好想把手表的时间拨快，这样我就能最快地见到你，看看你戴红领巾的样子，看看你敬队礼的样子，看看你吃巧克力被甜到的样子……就是想看看又长大的你。想你。

同一个夜晚，杜文锦也收到了家中来信。是姑姑的来信，她还寄来了一盒糖果。

“文锦，家中一切安好。告诉你一个好消息，你父母的地下党身份终于可以公开了！你以后都可以自豪地说，自己是烈士的女儿。都是你爸爸妈妈的老战友董叔叔帮的忙，你将来可要好好谢谢人家……”

杜文锦眼眶顿时湿润，慢慢看向手边一个旧糖盒。她回想当年的一幕。

十岁那年，她抱着糖盒吃糖，那个糖盒和姑姑寄来的糖盒一模一样。当时西装革履的父亲正在收报，母亲在一旁翻译密文。突然间，一群特务冲进房间，射杀了父母。后来，她跟着姑姑生活，再后来穿上了志愿军军装。

杜文锦收起信时，已是眼眶通红。

597.9 高地 1 号坑道，万里靠在洞口，望眼欲穿地等着段显峰。

范元宝走过来，对他说：“万里，反击动员会就差你这个代理副连长了，你快来吧！”段显峰离开后，万里被任命为代理副连长。

万里有点急了：“你瞎说什么，我可没那个资格。段副连长他会回来的。”

“可这离大反击也就八九个钟头了，他还能赶得上来？”

冯百胜匆匆走了过来，语气严肃地说：“刚刚接到了团部电话，大反击的时间推迟两天！”

范元宝说：“这可真够突然的，战友们都等着呢。”

“那有说副连长什么时候上来吗？”万里问冯百胜。

冯百胜一脸凝重，摇了摇头：“副连长伤得不轻。万里，不管你有什么顾虑和心思都必须放一放，稳住战士们的情绪才是最重要的。眼下我们没得选，只能迎难而上！ 3 号坑道那边要准备的事情也很多，我得回去了。1 号坑道就要靠你了。”

万里心里空落落的，胡满仓牺牲，段显峰负伤离开，他几乎是在一瞬间成了 1 号坑道的顶梁柱。稳定自己的情绪后，他决定先开党支部会，然后再分组传达精神，充分发挥骨干作用。

此时，15 军军部召开了大反击前的作战部署会议。

秦基伟发表了对全军指战员的讲话：“坚守在五圣山和上甘岭的英雄们，我衷心感谢你们的英勇顽强和战斗意志。在半个月的苦战中获得歼敌 12000 名的辉煌胜利。为全军争光为烈士们复仇，继续战斗下去，再接再厉将进攻的敌人全部歼灭在我们的钢铁阵地上，不恢复全部阵地，不停止战斗。我没有别的东西，只将我私人所买的水果糖、罐头梨全部送给最前沿坚守坑道及连续反击敌人的最可爱的人。希望你们收到这些礼物后，更加顽强地战斗，争取早日恢复全部阵地！”

第十五章

“书生”重返前线

1952年10月28日

在半个月的苦战中，我们四十五师发扬了高度的艰苦顽强和英勇牺牲的战斗意志，完全依照我在该师所号召的“一人舍命，十人难当”顽强性，半个月的苦战中该师伤亡五千余人，许多的连队打光，有的连队只几个人至十余人仍在坚持战斗，有的连队战斗员全部伤亡，干部不下阵地，轻伤不下阵地重伤不叫苦，舍身炸地堡舍身堵敌人机枪掩护部队冲锋夺取阵地，尤其是坚守坑道的干部战士数日吃不到水吃不上饭得不到主力的支援，独立的坚守阵地自动反击前仆后继可歌可泣的事迹是说不完写不尽难以形容的。我们的干部战士政治觉悟是那样的高，他们为了国家安全为朝鲜人民为了保卫世界和平不惜生命的和敌人搏斗，指战员们是多么可爱可敬，有的负伤的战士还让护士转告上级“赶快派队伍去将敌人打下去，阵地不能让美国强盗占去了”。当我听到这些事迹使我压不住情感流下了泪，但又使我信心百倍勇气百倍。敌人必须歼灭阵地必须夺回，这是战士们的意志是负伤的同志对我们的希望和要求，给死者复仇以胜利安慰他们。

《本色——秦基伟战争日记》

大反击开始前，秦基伟收到了崔建功的作战计划。作战计划主要有两点：

一、134、135两个团组织5个连，加86团一营3个连，加上坑道里的2个连，一共10个连作为反击主力。战斗时，每个连分3个梯队，梯次投入战斗，形成3个冲击波，每波3个冲击浪，每浪三个冲击班，每班3个冲击组，每组三个人，每人除了带自己的枪之外，多带手雷，每个班安排一个人不带武器，只带弹药。

二、火力方面，准备榴炮2个团，一个野炮团，一个76.2炮营，一个山炮营，一个喀秋莎团，29门迫击炮，负责反击的火力支援。步兵冲锋前，炮兵需要摧毁绝大部分地表火力点。迫击炮群在战场南侧100米，拉一层弹幕，阻隔敌人援军和钻山跑路。三分之一的火炮作为机动火力，随机应变。等待压制对我冲锋队伍威胁最大的目标。喀秋莎先在战场进行一次覆盖，然后集中火力打击7号阵地摧毁敌人的前线指挥所。

此外，每个冲击小组，必须由党员带领，没有党员用预备党员和入党积极分子，再没有用团员。

针对这份作战计划，秦基伟、李德生、张蕴钰、车敏瞧、周发田等15军军部首长展开了讨论。

车敏瞧首先发言："看崔师长交的计划还是很详细的，党员的作用也写得很突出。"

"细是已经很细了，对喀秋莎的使用还是不具体，到底打几个齐射也没说。"张蕴钰提出了自己的想法。

周发田笑着说：“崔建功是耍了个滑头，怕说少了自己吃亏，说多了我们不批。”

秦基伟说：“我看他是想让喀秋莎打两个齐射，我只有一个齐射的批准权，两个齐射得报志司批准。”

李德生说：“反击兵力使用上，是不是有些偏大？我这几天在前线转下来的结论就是，用兵多，会导致伤亡大。反击作战，避免用兵过大，把部队分散出去。不然崔师长手上那点人可不够他打的。”

“李副军长看得很准。崔建功想一战翻盘，但有点着急了。”秦基伟回身对张蕴钰说，“参谋长，回电给崔建功，现在就发给他，要他立刻改出来。”

周发田说：“是不是发过去让他心中有数就行？继续改计划，时间恐怕来不及了。”

秦基伟说：“必须改。这事不讨论了。告诉他，今晚我不睡，等他。”

“是。”

秦基伟提出的要求是：一、反击使用兵力过大，不超过10个连为宜，要留有足够的后续力量。在战术方面多注意小兵群及战斗队形，在敌我双方炮火均强的情况下，兵力大，势必招致过大伤亡。二、炮火组织上不能过分依赖远程火炮打击，要以无后坐力炮和60迫击炮组成伴随火力。关键的时候，打敌人地堡和打敌人反击可以发挥重要作用。这是保证反击行动最及时有效的火力 。这方面的计划要做细。三、火力准备不能一成不变，最后一轮炮击要组织炮火假延伸，一线部队配合佯动，把敌人从工事里引出来，再来一次猛烈的火力覆盖，打他个措手不及。

当夜，秦基伟正在伏案写日记。

阵地最后还是我们的。我们不是同敌人拼消耗而是要以小的代价换得对敌人最沉痛的打击，杀伤歼灭敌人的有生力量。仗必须打下去，阵地必须全部恢复并取得胜利。让我在这以紧张愉快的心情来祝我们45师及参战炮兵部队争取更大光荣，只有敌人停止攻击战斗才能结束，不到全部胜利不收兵。

段显峰回到597.9高地的1号坑道后，只做一名普通战士，万里仍担任代理副连长。

老八连等坑道部队接到了大反攻的具体计划：135团沿6号、5号、4号、0号山棱秘密往前运兵，从0号阵地迂回，奇袭得手后，再攻9号阵地；134团和86团分兵两路，右路军攻打8号、1号阵地，左路军攻打2号、11号，右路军得手后与135团会攻3号主峰。包括左路军在内的全部战斗得手后，三路兵共同攻击7号阵地。

第十六章

炮兵万岁！步兵万岁！

1952 年 10 月 31 日

我一三四、一三五团和八十六团各一个连在百门大炮支援下经六个钟头的激烈肉博［搏］战将 597.9 主峰及大部阵地夺回。守备在这个山上的敌人（伪二师六个连）大部就歼。这是达到最理想的情况了。597.9 这是第三次全部恢复阵地的战斗。敌人从廿日占去这个阵地的主峰及全部地面阵地，经过十天的修改工事增设附防御物占住我数十个防炮洞和少数坑道。经过六个钟头的激烈争夺打退敌人廿多次的反扑之后恢复了大部阵地。这是出乎意料之外的成功，这是决定敌人的失败。为了巩固胜利必须坚决控制表面阵地吸引敌人明天攻击求得在阵地前面予敌有生力量更大杀伤。

《本色——秦基伟战争日记》

1

1952 年 10 月 30 日，上甘岭战役第 17 天。

21 时整，秦基伟拿起手枪，快步走出 15 军指挥部，朝天一枪！

“大反击正式开始！”

聂济峰立即拿起通往各个炮群的通话器，大声喊开炮！

各级炮兵指挥员纷纷大喊：“开炮！”

15 军各个炮群 100 多门火炮集体怒吼，成吨的钢铁弹丸漫天盖过去，597.9 高地瞬间被烈焰爆尘吞没。

正在抢修工事的南朝鲜军们死伤惨重。

那些用来修筑工事的铁线、钢板等工具夹着他们的尸体被炮火炸向半空，又重重地砸在了还在逃跑的南朝鲜军身上。

597.9 高地的各个坑道内，志愿军战士们被猛烈的炮火震得东倒西歪，可脸上却都洋溢着自豪的笑容。

597.9 地表阵地上，金仁表带兵躲在地堡里，分辨着外面的炮声。

炮火声渐远，紧接着又传来一阵阵枪声和喊杀声。

“冲啊！杀啊！”

金仁表带着南朝鲜军们跌跌撞撞地爬出地堡，快速架好机枪，严阵以待。

可预想中的志愿军队伍却没有冲上来。

这时，我方已经延伸过去的炮火却突然折了回来。这是志愿军的炮火延伸战术。

南朝鲜军们立即遭受更猛烈的炮火袭击，一多半人被炸得只剩残骸。

金仁表忙把头埋进死尸堆里，对着步谈机狂叫：“预备队！炮火支援！”

南朝鲜军的后方阵地，两个连的南朝鲜军预备队集结完毕，准备上山支援。不远处，南朝鲜军的几十门榴弹炮也对准了 597.9 高地。突然，我方 300 多发火箭炮从天而降，南朝鲜军的后方阵地顿时成了一片火海。南朝鲜军预备队和榴弹炮瞬间化为灰烬，被大火烧得干干净净。

晚上 10 点。

45 师指挥部，崔建功挂断电话，兴奋地对张蕴钰：“敌人上当了，我们的战术很成功！”

张蕴钰说：“炮兵的假延伸再加上步兵的假冲锋，足够把敌人粘在阵地上不敢动弹，这时我们的炮火再来个反跳，那打击的效果不是一般地好。”

崔建功抄起电话：“各团注意，步兵反攻正式开始！”

万里带兵杀出了 1 号坑道。

冯百胜带兵杀出了 3 号坑道。

其他坑道部队陆续杀出坑道。

山下的志愿军反击部队也冲上了山。

三个团共十一支连队，分头向各个阵地杀去，一路枪林弹雨，血溅尸横，残骸纷飞。

崔建功的命令是：在东路，先用囤积在坑道里的第 134 团 8 连和第 86 团 3 连，攻打 3 号、1 号阵地，如果反击顺利，可顺势夺取东北山梁的 2、8、11 三个阵地；在西路，先用 135 团 4 连攻打 10 号阵地，再打 9 号阵地，如果得手，再顺势拿下东南角的 7 号阵地；十一个连队轮番上阵，直到拿下 597.9 高地全部阵地。

冲击，反冲击；占领，反占领；战事胶着，厮杀惨烈。

段显峰和庄峰隐藏在高处山峰石坎中，一边观察各处战况，一边用步谈机联系着后方观察所。

“张庄，我是鹏举，9 号阵地 5 号区域，榴炮群不修正，两轮齐射……”段显峰的声音在传递。

“10 号阵地 3 号区域，迫击炮群，瞬发引信，三发速射！”庄峰的命令立即下达。

炮弹精准地砸在敌方阵地上，迅速将地表的南朝鲜军消灭殆尽。

紧接着，万里等战士们冲到残存的地堡和火力洞口。

对着洞口一阵猛烈的扫射和手榴弹轰炸后，里面的南朝鲜军们全都被打死。我军炮火继续开道，形成一片弹幕。万里等战士们紧跟其后，继续冲向下一个阵地。

万里带着云贵川追击贝尔等几名敌人，他们连续击毙敌人，将贝尔一人困在碉堡。

贝尔为逃脱，用诡雷炸死了云贵川。

贝尔借机逃走。

最终，597.9 主峰 3 号阵地被我军攻克。

万里等人将八连的战旗插上了 3 号阵地！

2

外面炮火声已经停止。

寂静的 15 军军部里，灯火通明。

秦基伟瞪着布满血丝的双眼，注视着眼前的作战沙盘，一动不动。

所有人都是轻手轻脚，大气不出，生怕影响到了军长。

电话铃响，身在前线指挥所的李德生的声音传来。

“597.9 高地的 9 号阵地夺回来了……还有 9 号阵的东侧的 7 号阵地也夺回来了。”

电话铃再次响起。

“3 号主阵地拿下了！”

秦基伟顿时松了口气。

“除了 3 号主阵地，1、7、9、10 这几个要点阵地也都在 45 师和 29 师的掌握之中，南朝鲜 31 团的 4 个守备连，已经整建制消灭了。”

秦基伟说：“李副军长，东北山梁呢？2、8、11 三块地表阵地呢？”

李德生的声音传来：“目前还在敌人的控制之下。”

秦基伟说：“敌人在 597.9 高地修了十几天的地表工事，构筑了大大小小 70 多个火力点……这场反击果然没那么好打。”

“是的，崔建功和张显扬十一个连队轮番冲上去，拼得已经够凶了。”

“告诉他们，必须坚决守住已经拿下的地表阵地，吸引敌军攻击，在 31 号的战斗中给予敌人有生力量更大的杀伤，并趁机收复东北山梁。”

“是，秦军长，我马上传达。”

秦基伟挂了电话，很快平静下心情，摊开日记本。

经过今日的战斗，我判断敌人可能会有三种情况：一是收兵，因为敌人死伤过大，已没有二梯队；第二，将南九师调上来和南二师轮换攻击，但是仅凭南九师和南二师，是夺不走我们阵地的；第三，美七师再增加投入，加入 597.9 高地的战斗。上述情况是哪一种，估计在两天之内即可证实。

135 团 2 营参谋长张广生正在接崔建功的电话。

崔建功的声音传来：“张广生，军部下达的战斗任务你都清楚了吗？”

“报告师长，都清楚了。坚守阵地，牵制敌军，大量杀伤敌人有生力量，并趁机收复东北山梁。”

“我已经命令 597.9 高地上的所有反击部队归你指挥，有没有信心完成任务？”

“张广生保证完成任务！”张广生挂了电话，蹲在地上开始研究作战地图。

通信员带着段显峰走了过来。

段显峰敬礼：“报告，134 团 8 连段显峰前来报告。”

张广生回礼，呼唤段显峰一起研究作战地图：“我们认识，你这个步兵参谋，无线电通信技术娴熟，炮火呼叫运用得好。从现在开始，你和其他炮兵观察员负责整个 597.9 高地的炮火引导，尤其是 1、3、9、10 这几个关键阵地。”

“是，参谋长。哪儿有敌人，我们就往哪儿冲，哪儿有敌人，我们的炮就要打在哪里，只要是咱看上的，他们谁都跑不了。”

“我知道，这个任务很艰巨。我们的炮打得越准，敌人的伤亡就越惨重。”

“放心吧参谋长，我们一定向您带过的黄继光同志学习，不怕牺牲，坚决完成任务。”

“黄继光同志是英雄，他用身体打开我们部队前进的道路。我们这次，要用眼睛帮助部队打开前进的道路。牺牲容易，完成任务难。我们要学习的不仅仅是黄继光同志用身体堵枪眼的壮举，更要学习他克服一切困难，完成任务的决心。”

“是，参谋长。只有为完成任务付出的牺牲才是值得的。”

“对喽。另外你要注意，志愿军可不比人家美国佬是土财主，他们可以一天到晚瞎放炮，我们的炮弹可都是宝贝疙瘩。好钢要用在刀刃上，一定要看准了，可不许给我做败家子。”

段显峰总结：“明白，就是多用火炮少用兵，不浪费一发炮弹。我们的脚步，要走遍 597.9 高地的每一个角落，我们的脑子里，要记住这里每一寸土地的坐标。”

张广生起身："段显峰同志总结得好。记住，要让炮火落在每一个敌人头上。"

"是！"

南朝鲜第 2 师前线指挥部里，美九军军长詹金斯召集南朝鲜第 2 师和美 7 师师长，紧急磋商反击增援方案。

美 7 师师长史密斯抱怨："不，将军，美 7 师已经撤下去了，我们每一个连队都打过三角山了。"

南朝鲜第 2 师师长丁一权也抱怨："将军，三角山的进攻任务本来就属于美 7 师，我们负责的只是狙击岭。但现在，我们第 2 师的四个团都在战场上，我们也没有人了。"

詹金斯更头大："你们两个，难道就没有预备队了吗？"

史密斯、丁一权都不说话。

詹金斯再看向泰格，泰格也装作没看到。

詹金斯又看向南朝鲜第 2 师 31 团团长金柱玄。

金柱玄快速回答："报告，我们还有一个营的预备队。"

丁一权无奈点了点头。

"不用再争辩了，各出一个营的兵力即刻发起反攻，明天我会再调动其他部队援助。"詹金斯起身出去。

丁一权看着金柱玄愤愤地说："我马上要去第 9 军团上任，你不用再向我汇报了，明天，最晚后天，你向你的新师长汇报吧。"

丁一权甩门而去。

泰格看金柱玄："金柱玄中校，我们需要一些时间准备。"

金柱玄说："我们的战斗准备已经开始了。"

美军炮兵部队万炮齐鸣，炮火呼啸。

万里、段显峰、冯百胜、常大友，及其他连队的战士们都隐藏在各自的坑道中，他们目光坚毅，伺机反击。

敌军炮火停歇，美国和南朝鲜联军从山脚下发起冲锋。

志愿军战士们纷纷从坑道中杀出，在地表阵地阻击敌人。

597.9 高地的某高处山峰石坎中，段显峰拿着望远镜四下观察搜寻，发现 9 号阵地下方有一群美国和南朝鲜联军正在集结。

段显峰立即呼叫炮火：“张庄，9 号阵地 1 号区域，榴弹炮群两轮效力射……9 号阵地 4 号区域，迫击炮瞬发引信两轮齐射！”

呼叫完毕后，段显峰拿起望远镜观察炮火覆盖效果。

片刻，各类炮火呼啸而至，9 号阵地 1 号区域，4 号区域的美、南朝鲜士兵们纷纷被炮火淹没。

同时用望远镜观察的人还有隐藏在另一个区域的张广生。

张广生不由赞叹：“好，这个炮引导得好啊，精准覆盖，段显峰真有两下子 。走！”

张广生起身离开，前往 1 号阵地支援。

在 9 号阵地，冯百胜、万里带着八连迅速出击，与阵地下方的残敌开始了最后的搏杀，彻底打退了敌人这一次进攻。

常大友在惨烈的战斗中，连续刺杀三名敌军，最后英勇牺牲。

1 号阵地下方的美国和南朝鲜联军被我军炮火精准打击，死伤惨重，幸存的敌人争先恐后地往后退却。

张广生和背着步谈机的通信员趴在一处掩体后，将这一切尽收眼底，通信员兴奋不已。

“参谋长，敌人退了。这是……”通信员掰手指数完对张广生说，“……敌人第 14 次进攻了。什么时候我才能达到您这样的炮火引导水平？”

张广生说：“是炮兵打得准，我们的炮兵同志们功劳大。走，到 3 号阵地去，那里是主峰，敌人进攻的重点，千万不能有什么闪失。”

张广生率先起身时，一颗流弹击中了张广生的胸膛。

夕阳如血，美国和南朝鲜联军在攻击了十几个小时后，依然无法撼动 15 军的阵地，终于退下山去。

597.9 高地，15 军的各个阵地上，段显峰、万里、冯百胜及其他连队的战士们，看着溃败的敌军，目光坚毅。

3

1952 年 11 月 1 日，上甘岭战役第 19 天。

坑道外不断传来隆隆的炮声。

坑道内，尘土、石块被震得嗖嗖往下掉落，段显峰、万里和八连的战士们蹲在地上抵御重炮带来的冲击波。

“今天敌人的炮火咋这么猛？都给我记着，一会儿连本带利都让你们还回来。”范元宝正好被掉落的石块和尘土砸在脑袋上，整了一个灰头土脸。

丁八斗跑过来报告：“报告，团里刚刚来指示，要各连都做好最激烈战斗的准备。今天敌人不但有大炮，还出动了强击机群实施火力打击。而且他们步兵又增援了，来的是南朝鲜第 9 师第 30 团。”

万里说：“知道了，无论是谁，只要他们敢来，就让他们有来无回。通知各班排，做好战斗准备。等敌人的第一轮炮火结束，听我命令，按顺序进入地表阵地，打好今天的阻击战。”

丁八斗说：“是！”

段显峰走到万里身边，拍了拍他的肩：“万里，这个南朝鲜第 30 团实力不弱，他们曾经在白马山阻击过我们 38 军，确实是一只强悍之师。今天的战斗要千万小心，不能有任何大意。”

万里说：“我明白，放心吧老连长。倒是你，今天敌人的轰炸会更加猛烈，不如你就跟着我们战斗吧，大家还能有个照应。”

段显峰摇头：“大家的分工不同，作为炮兵观察员，我的任务就是充当炮兵部队的眼睛，为所有步兵部队提供炮火支援。我的脚步，应该像已经牺牲的张广生参谋长那样，走遍 597.9 高地。”

敌军炮火渐歇，段显峰背起步谈机，带着炮兵侦察员庄峰一同钻出了坑道。

庄峰说：“敌人下了血本，一个上午已经发起了15次冲锋，比昨天还要凶。”

段显峰：“特别是他们的强击机，出动近百次，还打得很精准，对我军造成了很大的杀伤。”

两人眺望远处，大量美、南朝鲜士兵开始朝东南的9号阵地进发。

庄峰说：“注意，有一个连的敌人从9号阵地摸上来了。”

段显峰用望远镜一边测距，一手从庄峰背上拿出了步谈机话筒。

“张庄，我是鹏举，9号阵地2号区域，迫击炮群瞬发引信三发速射，9号阵地5号地区榴弹炮群等速射来两轮，9号阵地7号地区榴弹炮来一轮齐射。”

呼叫完毕，两人都拿起望远镜观察炮火覆盖效果。

片刻，各类炮火呼啸而至，9号阵地2号区域、5号区域、7号区域的美国、南朝鲜士兵们纷纷被炮火淹没，望远镜中只能看到尘土。

庄峰兴奋得直拍巴掌：“好啊，老段。真是准啊。”

“这不算什么。炮兵你是专业，我只不过是把上甘岭每一寸土地的坐标都记在脑子里了。”段显峰望远镜的视线中，9号阵地下方，又有一小队美军出现。

这队美军战术很娴熟，前面是突击班，后面是重机枪、迫击炮组成的火力班。突击班试探性射击，我方阵地的士兵给予还击，突击班立即寻找掩体掩护。火力班随即开火，60式迫击炮和无后坐力火炮的炮弹顿时落入我军阵地。

我军阵地火力全开。

段显峰对庄峰说：“老庄，快叫炮，9号阵地这股新上来的敌人不简单。”

庄峰刚拿起望远镜想要测算炮击数据，两枚烟幕弹不偏不倚正好落在望远镜镜头前，遮住了视线。紧接着，大量的烟幕弹落下，在9

号阵地前方形成了一道烟幕，屏蔽视线。

庄峰着急："看不见了，这帮美国佬，什么时候变聪明了？"

段显峰顿悟："大家多次交手，他们也在提防我们的战术，不过能打出这样的配合，一定是敌人的精锐部队。"

此刻，9 号阵地上枪声密布，段显峰却是神色大变，大喊上当了。他说美军进攻是有规律的，如果是大规模冲锋，一定会先用烟幕掩护，再集体冲锋；而这伙美国兵是小股部队突击，做试探性火力射击，这种时候打烟幕弹就是障眼法。他们假装冲锋，为的就是引诱我方阵地火力点全暴露，再呼叫后方炮火打击，定点摧毁。如果我没有猜错的话，他们其中肯定还有负责地空协同的空军观察员，我们必须尽快叫炮，否则敌人强击机精准打击，对我们的杀伤极大，9 号阵地可就保不住了。

庄峰也急了："这可怎么办？"

段显峰说："走，绕到 9 号阵地的侧面去，那儿准能看清他们的位置。"

段显峰和庄峰在阵地上飞奔，不时有流弹从他们身边划过。

美军小队隐藏在烟雾中缓慢前进。

其中的空军报点员正在计算 9 号阵地的打击目标，即将汇报后方。

段显峰和庄峰终于跑到 9 号阵地的某处高地。

这里地势较高，在他们的望远镜下，下方的美军小队渐渐清晰。

段显峰立即使用望远镜测算，开始测算射击诸元，庄峰则立刻打开步谈机 。

段显峰口述："9 号阵地的 8 号区域，榴弹炮群仰俯角比预定射值减 1，来两轮效力射，快！"

庄峰向观察所报告："张庄，我是鹏举，榴弹炮群仰俯角比预定射值减 1，两轮效力射……"

此刻，美军空军报点员也拿起了步谈机，呼叫空军。

段显峰刚挂断步谈机，我军的炮火已经划破天空，砸向 9 号阵地下方的美军小队。

一枚炮弹意外落到段显峰所在区域。

庄峰立即扑倒段显峰，几乎是一瞬间，阵地上响起了震耳欲聋的爆炸。

良久，硝烟散去，段显峰从尘土中爬了起来，扑在他身上的庄峰，却紧紧闭着眼睛。

庄峰缓缓睁开眼睛，段显峰松了一口气。

庄峰拍了拍尘土，身上的步谈机挡住了弹片，被炸出一个窟窿。

二人望向 9 号阵地下方的美军小队，已是一堆横七竖八的尸体。

庄峰欣慰地说："算打瞎了敌人飞机大炮的狗眼。"

突然，又是一阵枪炮声传来。

二人观察发现，7 号阵地出现了一大波敌人正加紧进攻，而阵地上似乎只有几个志愿军的身影。

庄峰说："是 7 号阵地，看样子敌人足有一个连，咦，我们好像没几个战士了。"

段显峰再向西侧战斗正酣的 3、9、10 等几个阵地看去。敌人的炮火也组成了一道火墙，把运输道路封锁得死死的，我们的援兵一时半会很难上得来。

段显峰迅速思考了一下，叮嘱庄峰："步谈机坏了，暂时无法呼叫任何支援。7 号阵地不能丢，那是 597.9 高地东南面的唯一屏障。我去 7 号阵地阻击敌人，你快回坑道，向连指挥部报告。"

段显峰扯下了庄峰腰间上的两颗手榴弹揣入怀里就走。

7 号阵地的壕沟里，躺着不少牺牲的志愿军，只有一个三人战斗小组还在坚持战斗，为首的组长正是邓章德，他是 135 团 3 连的通信员。

段显峰及时杀入战团，跟随邓章德一起杀退了美、南朝鲜联军的一波冲锋。

邓章德告诉段显峰："这儿只剩下我和另外一个同志了，他守西边，我守东边，守南边的同志刚才也牺牲了。”

段显峰说：“我已经让人去叫增援了，我们再坚持一下。”

邓章德说：“没问题，我从早上打到下午，起码打死 100 多敌人了，早够本了 。”

段显峰说：“你们只管打好自己的阵地，南边交给我。”

段显峰迅速转移到阵地南边的战壕，把阵亡战士身上的手榴弹收集起来。随后，段显峰又将步枪上好子弹，置于战壕边上。

又一波美、南朝鲜联军渐渐暴露在段显峰的视线中。

段显峰先用步枪射击，击倒两名敌人之后立刻转移。指挥官基里发现段显峰，挥手示意身后的士兵全部压上去。

段显峰用手榴弹炸伤好几个敌人，转移。

贝尔躲在掩体后一动不动，身边的基里见状不悦，示意贝尔上前。

基里对贝尔说：“躲在石头后面是没法拿下阵地的，泰格上校就是这么教你们打仗的吗？”

“上尉，如果你不想死得那么快，最好跟我一起隐蔽。你永远不知道中国军人会从什么地方冒出来。”贝尔有些不屑。

“对面根本就没有几个人，你已经被中国人吓破胆了，懦夫！”基里说完，带着队伍朝前攻击。

几颗手榴弹凌空飞来，落在基里身边。

一阵爆炸声过后，基里和几个美军滚落到贝尔跟前。

通讯兵和另一个排长当场身亡，基里大腿被炸断，痛苦哀号。

贝尔看着痛苦的基里，平静地说：“上尉，愚蠢不一定会要你的命，但傲慢会。”

贝尔摇摇头，扛起基里朝着山下走去。

段显峰一边沿着壕沟转移，变换火力点，一边依靠储存好的手榴弹还击。但是，段显峰在扔最后一颗手榴弹时，敌人一颗手雷在段显峰身旁炸开，震得他眼前一阵眩晕。

手榴弹脱手，却没有扔出壕沟，而是落回了段显峰身旁。手榴弹引信呲呲冒着青烟，眼看就要爆炸。千钧一发之际，他一只手捡起手榴弹就往外扔出，刚扔到壕沟外，手榴弹便砰地炸裂开来。

“老段，老段！”庄峰的声音传来。

庄峰扶起段显峰。

段显峰缓了过来：“你怎么回来了？”

“碰到了连里派来的通信员，我把情况都跟他说了，就马上过来支援你。”

“今天咱俩就做一回门神，给同志们守住 597.9 的东大门。”

庄峰说罢，捡起一支枪，朝敌人阵地射击。

时间不长，范元宝带着丁八斗等几名八连战士也赶了过来。他们立即和战士们立即展开战斗，其他连队支援的战士们也陆续赶到，加入战斗，再次打退了敌人又一波猛烈的进攻。

邓章德在远处看向段显峰，挥了挥手，两人都露出了灿烂的笑容。

范元宝跑到段显峰和庄峰身旁。

段显峰对范元宝说：“你怎么来了？”

“万里哥派我们来的。”

“你们都来了，1 号阵地还有人吗？”

“万里哥说有他在，没问题。老连长，我还给你们带了个宝贝过来。”

范元宝一挥手，一名背着步谈机的战士便跑了过来，庄峰一看，喜上眉梢。庄峰正要接过步谈机，突然敌人一发炮弹打来。

炮声过后，段显峰和范元宝等人从尘土中爬起，可是庄峰身上却染红了鲜血。

段显峰把庄峰抱起来。

庄峰悠悠醒转，摸着身下的步谈机问：“老段，步谈机没事吧。”

段显峰含泪点头，庄峰嘴角露出一抹笑容，随后闭上了眼睛。

段显峰抓起被血染红的步谈机，看着又扑了上来的美国、南朝鲜联军，立即呼叫。

“张庄…张庄……我是鹏举，7 号阵地 2 号区域，迫击炮瞬发引信五发速射！”

片刻之间，敌人被我军的炮火淹没。

范元宝说：“老连长，我们得回一号阵地了。东北山棱三个阵地的敌人，现在肯定够万里哥喝一壶的。”

段显峰说：“一起走。”

1 号阵地上只剩下万里，其他战士均已牺牲。

万里在清扫阵地。

阵地上有很多遗留的武器，但万里只捡手榴弹。万里把收集起来的手榴弹放在弹药箱里。

万里听到东侧阵地敌人进攻的声音，立即扛着装有手榴弹的弹药箱冲了过去。

一个班的敌人发起了进攻。万里及时赶到，从弹药箱里把一枚枚手榴弹丢到了阵地下面。

几个敌人被炸死、炸伤，剩下的敌人立即撤退。

万里似乎踩到了什么，他抬脚一看是望远镜。

望远镜被打坏了一个筒，万里只能把双筒望远镜拆开，当单筒望远镜使用。

万里望远镜看到阵地下方更多的美、南朝鲜联军正在集结。

万里以两个手榴弹为一捆，阵地上每隔一段距离就放一捆手榴弹。万里扛着一箱手榴弹朝主阵地冲去。

万里扛着一箱手榴弹跑过来，还是每隔一段距离放一捆手榴弹。

美国和南朝鲜联军的美方指挥官拿着望远镜观察 1 号阵地，他看到了万里。

“不用组成进攻队形了，阵地上只有一个中国人。”

万里看到众多敌人开始进攻，俯身趴在了地上。

正在进攻的敌军朝阵地上望去，只见阵地空空如也，像是没有人。

美军指挥官说：“唯一的中国人也跑掉了吧，快，现在就占领阵地。”

这时头顶忽然传来“嗖嗖”的声响。美军纷纷抬头，只见一枚接一枚的手榴弹以不同的角度从阵地上飞出，朝他们砸了下来。

众多敌军被炸倒。

美军指挥官惊魂未定之际，万里已端着冲锋枪，站在阵地上持续扫射。

更多的美军和南朝鲜军倒了下去。

五圣山南侧观察所，秦基伟拿着望远镜正在观察着万里的战斗。

“万里，打得好！当初让这个小子留下就对了……怎么投弹速度慢了……这小子在捏自己的手呢，这是手榴弹甩多了，就算是个金刚神仙，手臂也该酸了麻了。”秦基伟观察片刻，问张蕴钰，“1 号阵地的增援快到了吗？”

张蕴钰说：“已经通知崔建功了，现在各个阵地的战斗都很激烈。”

“东北山棱三个地表阵地还在敌人手里，最靠近这里的 1 号阵地更不能再有任何闪失。”

一旁的观察员突然提醒秦基伟：“军长，你快看。”

秦基伟接过观察员手里的望远镜，只见 1 号阵地上，段显峰背着步谈机进入了望远镜的视线之中，在他身后，范元宝和丁八斗等战士也纷纷出现了。

秦基伟露出了笑容：“好！”

万里也惊喜地看到段显峰带着范元宝等人一路冲锋过来。

万里的手榴弹扔得更带劲了。

其他增援的部队陆续跟了上来，很打退了美国和南朝鲜联军的进攻。

段显峰对万里说：“我们来了。”

万里大喜：“太好了，我还担心自己一个人吃不掉这么多敌人呢。敌军看占不到便宜，匆匆向东面的 2、8、11 号阵地撤退。”

范元宝看着敌人开始溃败，连忙提醒万里：“副连长，我们干脆来个反冲锋吧。”

万里正要冲，被段显峰伸手拦住：“论逃跑，敌人可比我们厉害多了。靠人追不是办法，得用炮追！”

万里醒悟地：“对，步炮协同。”

段显峰说：“对。我们炮手的射击经验和技术都没问题。一会儿我会亲自引导炮火，你们只管在炮火的掩护下大胆往前冲，紧跟弹幕前进，打他们一个措手不及。敌人跑得再快，也快不过我们的炮弹。”

众人纷纷点头，段显峰随即开始呼叫。

“张庄……我是鹏举，1 号阵地 4 号区域，榴弹炮群在原射值基础上仰俯角加 1，方位角加 2，效力射！”

秦基伟依旧在通过望远镜观察 1 号阵地战况。

张蕴钰接完电话对段显峰说：“军长，段显峰叫炮了，看来他们是想用炮火追击敌人。”

秦基伟说：“告诉炮兵部队，无论段显峰他们提出什么炮火要求，无条件满足。”

很快，炮兵阵地上的高风亮开始指挥炮兵，大炮不断轰鸣。

炮弹砸向正逃往 8 号阵地的敌军。

炮火一边打一边延伸，形成弹幕，阻隔住了敌军继续向东逃窜的脚步。

万里带着范元宝和丁八斗等战士紧随在炮火之后，扫荡残存的敌人。

队伍最后，是背着步谈机的段显峰，段显峰一边走，一边引导炮火目标：“我部战士已经进入 4 号区域，请求炮火再向东延伸 50 米……”

万里等战士英勇冲击，在炮火的助攻下，敌人溃不成军。

大部分战士都在战斗中受伤，韩小毛头部擦伤，丁八斗左上臂被子弹射穿，猴子右小腿也被弹片炸伤。

秦基伟通过望远镜将这一幕尽收眼底，十分激动。

秦基伟兴奋地说："太好了！步炮协同，就是这个意思，战士们打得好，打得好！"

张蕴钰走到秦基伟身边："军长，刚刚得到前线消息，45 师新组建的 8 个连又快打光了，恐怕再无继续坚守的可能。"

秦基伟沉思片刻，点点头："好，通知李副军长，从今晚开始，12 军 91 团陆续换防 45 师的部队，接手 597.9 高地的防御任务。"

"是。"

秦基伟顿了顿，继续说："刚刚那一仗，敌人损失也不小，防御力量势必会减弱。通知张显扬，29 师今晚务必把东北山棱那几块阵地拿下来。我们怎么也得把阵地完完整整地交到 12 军手上。"

"是，我马上通知 29 师。"

91 团前线指挥所，12 军 91 团团长李长生带着 3 名营长和教导员在开作战会议。

李长生指着地图："任务已经正式下达，我们 12 军 91 团陆续换防 45 师的部队，正式接手 597.9 高地的防御任务。大家有没有信心完成任务？"

众人齐声："有！"

李长生："好。这个高地面积小，用兵多也腾挪不开。我们就把九个连队分成九个梯队，采用'车轮战法'，一个连队一个连队地上，不管伤亡是大是小，打一天就换一个连队，前一个连的连长留下来当顾问，介绍高地的敌情、地形、战术，各连一律以此类推。八连先上。"

597.9 高地 1 号坑道里，万里、段显峰和 91 团 8 连指导员刘怀珍正在交代联合作战部署。

刘怀珍："万里同志，段显峰同志，感谢你们在高地上的战斗。"

15 军军部里，秦基伟依旧没睡，一边记着日记，一边守在电话机旁等待着前方的消息。

从 10 月 14 日以来，最激烈的阻击战在 597.9 高地展开了。美 7 师连同南朝鲜第 2 师及第 9 师两个团的兵力，在七十辆战车、百余架飞机和数百门大炮的掩护下，从拂晓到黄昏进行了连续二十三次冲锋。我阵地部队在强大的炮火支援下，坚决顽强地打退了敌人所有进攻，没有让敌人再夺去一寸土地……

电话铃响起，秦基伟接起。

张蕴钰的声音传来："军长，12 军 91 团 8 连已经顺利上山，开始接手 45 师在 597.9 高地的防御任务。"

秦基伟说："好啊。张显扬那边呢？"

"86 团 9 连也已顺利拿下东北山梁的 2 号、8 号两处阵地。11 号阵地得而复失，目前还在敌军手中。"

"86 团的同志们辛苦。我看敌人的垂死挣扎也坚持不了多久了。告诉 91 团的同志们，希望他们今天开一个好头！"

"是！"

秦基伟挂了电话，继续写日记。

……这真是最痛快的一天。下一阶段，我们要继续把握主动，坚守阵地，以较小的代价换取最终的胜利。

第十七章

王牌增援

1952年11月5日

为了保持和准备同敌人继续战斗，争取更大的打击敌人，使朝鲜战局引起新的变化，志司兵团的决心是继续打下去，以十二军主力投入战斗，统一由我指挥。这样战斗的范围就扩大了，今天既不是一个师一个军的问题而是全兵团全朝鲜的战争形势的改变问题，这个战斗确真具有战略意义的作用。

过去二十多天的苦战中我四十五师受到志司通令嘉奖，这在朝鲜前线两年来还是第一次，这是全军的光荣是无数烈士以忘我的牺牲精神换来的，是志后全力支援友邻支援和兵团志司不断勉励和指挥的结果。

我们毫不以此自愉，更不会因此而骄傲。但我们十分热爱荣誉，我们要在已有胜利的基础上继续胜利。今后在指挥上更重视战术的提高，做到更小的牺牲换得更大的胜利，让敌人再也不敢在英雄的阵地上来开玩笑了。

《本色——秦基伟战争日记》

1

597.9 高地 1 号坑道里 1 团 8 连的战斗骨干们围在指导员刘怀珍身旁，刘怀珍在地上用土堆堆起一个简易的 597.9 高地的地形，并且用石子充当各个阵地。

刘怀珍对战士们说：“你们要记好各自负责的阵地编号，坑道入口。你们都是八连的战斗骨干，今天是我们 12 军代表队接手阵地的第一天，不能给 12 军丢脸，更不能给志愿军丢脸。”

二排副班长蔡兴海说：“指导员，你放心吧，这些上山前你就交代过，战胜困难，完成任务，只准打好，不准打坏。”

“就你小子鬼精。我们 8 连的任务，最关键是守住 3、9、10 号阵地。”

刘怀珍一边说着，一边指着简易的土堆沙盘讲解：“3 号阵地是主峰，只要 3 号阵地不丢，不论敌人怎么打，在 597.9 高地我们就占有主动权。9 号、10 号就是守卫 3 号阵地的屏障和门户，这两阵地只要丢掉一个，敌人就可以从侧方攻击我们的 3 号阵地。所以，这 3 个阵地，一个都不能少，一个都不能丢。”

“是！”

“现在我把连里的战略部署做一下分配。二排先上，4 班守 9 号阵地。5 班负责 10 号阵地。6 班负责主峰 3 号阵地。一排做二梯队，在 0 号阵地待命。三排是一排的预备队，在 5 号阵地待命。注意，大家在战斗的时候，一定要灵活机动，巧妙运用小兵群战法，保全自己，杀伤敌人。”

战士们纷纷点头。

刘怀珍望向蔡兴海：“蔡兴海，你来说说，让我看看你们一线战士对小兵群战法的理解。”

蔡兴海说：“根据15军的经验和我们自己的总结，在上甘岭的战场上，敌人炮火太猛了。兵力摆放越多，伤亡越大。我们要依托坑道逐次补充消耗的兵力，量敌用兵。简单来说，敌人派一个连，我们就派一个排。敌人上来一个排，我们就派一个班。敌人上来一个班，我们就上一个战斗小组，发挥我们夜战近战的优势，依次把敌人消灭。”

刘怀珍满意点头，继续问：“具体战法呢？”

“每次作战前，我们的战士都要把弹药准备好。开打后，要把敌人放近一些，20至30米的距离最好。因为敌人是从下往上对我们发起进攻，我们一打，他们就会停下来，后面的敌人就会和前面的敌人堆在一起。这个时候，咱们用冲锋枪一扫能扫一大片。”

各个战斗骨干们都认真听着，不由地点头。

“前面的敌人倒下了，后面的敌人上来，还是比较集中。但是我们的火力点暴露，敌人肯定有防备。这个时候，我们就要用手榴弹、爆破筒把敌人炸死炸伤。敌人进攻不利，往后撤退，各个战斗小组就分别打各自眼前的敌人。打到快追不上的时候呼叫炮火。我们的战士离着弹点远，能有效避免误伤。”

刘怀珍看着蔡兴海有条不紊地讲述，越看越是喜欢这个副班长。

1952年11月2日上午7时。

炮声隆隆，坑道内天摇地动，尘土嗖嗖落下。

蔡兴海和4班的战士在炮火声中等待，众战士将手榴弹一个个挂在腰间，又把子弹押上冲锋枪弹夹，随时准备出击。

上午8时。炮火声停歇，蔡兴海望向身后的战士：“2组先跟我上！”

蔡兴海和3个战士冲到阵地上，迅速展开防御队形，占住有利地形。

一个排规模的美、南朝鲜联军摸了上来。

蔡兴海和3名战士等敌人靠近到20多米的距离。蔡兴海大喊“打”，和3名战士开火，最前方的敌人顿时倒了下去。他们随即开始扔手榴弹，更多的敌人倒了下来。

遭受惨重损失的敌人仓皇撤退。

四周再度被敌人报复的炮声笼罩，两名战士背着4班长撤回到坑道。

蔡兴海继续带着3个战士在阵地上严阵以待。观察敌人的动向。

9号阵地边缘下方，约莫2个排的敌人集结在一起，冲着这边挥舞旗子，声势浩大。

“敌人这次多了一倍。”有战士说。

“我巴不得他们来得多一点呢，手榴弹都给他们准备好了。我再叫一个战斗小组上来。”其他战士接着说。

蔡兴海和战士们趴在战壕上严阵以待，可是敌人迟迟没有发起进攻。他听到远处炮声隐隐传来，他看着敌人挥舞旗子，身后的士兵还是一动不动，他认真辨别着炮声。

突然，蔡兴海说：“不对劲，把弹药收起来，撤。”

“撤？那敌人攻上来怎么办？”有战士问。

蔡兴海摇头：“敌人再笨，也不可能在我们眼皮底下明目张胆地集结。他们根本不是要进攻，而是当诱饵。敌人的炮一直没停，再过一会，就要回到我们阵地上了。快撤。”

蔡兴海带着战士们前脚刚撤离阵地，敌人的炮弹便呼啸而来，落在他们刚才所处的位置上。

炮声隆隆中，蔡兴海和2组战士回到坑道，众人看着外面的硝烟，不由得一阵后怕。

一名战士说：“真给副班长判断对了，敌人学会我们这招了，还真是搞炮火假延伸。”

又有一名战士说：“多亏副班长让我们撤，我刚才瞟了一眼10号阵地，那边一个班的同志都出来了，正赶上敌人的炮火。”

蔡兴海闻言一怔：“5班的同志真遇上炮了？”

战士肯定地点了点头。

蔡兴海说：“这么密的炮火，遇上肯定凶多吉少了。小张，你赶紧去1号阵地报告情况，请求支援，10号阵地不能丢！”

“是！”

一名战士要往外冲，被蔡兴海拦住：“等炮停了再去，现在就是活靶子，一定要把消息带到。”

良久，敌人的炮声终于停歇。

蔡兴海立即带着2组和3组冲了出去。

蔡兴海和战士们冲到战壕前沿，命令2组守东面，3组守西面。2组和3组的战士立即按照命令跳进相应的防御位置，蔡兴海则自己负担起最正面的防御。

美军和南朝鲜军摸了上来，他们分成一个个三人小队，用起了志愿军的战术向前小股推进。

一名战士问蔡兴海：“副班长，怎么打？”

蔡兴海说：“敌人这是想学我们的小兵群战法，一会儿我们先集中射击，他们一定会四散。然后各组分头射击。记住，先打他们的头，尤其是带肩章的。头头一倒，后面的兵就会扭头跑，这样他们就打不成了。”

“是！”

敌人靠近，蔡兴海一声令下，战士们一同开火，敌人四散奔逃。战士们随即分头射击，将各自眼前敌人的头头消灭，敌人一看小头目死了，纷纷逃跑。战士们要追，被蔡兴海制止住。

蔡兴海说：“敌人退了，肯定又会呼叫炮火打击，赶紧撤。”

蔡兴海带着众人朝坑道退去。

蔡兴海等人刚退回坑道，外面顿时又响起了炮弹的隆隆声。

“副班长真是神了，说敌人有炮就有炮，敌人的炮兵是不是听你指挥的？”有战士开心地说。

众人闻言纷纷笑了出来。蔡兴海命令道：“抓紧时间补充弹药，敌人不会这么容易老实的。必须把他们打残。”

战士们纷纷开始整理自己的弹药装备，有的拿手榴弹，有的补充子弹，有的将爆破筒拉了出来。

蔡兴海走到坑道口，密切注视着外面的情况。

片刻过后，敌人炮声停歇，坑道口传来动静，蔡兴海警惕地举起枪。

是战士小张。

蔡兴海说：“小张，通知连里增援 10 号阵地了吗？”

战士小张着急地说：“通知了，通知了。副班长，不得了啦。我回来的时候，看到大约 2 个连的敌人，兵分两路，奔着 9 号、10 号阵地来了。”

蔡兴海闻言脸色一变，立即带着 4 班冲了上去。

突然，坑道口扫来一阵子弹。

小张观察片刻说：“10 号阵地打过来的，坏了，增援没到，10 号还是丢了？”

“敌人这么快，那我们 9 号阵地也悬了。副班长，我们赶紧杀出去吧！”有战士说。

蔡兴海仔细听着动静，摇了摇头：“这子弹不一定是打我们的，可能就是扫过来的，10 号阵地上还有我们的人。记住，千万不要自乱阵脚。就算一会儿敌人攻进来，我会用爆破筒先冲出去，给你们杀出一条路，不管怎么样，你们一定要想办法守住阵地。”

一根爆破筒突然滚落进来。

蔡兴海捡起爆破筒：“是我们的爆破筒，10 号阵地一定还有人，要么是 5 班的战士，要么就是援军到了。4 班，跟我上！”

众战士："是！"

蔡兴海对小张说："你路熟，再跑一趟，请连里呼叫炮火支援，这儿有两个连的敌人，哪怕只有半分钟的炮火覆盖，也够他们喝一壶的。"

战士 4 点点头，率先冲了出去。

蔡兴海一手拿起冲锋枪，一手拿着手榴弹，领着其余众人冲了出去。

阵地下方，美军和南朝鲜军先头队伍已经快冲上阵地。

蔡兴海和 4 班战士先用手榴弹开路，随后集体用冲锋枪扫射，当面的敌人措手不及，纷纷倒下。

剩余下方一个连规模的敌人四散开来，以小组形式继续慢慢靠近。

一名战士说："副班长，敌人散得挺开，还真不好打。"

蔡兴海说："没关系，我们就用一招赶王八，聚拢了再打。你们带人绕到两侧，不要心疼子弹，一定要打出气势来，把他们赶到中间的位置。"

四名战士分别于敌人两侧开枪，敌人下意识地往中间地带靠拢躲避。

蔡兴海说："等王八聚在一起，就是我们收网的时刻。让他们尝尝空爆弹的滋味！"

蔡兴海和三名战士掏出手榴弹，握在手上。

蔡兴海说："同志们，现在我教给你们一个扔手榴弹的方法，接下来就按我说的做，把握好时机，不要怕！"

蔡兴海一把拉了手中手榴弹的引信，没有扔出，而是握在手中停留。

身边战士也勇敢地做出蔡兴海同样的动作。

蔡兴海把手榴弹在手中足足停留了三秒。

"一，二，三，扔！"

四颗手榴弹同时飞向敌人头顶，在半空中爆炸，空爆的杀伤范围巨大，敌人哀鸿遍野，死伤一片。

很快，隔壁 10 号阵地上也纷纷出现了手榴弹空爆的景象。

蔡兴海自信地笑了：“我就说 10 号阵地还有人吧，再来！”

众战士学着蔡兴海的打法，纷纷使出空爆弹技术。

敌人被这种威力十足的打法一下子炸得有些发懵。

众战士学着蔡兴海的打法，纷纷使出空爆弹技术，远投近射，打退了一个连的敌人多次进攻。

敌人实在无力进攻，终于再次退了下去。

蔡兴海带着 4 班战士始终屹立在 9 号阵地，坚守不退。

空间狭小的团指挥所里一片忙碌。

李长生拿着战报一边看一边走出来，几个连长挤在指挥所一角正在等着他。

李长生说：“同志们，战报出来了。今天八连和七连一共击退敌人四十余次冲击，毙伤敌人近千人，缴获了不少武器，甚至还有步谈机。尤其是坚守 9 号阵地的八连二班副班长蔡兴海同志，运用小兵群战术，毙伤敌四百余人，自己仅受伤三人，打得漂亮。不过，总的来说，在敌人连续不断的冲击下，我们的牺牲也很大。”

九连连长说：“团长，我们九连也能打。”

六连连长也说：“我们六连也能打！”

李长生摆摆手，让大家安静下来：“通过这一天多的战斗，有几点大家要明确。一是坑道对减少伤亡、坚守阵地是有着极其重要的作用的，阵地上的部队要重视抢修野战工事和利用有利地形。二是敌人进攻兵力多，连续性强。但是他们依赖炮火，近战能力差。我们充分发挥现有火炮的威力，然后以小兵群迎击并消灭冲击的敌人。三是敌人连续进攻，我弹药消耗多人员伤亡大，必须组织好弹药运输和伤员救护。就这三点，大家还有什么补充没有？”

一位连长说：“团长讲的这三点都是阵地上的作战宝典，现在最大的问题是我们还没上去。”

李长生说：“急什么，有的是仗打。为了减少伤亡，保持兵力，这次我们采用车轮战的方式，保证每天要更换阵地上的连队。当然，连长可以在阵地上多待一天，给接替上来的连队做顾问，保持防御作战的连续性。”

众人点头。

“今天是八连在阵地上，七连在山脚的三个阵地做准备和支援。今天晚上，那就由七连上去把八连替下来，九连进入山脚阵地坑道做准备和支援。大家都明白了吗？”

九连连长喜笑颜开。

2

1952 年 11 月 3 日，上甘岭战役第 21 天。

炮火震得坑道顶直落灰。七连连长正在用电话向团指挥所报告：“报告团长，我们七连和九连打退了敌人 35 次进攻。歼敌 700 多人。”

李长生的声音从话筒里传来：“打得好，祝贺你们！”

“可是……”

九连连长从刘连长手里夺过电话：“报告团长！我们七连和九连都快打光了！可是敌人还在发动进攻，我们急需增援！”

91 团指挥所里，李长生脸色凝重。

李长生说：“你们坚持住，我立刻组织增援……”

李长生挂上电话，在指挥所里踱步。

八连指导员刘怀珍进来了：“报告团长，我来交任务了。”

李长生点点头：“刘怀珍同志，你这个指导员干得比连长还多嘛。”

刘怀珍说：“张连长昨天负伤，要不然我可抢不过他。”

“在主峰阵地做了一天顾问，怎么样？”

刘怀珍说：“今天敌人的炮火厉害，后劲儿还足，一直打到现在还没停。七连和九连伤亡挺大，山脚坑道的九连全上去了，可是还是不够打的。他们向你求援了吗？”

李长生点点头：“按原先的计划，六连明天才到山脚。现在他们还在驻地，可是高地上已经等不及了。”

刘怀珍说：“这可怎么办？八连也在驻地。”

刘怀珍突然想起：“八连在包扎所还有四十多个轻伤的战士。要不然让他们先顶上去？”

李长生想了想说：“包扎所近，也就七八公里。”

刘怀珍说：“我这就去做动员。”

“我跟你一起去，走！”李长生戴上帽子，跟刘怀珍快步而出。

段显峰背着一名腿部受伤的伤员走进包扎所，两名卫生员立刻将伤员抬到床上躺下包扎。

段显峰喘着粗气，坐在长凳上喝水。

一名卫生员对他说：“段参谋，幸亏有你在，帮我们找回来不少伤员。”

段显峰说：“我也没别的，就是地形熟悉一些。伤员掉进了沟沟壑壑，你们是很难找的。”

两人正在说话，李长生和刘怀珍从另一个门走进包扎所。床上的伤员甲立刻认出两人。

“团长？指导员？”

李长生拍拍战士：“好点儿没有？”

“好多了。”

刘怀珍说：“同志们，团长来了。”

众伤员纷纷回头，一阵欢呼。

李长生对伤员们说：“长话短说，我这次来不仅仅是慰问大家的，还是来动员轻伤员再上高地的。现在高地上的七连和九连损失很大，快要拼光了！他们急需支援。按理说，你们都是伤员，应该好好养伤。可是你们是离高地最近的战士们了。我希望你们，在伤势不影响行动，不会恶化的情况下，杀回高地去，参与战斗！”

众伤员互相瞧瞧。

段显峰坐在长凳上，看着众人。

“我去！团长，我是皮外伤，不算个啥。”

“我也去！右手受伤，不耽误左手扔手榴弹。”

“给兄弟连队支援，我报名！”

“我们这儿有半个班，都去！”

伤员们纷纷表态，气氛热烈，甚至有伤员要给自己拆纱布。

李长生说：“好啊！我们12军，都是铁骨铮铮的好男儿！卫生员，给要去的同志检查伤势，伤太重的可不行。”

“是！”

段显峰对李长生说：“李团长，我也要求支援高地。”

李长生觉得他面生：“你是？”

刘怀珍说：“这不是段显峰同志嘛。团长，他就是15军八连那个主动要求到最前沿引导炮火的段显峰。”

李长生上下打量一番：“你就是段显峰？太好了！”

段显峰跟着李长生进了指挥所，看着井井有条的电台、地图，以及各司其职的参谋们连连点头。

段显峰说：“李团长，我虽然是参谋，但在你们团指挥所恐怕使不上劲儿。”

李长生说：“段参谋，没让你去坑道不是见外，是留你有更大的作用。”

两人走到沙盘前。

“段参谋，我们虽然才打了两天，可是我觉得敌人的进攻有个规律。他们的步兵尽量打白天，每天早上天亮开始进攻，到傍晚要是没打上来就撤下去了，而且他们开始进攻总是选择在高地的东南角。”

李长生指了指沙盘上的九号阵地东南侧，“我怀疑，他们在这儿有集结点。”

段显峰立刻明白过来：“没错，这里山坳和洼地多，正是个集结的好地方。我懂了，您是不是想让我找到敌人的集结点，让炮火给他们一个劈头盖脸。”

“你是炮神，对阵地又熟悉。这个任务非你莫属。”

段显峰露出笑容：“李团长，我保证完成任务。”

夜色下，段显峰背着步谈机独自穿过战壕和废弃的工事，在阵地边缘观察。高地下，有敌人的军车来往，可是看不到人。

段显峰呼叫观察所：“木兰。”

步谈机里很快响起杜文锦的声音。

杜文锦有些兴奋：“我是木兰，我是木兰。是你？”

“是我。”

“你怎么会在……”杜文锦想问的其实是你怎么会出现在阵地上，却没把话说完。

段显峰说：“我在 9 号阵地 28 号区域，正在寻找敌人的集结点。”

杜文锦在地图上找到 9 号阵地最前沿的 28 号区域：“你的位置太靠前了。”

“请你观察 9 号阵地东南方向，是否能看到敌人的运输车辆。”

杜文锦到瞭望口观察，“可以看到运输车辆，但都是向敌前沿阵地去的。”

“明白，请继续观察，寻找敌人运兵车。”

“好，请随时把位置告诉我。”

段显峰走过空空荡荡山脚，爬上山坡。他突然停住，感到自己漏掉了什么。他重新回到山坳，在一块石头后找到一个捏扁了的好彩香烟的烟盒。

段显峰向四周看去，什么都没看到：“木兰，请观察 31 号区域附近。”

步谈机响起，杜文锦的声音传来：“31 号区域发现有敌人军车驶入，那地方是个马蹄形山谷，敌人很可能在那儿活动。”

“明白！”段显峰起身向山坡上跑去。

军车开进了山谷，大批敌人正在下车集结。美军和南朝鲜军各自在整理装备，集结。

美军军官对美军下达命令：“保持安静，你们有十分钟时间整理装备！”

南朝鲜军官也给南朝鲜军下达了命令：“所有人检查弹药装备！”

山坡上，段显峰趴在弹坑里向下观察。一名南朝鲜军排长正好向上望来，段显峰连忙低头隐蔽。

“木兰！敌人两个连在 32 号区域集结。我已提前让喀秋莎炮营准备，请立刻呼叫炮火！”

“是，观察所马上呼叫炮火，请你马上撤离！”

段显峰收起步谈机，从弹坑里爬出来。一名南朝鲜军哨兵正好爬上山坡，两人撞了个脸对脸。南朝鲜军哨兵张口要喊，段显峰扑了过去，一拳打在南朝鲜军哨兵嘴上。两人都来不及拿枪，扭打在一起。步谈机被甩在一边滚到弹坑边缘。

步谈机里传来杜文锦断断续续的声音：“炮火马上发射，请报告你的位置。”

段显峰根本来不及回话。南朝鲜哨兵个子不高，力气却不小。段显峰从背后勒住他的脖子，南朝鲜军哨兵从腰间掏出匕首向身后乱刺，段显峰握住他的手腕，一刀刺进他的肋间。南朝鲜军哨兵终于停止了呼吸。

段显峰推开尸体，起身抱起步谈机就要回话。身边突然枪声大作，几名南朝鲜军一边开枪一边爬上山坡。

段显峰抱着步谈机滚落弹坑，拿起送话器大喊：“开炮！快开炮！”

几名南朝鲜军端着枪逼近弹坑边缘。天空中火箭炮拖着尾焰划过天际呼啸而来。几名南朝鲜军掉头就跑，可是山谷内和山坡上顿时变成火海。

杜文锦站在瞭望口，从望远镜里看着9号阵地下升腾的烈焰。我军的大口径火炮正在进行第二轮轰炸。

她越来越担心段显峰的安危，再次拿起桌上的送话器，呼唤段显峰："请报告你的位置！"

无人回应。

时间一分一秒过去。

杜文锦忐忑地呼叫着："段显峰同志！"

通话器里突然传来段显峰的声音："我已返回9号阵地。"

杜文锦松了口气。

段显峰的声音再次传来："任务完成了！"

敌人炮火猛烈，91团指挥所里都能感受到大地的震动。但众人的工作井井有条。李长生正在看沙盘，段显峰浑身都是灰地进来了。李长生直接给他一个拥抱。

李长生说："我要给你请功！我们喀秋莎团一个齐射，至少消灭了四百个敌人。你这个单人前进观察哨真不是盖的。"

段显峰说："团长，这是炮兵的功劳，更是您料敌先机，运筹帷幄的功劳。"

李长生说："你不要谦虚，我们需要的不是一个段显峰，是成百上千个段显峰。如果都能这么用炮，敌人炮火再强，也干不过我们！我已经命令六连的战士们学习你的经验，与炮兵观察哨紧密配合。"

段显峰说："李团长，我请求再回坑道，跟坑道部队一起作战。"

李长生说："你已经给了我们很大的支援。这仗一时是打不完的。你回31团八连休整一下，我认为你一定还会在后面的战斗当中发挥威力！”

“是！李团长，我随时等候首长们的召唤。”

秦基伟惊讶回头：“什么？段显峰这小子又和炮兵合作消灭了两个连？”

李德生说：“李长生是个福将，同时还善于用人，善于协作。他学历高，肯定和段参谋合得来。”

秦基伟说：“不是，段参谋可没请示报备啊。我要罚他，罚他好好休整几天！”

李德生笑：“91团眼下归45师指挥，段参谋是临机应变，主动请战。请秦军长给他记功。”

“不但他要记功，91团也要记功。这几天91团扛住了敌人重兵力重火力的连续冲击，不愧是王牌部队。我已经让后勤多杀几头猪，做肉包子和饺子送到前线去。既是对他们的表扬，也是因为前线太苦了。”

李德生说：“好啊，战士们吃肉包子，就有力气对付敌人的铁皮包子！”

两人笑了起来。

第十八章

最后一战

1952 年 12 月 8 日

上甘岭战役的总结从今天开始了，为了认真进行总结我们确定组织一个经验总结委员会，由我和张蕴钰同志负责领导，吸收步炮团师干部和师团参谋人员，分为若干小组进行专门问题的研究并召开各种坐［座］谈会，吸收战士和班排连长等集中他们的经验和智慧，尔后再加以研究提高。这样的总结对我们的提高是很重要的，同时给兄弟部队和领导机关作为参考使今后作战减少流血争取更大的胜利。

此次上甘岭战役规模大时间长予敌之打击在朝鲜战场上确真还是第一次，在十五军来说也是建军以来空前的一次考验。考验结果证明了我军是一支负有高度上进顽强心的一支部队。我们应在这次胜利的基础上再提高前进一步，前进前进再前进，胜利胜利再胜利。

《本色——秦基伟战争日记》

1

五圣山南侧的观察所，杜文锦戴着耳机在监听。突然起身，抄起望远镜向远方看去。

杜文锦看了一会儿，回来拿起电话："师部，我发现沿鸡雄山方向公路有大量敌人车辆活动，疑似敌人正在补充物资、兵员，很有可能在上甘岭方向还有大的行动。"

45 师师长崔建功拿着电话记录和 31 师副师长李长林在认真研究。

李长林说："敌人果然还不死心，4 号输得这么惨，5 号还想再来一次总攻。"

崔建功说："秋后的蚂蚱蹦得欢，敌人这是咽气前的最后一搏呢。我们等的就是他们这一招，敌人越是倾巢而出，我们越是能打得痛快。"

"事不宜迟，我这就联系 91 团做好战斗准备。"

"好，我立刻向秦军长和李副军长报告。"

李长生在地图前沉思。

一名参谋说："奇了怪了，今晚美国鬼子怎么没开炮？不会就这么把上甘岭让给我们吧。"

李长生摇头："不可能。敌人没这么好心。"

通信员朝李长生喊："报告团长，师部电话。"

李长生快走几步接过电话："师长，我是李长生……是，放心吧，不管他们来多少人，只要我 91 团在，保证他们占不到半点便宜。”

放下电话后，李长生向所有人传达了副师长的命令。

“副师长说菊亭岘和五圣山上的十几个观察哨都发现了敌军的新动向，他们的运输队正在往上甘岭不停地运弹药物资，运兵的卡车队伍也是望不到头，要我们好好提防。”

“看来敌人是要跟我们再玩票大的。”有参谋说。

李长生点头：“敌人怎么想的我管不着，但是休想从我 91 团手上拿走一寸阵地。告诉山上的 7 连，密切防范各自阵地，坚持小兵群车轮战的战法，保全自己，消耗敌人。还有，命令 5 连立刻上山，补充 3、9、10 三个阵地的力量。那里是 597.9 高地门户，绝不能有任何闪失！”

参谋转身去联系各个连队。

李长生走到 597.9 高地地图前，在 3、9、10 三个阵地位置重重画上了标记。

范弗里特站在南朝鲜第 2 师指挥所前，手持望远镜看着五圣山方向，良久。他回头看向身后的詹金斯和其他美军，南朝鲜军事将领。

“谁能告诉我，为什么五天时间过去了，我们还没有夺回一寸阵地。”

詹金斯从一个下属手中拿过来一份文件，递给范弗里特：“将军阁下，这份报告能回答您的疑问，您要的答案都在里面。”

范弗里特并未翻开：“这是什么？”

“10 月 30 日到 11 月 4 日，我方伤亡人员统计报告。”

范弗里特将报告甩到地上：“我只要三角山，不要伤亡数字，这些事情也不是你目前应该考虑的。”

詹金斯说：“将军，我们已没有多余的预备队能再投入进攻了。据我所知，整个集团军已经没有后备力量了。如果我们把所有的部队全压上去，一旦中国军队从其他方向发起进攻，后果不堪设想。”

范佛里特说：“没有一场仗是不冒一点风险的。责任、荣誉、国家，这三个词从我进入西点军校时就牢牢刻在我的脑海里。詹金斯中将，现在我们身上肩负的，不仅是个人的责任和荣誉，更是我们的国家。”

詹金斯说：“将军阁下，正是因为如此，我们不能输，也输不起。”

“不，只要你不认输，就有机会赢。先生们，把你们现在手里所有的部队进行重组，我要所有能拿起枪的人都加入进攻，我已经命令炮兵、装甲、航空兵全部投入战斗，必须拼死一战！你们什么时候拿下三角山，我什么时候离开。”

詹金斯和其他美军、南朝鲜将领立正敬礼。

天空美军轰炸机编队密密麻麻，无数炸弹投下。

美军炮兵部队万炮齐鸣，炮火呼啸。

美军坦克排成队列在山脚下向上开炮，美国和南朝鲜联军随后向山上发起攻击。

鸡雄山，南朝鲜第 2 师前线指挥所，范弗里特从望远镜中看着 597.9 高地彻底淹没在炮火之中，嘴角露出一丝微笑。

范弗里特说：“先生们，这样的火力要是再拿不下三角山，我们就等着退役吧。”

1 号坑道，炮声震耳欲聋，尘土不断被震落，91 团的战士们纷纷蹲在地上，抵御冲击波的攻击。

秦基伟和李德生、崔建功正注视着沙盘上的阵地。

李德生说：“美国佬今天好大的手笔，土财主就是土财主，出手就是够阔气的。”

崔建功说：“请李副军长放心，我们的坑道没问题，我们的战士能坚持住！ 10 月 14 日那天，敌人的炮火比今天还猛，还要多。可我们都扛住了。”

李德生说：“这么说，就算他们有钱有弹药，那也只能算是个散财童子，尽把炮弹当烟花放了。”

秦基伟说：“一是伤亡率，二是弹药量。以前敌人一天弹药量跟我们比是十七比一，今天我们要到三比一。”

李德生说：“虽然还说不上是富裕仗，但至少我们是有的一打了。我们的炮兵作战能力可比敌人要强多了。”

秦基伟点头：“没错，现在就是先让敌人打！ 等我们炮火上来的时候，他们只会恨爹娘少生了两条腿。”

电话接二连三地响了起来，众人一下子忙碌起来。

“2号阵地5号区域呼叫炮火……4号阵地3号区域呼叫炮火……7号阵地3号区域呼叫炮火……”

597.9高地上，志愿军万炮齐发，将进攻的美军淹没在炮火之中。

炮声隆隆，坑道顶部的尘土不断散落，91团5连2排4班班长李峰淡定地检查着枪支弹药，一旁的几个新兵则显得有些不安。

新兵胡修道蹲在地上，紧紧地握住枪支，神色紧张。

李峰注意到新兵们的情绪，开口安慰：“战友们，你们别看敌人的炮打得猛，实际上是雷声大，雨点小。我们躲在这坑道里，他们就是把炮打光了，也伤不着我们。”

胡修道说：“班长，我们外面只有一两个战士放哨，万一敌人冲上来了，会不会顶不住？”

李峰说：“在这个山头上，出去的人越多，伤亡越快。我们的小兵群车轮战战术，就是要以少打多。别看我们只有一个班，敌人就是来一个连，也禁不住我们打。再说，我们的炮也不是吃素的。”

李峰检查完武器，继续向胡修道等战士解释：“你们几个没有实战经验，一会儿打起来，不要着急开火，看着我，一切听我命令，我打哪儿你们就跟着打哪儿，我投弹你们就跟着投弹，要注意隐蔽，不要探着头一直打！”

胡修道说：“班长，老带新，这我们知道。我们打得肯定不差！”

“别急，都是这么过来的，只要上了战场开过枪，杀过敌，就算是老兵了。”

敌人的炮声突然停下。

李峰立即吩咐：“敌人炮停了，跟我走，快。”

李峰率先冲出坑道，胡修道等战士随即跟着冲了出去。美、南朝鲜联军的部队开始朝这边涌过来，胡修道等人进入战斗位置。胡修道下意识地举枪准备射击，被李峰拦住。

李峰说：“第一，全班听我号令，把敌人放近了再打，先打当官的！”

李峰沿着战壕往前进，找到一个角度，一枪打死了远处一个冒进的美国兵：“第二，注意散开，不要固定一个射位，不要让敌人看出我们只有一个班，扎堆在一起敌人一个手榴弹我们全班就报销了。”

胡修道、滕土生等人立即分散趴在战壕的各个位置。

“第三，注意节省弹药，有把握了再打，敌人近了再投弹！”

李峰猫在一个战壕里，三四个敌人没有防备地走过来，被突然冒出来的李峰用冲锋枪一梭子消灭。

越来越多的敌人扑过来。

李峰大喊：“打！”

胡修道和滕土生等战士立即开火，眼前的敌人倒下，但是更多的敌人冲了上来。

“转移！”李峰带着胡修道等人翻到另一条战壕上，拿出手榴弹，战士们也纷纷拿出手榴弹。

“一，二，三……扔！”

李峰一声令下，众人纷纷拉弦，将手榴弹扔了出去。只有胡修道握着拉完弦的手榴弹不动。

李峰大惊失色：“胡修道，快扔。”

李峰一边说着，一边朝胡修道跑过去，试图夺下那颗手榴弹。但他还没有走到，胡修道抢先将手榴弹扔了出去。

手榴弹在敌人头顶爆炸，好几个敌人纷纷倒下。

李峰揪住胡修道："你傻了，手榴弹拉弦了不知道快扔。"

胡修道解释："班长，我是故意的，因为扔早了，我们扔出去的手榴弹会滚下山去，伤不到敌人，晚三秒再扔手榴弹就会在敌人头顶上爆炸，威力更大。我在山下听我们八连的老兵说过。"

李峰一愣，伸出头看了一眼，胡修道跟前那一拨敌人全被炸倒在地。

李峰大喜："你小子，是块打仗的料。"

李峰继续抄起冲锋枪打击敌人，胡修道等各个战士也不停地变换方位，朝扑过来的敌军射击。

猛烈的炮火落在9号阵地上，9号阵地被炮火吞没。

炮火过后，一队美军和南朝鲜士兵出现在9号阵地边缘上，朝着阵地中心进攻。

李峰一梭子子弹打完，注意到9号阵地敌人进攻："胡修道。"

"班长。"

"3、9、10，这三个阵地最重要，哪个都不能丢！我去支援9号，3号阵地就交给了，一定给我守住喽！"

"是！"

李峰跳出战壕，朝着9号阵地前进。

胡修道抓起地上的冲锋枪，朝着敌人疯狂开火。

敌人的炸弹在阵地上爆炸，五班的战士一个个倒下。阵地上，只有胡修道和滕土生两个人坚守。

敌人炮火袭来，胡修道拉着滕土生撤离。

炮声隆隆，胡修道和滕土生两人一身尘土，身旁是重伤昏迷的战士们。

胡修道挨个从伤病员们身上摸出手榴弹，随即走到滕土生跟前，将手榴弹齐齐整整地摆放在跟前。

滕土生说："修道哥，阵地上就剩下我们两个了，一会敌人再攻上来，我听你指挥！”

胡修道：“你负责阵地左边，我负责右边。”

滕土生说：“就咱两个人，一人守一边，能行吗？”

“怎么顶不住？敌人从早上开始冲了二十多次，不一样被我们打退了？我们两个人就是要打出两个排的气势来。”

敌人炮声渐渐消散，胡修道顿时警觉起来。

胡修道说：“炮停了，敌人该上来了，走！”

胡修道和滕土生两人迅速将地上的手榴弹挂在腰带上，转身朝坑道口跑去。

一颗流弹落在阵地上，爆炸溅起一大片尘土，尘土正好落下在从战壕前行的胡修道身上。

胡修道抖落尘土，趴在战壕前仔细观察，可是眼前除了死去的敌人尸体，并没有一个活人出现在视线中。

胡修道脸露疑惑，转而走到战壕另一端：“土生，敌人上来了吗？”

滕土生摇摇头。

胡修道说：“不应该，敌人要是不进攻，犯不着打那么久的炮。”

胡修道疑惑间，滕土生突然示意他看向 10 号阵地。10 号阵地上，十几个美军和南朝鲜士兵正朝着 10 号阵地攻来，

可是 10 号阵地上却是一片静悄悄。

滕土生说：“10 号阵地怎么不还击啊？”

胡修道说：“坏了，10 号阵地可能没人了……走，你跟我支援去。”

胡修道说完就往 10 号阵地走，滕土生在身后叫住了他。

滕土生说：“我们走了，3 号阵地怎么办，万一敌人上来了。”

胡修道猛地停下了脚步，看向身后的阵地，又望向不远处的 10 号阵地，神色焦急。

胡修道说：“可是 10 号阵地要是丢了，敌人就能西南方向打我们 3 号阵地，那时候我们可就被动了。”

滕土生也着急，却不知道要怎么办。修道沿着战壕向前走，不停地观察四周情况。

突然，一个人从一块石头后爬出来，在阵亡的美军身上摸索着什么东西。旁边一个未死透的美军士兵举起枪。

“砰！”胡修道的枪抢先一步击毙了那名美军士兵。

那人听到枪声，立即快跑几步，熟练地翻入战壕之中，跟胡修道打了个照面。那人抬起头，露出段显峰的脸庞。

胡修道看着他身上背着的步谈机，问他：“你是通信兵？”

“算是吧……”

胡修道说：“太好了，你快报告上级，10 号阵地危险，赶紧派人来支援我们。”

段显峰无奈地说：“我的电池坏了，我就是想找电池，才冒险过来的。”

胡修道沉默片刻，坚定地说：“来不及了，你留在这儿帮我们守 3 号阵地，我们去支援 10 号阵地。土生，跟我走。”

滕土生跟上胡修道。

胡修道走了几步停下，回过头来：“万一我们牺牲了，你一定要把这个情况告诉连长。”

胡修道和滕土生从一个弹坑跳到另一个弹坑，交替前行，跑向 10 号阵地。

胡修道一手握着爆破筒，另一只手紧紧握住一颗手雷，保险环已经被拉掉，准备随时扔出去。

滕土生说：“修道哥？”

胡修道说：“敌人对 10 号阵地地形不熟，我们充分利用地形，从敌人看不到的死角摸上去。”

胡修道抢先接近 10 号阵地，先扔出一颗手雷。敌人在纷纷趴下找掩体时，胡修道利用手雷爆炸的瞬间，迅速接近战壕，将拉着的爆破筒扔进了还趴在地上找隐蔽的敌群中，一鼓作气夺回了 10 号阵地的控制权。

胡修道倒在弹坑里，半截身子被土埋住，滕土生跳到他身旁。

“胡修道，胡修道……”

胡修道睁开眼睛，推开滕土生：“不要管我，打敌人要紧。”

滕土生见他没事，抄起冲锋枪冲了上去开打。

胡修道站起来，看着敌人又密密麻麻地冲了上来，四下搜寻武器，忽然看到身旁不远处的一个爆破筒。

胡修道抓起爆破筒，猛然跃起朝敌人甩了过去。

一声巨响，战场上只剩下一阵浓烟飘荡。

滕土生大喊敌人又上来了。

胡修道看着硝烟后，密密麻麻的敌人再度出现在视线中，目光所及已经没有了武器。胡修道搬起一块石头，正要冲过去。

天空之中，无数炮弹倾斜而下，敌人所在区域变成了一片硝烟。

胡修道手上的石头落了地，回头望去，看见段显峰带着几名增援的战士就站在他们身后不远处。

“正中目标，进攻 10 号阵地的敌人已被消灭，阵地还在我们手中！”段显峰放下对讲话筒，看向胡修道。

胡修道非常激动：打得好啊，打得准，你们炮兵同志该立大功!

段显峰说：“是你们打得好，你们守住了阵地，给我们赢得了炮火的时间 。有你这样的同志在前线，敌人一定会失败，胜利一定属于我们志愿军。”

“对，胜利一定是属于我们的。”

胡修道和段显峰相视一笑，两人都从彼此眼中看到了胜利的信心。

2

日头偏西，身在南朝鲜第 2 师前线指挥所的范弗里特望着 597.9 高地的方向一言不发。

阵亡统计报告散落在周围。

詹金斯拿着一份新报告走到范弗里特身旁。

范弗里特问他："我们向前推进了多少？"

詹金斯说："还在原地，将军阁下。"

"你手里拿的是什么？别告诉我又是伤亡报告。"

"是刚刚新增的伤亡报告，长官。"

范弗里特沉默不语。

"天马上就黑了，如果我们现在不撤退，到了晚上，整个阵地又将变成中国军队的舞台，我们的伤亡会更加惨重。"

"还有一个小时天才会黑，命令部队继续进攻。"

"长官，一个小时改变不了局面，这样的攻击没有任何意义。"

范弗里特说："有意义，哪怕我们就占领阵地一秒钟，这也能证明在白天，我们有能力拿下阵地。"

詹金斯一脸无奈。

大量的志愿军炮火落下，刚刚冲上 597.9 阵地的美、南朝鲜士兵顿时又被淹没。

范弗里特拿望远镜的手慢慢垂了下来，目光缓缓地移动到地上散落的阵亡报告单。

詹金斯蹲下，将阵亡报告的纸张捡起来，与手上的新增阵亡报告单放在一起，再度递交到范弗里特跟前。

范弗里特伸手接过了报告单："传我命令，所有部队停止进攻！"

詹金斯立马吩咐身旁的副官："告诉所有进攻部队，马上撤退。"

副官敬礼，转身离去。

镁光灯闪烁，范弗里特和远东司令部发言官一同坐在主席台上。

台下是一大批前来参加发布会的各国记者。

范弗里特说："我们不会向共产主义低头，更不会向中国军队妥协，第八集团军已经重创了中共和北朝鲜的军队。”

远东司令部发言官听闻，一脸诧异地看着范弗里特。

范弗里特避开发言官目光，继续说：“他们损失惨重，一切都在有序开展，我们的士兵都已经做好了再次进攻的准备，士气高涨……”

发言官忍不住用手指敲击桌子，范弗里特方才停下，抬手示意记者提问。

记者们纷纷举手发言：“将军阁下，据我所知，三角山战役是我们进入朝鲜半岛以来，损失精锐部队第二多的战役，请问这个情况属实吗？”

一名记者说：“有消息说三角山战役爆发以来，光是炮弹就打了190万发，仅仅集中在3.7平方公里的土地上。这个炮弹密度，已经超过了二战时期的任何一场战役。您能告诉我，到底要花多大的代价才能完成预定目标？”

“范弗里特将军，我们打这场仗的意义是什么？”有一名记者提问。

范弗里特说：“先生们，女士们，这不是代价的问题，这是全体美国军人的荣誉问题。三角山的局势依然在我们的控制之下，也必须在我们的控制之下，我们有信心取得最终的胜利。”

第一个提问的记者再度举手。

“发言官先生，你一直不表态，是否说明远东集团司令部会继续支持三角山战役，直到第八集团军彻底拿下该阵地。”

一旁的发言官拿过话筒，看了一眼范弗里特后：“不，我们认为联军在三角山高地的战斗失败了，这就是事实！”

众记者哗然。

“关于联军失败的事实，您能具体讲一讲吗？”

“无可奉告。”发言官说罢，当即起身离开了会场。

3

11月5日大反攻结束，所有人都在收拾东西准备换防下山。

范元宝拎着松鼠笼子在人群里钻来钻去找“范弗里特”，被万里一把揪住。

“偷懒，干吗去？”

“‘范弗里特’不见了。”

冯百胜说：“你就放那松鼠一条活路吧……陪了你二十多天还顽强地活着，也该还它自由了。”

“是不是你藏起来了？”

冯百胜说：“别找那松鼠了，干活儿去，下山吃肉包子去。”

范元宝不依不饶，继续找“范弗里特”。到处翻，拿起八连战旗看是不是藏在下头。

段显峰看见范元宝拿起战旗，正要丢到一旁的时候，走过去接过战旗。

“这旗子放我这儿。”

范元宝说：“下山去领一面新的吧，这旗子破得没法打了。”

段显峰：“给我吧。”

段显峰非常仔细地将战旗折成一个豆腐块，然后抱出一个木头匣子，匣子里面放着他的战场笔记和一些书，准备把旗子放进里面。当他打开盖子，发现“范弗里特”正在里面，瞪着眼睛看着他，而书和笔记已然被它给啃了，匣子里都是碎纸屑。

段显峰看到自己的笔记和书被“范弗里特”给啃了，突然合上匣子，叫了一声元宝。

范元宝不知所以，跑过来。

“我知道你的松鼠在哪儿？”

范元宝看到段显峰手里的匣子，眼里露出笑意。他接过匣子，打开看到晕死在匣子里的“范弗里特”，以为它死了。

范元宝哭丧着脸：“你把它害死了？”

段显峰说：“它偷吃我的书。”

“范弗里特”突然醒了过来，跳起来就跑。

范元宝见“范弗里特”跑了，先是一愣，跟着就追：“小心……别踩着它。”

坑道里乱作一团。有人帮着范元宝抓“范弗里特”，有人跳着脚躲“范弗里特”。

范元宝、冯百胜、万里、段显峰等人低着头在昏暗的坑道里追“范弗里特”，“范弗里特”东躲西藏，最终往坑道口奔去。众人盯着“范弗里特”追向坑道。

“范弗里特”跑到坑道口，突然停住，还站了起来。

众人在后头追，见到“范弗里特”突然站了起来，都停下不敢动，生怕惊动它，逃出去。顺着“范弗里特”看的方向望去，众人被坑道外美景惊呆。

漫天红霞，彩云如玉。众人被坑道外美景惊呆，如痴如醉，忘了言语，既陶醉又激动。

冯百胜激动得说不出整话：“这朝霞像……像……”

段显峰说：“像看见了毛主席……”

众人开始对着朝霞欢呼雀跃。

“范弗里特”回身看着笑的人，竟然晃晃悠悠地走了回来。

八连开始下山，万里领头，他们以一种昂扬的、胜利者的姿态向山下走。陆陆续续，其他坑道的战士们加入队伍。队伍变得蜿蜒曲折、浩浩荡荡起来。

冯百胜扛着一根树桩子走在队伍里。

范元宝说：“连长，你这背个树桩子回去是做什么用？”

冯百胜说：“带这截树桩回去就是要等老了给后代讲故事的时候

有个物证。”

“这算啥物证？”

“树桩上百个弹孔，就是物证。要不然跟孙子说，你爷爷我当年在上甘岭上打美国敌人，他们一天扔几十万发炮弹，鬼会信。到时候，我就拿出这截树桩让他们数数上头有多少弹孔。”

段显峰说：“看看我们连的军旗，军旗上有 381 个弹孔！”

炊事班灯火通明。所有人都在忙碌。院子中间支着大锅，烧着热水。三名炊事员正在剁肉馅儿，还有洗菜的，擀皮儿的。炊事班长正在和面，忙得不亦乐乎。

秦基伟和张蕴钰带着马钢进门。

炊事班长吃了一惊，连忙敬礼：“首长好！”

炊事班长这一敬礼，手上的面粉撒了一脸。他连连咳嗽。

“大家各忙各的，我们就是来看看。”秦基伟哈哈大笑，“这是做的什么馅儿。”

一名炊事员说：“是猪肉萝卜馅儿。”

“嗯，这肉有肥有瘦，闻着不错。不过，还得多放油。”秦基伟外套一脱，卷起袖子。他接过香油瓶，往肉馅儿里倒油。

大盆搅不开，马钢拿了个大炒勺跟着搅和。

炊事员甲闻了闻饺子馅说：“香，真是香。军长会做饭。”

秦基伟想了想：“哎，是你们一个老炊事班长告诉我的。饺子馅儿就得多放油。这煮出来才是皮儿薄馅儿大。参谋长，会包饺子吗？”

张蕴钰说：“你可以说我酒量一般，但不能说我不会包饺子。”

“来，我们一起包饺子。”

马钢搅和肉馅儿，秦基伟加入炊事员们，一起包饺子。

秦基伟捏了个元宝型饺子。

张蕴钰说：“军长，你这包了个元宝饺子。”

门外伸进范元宝的脑袋：“谁，谁叫我？”

范元宝一看是秦基伟，连忙把头缩了回去。

秦基伟喊了一声：“范元宝！”

门外的范元宝无可奈何，涎着脸进门：“报告军长，我是八连战士范元宝。”

“老八连回来了？”

“是！刚回来，都饿了。所以我……”

“走，出去看看。”

秦基伟、张蕴钰、马钢跟着范元宝走了出去，看见段显峰、冯百胜、万里、韩小毛、金大志、猴子正往院子里走。

秦基伟从屋里出来了：“老八连的战士们！欢迎你们回来。”

众人回头发现是秦基伟，一片欢腾。

段显峰飞奔过去敬礼：“军长！”

“好啊，又看见你们，看见大家了。”秦基伟感叹地说，“你们只下来这些人了吗？”

众人互相瞧瞧，都不说话。

冯百胜环顾众人，把军旗举起立在院子中央。一面有着 381 个弹孔的军旗在风中舒展。

“八连所有人！报数！”

段显峰和众人迅速排成一排。

段显峰：“一！”

万里：“二！”

韩小毛：“三！”

范元宝：“四！”

金大志：“五！”

猴子：“六！”

丁八斗：“七！”

冯百胜转头向秦基伟敬礼：“报告军长！134 团八连集合完毕。原有 138 人，补充 335 人，伤亡 254 人。实到从阵地上下来的战士共

8人！请您检阅！”

8个人挺胸昂头，韩小毛、金大志和猴子都负了伤，但也是站得笔直。秦基伟心潮澎湃，一把握住了冯百胜的手，然后一个个握了过去。

韩小毛感动得直流泪。

秦基伟：“回来了，先得填饱肚子。可是饺子还没包好。大家去洗个澡，然后给炊事班帮个忙好不好？”

“好！”

秦基伟说：“炊事班的同志们，来啊，把家伙事儿都搬到院子里来，大家一起包饺子。”

“好！”

炊事员们陆续地将热腾腾的饺子从厨房里端了出来。

院子里的桌子都用上了，八连的战士或坐或站，都在吃饺子。

秦基伟坐在最中间的桌旁，看着周围的战士们吃。那一张张焦黑疲惫又带着满足的脸，让秦基伟分外感动。

冯百胜：“军长，您怎么不吃。”

秦基伟笑了笑，强忍难过：“我就是想先数数人头，看看你们……”

段显峰放下筷子，看着秦基伟：“军长，是不是想王鲁了？”

秦基伟笑：“想啊，都想。今天这馅儿，还是胡满仓教我多放香油。怎么样，好吃吗？”

众人听了，都有些难过。

“好吃，好吃着呢。”范元宝拼命往嘴里塞，却突然哭了起来。

冯百胜说：“哭什么！别哭，指导员知道我们下来了，不知道得有多高兴。”

冯百胜一边说，一边也哽咽起来。

段显峰说：“军长，对不起，我没保护好战友。我们让您揪心了。”

秦基伟说：“哎呀，没什么！我就是看着你们这一个个的。生死关都闯过来了，还有什么揪心的。段参谋，你也知道，我担心你，担心百胜，担心韩小毛，担心金大志，担心范元宝，担心你们每个人。你们在高地上坚持了那么久，都是我心里最可爱的人。那些没坚持下来的，也是我心里最可爱的人。今天这碗饺子，你们给自己吃，也是替牺牲的战友们吃的。来，我们吃！”

秦基伟夹起饺子放在嘴里，咀嚼着：“吃！”

“吃！”

众人眼含热泪。

秦基伟朝15军指挥部走去，马钢的声音远远传来。

“中朝联司首长的联名致电嘉奖，同志们……首长嘉奖我们15军了！”秦基伟走进指挥部，顿时听到一阵异常激动的呐喊声。

众人正围在马钢旁边，听他念电文。

“你部与敌鏖战二十余日，发扬了坚韧顽强的战斗作风，愈打愈强，战术愈打愈灵活，步炮协同愈打愈密切，战斗伤亡则逐渐减少……这样打下去，‘必能制敌于死地’，我们特向你们祝贺，望激励全军再接再厉，坚决战斗下去，直到将敌人的局部进攻完全彻底粉碎。预祝你们胜利。”

秦基伟站在一旁，也静静地听着。

马钢念完一扭头，看到了秦基伟，立即走到他跟前，呈上电文。

秦基伟说：“这是属于全军的荣誉。通知政治部，印成红色号外，给每一个阵地的战士送过去。”

“是！”

马钢拿着电文刚刚离去，李德生的声音从门口响起。

“秦军长，恭喜你们15军。这下可是我们志愿军的骄傲了。”

“你来得正好。”秦基伟从桌上拿起另一份电文，递给李德生，

“兵团刚下的命令。”

电文内容是：对597.9高地及537.7高地北山作战部署。为便于指挥，决定组织五圣山作战指挥所，由12军副军长李德生同志负责，统一指挥31师和34师之反击作战。29师之配合动作。该指挥所归15军秦基伟军长直接指挥。

李德生看完电文，有些激动：“兵团让我组织设立五圣山前线指挥所，统一指挥两个高地的作战反击。该指挥所由秦军长你直接指挥。秦军长……”

秦基伟的声音一时竟然有些嘶哑：“是时候了，该你们上了！”

李德生说：“感谢15军的战士们，交给我们一个完整的胜利的阵地！”

秦基伟说：“我已命令45师，除炮兵、通讯、观察、后勤机构留置原地不动，以保证12军部队的作战外，坚守597.9高地和反击537.7北山的作战任务，就全部移交给你们了。”

“12军保证完成任务！”

秦基伟和李德生的手紧紧握在一起。

4

1952年11月5日，上甘岭战役第23天。

秦基伟在灯下写日记。

我们有了反击作战的经验和信心，我们有了粉碎敌人进攻作战的经验和信心，这样就使朝鲜战场发生基本变化，这种变化对我十分有利，而大大不利于敌人了。我们能够在决定朝鲜战局改变的战斗中得到锻炼起的作用，我想这是最大的荣誉和光荣。过去二十多天的苦战中，我45师受到志司通令嘉奖，这在朝鲜前线两年来还是第一次，这是全军的光荣是无数烈士以忘我的牺牲精神换来的，是兵团全力支援友邻，志司不断勉励和指挥的结果。我们丝毫不以此自娱，更不会因此而骄傲。但我们十分热爱荣誉，我们要在已有胜利的基础上继续胜利。今后在指挥上更重视战术的提高，做到更小的牺牲换得更大的胜利，让敌人再也不敢在英雄的阵地上来开玩笑了。

秦基伟写完日记，走出房间，从院子里远眺部队驻地，有淡淡的烟飘散，融入夜幕。

李德生带着警卫员到 597.9 高地检查防务。

12 军的战士们正在加紧修理和完善工事。李德生走进 1 号坑道，里面的人都在忙碌，他拦住一名战士。李德生问战士：“你们连长呢？”

一个光着膀子挖坑道的人转过身看着他。

李德生说：“我是李德生！”

坑道内所有人愣了一下，立正，敬礼。

李德生摆手让大家礼毕：“你过来跟我说说这里的情况。”

连长说：“我们接防之后立刻对工事和坑道进行了完善和升级。尽量把坑道口向棱线高度开，这样如果敌人攻击，我们能够更快速地进入阵地。”

李德生边听，边用笔记本记录：“很好，动脑子了。说说有什么困难。”

坑道外传来爆炸声。所有人都看向坑道口。不一会儿，一群人抬着一名伤员往洞里跑。

“卫生员……卫生员踩着地雷了。”

李德生也过来一起帮忙抬伤员，卫生员和军医出来接伤员。众人停在卫生所外。

过了一会，连长回答李德生的问题：“困难就是，我们半路接防，很多地方都不熟悉。哪儿有地雷，敌人爱在哪儿出没，炮弹着点分布，炮击规律等等都不熟，需要慢慢适应。”

“别的还有吗？”

“暂时没有了。15 军的同志们干得很好，主坑道都很结实，布局也很用心。”

“我们要不惜代价守住，守好。范弗里特开记者会说三角山战役失败了，但战场不讲那么多，兵不厌诈。”

“是。”

“15 军打这么好，你们不仅要守好这里，还得随时准备反击 537.7 高地北山。明白吗？”

“是！”

李德生的车在山路上颠簸，汽车调头向 15 军军部开去。

秦基伟正在签文件。

“报告！”段显峰拎着包酥糖走进秦基伟的房间。

秦基伟看了眼段显峰，笑了：“今天看着气色好多了。”

段显峰说：“昨天吃完饺子回去睡了个觉，好久没睡这么好了。”

“今天找我是有什么事？”

我想请您给万里写一封推荐信，让他去步兵学校读书。

“上甘岭战役，立功受奖上千人，每个都有资格去，我为什么要给他写推荐信？”

“上千名战斗英雄，有的英勇，有的果敢，有的忠贞，有的机智，但万里是个天生的军人。我和他一起战斗的这些天，他从一名战士快速成长为一名能够带领一个连队的指挥员。他有军人的本能，即使睡觉的时候都保持着战斗姿态的本能。这不是任何一个人都有的。”

秦基伟微微点头：“你觉得我是个什么样的军人？”

“铁骨铮铮，寸寸柔肠。”

秦基伟笑了一下说：“告诉万里最近多认认字，15 军送出去的可不能是个白字先生。”

段显峰走后，秦基伟拿着抹布擦拭一个美军罐头。

张蕴钰又拿来两个罐头：“军长，这还有两个。不用擦，挺干净的。”

秦基伟接过罐头，认真用抹布擦：“也没别的东西，就这两个罐头，那还不擦干净。打电话问，李副军长在哪里？我们现在去找他。”

张蕴钰拿起电话，正要打电话，抬头看到了捧着两罐罐头走进军部的李德生。

张蕴钰对秦基伟说：“李副军长就在我们军部。”

秦基伟一怔，随即反应过来，抬头看到了李德生。

秦基伟立即迎上去：“李副军长，我正要去找你。”

李德生把两个罐头交给秦基伟：“秦军长，不成敬意。”

“我们都不成敬意吧。”秦基伟也拿起了罐头。

两人会心一笑。

秦基伟说：“在最关键的时候有你们这支生力军的支援，我们一定能把范弗里特打趴下！感谢你李副军长，感谢 12 军的战友们。”

李德生说：“最困难的时候你们已经顶过来了！我们要好好向 15 军的同志学习，也请秦军长放手指挥。”

“一家人不说两家话！好，我抓紧把情况给你介绍一下。”

两人走到地图前。

一旁的张蕴钰对车敏瞧说：“兵团首长会用人，这两位首长可有不少共同点，首先是大别山的大老乡，其次又是四方面军出来的。抗日战争又都在太行山，解放战争一个是纵队司令一个是旅长，又一起打淮海。现在又是打上甘岭。你看，连见面礼都不约而同拿了罐头。”

车敏瞧点点头：“你说他们好合作。”

张蕴钰：“当然，同声相和、同气相求。上下同欲者胜！他们的合作一定会很顺利。”

秦基伟站在地图前：“李副军长，你看还需要了解什么，有什么困难没有？”

李德生犹豫了一下，苦笑着说：“秦军长，我还真有点想法，但一见你，我又张不开嘴。”

秦基伟说：“我要找你，就是担心你张不开嘴。”

李德生说：“15 军付出的太多了，连警卫连都上前线了，我不忍心提任何请求。”

秦基伟说：“别说了，我已经猜出个大概了。我正要告诉你，12 军刚到阵地，对地形，对敌人都不熟悉，我们已经决定，换防时部队下去，团营连各级主官都留下来，帮助你们熟悉情况。45 师指挥所也留一个班子协助你们指挥。你看这样安排怎么样？”

李德生说：“秦军长，我……我不知道该怎么说了。”

两人的双手紧紧地握在一起。

万里坐在驻地的空地上，不远处立着一个炮弹壳，似乎在想心事。手里抓着一把小石子，不时向炮弹壳投掷，每次都能准确扔进炮弹壳里，发出“当啷”的声音。

段显峰走过来在万里身边坐下：“想什么呢？”

“家。”

“家里还有什么人？”

“爹、娘、两个哥哥，都牺牲了。”万里痛苦地皱了下眉头，“二哥牺牲在长津湖。我盼着早点打完仗，可打完仗又不知道该怎么向爹娘交代。”

段显峰指着炮弹壳说：“你看那个炮弹壳，它本来可以做成镰刀或者螺丝，但当它成为炮弹的那一刻起，就注定了它的发射。”

“你想说什么？”

“每个人都有属于自己的命运。”

“我还不知道我的命运是什么。”

“其实你知道。”段显峰拿起一个石子扔进炮弹壳。

“你觉得我的命运是什么？”

“和我一样。”

万里也拿一个石子扔进炮弹壳：“我们不一样，你有文化，入党又那么早，一直都知道自己想要什么，怎么干，而我……”

“现在呢？”

万里迷茫地望着远方：“不知道。我不知道杀了173个敌人算不算是个好战士。我也不知道，打完仗我还待在部队能干吗。”

“你去过上海吗？”

“听说过。感觉就是特别繁华吧。”

段显峰说：“1946年。上海有一个女孩叫唐巧珍，她像往常一样出门上街，走到百老汇路的时候，一辆吉普车突然停到她面前，在她还没有缓过神的时候就被车上的美国大兵强行揪上了车，然后吉普车飞速离开。车上的美国大兵甚至没有等到吉普车开到军营，而是在行驶的路上便急不可耐地开始撕扯唐巧珍的衣服，想要糟蹋她。唐巧珍誓死不从，还把美国大兵的脸抓了个稀烂。美国大兵恼羞成怒，直接把唐巧珍从飞驰的车上推了下去。女孩翻滚着落地，当场死了。事后因为国民党政府对美国驻军没有司法权，那个大兵没几天就安然回国了。”

万里认真听着段显峰诉说。

“你，我以及我们这一代人，不论出身如何，无论经历过什么，都有一个共同的命运，那就是要让全世界都知道，中国任人欺凌的时代已经过去了。”段显峰用一颗大一点的石子扔向炮弹壳，将它击倒。

万里的眼睛里渐渐有了光。

段显峰说：“我跟军长说了，仗打完送你去第一步兵学校学习。”

眼睛里闪耀着光彩的万里笑得很灿烂。

众人围坐在桌子前。冯百胜将常大友的背包放在桌上，往外掏东西，巧克力、罐头、糖果……

众人想起了常大友，难过。

冯百胜："吃啊……都低着头干吗？"

众人还是不动。

冯百胜说："常大友平时抠抠搜搜的，藏了这么多好吃的，这回都便宜我们了……"

众人更加难受。

冯百胜坐下说："我要走了。"

众人惊讶，看着冯百胜。

"白天接到命令，让我回3连……"冯百胜开了一瓶酒，挨个给每个人满上。

冯百胜给段显峰倒酒："显峰，记得我们增援朴达峰的时候，我当时就想，你这种知识分子上战场活不过三天，没想到，你能活着回来。了不起！"

冯百胜给万里倒酒，两人四目相对，什么也没说，碰杯干杯。

冯百胜给元宝倒酒："你个小鬼……长大了！是条汉子了！"

众人举杯喝酒。

"我也没什么多说了，一句话，过生死了，就是一个爹妈生的兄弟！"

冯百胜举起酒杯，一饮而尽。段显峰从八连驻地出来，和站岗的丁八斗打了个招呼，离开。

杜文锦从远处走过来，被站岗的丁八斗伸手拦住。

丁八斗："你好，找哪位？"

"段显峰在吗？"

"刚走。"丁八斗看了看段显峰离开的方向，已经看不见人了。

杜文锦失望地朝远处望去，一片空荡荡。

段显峰在小院里拆开包裹给孩子们分酥糖。每个孩子都很开心地吃，说话和笑起来嘴里都喷出糖粉。分完酥糖，包裹就放在地上。

杜文锦从远处往小院走来。

段显峰分完酥糖，站起身，看着孩子们吃着糖开心的表情，面色温柔。

杜文锦越来越近。

段显峰和孩子们挥手道别。转身离开，与杜文锦错身而过，走远。

杜文锦走到小院，看到孩子们的手里每人一个酥糖，环顾四周。

孩子们看见杜文锦，立即围了过去。

“杜阿姨，杜阿姨……”

杜文锦看到了孩子们手里的糖：“你们都已经吃上糖了？”

一个小孩把酥糖递给杜文锦：“杜阿姨，你试试段叔叔的酥糖，特别甜。”

杜文锦说：“谢谢你们，阿姨不要。”

所有孩子都在喊：“你试试……你试试，可甜了……”

孩子们的喊声吸引了段显峰，他回身看了看，看见杜文锦的背影。他不知是杜文锦，继续朝前走去。

杜文锦接过酥糖，吃了一口：“是哪个段叔叔给你们的酥糖？”

孩子们有些茫然，没人知道段叔叔的全名。

杜文锦看到地上的包裹，拿起来看到包裹上贴着通信地址收件人是段显峰。

杜文锦起身回头找段显峰，段显峰就在这刹那转身离去。两人再一次错过。

杜文锦看了一圈也没看到段显峰，从书包里掏出巧克力：“还有谁要巧克力？”

“我要……我要……”孩子们争先恐后举手。

杜文锦开心地分巧克力。分完巧克力，她还是不死心地四处张望。

八连在整队。

万里走到队伍：“立正。”

众人立正。

“稍息。现在12军在537.7高地北山上和敌人争夺得极其惨烈，我们虽然从阵地上下来了，但我们并没有撤出战斗。为了响应军里‘全力以赴支援12军’的号召，我们八连将再度开赴战场！听我口令，向右转！齐步走！”

段显峰举手：“报告！”

段显峰走出队伍，在营地里找了根晾衣服用的竿子。然后从包里拿出叠好的军旗，仔细地展开，装在杆子上，然后走到队伍最前头。布满弹孔的战旗在风中猎猎作响。

万里和段显峰从团部受领任务出来，边走边说。

万里问段显峰：“我怎么和大家说？他们会想不通吧？”

段显峰说：“别想了，就直接下命令。”

八连的战士们见二人出来，立即围了上去。

范元宝问：“怎么样？我们什么时候上吗？”

万里对战士们说：“全体都有！立正！”

八连的战士们立正。段显峰拿着旗子站在队列最右侧。

“我们连的任务是立即向92团2营报到，全体都有！武器弹药都留在这里。”

所有人都愣了一下。

“听我命令，枪，放下！”

众人不情愿地将枪支弹药放在地上。

“向右转！跑步……走！”

战士们跑步离开。

范元宝边跑边问段显峰：“老连长，为什么要把枪留下？”

段显峰说：“92团2营负责537.7北山的后勤线，不带枪，能背得多一些。”

“后勤？让我们去后勤？”

万里的声音传来：“队列里不许讲话！快！”

八连随着段显峰的红旗远去。

交通线的尽头是537.7高地北山，即使还有一段距离，但上面一直传来密集的枪声和猛烈的爆炸声。

一匹马从远处飞奔而来，马上的人一边跑，一边喊："92团2营紧急集合，立刻增援537.7高地11号阵地……92团2营紧急集合……"

随着传令兵过去，92团的一支连队从八连面前的路上匆匆行军而过。

金大志死死盯着这支部队。

韩小毛说："怎么，看着他们上战场眼馋啊。"

金大志撇撇嘴："你不想上？"

战士们看着万里上前拦住92团的一名排长谈话。在众人的目光中，万里很快回到战士们面前。八连的战士们围到万里身边。

万里问大家："92团已经接到反击537.7高地北山的命令。反击部队急需增援，大家愿不愿意参加反击战！"

众人高声欢呼。

丁八斗说："怎么办？我们的枪还在团部？"

"是啊……没枪怎么增援？"范元宝也说。

万里回身看了一眼段显峰，段显峰给了他一个鼓励的眼神。

万里举起手，让大家安静："军令如山！让我们立刻增援537.7，就是现在出发！没有枪，我们就沿途捡，向伤员借，向烈士借，有什么拿什么，为了胜利，冲啊！"

八连的战士们空着手整装集合准备出发。92团2营的战士跟在后面，他们都空着手。

九百多名空着手的战士向着炮火纷飞的537.7高地北山狂奔，进发！

他们可以随手在路边捡起枪支，爆破筒、手榴弹，甚至是工兵铲，一些伤员也将自己的枪支弹药递给了他们。

5

机舱里，莫远和其他特务背着降落伞坐成两排，机舱内红灯亮起，机门打开。莫远及其他特务起身，两两互相检查装备，做最后准备。莫远在检查装备的时候，从那人身上偷了一枚 M26 手雷。

机舱内绿灯亮起，CIA 特工开始准备挨个把人投放出去。

莫远偷偷拔了手雷保险。

“当啷”手雷落在地板上。所有人看到手雷，都惊呆了，莫远却在这时冲刺跳出了机舱。

急速坠落，运输机发生爆炸，带着黑烟向地面栽了下来。

看着天空中爆炸的运输机，所有人既兴奋又不可思议。

万里说：“你们看见了吗？怎么打下来的？”

段显峰说：“没听到高炮部队射击。”

空中，一个降落伞突然打开。

降落伞向上甘岭的后方落去。

不久前，战俘营门口，一名美军押着莫远下了车，走进入营处。

接收的守卫凯西是个凶神恶煞的大胡子，一旁是翻译。

凯西端着相机，给莫远拍照：“转过去，45 度；再转，90 度。好，背面。来，填表。”

莫远在表上填写信息，凯西看着莫远的资料。

等莫远填完信息，凯西说：“跟我走！”

战俘营的审讯室里，凯西带着莫远，交给不远处的杨仕诚。莫远在受电刑。

杨仕诚在旁边看着莫远受刑，一边吃砂锅菜。

莫远挣扎，极度痛苦。

杨仕诚说："进来过堂是惯例，你倒霉，被选中了。谁让你写自己是文化教员？文化教员在这等同于政委。"

莫远一边喘息一边求饶："放过我……放过我……"

"不用求我，过堂是有流程的，慢慢来。"杨仕诚挥了挥手，莫远再次被通电，痛苦挣扎。

莫远的手在用摩尔斯密码敲击"段显峰……段显峰……"

杨仕诚终于发现了莫远在敲击密码，脸色微变，又很快恢复原来的样子。

强烈的电击使得莫远大小便开始失禁。

杨仕诚让周围人看："你尿裤子了……"

莫远配合杨仕诚演说："满意了吧？你见过尿裤子的共产党吗？"

杨仕诚挥了挥手，手下停手。

战俘营放风的时候，莫远独自坐在一个角落，一群战俘目光凶狠地盯着莫远，互相使了眼色，将莫远围在当中。

杨仕诚远远地看着这里发生的一切。

一名战俘问他："你是投诚的？"

莫远没回答，而是呆呆地看着。

战俘一拳将莫远打倒在地，然后众人拳打脚踢。莫远蜷伏在地，任由拳脚雨点般地落在身上。

杨仕诚一直在看，直到他觉得打得差不多了，这才带着人走进战俘营，掏出枪，直接开枪，打死了一个殴打莫远的战俘。所有人都抱头蹲下。

杨仕诚走到莫远跟前，将他从地上扶起来，把手枪塞进莫远的手里。凯西举起了相机。

杨仕诚说："杀了他们！谁打了你，你就杀了他！"

莫远将枪丢开："我……我不敢。"

杨仕诚捡起枪，再次塞进莫远的手里，随后揪起一个蹲在地上的战俘推到莫远跟前。

“举枪！”

莫远吓了一跳。

杨仕诚厉声道：“开枪！”

莫远颤颤巍巍举起枪，对着那名战俘，始终不敢开枪，最后再次丢掉枪，跪下，号啕大哭起来。

“你杀了我吧，我真的做不到。”

杨仕诚捡起枪，一枪将战俘爆头。

特务赶紧给尸体拍了几张特写。

杨仕诚蹲下对莫远说：“……现在好了……我们可以彼此信任了……”

一天后，两人在僻静的角落见面了。

莫远的神情状态有了明显变化：“我知道你。”

杨仕诚问他：“你认识段显峰？”

莫远说：“是我把他从北平带到了根据地。告诉我，为什么你会出现在他们的报纸上？”

杨仕诚苦笑着说：“你以为我愿意？明天……或者后天……你杀战俘的照片也会出现在他们的报纸上。”

莫远疑惑地问他：“昨天我亲眼看见你杀我们的同志。”

杨仕诚说：“这个营区，所有的人，都是叛徒。我是他们的头，能决定他们的生死。所有可能策反的人都会先投进这里，你经历的一切，看到的一切都是为了测试你。”

“那你没有叛变？”

杨仕诚哽咽着说：“我叛变了。至少我自己认为我叛变了。我成为他们的工具，做了对不起祖国的事。”

“你想回去吗？”

“我没脸回去。你呢？你是想叛变？还是有任务？”

“你这是在测试我吗？”

“你会知道这是不是测试的。”

凯西拿着相机在战俘营内随机拍照。莫远在远处偷偷监视着凯西。凯西回到自己房间。过了一会儿又出门了。

莫远偷偷走过来，快速开锁进门。房间陈设很简单，有张办公桌，办公椅插在桌下，一个书架，一张床以及一个简易饭桌和脸盆架。

房间里有很多底片。每次莫远找到底片，都会对着光看看。但似乎都不是他要找的底片。他终于在一个书架上发现了一个底片夹。

此时凯西正在往回走。

莫远快速地翻看着底片夹，时不时拿出底片对着光看一眼。

凯西越来越近。

莫远似乎找到了自己想找的底片，将底片卷好，底片夹放回原处。

凯西开门的声音传来，莫远看了眼门。凯西推门进来。房间里没有人。

凯西似乎感觉到哪里异样，蹑手蹑脚地在房间搜索起来。先看了床底下，没有人。走到办公桌前，挪开办公椅，椅子腿下有个严丝合缝的印子，凯西见椅子腿没有移动的迹象，又将椅子推回去。

没有发现异常，凯西从桌上拿起相机，又从书架上的盒子里拿了两个胶卷，再次出门。关门前，环顾了一圈房间，关门离去。

房间里安静异常，忽然办公桌下的椅子被举了起来，轻轻放到一边。莫远艰难地从桌下爬了出来，然后把椅子严丝合缝放回去，最后轻轻走到门口，听了听，一闪身，出了门。

莫远在房间对着光看底片，突然听到脚步声，赶紧把底片藏起来。

杨仕诚走了进来。

莫远狐疑地看着他：“你又来测试我？”

杨仕诚走进去，快速找到底片：“我可以让你死一百次。”

莫远警惕地看着他：“你想怎样？”

“你想过怎么离开这里吗？”

“一定会有机会的。”

“我不知道你来此的目的。但你肯定知道，情报过了时间，就无效了。你可以等机会。但你等得起吗？”

“你想怎样？”

“跟我来。”

杨仕诚从一个箱子里掏出几份情报丢在地上。然后掏出枪，塞到莫远的手里。

莫远连忙躲避：“你想干什么？”

杨仕诚说：“现在他们正在招募潜伏间谍派遣回去。这是你唯一的机会，打死我，说发现我是间谍。他们一定会招募你。”

“你为什么不自己回去？”

杨仕诚痛苦地说：“我回不去了，他们在我身上文满了反动口号，我还上过报纸，他们不会让我回去的。而你不一样。你一定要回去，告诉祖国，我想她！”

“不，一定还有别的办法……”

杨仕诚握住莫远的手，抵在自己胸口。

枪声响起。

两名美军冲了进来，呆了一下，拔枪对准莫远。

“放下枪！放下枪！”

莫远把枪放下。其中一名美军过来把他摁倒在地。

“他是间谍，他想杀我，我不小心打死他的……我发现他是间谍，他想杀我，我不小心打死他的……”

一名美军军官让押着莫远的人松开，和莫远说着什么，莫远一直点头。美军军官亲热地和他拥抱，搭着他的肩膀离开。

莫远在练习开枪。

莫远在练习扔手雷。

美国军官和他窃窃私语，莫远频频点头，一副顺从的样子。

莫远与即将被派遣的特务站成一排，美军军官走到他们面前。

美军军官说：“明天，你们将被派遣回北面，那里正在流行鼠疫、脑炎等烈性传染病，为了你们的安全，我们将给你们注射疫苗。”

所有人面露难色。

一名派遣人员说：“我们在那边时已经注射了两针鼠疫疫苗。”

众人随即附和。

美军军官又说：“不一样。这可是美国疫苗。”

有人接过来看，看完传给下一个人。

莫远接过疫苗瓶子，假装看不懂地看了一眼，立刻递给下一个人。

莫远举手说：“我打！我绝对相信美国！”

美军军官得意地看着众人陆续打完针。

莫远将底片卷成小卷，用纸包好，接着用蜡在纸的外头又包了一层，然后将核桃大小的蜡丸一口吞了下去，差点噎过去。即将被派遣回北方的人集合完毕，他们身上都带着手枪和手榴弹。

莫远飘飘荡荡落地，挣扎着要解脱伞包却发现已经被志愿军包围。

莫远脸上已经明显发病症状，他举起手说：“别过来，我被注射了鼠疫病毒。”准备上前的志愿军既怀疑又犹豫。

莫远说：“报告上级，如果我死了，一定要解剖。我肚子里有一个蜡丸，里面是美军屠杀战俘的证据。记住……记住……要解剖……”

莫远昏了过去。

秦基伟很快得知了莫远的相关情况。他决定亲自去看看莫远。

张蕴钰阻止他说：“我看要不再等等？67军军长李湘的教训不得不重视。”

“我跟李湘不一样，李湘是什么情况？当上火治了半天，一直就没告诉大夫他接触过细菌炸弹。等知道了已经晚了，我要是被传染了，你可第一时间告诉大夫，我是鼠疫，别让他们当上火给耽误了。”

“鼠疫的死亡率太高了，还是不要冒险了。”

“现在的问题是，板门店的谈判为什么停？不就是战俘遣返问题谈不拢吗？今天这些照片，可是分量最重的砝码，可是能结束战争的大杀器。我们在上甘岭和敌人打了几十天，说到底，打的就是谈判砝码。现在就有这么大一个砝码放在面前，怎么能放过。”

“我的意思不是不重视，而是我们可以直接把人和底片上交志司。”

“这个人是谁，什么背景，经历了什么，怎么出现在这儿的，底片哪来的，他有什么目的？……我们做工作不能这样，有问题就一股脑往上推？”

张蕴钰还有顾虑。

“别磨磨蹭蹭了，走，快！”

秦基伟、张蕴钰和大夫穿着防护服站在隔离室门外后，大夫告诉他，莫远最危险的时间已经过去了，现在每四小时注射 0.75 克链霉素，淋巴肿大明显消退，体温和血压也趋于正常。

“能问话吗？”

“可以，但不能接触。”

“你确定空气不传染？”张蕴钰还是不放心。

“空气传染的那是肺鼠疫，他这个是腺鼠疫，跳蚤叮咬或直接接触是主传播途径。敌人小看了我们的医疗手段，和对战士们健康的重视程度。”

秦基伟对张蕴钰说：“参谋长，你在这儿等着。我简单问两句就出来了。”

“可是……”

“没啥可是的。莫远同志我是见过的，他在我们军被俘，我们一定要看看的。”

秦基伟走进隔离室，莫远一眼就认出了他。

“秦军长！您怎么进来了！快出去，会传染的。”

“没关系，说话不会传染。”

莫远见医生点头，稍稍安心。

他脸色憔悴，显然苦不堪言：“秦军长，对不起。我是故意瞒着八连在高地上被俘的。”

秦基伟说：“我都知道了，你是去执行任务。这次你带回来的胶片，到底为啥这么重要。”

“我们和联合国军的谈判就卡在战俘问题上。胶片上是美军在战俘营屠杀我军战俘的证据，对我们谈判用处很大。一定要及时交给志司。”

“你放心，已经派人送过去了。你的情况也已经报告给志司。等你病好了，他们会来接你。”

“那我就放心了。请您转告志司，我的病情不要紧，但是战俘问题我们不能让步。”

“你是个好战士。我们一定全力救治，让你健健康康地回到谈判桌上。”

美军的军需部门，金柱玄站在桌前，美军军需官正在非常仔细地磨咖啡。

金柱玄用力拍着桌子：“给我炮弹！我就能把阵地夺回来！”

军需官一边磨咖啡一边说：“三角山战役已经结束了。”

金柱玄说：“那是你们美国人结束了，我们没有结束，我们的总统也不承认结束。”

军需官终于磨好了咖啡，装上滤纸，开始泡咖啡：“嘿……Gook，喝咖啡吗？”

金柱玄咆哮：“我要炮弹！”

“不要着急。”

金柱玄冷静下来：“你想要什么？”

军需官不怀好意地看着金柱玄：“战争就要结束了，你知道的，我想带点纪念品回去。这个地方太贫瘠了，没有任何值得带回去的东西。但有一样，我还是很憧憬的。”

"什么？"

"一支人骨做的烟斗。我看很多冲绳岛回来的老兵都有，你在前线打仗，这并不难吧？遍地都是中国人的尸体，与其让野狗吃了，不如……"

"你根本不配当一名军人。"极度愤怒的金柱玄冲出了房间。

金柱玄带着一个排南朝鲜士兵开车往回走。

一队美军的弹药运输车队迎面过来。道路太窄，双方互不相让。

美国运输兵从车窗探出头："Gook！后退……后退……"

金柱玄探出头看见美军车子上有易爆品的牌子："罐头的车，你向后退！"

美国运输兵大骂："你后退，我是运炮弹的！"

金柱玄脸上露出不怀好意的笑容。

金柱玄的司机想倒车，被金柱玄阻止。

美国运输兵见金柱玄这边没有动静，下车走了过去。

金柱玄见美国人下了车，也下车。

美国运输兵一把揪住金柱玄的脖领子："你是不是聋了？"

金柱玄亮出双手，示意自己没有安全，嘴里却在骂美军："If I were to slap you, it would be considered animal abuse！（打你都算是虐待动物！）"

美国运输兵被骂得一愣，随即一拳将金柱玄打翻在地。

金柱玄的兵纷纷下车，但也只敢看着，不敢动手。

美国运输兵扑向摔倒在地的金柱玄，但忽然停住，缓缓后退。金柱玄已经掏出枪对着他的头。看到金柱玄掏了枪，他的手下纷纷举枪对准运输车队。

金柱玄说："跟我走一趟吧？"

"你能把我怎样？"

"你打我？现在我毙了你都行！"

金柱玄向南朝鲜军打手势。南朝鲜军开始行动，一人一辆车控制住司机。美军卡车开始有序倒车。

金柱玄得意地看着眼前的运输兵，高高扬起手，吓得运输兵一缩头。

金柱玄却轻轻放下，拍了拍运输兵的脸："这就对了！"

浩浩荡荡的车队开进营地。金柱玄从车上下来，看着南朝鲜军们卸车。

南朝鲜军们井然有序地卸着炮弹，突然有人喊金柱玄。

一名南朝鲜士兵大喊："团长……团长……你来看！"

金柱玄走过去发现，这辆车上的箱子和别车不一样。这车炮弹的箱子上都画着有毒化学品标志。

金柱玄看了看箱子上的字，又小心翼翼打开箱子，里头是一枚106.7毫米化学迫击炮毒气弹。

金柱玄说："好东西……106.7毫米化学迫击炮毒气弹……快卸下来，去试试。"

537.7高地北山的志愿军指战员都因为长期的饥渴匍匐在地，几乎动弹不得。突然，炮弹在坑道口爆炸。片刻，战士们坚持着爬起来准备战斗。

南朝鲜军架好迫击炮，小心翼翼将毒气炮弹装填进去。

金柱玄拿着望远镜看着爆炸点。一枚毒气迫击炮弹在坑道口爆炸，毒气瞬间灌了进来。

弥漫毒气的坑道里刚开始还有人咳嗽的声音，但很快便没有了任何声息。金柱玄用望远镜看到山上除了坑道口，还有几处也在冒出毒烟，显然这几处是坑道的通气孔，他的脸上露出了笑容。

南朝鲜军弓着腰，摸索着向山上爬去。

观察所的杜文锦很快发现了南朝鲜军的行动，立即联系了1号坑道。

杜文锦："观察所呼叫1号坑道。"

段显峰的声音从电话里传来："我是1号坑道。"

杜文锦激动，一时没说话。

"你还在吗？"

杜文锦平复心情："敌军运输部队在送弹药。"

"好的。还有别的情况吗？"

"没有了，再见。"

杜文锦没有挂断，而是在等。

段显峰沉吟片刻："再见。"

杜文锦还在等，直到对面挂断她才挂断。

15军军部，秦基伟在看作战日志。看完紧锁眉头，想了想，去找张蕴钰。

"老张……李德生那边准备得怎么样了？"

"他说再给2天，就能反击537.7北山了。"

秦基伟说："我看8号的日志，537.7北山的2号坑道遭到炮击，133团30多官兵全部牺牲，还有两个南朝鲜军俘虏。我读给你听，'死者死状极惨，无一处明显创伤，然而凡暴露衣外的皮肤均溃烂流水，头发如野火燎过般地焦黄，各个怒目圆睁，不瞑而亡'。"

"我刚和李德生打电话，他保证11号反击。"

"还能提前吗？坑道里的战士，有的已经在里面17天了，现在已经度日如年了。"

张蕴钰沉默。

秦基伟很快见到了李德生，两人沉默了许久。

李德生对秦基伟说："命令要求我听你的，你就说你想怎样。"

秦基伟说："1937年在临泽，我们被马家军包围了。当时城里只有不满编的警卫连和一个妇女团，剩下的就是直属队，全是兵工厂和医院的人。城外是数万马家军。总供给部部长郑义斋是唯一的高级干部。他对我说，搞后勤我在行，打仗你在行，临泽保卫战由你全权指挥。我就带着他们守了三天，然后趁着雪夜突围。我那时就是一个后勤的大会计，离开部队好久了。但形势所迫，也不得不上。打仗嘛，都是赶着上的。就算是诸葛亮用兵，那也是万事都准备好了，也还得欠着东风呢。”

李德生说：“秦军长这是在催促我，我知道你急，你心疼还在537.7高地北山坚守的同志们。但也要实事求是，不能把仗打成夹生饭。”

秦基伟说：“坑道指战员的处境是我们在房子里的人想象不到的，没吃没喝，受伤的同志、牺牲的烈士们混在一起，血水和大小便流了一地，每一分钟都是煎熬。我们都是带兵打仗几十年，我也知道，我们最讨厌的就是这边打着仗，后头还有个人在那指手画脚。虽然我是总指挥，你是前指，但我绝不会干涉你的指挥权。但我有个请求，11日反攻，哪怕早一分钟，坑道里的同志们也少受一分钟苦。”

“秦军长，反攻时间是志司根据客观情况定的。你说你在临泽坚守了三天，据我所知，第三天你们周围的部队都走了，按理你们也该撤，但你们不仅没撤，还多顶了一天，才等来那个对面不见人的大雪夜，这才有机会成功突围。我们都是出生入死多少回的人，非常清楚，什么时候该动，什么时候该等。弄错了，会死很多人的。”

秦基伟咬了咬牙：“李副军长啊……我的心情，希望你能理解。”

“我能。”

秦基伟走到门口，凝望着阵地的方向：“战友们，我相信你们钢铁一般的意志，再过48小时，我们就能胜利会师！”

秦基伟离开后，李德生立即和李长林通话：“你们准备得怎么样？……不要跟我说困难，一句话务必在11号进行反击……另外……如果有条件，你自己临机决断，可以提前发起攻击……对……可以提前……”

李长林挂断电话后，红一连长走进了指挥所。

“报告！”

李长林说：“你过来，别的我就不多说了，15 军的同志已经在坑道里，想必你们都知道。11 号下午四点反击 537.7 高地北山，只能打好，不能打孬。”

“副师长放心，我们可是红一连。”

“你看地图，537.7 北山的 6 号阵地太讨厌了，卡死了我们进攻的路线。你用一个排，10 号晚上给我摸上去，必须摸到他们鼻子下头。反攻时间一到，10 分钟之内，给我拿下 6 号阵地。”

“保证完成任务。”

597.9 高地的 1 号坑道里，12 军的战士们正在紧锣密鼓备战，老八连的人却无所事事。

范元宝说：“要打仗了不叫上我们？”

万里看段显峰：“你怎么看？”

段显峰说：“李长林不是一般人。第五次战役第二阶段，他带的 91 团是咱 11 个军里穿插最远的，最后被美军特遣队阻断在下富珍里一带，离咱的战线 90 多公里。就是这个李长林团长，毅然带着部队先往南，再折返，绕道突围。在断粮七天的情况下，带着几十名伤员，辗转崇山峻岭，一路上不仅不丢一人一枪，还抓了一百多俘虏。全军都将他们视为传奇。他们打仗不仅凶，而且贼，你发现没？”

“什么？”

“他们把坑道口向山顶靠近不少，进入阵地的速度比咱当时快了一倍多。这些招儿都不是一般老兵能想出来的，必定是无数血战总结出来的结果。”

丁八斗说：“我们真就是来学习的？”

“那能行？我找他说去。”

“怎么说？”

万里说："我管他什么传奇部队，不让我们上就是不行。"

段显峰说："那没用，我们过来就是配合他们行动。人家就这么安排，你有什么脾气。"

"那你有什么办法？"

"等我一下。"

段显峰很快联系了观察所的杜文锦，请她帮忙观察敌人是否有新的变化。

杜文锦告诉段显峰，他发现南朝鲜军正在往阵地运汽油桶，每个汽油桶的底部都开了一尺见方的孔。南朝鲜军正在将这些汽油桶运上山，然后固定在工事里，建成蹲式射击孔。

段显峰立即找到了李长林，告诉他，南朝鲜军用汽油桶建了工事。桶底开孔，人在后面蹲着射击，进攻部队很难打到他们。要快速攻上阵地，只能步炮协同。李长林随即答应老八连作为预备队明早出发。

第二天一早，在537.7高地北山的攻击出发点，老八连战士们匍匐在地，看着12军的部队在前面展开。

范元宝说："还不如在坑道里待着呢，你看他们的队形展开，战术动作……南朝鲜军会被他们打出屎，我们在这挨冻就是浪费时间。"

丁八斗说："就你话多。"

范元宝说："本来就是。南朝鲜军什么战斗力，92团什么战斗力，说得好听让我们当预备队，实际就是让我们看戏，人家打算给咱上课呢。"

万里说："我倒是真想看看他们怎么打，传那么神，两小时没打下来我都看不起他们。"

段显峰说："这回不会那么顺。"

万里说："南朝鲜军……豆腐渣……比蒋军都菜。"

段显峰提醒他不要轻敌："上个月38军在白马山就吃了南朝鲜军的亏。"

"你在担心什么？"

“那些汽油桶。”

“炮火覆盖一下就没了。”

“那些汽油桶埋很深，上头用沙袋、土石盖着，很坚固，他们几个阵地都这么加修了汽油桶工事。就意味着我们必须一鼓作气快速拿下所有阵地，不能一个一个拿。”

“为什么？”

段显峰拿起一个石头，往土坡上轻轻一滚，石头遇到鼓包，就又滚了回来。段显峰再次拿起石头，用力往坡上滚，石头遇到鼓包，碾压过去继续往上，连续碾过几个鼓包。

段显峰说：“速度就是气势。一个一个拔钉子，那每个阵地都是硬骨头，但如果拔掉第一个阵地之后以雷霆之势，跟着溃军直扑第二个，第三个，第四个……阵地时，他们根本来不及组织防御就会崩溃。”

众人纷纷点头。

万里说：“第一块阵地怎么拔？”

段显峰说：“这是最难的。原来的步炮协同，徐进弹幕与步兵的安全距离，至少 200 米。没油桶阵，这没问题，弹幕送步兵到 200 米处冲锋。但汽油桶阵因为它的坚固和隐蔽，弹幕不可能全摧毁，只要剩下一个，阻挡一下冲锋的部队，他们的援军就能进阵地，那冲锋部队的伤亡就不可控制。”

万里又问：“我们上去怎么打？”

段显峰说：“缩短弹幕和我们的距离，缩到 50 米。”

“50 米？你疯了！绝对会被炸死。七连小栓子，一百多米外炮弹爆炸，被弹片削掉半个脑袋。50 米，人都碎了。”

“叫炮叫得准就没事。”

众人不再说话，天空开始飘起小雪。

李长林看着天空飘起密密麻麻的小雪，雾霭蒙蒙。低头看了眼手表，此时是中午 12 点。

李长林叫来了红一连长。

不一会儿，红一连长跑过来。

李长林说："进攻提前到 2 点。有问题吗？"

红一连长说："6 号阵地的突击排没有电台，我没法通知他们。"

李长林看着天，犹豫："就这么定了，这天气美军飞机来不了，南朝鲜军也会躲进洞里避寒。机不可失，你让三排顶前面，2 点整发起冲击。"

"是！"

八连的人在雪地里冻得瑟瑟发抖，突然漫天炮火砸向南朝鲜军阵地。

众人都努力往前线看。

万里说："我们被压住了……"

"走！找李长林。"段显峰起身。

李长林拿着望远镜看着部队进攻，心急如焚。

段显峰走了过来："李副师长，让我们上。"

李长林回身看着段显峰："回你们的位置等命令。"

段显峰说："让炮兵的火线打到步兵前的 50 米，送他们上去。"

"这不可能，会误伤的。"

"我可以。"

李长林犹豫了。

"200 米的徐进弹幕根本无法把步兵送上去，现在只有我去才行。"

李长林还在犹豫。

报务员的声音不断传来：

"红一连伤亡过大请求支援……"

"七连伤亡过大请求支援……"

"八连伤亡过大请求支援……"

李长林转身对段显峰点点头。

段显峰背起步谈机，擎起战旗，他边走边说："木兰……木兰……告诉炮兵，跟着我的红旗炸。"

杜文锦的泪水无声流下。

段显峰一马当先冲了出去，八连的其他人跟着他的身后。

炮火就在前方不远处炸开，所有人义无反顾跟着段显峰冲锋。

段显峰在炮火中一边冲锋，呼喊着炮击编号。

"9号……7号……4号……2号……"

杜文锦用望远镜看着冲锋的段显峰，用步谈机接收着他的呼号。一边流泪一边将呼号大声喊给身后的所长。

"9号……7号……4号……2号……"

炮兵根据杜文锦的指示开炮。

金柱玄震惊地看着段显峰举着红旗冲过来。

南朝鲜军阵地被炮火摧毁。

李长林用望远镜看着战场上的情况，情绪激动。

李德生看着划过天空的火箭炮。

秦基伟跑到院子里看着远方。

南朝鲜军仓皇逃窜。

段显峰浴血追赶。

南朝鲜军的毒气迫击炮被摧毁。

满山的志愿军开始冲锋。

金柱玄受伤被抢救了下去。

一切声音停止。

段显峰拄着红旗站在高地上，浑身是血。

牺牲的段显峰犹如一座丰碑。

1952年11月25日 上甘岭战役结束

尾声

1

万里眼中的中国军人，不怕喝壮行酒，不怕血溅疆场，唯独不愿面对硝烟散尽的战后。

万里尤其怕。

万里两天没合眼了。在上甘岭的坑道里，他偶尔会想打完仗，昏天黑地睡上三天，大块的猪肉大碗的青菜吃上几桌，真回到宿舍，神还在战场，流水一般放在眼前的食物，丢满床铺的糖果、香烟，一样也不想碰，味觉和胃口像是丢在了上甘岭。

万里在段显峰的床头待了两天。其他牺牲战友的遗物都被收了起来，他却不断整理段显峰的床铺，还给他擦桌椅。整理的床铺不能碰，坐累了，他就翻段显峰的书啊、资料啊，看完整整齐齐地摆回去。

或者站在门外偷听，当初他就是站在门外听段显峰唱《送别》。人生难得是欢聚，唯有别离多。

别离太多了，从长津湖到上甘岭，从哥哥所在的连队到老郑，到老八连，牺牲一个战友就算是一片雪花，他心里恐怕已是冰雪如城了。

冰雪冻住万里的嘴巴，冻住了他的眼睛。他不爱说话，不会笑，不会流泪。

哪有什么别离。万里想起段显峰说过，在上甘岭，我们不谈离别。他觉得段显峰这些牺牲的战友只是和他擦肩而过，他在宿舍等着，段显峰大概会在军部和军长抬杠，也许在篮球场，把战场上的战术变成竞技战术，或者终于鼓足勇气，对着一群女兵大喊，谁是杜文锦。

时间真是难熬，战斗时坑道里的一分钟像是一个小时，美军的炸弹、炮弹像是从正月响到了八月十五。如今更是难熬，每一分钟他都听到自己的白发疯狂生长。

没有别离，先把段显峰的东西收起来，书、笔记本、战场记录、庙生的来信……他猛然回头，像是听到段显峰在身后佯怒着说，臭小子，又翻我东西。

万里发现一个信封上面写着自己的名字。是一封推荐信。

“第一步兵学校的领导，您好！我是 15 军军长秦基伟。在这里，我向你们推荐我们军的战士万里到贵校学习……”

什么是战友？是亲如兄弟，在慨然赴死前还在惦记着自己的人。

万里哭出了声，那个说上甘岭不谈别离的人，现在离开了。

所有人的都要面对别离，秦基伟要面对的是数不清的别离。

桌子被清空了，只留下两支钢笔和一瓶墨水。

桌旁摆了六把椅子，还是担心不够用，又添了两把。

一叠叠、一摞摞的空白嘉奖令整齐地码放在桌上、椅子上，可还是放不下，再加两把椅子才勉强放下。

秦基伟掐着腰在桌前踱步，时而缓慢，时而凌乱。他拿着香烟和弹壳做的烟灰缸快步离开。嘉奖令上不能落下哪怕是星点的烟灰，更重要的是，走一圈他的情绪才稍稍平复。

可看到自己的椅子，秦基伟还是坐不下去。

摆摆手，示意等着搬运嘉奖令的战士们稍作休息。

终于坐下去了，拿起了钢笔的瞬间又让警卫员小朱也去休息，他还是担心情绪失控。

秦基伟，身经百战的秦基伟，见惯了生死别离的秦基伟，无数次扼住死神脖颈的秦基伟，此时就要落泪了。

因为一张嘉奖令便是一个活生生的生命，便是他们垂泪北望的父亲兄妹，便是号啕大哭的故乡家国。

桌上的嘉奖令高有两尺，椅子上的嘉奖令高过椅背。

秦基伟放下钢笔，围着桌椅转圈，轻轻抚摸着这些散发着纸张清香的嘉奖令。走着，绕着，一缕缕的清香竟然变成呛鼻的枪火味、硝烟味，战士们一串串的汗珠味，飞溅喷涌的鲜血味。

这一次，他几乎是跌坐在了椅子上，耳鸣，喘粗气，冒虚汗，浑身无力。从上甘岭打响第一枪到前一秒，他都紧绷得如同坚硬的磐石，脑子转得飞快，体力充沛，此刻悲痛让所有的疲劳如同锥子般刺进一个个汗毛孔。

不能再想再回忆了，他不能流泪。每一张嘉奖令都是一个憨厚坚强的战士面孔，他们为胜利微笑、呐喊，在说我们死得其所。他不能用眼泪送别他亲爱的战友，他可爱的孩子。

于是运笔如飞，可回忆还是排山倒海般轰隆而至，他们在太行山气势如虹，他们令日寇闻风丧胆，他们是过江的百万雄师，他们是朴达峰傲然的巨松，他们迎着上甘岭的炮火凛然冲锋。

总该说点送行的话，秦基伟的笔慢了下来又逐渐加快了速度，说将来我们全国的百姓都吃得饱、穿得暖，说我们会有高楼大厦，万里江山如画，说我们会有飞机大炮原子弹，御敌千里之外，还要说祖国定会一雪百年之耻，傲立世界之巅。

秦基伟又是那个腰板挺直、目光坚毅的秦基伟。

1953 年 1 月　上甘岭战役结束两个月

墙上的地图被撤下，电话线被收起，所有的文件都整理打捆。

张蕴钰正带着军部人员进行有条不紊地忙碌，做离开准备。

秦基伟坐在军部门前的门槛上写日记。

秦基伟写完日记，缓缓翻看批准入朝作战以来的日记。

缓缓翻动的日记是一幕幕回忆："秦基伟在誓师大会讲话……朴达峰战斗……以及诸多生动的 15 军的面孔，邱少云、黄继光、王鲁……"

张蕴钰从军部内走出："军长，我们该出发了。"

秦基伟带着张蕴钰等人离开。

韩小毛背着背包从远处走来。

他拿出钢笔对秦基伟说："军长，王鲁牺牲前托我把钢笔交给你。从阵地下来，我就想把钢笔交给您，王鲁是您的心头肉，每次看见您都想说，可是张不开嘴。现在仗打赢了，要离开了，我觉得这是王鲁的心愿，要还给您。"

秦基伟伸手想接钢笔，他略有犹豫。

秦基伟说："每个战士都是我的心头肉，这钢笔你留着吧。要多学习。"

秦基伟和张蕴钰等人朝吉普车走去。

韩小毛双手捧着钢笔站在晨曦中。

韩小毛转身离开。

秦基伟上车前，忽然停下，蹲下身，深情抚摸着土地。

"怎么了，军长？"张蕴钰问他。

秦基伟说："舍不得牺牲在这里的烈士，舍不得长眠在异国他乡的战友。"

秦基伟望向远方，百感交集。

1953 年 6 月 13 日　中南海颐年堂　上甘岭战役结束 7 个月

秦基伟在客厅坐下等待毛主席，显得有点激动。毛主席从里屋来到客厅，秦基伟立即起立，敬礼。

毛主席微笑着握住秦基伟的手："秦基伟同志，欢迎你啊！"

秦基伟再次敬礼："主席，我代表上甘岭全体参战指战员向主席汇报来了。"

"好哇，请坐下来谈。"

毛主席落座后，秦基伟也在一旁的沙发上坐了下来。

毛主席从桌上拿了一根烟，递给秦基伟："抽一支。"

秦基伟拘谨地说：“谢谢主席，我不抽烟。”

毛泽东笑了笑：“当军长还不吸烟呢。你们在上甘岭打得好。上甘岭战役是个奇迹，你们证明中国人民志愿军的骨头比美国的钢铁还要硬。”

“是主席和军委指挥得好，战士们打得顽强。”

毛泽东一手夹着烟，一边说：“虽然美国军事力量强，但我们的战士经受 20 多年革命战争的锻炼，官兵团结、凝聚力强，特别能吃苦，特别能战斗！”

秦基伟说：“主席说得对！虽然一开始美军借着武器装备的优势，进行猛烈的攻击，但我们迅速调整了作战方案。在中央军委零敲牛皮糖，积小胜为大胜的战略指导下，我们前线的指战员和士兵们展开各种灵活作战方式，在坚持坑道作战的基础上，积极消灭敌人的有生力量，我们的战士在敌人面前展现了钢铁般的意志！”

毛泽东望向窗外，仿佛看着远方：“青山埋忠骨，必须建设好新中国，不能让我们的战士白白牺牲！”

秦基伟也顺着毛主席的眼光望向远方，眼眶通红。

离开中南海后，秦基伟带着警卫员小朱回到房间。

他想坐下，但刚见过毛主席，心情非常激动，又站起来踱步。

小朱给秦基伟倒水，又拿出香烟和火柴，放在他面前。

秦基伟说：“把香烟丢掉。”

小朱疑惑：“丢了？”

秦基伟拿起香烟丢掉垃圾桶，随后又打开柜子，把里面的半条烟丢进垃圾桶。

“毛主席问我抽不抽烟，我说不会。哎，第一次见主席太紧张了。说到做到，从现在开始，我一支烟也不抽。”

秦基伟 1953 年年初的在日记中提到，伟大有历史意义的 1953 年是胜利的一年，同时又是残酷艰难的一年。党中央号召志愿军过战争关，并指出这是美帝国主义最后的一手。只要把这一手粉碎了，朝鲜战争就有用和平方式停下来的可能，世界战争的时间就会推延了。这关过不好，新中国和北朝鲜在世界上的威信及地位会受到极大的影响……

2

1953 年发生了许多大事，这一年的 1 月 20 日，艾森豪威尔就任美国第三十四任总统。3 月 5 日，斯大林去世。1953 年 7 月 13 日，志愿军发起金城反击战。1953 年 7 月 27 日上午 10 点，板门店，南日大将和哈里逊分别在两张桌子上签署《关于朝鲜军事停战的协定》及其附件。

莫远正在将一张张照片铺在桌子上，展示给联合国代表和红十字会的女工作人员。

莫远说："他们强行给志愿军战俘做反共文身、虐待、拷打，甚至对手无寸铁的战俘们进行了屠杀。根据我们的了解，志愿军战俘在十月一日进行了国庆升旗行动。美军宪兵携带武器，机枪冲进营地，对我手无寸铁的战士进行无差别的杀戮。这些照片来自一个爱好摄影的美军看守。屠杀造成的 60 多人死亡，100 多人受伤！"

联合国代表用手捂住了脸："我们不希望这些事是真的，但红十字会和联合国会展开调查。"

莫远又说："我不知道你们作何感想。可是我看到的，是我们的爱国者在完全无辜的情况下，被一群自诩人道和正义的恶魔虐待、拷打、屠杀！不！不应该这样！我们对联合国军战俘没有这么做！我们是一个文明的国家！"

志愿军第二十四军上甘岭前线指挥部的广播：志司已经下达命令，朝鲜时间今晚十点正式停火！

指挥部里一片欢腾，众人都在鼓掌叫好。

道德洞转运站依旧忙碌。

大喇叭里播放着停战命令。

“在停战协定开始生效之际，为了坚决保证朝鲜停战的实现和不被破坏，并有利于政治会议的召开，以便进一步和平解决朝鲜问题起见，我们发布命令如下，朝鲜人民军和中国人民志愿军的陆军、空军、海军、海防部队全体人员应坚决遵守停战协定，自 1953 年 7 月 27 日 22 时起，即停战协定签字后的 12 个小时起，全线完全停火……”

补给站、转运场、医疗站的人们和徐大娘，都抬起头来倾听。

美军工事内，贝尔拿起武器准备离开，马上就到停火时间了，他要珍惜时间。在炮火的掩映下，贝尔在山崖下发现一个灰色的影子。他果断开枪，影子却钻入沟壑。

贝尔追到沟壑，影子已经穿过宽阔地带，奔向 597.9 高地。

坑道指挥所内，挂在墙上的手表秒针正在从 9 点 59 走向 10 点。战士们聚在一起，围着挂在墙上的手表读秒。

战士们齐声倒计时：“9，8，7……”

元山湾的海上，韩小毛和范元宝坐在船上观察美军的舰艇。

菊亭岘的观察所里，杜文锦在观察着阵地上的炮火。卫生所里，女卫生员和卫生所长在看着墙上的挂表。连笼子里的“小范弗里特”都凝神屏气。

秒针和分针撞到了 12，9 点变成了 10 点。

一时间，所有的人都安静下来。

597.9 高地上的炮火化作了一股烟气。

阵地上突然一片安静。

元山湾的海上，望远镜里美军的舰艇开走了

停火了？

停火了！

坑道里爆发出山呼海啸般的欢呼。

杜文锦喃喃自语：“段显峰，你听到吗？停火了！”

贝尔追到山坡上，却发现影子已经不见了。

他紧张地看着四周，猛然回头，举枪。

他感觉到了自己的死敌，也就是万里的气息。

万里确实在这里，他作为作战顾问留在了 24 军。

万里已经举起枪，瞄准了他。

两人都举枪对着对方，僵持在原地。

贝尔看着月光下浑身沙土的万里。万里沉稳而坚毅，枪口稳如泰山。

不远处的阵地上传来战士们的欢呼声。

贝尔绝望地放下了枪。

万里逐渐消失在黑暗中。

黑暗中突然传来哨子声、军号声。

响亮的军号声和哨子声异常清晰刺耳，贝尔痛苦地抱住了自己的头，无限的恐惧袭上了心头。

3

1986 年，朝鲜民主主义人民共和国五圣山上甘岭。

即便时隔多年，惨烈战斗的痕迹依旧很明显，两个高地没有高大的树木，只有一些生命力顽强的小草和低矮的灌木，稀稀拉拉地点缀着灰黑色的土地。

秦基伟和中年军官再次聊到了上次研讨会的情形，中年军官表示还是不愿意修改当时演讲中的某些措辞。秦基伟看着他，笑而不语。

“不过我可以加一些内容。”中年军官思索片刻说道，“从红军时期，抗战时期，解放战争时期，直至抗美援朝，我们在武器装备方面始终处于绝对劣势，但是我们一直在胜利。一两次胜利也许是侥幸，长期的胜利在于信仰。如果说美军用炮弹将上甘岭的山头削低了两米，那么我们的战士用血肉之躯浇筑了让敌人无法逾越的信仰长城。”

秦基伟点点头，随后说："毛泽东主席总结我们取得上甘岭战役胜利的原因是'官兵勇敢、工事坚固、指挥得当、炮火的猛烈和准确'，官兵勇敢的源头是信仰。炮火的猛烈和准确是不是也很重要？"

"是很重要，在几次反击，尤其是597.9高地的大反击的时候，我们的炮火给步兵帮了大忙。"中年军官如实作答。

"上甘岭一战，15军涌现出的像黄继光这样英雄、模范、功臣一共是13455名，老八连这样的英雄集体63个。"

"每一枚军功章的后面都是战士们的鲜血和生命。"

"如果可以回到1952年，我们知己知彼，你有没有把握让那些战友活着离开上甘岭，回到祖国？"秦基伟说完环顾四周，似乎在想象黄继光这些战士此时站在身旁的情景。

"坑道、喀秋莎、小兵群战术、步炮协同……当时我们已经做到最好。"

中年军官曾无数次复盘上甘岭战役，认真计算参战双方的兵力、火力、后勤，重新设定战术，但无法改变志愿军的伤亡数字。

"你说得对，我军从红军时期直至抗美援朝，都是以弱胜强，以信仰战胜钢铁。不过那是我们迫不得已，我们没有飞机大炮，只能用血肉之躯和炮弹抗衡。现在不一样了，我们的国家越来越强大，设计研究的武器不逊色于敌人，这个时候就不能仅仅强调信仰了。"

中年军官沉默着，他已经意识到了自己在研讨会上讲话的小瑕疵，猛然抬起头："段副连长一直希望我们国家拥有比敌人更加先进的武器，少牺牲一个战士就少一个破碎的家庭。先进的武器也许可以避免战争的爆发！"

"是哦，当年我们没有核武器，天天被人恐吓威胁，那滋味比刀架在脖子上还难受。"秦基伟拉着中年军官感叹，"我们要是1950年就造出了原子弹和氢弹，是不是需要出兵朝鲜就要重新考虑了，也许美国人自己就坐到了谈判桌前。"

秦基伟说完，和中年军官都笑出了声。

中年军官名叫万里，他口中的副连长名叫段显峰。

附录

72 年山河已无恙！谨以《上甘岭》向志愿军英烈致敬！

张凌云

2024 年 11 月 28 日，43 位志愿军烈士遗骸回到祖国怀抱。运 -20 接迎、歼 -20 护航、“过水门”……以国之名，最高礼遇，接英雄回家。

在电视剧《上甘岭》中塑造秦基伟将军的演员王雷参加了此次迎接烈士回国活动。谈及英雄角色塑造，他又一次哽咽：“英雄给我们带来了信仰，给我们带来力量，让我们能够勇往直前。”

72 年过去，当无数观众、网友跟随电视剧《上甘岭》穿越回当年的战场，热血弹幕屡屡沸腾：

“未见其面，深受其恩”

“一代人打了三代人的仗，吃了三代人的苦”

“为了新中国，我愿以命守护”

…………

72 年前的炮声并不遥远，“不书英雄榜，便涂烈士碑”的誓言犹在耳边。

3.7 平方公里，43 天，驻韩“联合国军”调集大炮 300 余门，坦克 170 多辆，出动飞机 3000 多架次，190 余万发炮弹，5000 余枚炸弹。阵地山头被削低两米，坚硬的花岗岩碎成颗粒……炮兵火力密度超第二次世界大战最高水平。

敌我装备力量高度悬殊，中国人民志愿军极限鏖战，与“联合国军”反复争夺阵地 59 次，击退敌军冲锋 900 多次，最终将布满 381 个弹孔的战旗树立在阵地上。

《上甘岭》这部全新剧集共 24 集，相当于十部电影的体量，其电影化的高水准制作、高荷尔蒙的视听呈现、多线交织的叙事推进、强烈的情绪代入感，都堪比战争大片，被年轻网友“认证”超越同类战争题材的别国剧集，值得一刷再刷。

最后一集，当年轻的志愿军战士双喜，经历九死一生后，带着对逝去战友的缅怀，来到军校学习。和平的画面如此安静，又如此轰鸣，正如那个经典叙事：一个士兵死了，而不远处一个小男孩正去上学。

不远

那段历史并不遥远。

当我们回望那片高地，今天并非仅仅要重述一段过往，而是要找到其中不断生长的“现代性”，去发现其中的精神内核和智慧宝藏，去回答跨越 72 年，我们为什么依然需要上甘岭精神。

不久前，在中国电视艺术委员会、北京市广播电视局主办的《上甘岭》创作座谈会上，多位专家和主创共同交流分享了对这部剧的思考。

据介绍，电视剧《上甘岭》是国家广电总局 2023 年电视剧引导扶持专项资金扶持项目，“北京大视听”重点文艺项目、北京市广电局扶持项目，由刘伟强执导，黄轩、王雷领衔主演。剧集全景式描绘上甘岭战役，讲述了中国人民志愿军依托保家卫国的信念、英雄主义精神、战略战术智慧连续鏖战 43 天，最终粉碎了敌人进攻的故事。

该剧由中央广播电视总台、优酷、博纳影业联合出品，自 10 月

14 日在总台央视一套首播，优酷、咪咕同步播出。1952 年的 10 月 14 日，正是上甘岭战役打响的日子。很多观众注意到这一时间节点的巧合，年轻网友们也燃起了对这段历史的探寻渴望。

中央广播电视总台影视剧纪录片中心副召集人夏晓辉谈到，老电影《上甘岭》作为银幕经典已经深入人心，所以在今天创作电视剧《上甘岭》，如何传承创新，如何与时代接轨，就成为重中之重。

“剧中开创性展现了我军指战员高超的战术智慧和先进的作战理念，如‘坑道战’和‘步炮协同’所蕴含的战术智慧，扎实过硬的军事素养、细致入微的战术研究、快速推进的叙事节奏、富有张力的戏剧冲突，都牢牢抓住观众的眼球，让人耳目一新，树立了主旋律战争片的新标杆。”

中国电视艺术家协会副主席、北京师范大学教授胡智锋认为，这部剧的突破性在于，彰显了抗美援朝取得伟大胜利的深层动因，“客观上说，它非常真实客观地呈现了人民必胜、正义必胜的历史潮流；主观上说，它挖掘了志愿军将士巨大的意志力、勇气、胆识，特别是独特的智慧。‘坑道战’是中国志愿军独创的、极具智慧的战术经验”。

《上甘岭》编剧团队在采访中曾回忆创作初期的讨论，他们面临的第一个问题就是《上甘岭》的基调是什么？当下拍《上甘岭》的时代性是什么？如何既符合史实，又具有当代的审美？

对于志愿军来说，不怕牺牲是绝大多数人的自觉。所以编剧团队再写这样一段中国人熟悉的战斗，更希望呈现“牺牲容易，完成任务难”这样的主题，“一定要呈现英雄们的智慧，而不仅仅是靠热血去打仗，这种英雄主义跟原来是完全不一样的”。

《人民日报》文艺部副主任刘琼认为这部剧的开掘是有时代高度的。“这部剧首先讲清楚了现代中国人的战争观，这场战争是不得不打、保家卫国的正义战争；同时它讲清楚了这场战争以人为本、以最小牺牲争取最大胜利的观念。谁不是父母的心头肉？在我们军力条件很差的情况下，除了以身体去打，还有什么是关键？剧中提出，人才是打胜仗的关键！这种认知度非常高级，代表了我们中国人的和平观，意义非凡。”

一部精品剧的现代性来自哪里？

来自它的与时俱进，来自它以现代视角去思考历史和战争的深层价值，来自现代意识在历史时空中的穿透，来自它桥接了当代青年与历史英雄的心心相惜，实现了与观众的精神共振。

不虚

大事不虚，小事不拘。

在战争中，人是胜利的关键。在创作中，人物的塑造也是成功的关键。电视剧《上甘岭》中既有真实可考的原型人物，也塑造了一群性格各异、有血有肉的虚构人物，共同形成了真实不虚的美学表达。

其中，黄轩饰演的随军参谋段显峰最为引人注目，他是在许多原型人物基础上提炼而成的。这一角色本身同样具有“现代性”。

中国广播电视社会组织联合会副会长李京盛认为，《上甘岭》这部剧在对重大革命历史题材的书写上做出了有时代价值的探索。人物方面，有真实的历史人物，如我军高级将帅秦基伟、李德生、王近山，也有真实的英雄人物，黄继光、邱少云，还有承担重要作用的虚构人物段显峰。“在革命历史题材创作中，把真实将帅人物和虚构艺术形象结合起来，形成同等重要戏份的人物表达，电视剧《上甘岭》在我印象中应该是最成功的一部。”

导演刘伟强说，段显峰在全剧中成为穿针引线的关键角色。“他既有一定的军事院校背景，能够将军事理论深入浅出地解释出来，又真正地冲锋陷阵在战场一线，他的视角既勾连了我志愿军高层的军事策略，又直观地展示了坚守一线的普通士兵的亲身感受。”他强调，我们今天讲上甘岭战役，一定不是只有高层的视角，也不是只讲个体的故事，而是要通过真实不虚的细节，展现战场上志愿军全体在极端的 43 天中是怎么活下来，每个人又是怎么面对当时残酷的战争。

对这部剧来说，“上甘岭”本身才是最大的主角。

中央文史研究馆馆员、著名文艺评论家仲呈祥认为，把虚构如段显峰这样的人物当作重大革命历史题材的第一主角，是一着险棋，一道难关，他不仅会和真实的历史人物并肩作战，还见证了黄继光、邱少云等英雄人物的壮举，成为串联全局的灵魂人物，这个角色份量极重，必须立得住。“真正的艺术创作就是要敢于用新的审美方式去翻越险峰，否则我们新的思想发现、历史发现和美学表达都会受到衰减。”显然，“段显峰”做到了。

军旅文艺评论家、原《解放军报》文艺部主任陈先义还提到一个细节，“剧中有一个志愿军英雄徒手接住一枚炸弹的情节，有的观众觉得太夸张了，但实际大量关于志愿军老兵的回忆，这种情况被证实是当时的普遍现象”。

这部剧正是通过真实不虚的人物和扎实可感的细节回答了，志愿军战士视死如归、克敌制胜的法宝，是永不过时的精神力量。在当下世界风云多变的复杂背景下，我们更需要发扬上甘岭精神。

不输

上甘岭战役不能输，《上甘岭》也不能输。

“打得一拳开，免得百拳来。”72 年前，中国人民志愿军在上甘岭艰苦卓绝的战斗，彻底粉碎了敌人的进攻，扭转了战争局势，打出了新中国的国威、军威。

70 年后，电视剧《上甘岭》主创团队，也是抱着“不能输”的态度去创作。导演刘伟强说，“历经一百多天，终于完成了这次创作。大家每天在现场吃土，黄轩为了拍这部戏，三个月吃了‘一吨’的土，没有用替身，炸点都在身边；王雷为了演好角色，通篇研读秦基伟将军的日记，精心打磨每一句台词……所有演员、主创辛苦地付出，充满真情实感地去创作。正是因为吃的土多，抱着不能输的态度，才有好的东西出来。希望这部电视剧，能感动所有的观众”。

博纳影业集团董事长、《上甘岭》总制片人于冬对这部剧同样抱持着深沉的情怀和必胜的信心。“我小时候看电影的那些经历，深深地影响了我。拍摄电视剧《上甘岭》既是向上甘岭精神致敬，也是向老一代电影人致敬。希望能拍出电影化品质、制作精良、高水准的中国剧集，凝聚中国影视工业的发展水平，让世界看到中国精神和中国力量。”

当年的小男孩已经长大，继续在创作中传承上甘岭精神，今日之少年同样会在心中埋下火种。

在原总政宣传部艺术局局长汪守德看来，“这部剧精细、精准、精确、精湛，也很精彩，给我的印象特别深刻，要为它点赞”。

优酷副总裁、总编辑张丽娜在分享中说：“《上甘岭》这样一部真诚的作品赢得与观众的双向奔赴，不但在央视播出全时段第一，在优酷平台上更得到年轻网友的拥趸，90 后、00 后观众占比超 50%。我女儿兴奋地跟我说，她和同学在这部剧中看到了书本上最可爱的人，这对我来说也是一种极大的鼓励。”

该剧在首播期间收获全网热搜将近 200 个，微博阅读量超 1.7 亿，抖音播放量超 11 亿。网友的每一次点赞和弹幕刷屏，都是一次向英雄的致敬。

国防大学军事文化学院教授詹庆生对在线观剧时的弹幕印象深刻，“当屏幕上齐刷刷的弹幕向志愿军战士致敬，我想就可以确认说这个作品成了”。

不辍

一部精品剧的成功，来自天时地利人和。正所谓，正道之行，必得众人相助。

如果说精良制作仍是“术”的方法论层面，那么“道”则是方向、是法则，是更为重要的底层逻辑，是久久为功的不辍努力。

国家广播电视总局党组成员、副局长朱咏雷在座谈会上介绍，电视剧《上甘岭》是在中宣部的统筹下，总局和北京广电局全程跟踪指导并给予资金扶持的重点项目。作为庆祝新中国成立75周年的重点项目，该剧在两年前就提出选题，以确保在今年10月14号“上甘岭战役”72周年纪念日顺利播出。

总局加强策规划，深耕主题主线，以确保重大节点不缺位不缺席。近年来围绕庆祝建党百年、新中国成立75周年、抗美援朝胜利70周年、纪念毛泽东同志诞辰130周年、邓小平同志诞辰120周年等重大节点推出了《觉醒年代》《跨过鸭绿江》《大道薪火》《问苍茫》《走向大西南》《西北岁月》等一大批重大题材的电视剧，取得了很好的社会效益和文化效益。

接下来，总局还将围绕2025年中国人民抗日战争胜利80周年、2026年长征胜利90周年、2027年中国人民解放军建军100周年等重要节点，推进一系列重大主题电视剧的创作过程。

北京市政府副秘书长刘梅英提到，《上甘岭》是“北京大视听”重点支持的精品项目，“从今年开始，‘北京大视听’的品牌建设推向了一个新高度，将其写进了政府工作报告。我们坚持目标导向和问题导向，不断优化服务、创新工作机制，努力为精品影视创作提供最大的支持”。如北京市专门建立了“影视剧拍摄服务机制”，在市区内梳理了一千个适合拍摄的取景点位，为《玫瑰的故事》《春天的故事》《凡人歌》等作品协调拍摄点位200多个。“我们特别欢迎大家在北京取景，如果遇到问题可以充分发挥机制的作用，市区广电部门都可以帮助大家协调。”

北京市广播电视局党组书记、局长王杰群则进一步介绍了“北京大视听”品牌建设情况。“北京大视听”精品创作工作机制于2023

年建立，依托首都资源优势，着眼“大格局”，统筹“大体系”，抓好“大剧本”，打造“大服务”，深化“大传播”，聚力“大联动”，把握“大荣誉”，发展“大人才”，着力提升精品创作生产效能，力求持续推出思想精深、艺术精湛、制作精良的精品力作。

精品剧《我的阿勒泰》《玫瑰的故事》《上甘岭》都获得了“北京大视听”的重点扶持，确保了立项备案、剧本审读、成片审核、宣传推广、文艺评论等各环节高位推进、高频调度、高效服务。

《上甘岭》的创作播出是一次从“初心”到“匠心”的精品进阶之路。未来，行业更需要充分挖掘党史资源，讲好中国故事，唤起人民群众的爱国情、强国志、报国行，将历史伟力真正转化为社会主义建设的现实力量。

未来“北京大视听”还将继续深化重大题材创作，力求推出更多具有强大思想引领力、精神凝聚力、价值感召力、国际影响力的优秀作品。

当我们面向新的未来，更要审慎地回望来时的路。

难忘在《上甘岭》中，毛主席握着黄继光母亲的手说：“你牺牲了一个儿子，我也牺牲了一个儿子，为了国家和民族，他们牺牲得光荣，我们俩都是烈属。”

在今天这个特殊的日子，我们心怀崇敬，再一次向英雄致敬！

原文为【首都广电】【光华锐评】联合策划推出精品评论，2024-11-28

导演刘伟强：用现代拍摄手法，真诚重现“上甘岭精神”

李夏至

聚焦上甘岭战役 43 天艰苦战斗的电视剧《上甘岭》正在央视一套、北京卫视热播，该剧由中国香港导演刘伟强执导，这也是其在遗憾错过了电影《长津湖之水门桥》拍摄之后，重拾抗美援朝战争题材。这一次，刘伟强以电影级别的制作水准交出了令人满意的作品。《上甘岭》播出至今，在酷云收视统计中峰值收视率突破 2.5%，稳居黄金时段平均收视率排名第一，累计播放量已达 1.72 亿次。

真实还原战事，实挖两公里坑道

作为“北京大视听”重点文艺项目，北京市广播电视局扶持项目，《上甘岭》以 1952 年发生于朝鲜战场上的上甘岭战役为叙事蓝本，讲述了中国人民志愿军依托坑道工事艰苦卓绝战斗，最终彻底粉碎“联合国军”的“金化攻势”，扭转了朝鲜战场局势的感人故事。作为曾有众多经典作品傍身的导演，刘伟强此前为人熟知的作品包括《无间道》《建军大业》《中国医生》，但抗美援朝题材并非他所擅长的领域。其实他与这一题材的渊源也不算浅，同样由博纳影业出品的同类题材电影《长津湖》第一部《水门桥》时，总裁于冬就曾找到刘伟强，邀请其参与拍摄筹备。

刘伟强也为此做了大量的准备，但后来因为疫情的原因未能合作。

当博纳再次启动电视剧《上甘岭》的拍摄时，刘伟强导演就成了这部抗美援朝题材电视剧的不二之选。他透露，当年准备《水门桥》时做过的史料研究以及团队建设，都给这次《上甘岭》做了基础准备工作，“我们在拍摄之初就确定好了要用电影水平的制作来完成，因此班底和配备也都是按照电影的要求来做。”

据了解，《上甘岭》拍摄制作累计资 2.5 亿元，是博纳影业继电影《湄公河行动》《红海行动》《长津湖》后重磅打造的战争题材电视剧。为了最大程度还原战争场面，该剧在场景制作上极具匠心，剧组甚至还专门搭建了 2 公里、占地 5000 平方米的坑道。“我们经过对上甘岭战役的研究，结合军事专家和顾问的指导，发现在上甘岭战役里中国志愿军在军事策略上的制胜法宝，就是通过坑道战赢得了战场上关键的时间机会。”刘伟强透露，要讲好坑道如何有用，只是纸上谈兵并不好呈现，他给幕后制作班底提出了很严格的要求，制作组花了三个月的时间去勘景，“我们结合当时留下的大量资料和原始照片，去复盘模拟当年的每一场战役。坑道为什么重要，又是怎样借助坑道来抵御上万次的炮击，坑道到底是如何挖成的？这些问题都通过实地去挖、去走才得以实现。”

全景式刻画“上甘岭”，直观展示一线战士感受

仔细观看《上甘岭》会发现，这并非是一部全然由战争场面组成的军事题材剧。《上甘岭》由点及面，由细微处辐射战事全局，从高级将领到战场上的无名号兵，全景式、群像式刻画这场著名战役。

选择这样的视角切入，刘伟强表示，灵感也是源自筹备前期的发现，“我们也仔细研究过之前的电影版本，在深入了解史实后发现，观众和普通人对于这场战争的认知并不够全面，我们不知道这场仗为什么要这么打，不知道为什么要死守高地，更不明白中国志愿军守住的这 43 天，在军事战争里到底有什么深刻的意义。”刘伟强

透露，剧中由黄轩饰演的连队参谋段显峰，就变成了全剧中穿针引线的关键角色，“他既有一定的军事院校背景，能够将军事理论深入浅出地解释出来，又真正地冲锋陷阵在战场一线，他的视角既勾连了我志愿军高层的军事策略，又直观地展示了坚守一线的普通士兵的亲身感受。”

剧中，借由段显峰的视角，观众可以直观地感受到战争的残酷以及前线作战人员的顽强意志。当段显峰带领突击队穿越层层封锁前往坑道支援，几乎全员都断手断腿的坑道伤员让段显峰一时难以接受。急于寻找突围的方法，他连夜查询资料导致体力不支，在回想起惨烈的战场时甚至一度晕倒在坑道中。在后续的剧情中，段显峰与坑道的战士们共同经历了数十天断粮断水的困境，而改编自真实事件的“一个苹果”的故事也将得到呈现。

“我们讲上甘岭战役，一定不是只有高层的视角，也不是只讲个体的故事。对这个故事来说，‘上甘岭’本身才是最大的主角。”刘伟强认为，相对于电影，电视剧拥有足够的篇幅可供叙事展开，因此除了常见的高层军事决策视角，剧集花了很多篇幅去展示具体士兵的故事，从连长、指导员、参谋再到警卫员和号手都有所体现。“处理英雄的故事有很多种方法，我们面对不同的人物，就要从人的具体角度去处理，具体到其中的每个细节。这些战士们在极端的43天中怎么活下来，每个人又是怎么面对当时残酷的战争，这些丰富的情感内容对战场线是有益的补充，也更容易让今天的观众明白他们的精神之伟大。”

对刘伟强来说，重新回望一场距今已七十余年的战争，真正找到当代解读的切入点至关重要。他始终认为，上甘岭作为“立国之战”中的重要一战，重现这场战争不是只拍好一部战争剧，更重要的是为了提醒今日的人们和平之可贵，“我们用现代的拍摄手法去呈现历史，不变和传承的是面对历史的这份真诚。我们应该认识到先辈是付出了怎样的牺牲才赢得成功，而珍贵的上甘岭精神则是值得所有人去铭记的。”

（原文刊载于北京日报客户端，2024-10-26）

评《上甘岭》：全景式再现铁血战役

赵鹏

电视剧《上甘岭》日前在 CCTV-1 黄金时间圆满收官。该剧以显著优势居于同期黄金时段电视剧收视冠军。

剧中塑造了动人的志愿军英雄群像，贯穿全剧的“上甘岭精神”，通过主创们宏大而饱含深情的讲述得以完整呈现。

《人民日报》（海外版）近日发文评论电视剧《上甘岭》全景式展现了上甘岭战役的整个过程，剧中除了炮火连天的疆场决胜，还有谈判桌上的唇枪舌剑，更不乏志愿军将士家国情怀的动人呈现。一起来看：

电视剧《上甘岭》讲述抗美援朝战争中，中国人民志愿军在上甘岭进行了 43 天艰苦卓绝的战斗，彻底粉碎敌人的进攻，扭转战争局势的故事，重现了 72 年前那场打出新中国国威、军威的著名战役。

这部剧全景式展现了上甘岭战役的整个过程。它有写史的沉着，从缘起到布局再到双方的攻守转换，纤毫毕现，也有激烈的戏剧冲突，一波未平、一波又起的纷争从未停歇。剧中除了炮火连天的疆场决胜，还有谈判桌上的唇枪舌剑，更不乏志愿军将士家国情怀的动人呈现，高潮迭起，精彩不断。

新中国成立之初百废待兴，敌人却虎视眈眈。“打得一拳开，免得百拳来。”在这部剧惊风急雨般的情节进展中，志愿军既英勇无畏，又机智灵活，以弱胜强，守住了阵地，赢得了胜利。在敌我军事装备差距巨大的朝鲜战场上，机动灵活地运用战略战术，是极为有效的制胜之道。

志愿军战士为何死守五圣山？军长秦基伟为何给出“积极防御、持久作战”的指导方针？坑道和野战工事相结合的防御体系，怎样发挥出志愿军战士的优长？这部剧将我军战略战术的演进表现得清晰准确、引人入胜。

从宏大的行军画面到精细的3D军事地图切换，从志愿军将领对战略战术的制定和解读到战士们的沙场奋战，这部剧对上甘岭战役全过程的讲述逻辑清晰、视角分明，让观众充分了解抗美援朝战争的艰苦和复杂，感受历史的厚重和深远。

这部剧塑造了一系列栩栩如生的人物形象。剧中，无论是坐镇后方的我军将领，还是坚守一线的战士，都用自己的勇气和生命铸就了牢不可破的防线。用胸膛堵住敌人枪眼的特级战斗英雄黄继光、烈火烧身也不暴露目标的一级战斗英雄邱少云等，剧中对他们的表现既不神化也不夸张，精准平实又极具冲击力，观众虽然早就知道他们最终的命运走向，仍然被深深感动。

这部剧还塑造了熠熠生辉的“特功八连”英雄群像：弃笔从戎的段显峰，在战场之上迅速成长，不断用超强的军事素养和战斗能力消除其他战士的质疑；淡定自若的冯百胜有丰富的实战经验，亦有老兵的智慧和从容；洋溢青春活力的杜文锦是剧中一抹难得的亮色，为残酷的战争场面注入了女性的坚韧与温婉。还有亲切憨厚、擅长以吃喝比喻打仗的胡满仓，在战火中书写成长传奇的来双喜，以视死如归的勇气诠释何为真正的英雄的常大友……

他们之间的互动与进步，让观众更加深入地了解志愿军战士的内心世界，这些鲜活生动的角色也共同体现了上甘岭战役背后人性的光辉与民族精神的伟大。

剧中还有许多动人的细节：一连和八连比赛挖坑道时，互相不服；军部和八连的打球比赛你争我抢，好不热闹；即使在坑道中整整7天没喝到一口水，战士们仍然互相谦让被送进坑道的唯一的一个苹果……这些场景展现出志愿军战士在艰苦环境下依然保持着乐观坚韧精神和高昂斗志。他们在敌人炮火猛攻的重压之下临危不惧，用实际行动诠释了中华民族不屈不挠、团结协作的品格。

电视剧《上甘岭》以多样的叙事手法、深刻的主题内涵和生动的人物形象，成功再现了上甘岭战役，让人们不仅铭记那段历史，缅怀先烈们的英勇事迹，更将从中汲取前行的力量。

［原文刊载于《人民日报》（海外版），2024-11-02］

重塑英雄群像，传承革命精神
——评电视剧《上甘岭》的艺术成就和当代价值

饶曙光 殷诗华

作为一部重现抗美援朝战争中具有重要历史意义的上甘岭战役的电视剧，《上甘岭》不仅完整呈现了这场惊天动地的43天战斗经过，更通过精湛的艺术创作，深刻诠释了志愿军将士的英勇无畏和崇高精神。

首先，该剧在人物塑造上实现了重要突破。

在《上甘岭》中，黄轩饰演的段显峰这一人物的塑造，堪称完美诠释了志愿军将士的群像。

作为军政大学的优秀毕业生，段显峰展现出的不仅是一名军人应有的血性与勇气，更重要的是其过人的军事智慧和专业素养。他在战场上不断探索和改进作战方法，尤其在步炮协同战术上的创新上，无不体现了所具备的过人的专业素质和创新精神。

段显峰这一角色汲取了多位真实志愿军英雄的特质，如张广生的战术思维、李长生的作战智慧等。在危急时刻，段显峰展现出的果断决策能力，如指挥炮火轰击被敌人突破的坑道口，既显示了军事素养，又体现了大无畏的牺牲精神。

更难能可贵的是，段显峰在残酷的战争环境中，始终保持着对战友的深厚情谊和人文关怀。与指导员胡满仓一起建立坑道党支部，组织发动战士，展现了一个完整而立体的军人形象。最后以“向我开炮”壮烈牺牲的场景，不仅是对经典电影《英雄儿女》的致敬，更是对所有志愿军英雄的集体写照。

黄轩成功塑造了一个既有血性勇气，又具备现代军事素养的新时代军人形象。在传承革命精神的同时，也为今天的强军之路提供了精神启示。

在《上甘岭》中，秦基伟这一人物形象的塑造堪称典范，展现了一位真实而立体的“中国军长”形象。

编剧团队基于其日记和大量史料，成功刻画出了一个智勇双全、情义两全的军事指挥官。尤为难得的是，这个形象完全摆脱了革命历史题材中常见的脸谱化表现，而是通过细腻的性格刻画和具体的行动细节，展现出一个有血有肉的军事将领形象。

在战场上，年仅36岁的秦基伟，展现出超越年龄的军事智慧和过人的胆识。他在誓师大会上说出“为了胜利，不书英雄榜，便涂烈士碑”的豪迈誓言，面对强敌时放出“打服了美国佬，才是决定性的胜利”的壮语，无不展现出一个年轻将领的锐气和担当。

更难能可贵的是，他在指挥作战时表现出高超的战术才能，从“刀尖舔血”的战术创新到巧妙运用炮火打击的各种战术变化，都体现出一个军事指挥官的非凡智慧。

最打动人心的，是秦基伟对待部下时展现出的深厚情怀。

他处处以战士的生命安全为重，时时牵挂着每一位士兵的安危。从为伤兵削苹果、献血，到坚持为失联侦察队保留电台，再到为战士包饺子，无不体现着一个“慈帅”的形象。

“哪一位战士不是心头肉啊！”道出他对部下真挚的、父爱般的情感。即便在最艰难的时刻，当23日反击失败后，他也能在战士们“誓与阵地共存亡”的请战书中重新找到力量，展现出一个指挥官的责任与担当。

秦基伟的形象超越了时代的局限，展现出新时代军事指挥官应有的品格。他虽然没有接受过高等教育，却通过自学成才，具备了优秀的军事素养和战略眼光。他既重视战斗精神的培养，又注重科学作战方法的运用；既有雷厉风行的指挥风格，又有对部下的深切关怀。这样的形象塑造，不仅完整再现了历史上的秦基伟将军，更为当代军事指挥官树立了典范。

不仅如此，有着政工干部扎实的政治素养和组织能力的指导员胡满仓，带兵严格却对战士关怀备至的连长冯百胜，从初出茅庐的新兵成长为一名合格共产党员的双喜等人物形象，也各具特色，共同构成一幅完整的志愿军将士群像。

他们或是经验丰富的老兵，或是朝气蓬勃的新兵，或是专业素养过硬的技术骨干，都在各自岗位上发挥着重要作用，展现了志愿军部队的整体战斗力。

其次，该剧在战争场面的宏大叙事和镜头语言上实现了多维度的突破。

从整体战役布局来看，剧集通过志愿军总部、15 军指挥部到一线阵地的完整呈现，立体展示了指挥体系的各个层级；同时在上甘岭、597.9 高地、537.7 高地等多个战场间自如切换，展现了战役的全貌。

重大战斗场景的呈现尤为震撼。10 月 14 日，在美军的首次进攻中，密集的空中轰炸与地面进攻相互配合；在 23 日的反击战中，志愿军与美军的正面对决，惨烈壮观；30 日最后的总反击，更是将炮兵群、步兵群的协同作战场面推向高潮。

在具体战术层面，“刀尖舔血”战术的实施过程、坑道战中的攻防转换、步炮协同的创新运用等，都得到了细致刻画。

剧集还全方位展现了战场环境的残酷。美军“绞肉机”战术下被炸得寸草不生的高地，坑道内外的极端环境对比，连续 43 天阵地争夺战中的恶劣天气变化，以及运输队在敌机轰炸下坚持运送物资，医疗队在战火中抢救伤员，工兵部队在炮火中抢修工事等后勤保障场景，都让观众深切感受到了这场战役的惨烈程度。

通过展示美军优势火力与空中支援、志愿军的坑道工事与防御体系，以及双方在装备、火力配置与战术运用上的差异，《上甘岭》成功构建了一幅完整的战争画卷，让这场重要战役的历史意义得到充分彰显。

本剧突破传统战争片的固有表现手法，创造性地运用多维度镜头叙事。在大场面的呈现上，采用空中俯瞰与地面推进相结合的手法，让观众既能领略战场全貌，又能感受战斗细节。特别是在展现美军“绞肉机”战术时，镜头从高空逐步下沉，将密集轰炸下的阵地变化清晰呈现，震撼感极强。

在坑道战的表现上，摄影团队突破空间局限，通过灵活运用手持摄影、跟拍等技术，让观众随镜头进入狭窄的坑道空间。光影的运用尤为精妙，通过明暗对比，突出坑道内外的环境反差，既展现了战士们在黑暗中的坚守，又烘托出战场的紧张氛围。

在人物情感的刻画上，采用大量特写镜头，捕捉人物细微的表情变化。如在指挥部决策时刻，通过对秦基伟眼神的特写，传递出指挥官的深思熟虑；在战士们面对牺牲战友时，用手部、面部特写，表现悲痛与坚毅。这些细节镜头的运用，让人物形象更为丰满立体。

战斗场景的节奏控制也很有特点。导演运用快速切换与慢镜头相结合的手法，既展现了战斗的激烈，又不失对重要细节的刻画。尤其是在表现炮击场面时，通过多机位拍摄和后期剪辑，将炮弹出膛、飞行、爆炸的全过程清晰呈现，让观众深切感受到战争的残酷。

这些镜头语言的创新运用，不仅提升了影片的艺术表现力，更让这部重大革命历史题材的作品具有现代电影的观赏性，实现了政治性与艺术性的完美统一。

再次，用细节着力描绘了战场上的人性温度和情感脉络。

在《上甘岭》中，段显峰最初作为一名军政大学毕业的参谋，确实面临着来自基层战士的质疑。这种质疑并非空穴来风——在那个年代，参谋这个身份往往给人以纸上谈兵的印象，特别是在一线作战部队中，那些久经战阵的老兵更信赖从实战中成长起来的指挥官。

剧中的格斗训练场景，生动展现了段显峰如何突破文官标签、赢得战友认可的过程。

面对体格健壮的对手，他没有一味硬拼，而是充分运用头脑，观察对手动作规律，寻找技术破绽。通过灵活运用格斗技巧，最终战胜了看似更具优势的对手。这场切磋不仅展示了他过硬的军事素质，更重要的是打破了战士们对参谋的刻板印象。

这个细节的设计颇具匠心，凸显了段显峰这一角色的与众不同：他既有军政大学培养出的理论素养，又能在实战技能上展现出过人之处。这种文武双全的特质，为段显峰后来在上甘岭战役中的出色表现奠定了基础。

通过这样的人物塑造，《上甘岭》展现了新时代军人应具备的全面素质，即既要有过硬的专业理论功底，又要有扎实的实战能力。

作为 15 军军长，秦基伟展现出的不仅是一位指挥官的威严与果敢，更在点滴细节中，流露出对士兵真挚深厚的、父爱般的情感。

当部队遭受轰炸时，他第一时间关心的是伤亡情况；为等待失联的侦察小分队，他宁可将珍贵的电台一直留着；他为伤员削苹果、献血，甚至在战士下山时给他们包饺子。

这些细节无不体现出一个“慈帅”的形象。战士王鲁牺牲后，他多次不经意地喊出王鲁的名字。这种刻骨铭心的战友之情，更是让观众为之动容。

在坑道战争最艰难的时刻，剧中通过展现党组织的建立过程，深刻诠释了中国共产党在战争中的核心引领作用。

当部队遭受重创、编制被打乱时，段显峰和胡满仓没有简单地靠个人威望组织队伍，而是首先摸清底数，召集党员开会，建立坑道党支部。这种组织建设的过程，展现得极为自然且富有说服力。

通过“只有党员才能参加夜袭”“每个突击小组必须党员带队”等细节，展现了党组织对战斗力的提升作用。双喜入党宣誓和全体战士唱响国际歌的场景，更是成为打动人心的经典桥段，展现了党组织强大的凝聚力和战斗力。

这些情感纽带的刻画，让本剧超越了单纯的战争场面展示，成为一部富有温度和人性光辉的作品。无论是军人之间的战友情谊，还是党组织的凝聚作用，都在惨烈的战争环境中，展现出人性的温暖和信仰的力量。这种细腻的情感刻画，让观众不仅看到了战争的残酷，更感受到了在枪林弹雨中彼此守护、共同战斗的战友情谊，以及党组织给予战士们的精神力量。这些都成为支撑志愿军将士在极端艰难环境下，坚持战斗的重要精神支柱。

通过这些细腻真实的描绘，本剧成功塑造了一个鲜活的战时党组织形象，展现了中国共产党在革命战争年代深入骨髓的组织性和战斗力。这种表现方式，不仅让年轻观众更容易理解和接受党的领导作用，也为革命历史题材的创作开辟了新的表现路径。

总之，《上甘岭》是一部既有历史高度又有艺术水准的作品，既保持了历史的真实性，又通过艺术创作传达出深刻的时代意义。正是无数像剧中人物那样的英雄们用生命和热血铸就了民族的尊严，捍卫了国家的安全。这种精神不仅值得我们永远铭记，更应在新时代继续传承和发扬。

（原文刊载于《四川日报》，2024-11-08）